COLLECTION FONDÉE EN 1984
PAR ALAIN HORIC
ET GASTON MIRON

Photo en couverture: Detlef Lampe FotoArt, Allemagne/Suède, detleflampe.com, 2011

Catalogage avant publication de Bibliothèque et Archives nationales du Québec et de Bibliothèque et Archives Canada
Assani-Razaki, Ryad, 1981-
    La main d'Iman
    Édition originale: Montréal: Hexagone, 2011.
    Publié à l'origine dans la collection: Collection Fictions.
    ISBN 978-2-89295-414-2
    I. Titre.
PS8601.S687M34 2014   C843'.6   C2014-940885-4
PS9601.S687M34 2014

ÉDITIONS TYPO
Groupe Ville-Marie Littérature inc.*
Une société de Québecor Média
1010, rue de La Gauchetière Est
Montréal (Québec) H2L 2N5
Tél.: 514 523-7993, poste 4201
Téléc.: 514 282-7530
Courriel: vml@groupevml.com
Vice-président à l'édition: Martin Balthazar

DISTRIBUTEUR:
Les Messageries ADP*
2315, rue de la Province
Longueuil (Québec) J4G 1G4
Tél.: 450 640-1234
Téléc.: 450 674-6237
* filiale du Groupe Sogides inc.,
  filiale de Québecor Média inc.

Les Éditions Typo bénéficient du soutien de la Société de développement des entreprises culturelles du Québec (SODEC) pour son programme d'édition. Gouvernement du Québec – Programme de crédit d'impôt pour l'édition de livres – Gestion SODEC.
Nous reconnaissons l'aide financière du gouvernement du Canada par l'entremise du Fonds du livre du Canada pour nos activités d'édition. Nous remercions le Conseil des arts du Canada de l'aide accordée à notre programme de publication.

Dépôt légal: 2e trimestre 2014

LA MAIN D'IMAN

Du même auteur

La main d'Iman, roman, Éditions de l'Hexagone, 2011.

Deux cercles, nouvelles, VLB éditeur, 2009.

RYAD ASSANI-RAZAKI

La main d'Iman

Une société de Québecor Média

Au château de ma mère, à la gloire de mon père,
à l'exemple de mon frère.

Il est rapporté sur l'autorité de Abu Hurayra que le messager d'Allah (salallahu a'layhi wa salam) déclara : « La foi (Iman) sera attirée vers Médine comme le serpent vers son repaire. »

HADITH AL-BUKHÂRÎ 1876, MUSLIM 210

Toumani

À l'origine fut un échange de mains. Je devais avoir six ans. Le premier souvenir impérissable de ma vie : une main, celle de mon père, calleuse, noire, râpeuse, poussiéreuse et endurcie par le travail des champs, tendue vers cette autre main, douce, fine, manucurée et tenant la plus grosse somme d'argent sur laquelle j'avais jamais posé les yeux. Quinze mille FCFA (23 euros), et mon destin était scellé. Je me souviens de mon père, de son visage à la peau noircie par le soleil, aussi tendue que le cuir d'un tam-tam. Et de son sourire. Je garde l'image indélébile de sa lèvre supérieure relevée et découvrant une rangée de dents jaunes. Je me demande à quoi il pensait. À quoi pense-t-on lorsqu'on vend son propre fils ? Cette question, j'en aurais malheureusement la réponse, mais de nombreuses années plus tard, lorsque moi-même, alors adulte, je vendrais l'être qui m'a été le plus cher de toute ma vie. J'ai passé de nombreuses années à en vouloir à mon père, pas nécessairement pour ce geste, que j'aurais pu m'expliquer d'une manière ou d'une autre, mais surtout en raison de l'expression de son visage alors qu'il l'accomplissait. Elle n'était ni satisfaction ni tristesse. Le visage de mon père portait ce masque que je passerais la plus grande partie de ma vie future à essayer de déchiffrer. Je refuse de penser qu'il s'agissait d'indifférence. Car cela voudrait dire que ma vie n'avait aucune signification et que vendre un enfant s'apparente à vendre du bétail. Une simple transaction économique. Je ne veux pas non plus que ç'ait été de joie, car que doit-on penser d'un père heureux de vendre son enfant ? Un tiers de mon identité m'a été légué par mon père, un autre tiers par ma mère, et le troisième représente mon expérience personnelle. Je préfère penser qu'une si grande part de mon être n'a pas également été heureuse lorsque moi-même j'ai vendu l'être le plus cher de ma vie. Quant à la tristesse ? Je ne sais pas si j'aurais voulu que mon père soit triste, car cela ne signifierait-il pas qu'il songeait qu'il m'exposait au mal et le faisait tout de même ? Quels impératifs peuvent pousser un homme à s'arracher à sa propre chair ? La nécessité ? J'ai du mal à croire à cela. J'ai appris que, pour ceux qu'on aime, il n'y a pas de nécessité, qu'il faut se battre jusqu'à la fin. Iman me l'a appris.

Quelle qu'en soit la raison, j'ai coûté 15 000 FCFA un jour de pluie. Beaucoup plus tard, je gagnerais la même somme mensuellement et je tremblerais de tout mon corps à chaque fin de mois quand mon employeur poserait les billets froissés dans ma paume. Les billets qui m'ont acheté, par contre, étaient neufs. Ils étaient rigides et luisants. Ils étaient beaux. J'apprendrais plus tard que la femme qui m'achetait, qui me demanderait de l'appeler tantie Caro, était passée à la banque, quelques heures plus tôt, juste avant d'entreprendre le voyage qui la menait de la capitale à mon village, un peu plus au nord. Elle faisait ce voyage régulièrement, au moins une fois par mois. C'était son business. Elle achetait des enfants à leurs parents et les revendait au plus offrant. Elle recevait alors une pension mensuelle du labeur des enfants qu'elle employait et en achetait d'autres. En contrepartie, les enfants gagnaient la possibilité de tenter leur chance dans la grande ville. Une quinzaine d'années plus tard, les parents recevaient le fruit de leur investissement, c'est-à-dire la fierté d'avoir un enfant éduqué en ville, autonome et surtout civilisé. Si tout allait bien. Je me suis souvent demandé comment tantie Caro en était arrivée à choisir comme source de revenus la vente d'enfants. Pendant un moment, j'ai pensé que c'était parce qu'elle n'en avait pas elle-même. Mais avec le temps, je suis arrivé à la conclusion que, peut-être, tout simplement, avec ceux des autres, c'était différent.

Je n'ai aucun souvenir de ma mère ce jour-là. Peut-être l'avait-on distraite momentanément, le temps de la transaction. Néanmoins, je sais qu'elle était au courant de la situation, car elle m'avait préparé un baluchon. Dès l'arrivée en ville, tantie Caro jetterait ce baluchon, achèterait d'autres affaires pour remplacer mes derniers souvenirs de ma mère et me demanderait si j'étais content d'avoir des habits neufs et plus jolis. La vérité était que, présenté dans un emballage neuf, je serais plus facile à revendre. Malgré tout cela, je dois admettre qu'elle n'était pas une mauvaise femme. Je ne la reverrais pas beaucoup par la suite. Je ne passerais jamais plus autant d'heures d'affilée avec elle qu'au cours du voyage depuis mon village jusqu'à la capitale. Après avoir dit le dernier au revoir de ma vie à mon père, je me suis précipité sous la pluie à l'arrière de la 504 Peugeot de tantie Caro à côté d'un homme que je ne connaissais pas. Tantie Caro s'est assise à l'avant à côté du chauffeur et le véhicule s'est mis en branle. Je n'étais jamais monté dans une voiture ; pourtant, de cette expérience je n'ai gardé qu'un seul souvenir. Ce n'est ni de la voiture, ni du paysage de poussière rouge et de pluie, ni de l'homme assis à côté de moi ou du chauffeur. Je me souviens uniquement du poignet de tantie Caro qui dépassait de l'espace entre les deux sièges avant, et des bijoux qui l'enlaçaient. Ils étaient si beaux. Et ses doigts étaient si gracieux. De toute ma vie, je ne les aurai vus tenir que des billets.

À la suite d'un voyage interminable sur un sentier qui, progressivement, s'est transformé en une route cabossée, puis en une voie pavée, nous sommes arrivés aux abords de la ville qui allait devenir mon univers. Nous sommes arrivés en fin d'après-midi, à l'heure de pointe. J'ai assisté, horrifié, à un cauchemar de moteurs pétaradants, d'odeur d'essence en combustion, d'hommes et de femmes énervés qui hurlaient des insultes. Fous, mendiants et vendeurs ambulants couraient en zigzaguant entre les voitures à chaque ralentissement. Mon premier contact avec la civilisation était effrayant. La jungle urbaine avec ses bâtiments aux flancs poussiéreux m'a accueilli avec violence. Tandis que les battements de mon cœur emplissaient ma poitrine, je me suis concentré sur mon seul allié du moment. Le poignet entre les deux sièges. Au fur et à mesure que la voiture s'enfonçait au cœur de la ville, le soleil se couchait. Au bout d'un moment, la voiture a abandonné les artères principales jalonnées de boutiques pour l'une des ruelles perpendiculaires ensablées dans lesquelles les résidences s'alignaient. J'ai senti à l'atmosphère que la fin du voyage était proche. Lorsque nous sommes arrivés devant la maison de tantie Caro, le monde était rouge et orange. Les reflets du soleil couchant se reflétaient sur les tôles ondulées qui couvraient le toit de la maison. Les maisons dans ce quartier de la ville étaient encloses dans une cour de sable séparée de la rue par un mur de briques. Nous sommes sortis de la voiture, avons passé le portail de la cour, puis nous nous sommes dirigés vers la maison au toit luisant. Pour la première fois de ma vie, j'ai mis les pieds dans un salon. J'ai vu le mari de tantie Caro avachi dans un fauteuil devant une boîte dans laquelle un homme était assis et parlait une langue que je ne comprenais pas. On dit que les premières impressions sont souvent justes. Ma première impression était qu'ici j'étais perdu pour de bon. Je suis resté pétrifié. Pour la première fois, j'ai ressenti de la claustrophobie, communiquée par la vue de l'individu à l'étroit dans la boîte. Je suis revenu à moi quand d'une voix lasse tantie Caro m'a intimé de me diriger vers un couloir obscur où deux paires d'yeux agrandis d'enfants me fixaient. Je m'y suis assis à même le sol et je les ai écoutés parler de leurs voix excitées. Un garçon mince et une fille avec une bouche en bouton de rose. On parlait tous des langues différentes, mais les enfants ont un langage secret qui dépasse les mots, j'ai donc compris leurs histoires. Ils venaient tous de villages différents et avaient été achetés par tantie Caro. Au bout de quelques heures la fille, qui s'appelait Alissa, s'est levée et s'est dirigée vers le fond du couloir où se trouvait la cuisine. Elle est revenue avec un plat en aluminium dans lequel on devait partager de la nourriture. Des petites mains affamées se sont directement précipitées vers le plat de riz. J'en comptais deux. L'autre garçon se tenait en arrière et se contentait de nous regarder avec des yeux enfoncés dans des orbites creuses. Lorsque je me suis retourné pour lui tendre une poignée de riz, Alissa m'a saisi le poignet d'une main graisseuse. D'un air implorant, elle m'a fait non de la tête. Il n'avait pas le droit de manger. Il était puni parce qu'il s'était mal comporté chez son employeur, qui l'avait alors renvoyé chez tantie Caro. Il fallait bien se comporter chez son employeur, m'a-t-elle dit de son air sérieux d'enfant. J'ai regardé sa bouche en bouton de rose et avec un sourire j'ai dit d'accord, j'ai compris. Elle a regardé mon sourire longtemps, puis a secoué la tête d'un air pensif. Non, je n'avais pas bien compris.

Le jour s'est levé sans le chant du coq. Nous étions tous recroquevillés les uns contre les autres sur une natte dans le couloir. Je serrais Alissa fort dans mes bras quand la grosse voix de tantie Caro a éclaté dans ma tête. Je me suis redressé d'un coup et j'ai repoussé Alissa d'un air embarrassé. Elle s'est levée lentement, puis s'est frotté les yeux de son poing fermé. C'est à ce moment-là que j'ai remarqué qu'elle avait les deux oreilles percées, mais une seule boucle d'oreille blanche en plastique. Elle m'a regardé du même air pensif qu'elle avait depuis la veille, puis s'est mise à secouer l'autre garçon qui faisait semblant de continuer à dormir. Il ne lui a prêté aucune attention jusqu'à ce qu'elle dise «tantie Caro va se fâcher». C'était apparemment l'argument ultime, car il s'est levé aussitôt et s'est mis à rouler la natte. On l'a appuyée contre un mur et on a attendu. Alissa s'est dirigée au fond du couloir, a traversé la cuisine et a disparu. Elle est revenue avec des cure-dents et des balais. Comme tout le monde, j'ai fiché un cure-dent dans ma bouche et me suis saisi d'un balai. Le garçon a entrepris de balayer l'intérieur de la maison et j'ai remarqué pour la première fois qu'il boitait un peu. Alissa m'a pris la main et m'a entraîné dans la cour. Je me suis penché et j'ai balayé le sable comme elle. Elle travaillait assidûment et ne répondait pas à mes taquineries. Mais je me sentais bien à ses côtés. Une longue journée de tâches ménagères venait de commencer. Balayage, puis douche dans le petit abri dans un coin de la cour, puis déjeuner et vaisselle, puis nettoyage de la voiture, rangement de la maison, lessive, puis ramassage des mangues et des oranges mûres tombées des arbres de la cour et enfin dîner. De temps à autre, la routine était interrompue par une tâche particulière, comme celle de trier des grains de maïs, séparer les creux ou les noirs de ceux qu'Alissa irait faire moudre dans la maison du voisin. D'autres fois, il fallait nettoyer les traînées d'huile que laissaient les travaux de mécanique du mari de tantie Caro. Il y avait toujours une chose à faire et, telle une armée de petits soldats, nous courions dans la maison et exécutions les tâches sans y songer.

Ça dura une semaine. Jusqu'au jour où le diable mit les pieds dans la maison. Ce jour-là, j'entendis la sonnette à midi et me précipitai pour aller ouvrir. Le diable était un homme légèrement obèse, la quarantaine, avec une barbe hirsute, une haleine rance d'alcool, et qui bégayait. Il voulait savoir si tantie Caro était présente. Je répondis que oui, tantie Caro était bien présente. Il me regarda avec curiosité, puis fit un sourire et me demanda comment je m'appelais. Je lui dis que je m'appelais Toumani. Il me répondit que non, je m'appelais Apollinaire. Je me dis qu'il était fou. Si seulement j'avais su à quel point j'avais raison! Il me demanda d'annoncer à tantie Caro que monsieur Bia était de passage. Je courus dans la maison, traversai le couloir et me dirigeai vers la chambre où tantie Caro se reposait. Je m'arrêtai à l'entrée, car seule Alissa avait le droit d'y pénétrer. À la différence de nous, elle avait été déclarée honnête. Je n'avais jamais rien volé, et lorsque j'avais demandé à Alissa pourquoi cette distinction, elle m'avait expliqué qu'avec tant d'enfants dans la maison, si tout le monde avait accès à la chambre de tantie Caro et qu'un jour un objet en disparaissait, elle ne saurait qui accuser. Dans l'état actuel des choses, si quoi que ce soit disparaissait, Alissa en porterait seule la responsabilité. L'autre garçon la menaçait souvent de voler dans la chambre et cela m'irritait. Une fois au seuil de la chambre, j'annonçai la nouvelle du visiteur. Tantie Caro se leva avec un sourire et appela le garçon qui avait été puni le jour de mon arrivée. Il s'approcha en traînant la jambe de cet air désinvolte qui ne le quittait jamais. Mais lorsque tantie Caro lui demanda d'aller se préparer parce que monsieur Bia était passé le récupérer, j'assistai à une transformation qui, sur le moment, me fit me tordre de rire. Le garçon tomba subitement à genoux et, abandonnant ses airs fiers, se mit à supplier tantie Caro. Il était paniqué. Je commençai à rire en donnant des coups de coude à Alissa, mais elle resta muette. Elle me regarda en secouant la tête. « Tu ne comprends pas, fit-elle. Tu ne comprends pas. » Tantie Caro traîna le jeune garçon jusque dans la cour où monsieur Bia patientait. Elle lui dit bonjour et lui demanda s'il était venu récupérer le garçon. Alissa et moi attendîmes à l'écart. Je ne comprenais pas les mots de la nouvelle langue, mais Alissa me les traduisait. Tantie Caro demanda :

– Vous êtes venu récupérer le garçon ?

– Est-ce qu'il va écouter cette fois-ci ?

– Oui, il va écouter.

– La dernière fois, vous aviez déjà dit ça, madame, mais il n'écoute jamais. Peut-être qu'il est trop vieux.

– Non, cette fois-ci c'est bon, je lui ai parlé, je lui ai dit que s'il ne travaille pas bien je vais le renvoyer dans sa famille et ses parents ne vont plus avoir d'argent pour manger à cause de lui.

– Moi, je ne sais pas. Il est trop têtu.

– Bon, monsieur Bia, qu'est-ce que vous proposez ? Vous voulez payer moins cher, c'est ça ?

Monsieur Bia sembla considérer la question un instant, puis finalement se décida.

– Non, je pense que je n'en veux pas.

– Alors qu'est-ce que vous êtes venu faire ici, répondit tantie Caro d'un air irrité, juste me faire perdre mon temps ?

– J'ai vu que vous aviez deux nouveaux enfants.

– Juste un. La fille n'est pas pour vous.

– D'accord, je le veux à la place de l'autre.

– Il est plus cher.

– Pourquoi ?

– Il est plus docile.

– Combien ?

Je donnai un coup de coude à Alissa. Pourquoi s'était-elle arrêtée de traduire alors qu'on parlait de moi ? Elle me tint la main et la serra fort. Puis elle me dit :

– Je suis désolée.

Elle avait les larmes aux yeux. Je l'interrogeai du regard, mais elle garda le visage fermé. Tantie Caro se rapprocha de nous et m'arracha à la main d'Alissa. Elle me présenta à monsieur Bia.

– Le voilà. Il s'appelle Toumani.

– Moi, je vais l'appeler Apollinaire, répondit monsieur Bia. Les noms des villageois, je ne sais pas les prononcer.

– Comme vous voulez, tout ça, c'est la même chose. N'oubliez simplement pas de payer chaque mois, fit tantie Caro. Tu as entendu ? Va chercher tes affaires, tu vas partir avec monsieur Bia.

Je ne répondis pas. J'étais résolu à ne pas répondre si on m'appelait par autre chose que le nom que mes parents m'avaient donné. Alissa dut voir ma résolution sur mon visage et elle me supplia du regard. « Il faut bien se comporter chez ton employeur », me dit-elle quand je la dépassai pour aller chercher mes affaires. Ça m'irrita et je ne répondis pas. Je revins avec le baluchon contenant les habits neufs. Elle me fit au revoir de la main. Même si je ne le lui montrai pas, parce que sa remarque m'avait énervé, je sentis mon cœur se serrer dans ma poitrine. Mais lorsque monsieur Bia se rapprocha de tantie Caro pour échanger une somme d'argent, Alissa courut vers moi. Elle me tendit un petit objet blanc. Je le pris de sa main. J'observai un instant la boucle d'oreille en plastique blanc. Elle avait les oreilles nues à présent. Pour une raison que j'ignore, cette boucle d'oreille dans ma main à ce moment-là sembla grandir au point de remplir toute ma vie. En moi, mon cœur se mit à battre fort. Alissa posa sur moi son regard grave et me dit :

– Ne la perds jamais.

Non, je n'allais jamais la perdre. Plutôt mourir. Mais monsieur Bia était revenu. J'enfonçai rapidement la boucle dans la poche de mon short de peur qu'il ne la voie et me la confisque. Il me prit par l'épaule et fit :

– Viens, Apollinaire. On s'en va.

– Mes parents m'appellent Toumani, rétorquai-je.

Il haussa les épaules. Il grimpa sur sa moto et me fit signe de monter à l'arrière. Lorsqu'il démarra, tantie Caro était dans l'embrasure du portail, tenant Alissa par la main, et me regardait tendrement :

– S'il te plaît, fais ce qu'il te dit, Toumani, d'accord ?

Je ne répondis pas. Puis à monsieur Bia, elle fit :

– Si celui-ci revient en boitant, je vous le jure, j'appelle la police.

Il se contenta de pousser la pédale de démarrage d'un coup de pied sec. Le bruit du moteur couvrit tout ce qu'il aurait pu dire en guise de réponse.

Je regardai la maison diminuer progressivement de taille. Le meilleur épisode de ma vie venait de se terminer.

– Apollinaiiiiiiiiiiiiire !

J'avais l'impression que j'allais devenir fou. Chaque fois que j'entendais ce nom, mes poings se serraient, ma mâchoire se crispait. La première fois que monsieur Bia m'avait appelé ainsi, je n'avais tout simplement pas répondu. Alors il était tranquillement venu jusqu'à moi et m'avait demandé d'une voix mystérieuse de lui délacer ses chaussures. Je m'étais exécuté. Puis il avait ôté ses pieds des chaussures et m'avait demandé de les lui tendre. Ensuite, il avait levé un bras comme pour examiner la semelle de la chaussure, puis de toutes ses forces, d'une volée, il m'avait asséné une gifle avec la chaussure. J'avais virevolté et mon crâne avait heurté un mur. J'étais tombé par terre, sonné, et dans ma chute m'étais ouvert la lèvre. Dans une rage folle, il s'était mis à me bourrer les côtes de coups de pied. Paniqué, plus effrayé que meurtri, j'avais rampé à toute vitesse vers un coin de la pièce. Mes hurlements avaient causé l'arrivée précipitée de la maîtresse de monsieur Bia qui avait alors tenté de l'enlacer pour le retenir. D'un mouvement vif, il l'avait projetée à terre, et s'était approché de moi d'un air menaçant, en criant :

– Tu me réponds quand je t'appelle ! Je n'ai pas payé tout cet argent pour ne pas me faire servir comme il se doit !

– Oui, monsieur Bia. Je réponds quand vous m'appelez, avais-je fait, effrayé. Je réponds quand vous m'appelez !

– Ah oui ? Et quel est ton nom ?

– Touma…

Un coup de pied sur ma bouche m'avait fait ravaler mon nom.

– Mais laisse-le tranquille, avait tenté sa maîtresse.

Gardant toujours le regard fixé sur moi, il lui avait répondu d'une voix monocorde :

– Toi, tu restes en dehors de ça, ou c'est toi que je bats.

Elle était restée muette. Revenant à moi, il m'avait demandé :

– Alors, tu t'appelles comment déjà ?

– Mais dis-lui donc ce qu'il veut entendre, petit abruti de villageois ! Ne vois-tu pas qu'il est saoul ? Qu'est-ce que tu attends ? Qu'il te tue ? avait-elle fait, d'un ton suppliant.

Alors j'avais abandonné. Ils étaient tous contre moi :

– Apollinaire ! avais-je hurlé en pleurant.

– D'accord, je vois que tu n'es pas aussi bête que tu en as l'air. Tu t'appelles comme je veux. Et c'est Apollinaire. Tu as de la chance que je n'aie pas décidé de t'appeler chien ou merde ! Pour ta punition, je te mets à la diète aujourd'hui.

Puis il s'était retourné et était parti. Sa maîtresse s'était rapprochée de moi et m'avait collé une gifle.

– Mais tu es vraiment un idiot ! Qu'est-ce que tu essaies de prouver à un soûlard ? Il faut que tu apprennes à réfléchir.

– Mais ce n'est pas mon nom, avais-je protesté.

– Écoute, tu es venu en ville pour recevoir une bonne éducation et devenir meilleur, non ? Eh bien, commence déjà par changer ton nom de village contre un nom de la ville. Tu sais, petit, je ne serai pas toujours là pour te protéger, hein.

Et elle avait raison. Si tout le reste demeurait immuable dans ma vie – le salon, la cuisine et l'unique chambre que comportait la maison étaient mon décor, car je ne sortais jamais –, une seule chose changeait constamment, c'était les visages des femmes qui, à intervalles réguliers, passaient la porte d'entrée en tirant une valise. Elles regardaient autour d'elles d'un air satisfait et, me remarquant, me demandaient mon nom que je n'osais pas dire. Je les aidais plutôt à s'installer dans la maison et les regardais étaler leurs affaires partout. Ensuite commençait le compte à rebours du jour où elles repasseraient la porte en courant après la même valise que monsieur Bia aurait jetée de toutes ses forces dans la rue. Mais, en attendant ce jour, elles se juchaient comme un pétale déposé par le vent sur le canapé et, telles des reines, commençaient à changer les règles établies par leurs prédécesseurs. Tandis que monsieur Bia changeait constamment de maîtresse, ma fonction était de servir la femme, au sens générique du terme, qui se trouvait devant mes yeux à chaque moment. J'ai compris que les femmes, à la différence d'une télévision ou d'un t-shirt préféré, étaient interchangeables. Cependant, elles ne le savaient pas, et il fallait donc maintenir cet état de choses et révéler la vérité seulement au moment de les congédier. Je devais donc aider monsieur Bia à leur faire croire qu'elles avaient de l'importance à ses yeux. J'ai appris les mots « princesse », « impératrice » et « dulcinée » à cette période. Mais je savais que, quelques mois plus tard, je réviserais «traînée», «salope» et «dégage», ce dernier étant le mot préféré de monsieur Bia, que ce soit à mon attention ou à celle de ses maîtresses.

Mais qui étaient-elles donc, les maîtresses de monsieur Bia ? Il y en avait de toutes sortes. Elles étaient grandes, petites, grosses, minces, certaines étaient timides, d'autres autoritaires, d'autres encore plutôt sympathiques. Mais une chose les réunissait toutes et moi y compris. D'une manière ou d'une autre, nous avions tous été achetés par monsieur Bia. Moi, pour tenir la maison propre, elles, pour la salir. Moi, pour lui lacer ses chaussures, elles, pour lui ôter sa chemise. Je ne me rappelle aucun nom, juste des corps qui allaient et venaient, s'appuyaient contre les mêmes meubles, s'émerveillaient à la vue des mêmes bibelots, délaissés par celles qui étaient passées avant. Je me rappelle uniquement ces corps parce que je pense que c'était ce qu'elles étaient véritablement. Une fois passé le seuil de la maison de monsieur Bia, on devenait un corps qu'il s'était approprié. Les femmes entraient en sentant toutes les odeurs imaginables de la vie. Elles repartaient en sentant l'odeur de l'alcool de vin de palme que buvait monsieur Bia. Elles entraient en souriant, surprises, confiantes, fatiguées ou excitées. Et malgré tous les gris-gris ensorcelés qu'elles plantaient dans les vases ou dissimulaient derrière les fauteuils, elles repartaient toutes en courant après une valise volante. Ayant acquis une notion inexpliquée que la vie provient de la diversité, j'ai commencé à me dire que ces femmes venaient un peu mourir dans la maison de monsieur Bia. Je voyais même la transformation causée par la gangrène de la maladie sur leurs visages. Les sourires disparaissaient progressivement et étaient remplacés par l'expression de constante alerte que j'avais moi-même gravée sur le visage. Les rires s'atténuaient et les cris de peur ou de douleur se multipliaient. Ensuite, c'était le silence total, car le corps était trop meurtri et ne souffrait même plus des coups. C'était ça, la mort. Cette révélation s'est faite à moi, et j'ai commencé à paniquer. Je venais de comprendre que monsieur Bia nous achetait pour nous tuer.

Deux événements ont failli confirmer ma pensée et m'ont mené plus près que je ne le serais jamais de la mort, causant de même ma rencontre avec Iman et sa main tendue. Le premier s'est déroulé un jour où j'étais seul, assis dans le noir par terre dans la cuisine. C'était une période entre deux maîtresses et ce jour-là monsieur Bia était sorti, probablement pour aller travailler. Je ne savais pas à quoi il occupait ses journées. J'attendais qu'il rentre en m'amusant avec des brindilles de balai quand j'ai entendu la sonnette retentir plus tôt que prévu. Mon dos s'est raidi. J'étais paniqué. Tout événement qui sortait de la routine me plongeait dans une peur aveugle. Peut-être était-ce monsieur Bia qui revenait ivre, ayant perdu ses clefs ou enragé parce qu'il avait découvert une erreur que j'avais commise. J'ai passé en revue tout ce que j'aurais pu faire de contrariant ces derniers jours. Parfois, monsieur Bia me punissait pour un événement qui s'était déroulé près d'une semaine plus tôt. Parfois, il recondamnait un acte qu'il avait déjà condamné, car, disait-il, il n'arrivait tout simplement pas à se l'ôter de la tête, et tant que ça le tracassait, il me battait. La sonnerie a retenti de nouveau et, cette fois-ci, j'ai sursauté et me suis précipité pour ne pas faire attendre le visiteur. Lorsque j'ai ouvert, c'était un homme que je n'avais jamais vu qui se trouvait dans le cadre de la porte. Il devait avoir la quarantaine, était de courte stature, et portait une chemise et un pantalon kaki sur des sandalettes poussiéreuses. Cela m'indiquait qu'il devait beaucoup marcher, probablement d'une maison à une autre. Cependant, il n'avait pas en main les dépliants des témoins de Jéhovah. Avançant légèrement sa tête chauve dans la pénombre du salon, il me fit d'un air inquisiteur :

– Papa est là ?

C'était ainsi qu'on me désignait monsieur Bia. Il était « papa », car il m'éduquait.

« Non », répondis-je, m'apprêtant à refermer la porte. Il n'avait pas l'air dangereux, mais je redoutais que monsieur Bia ne revienne pendant que je lui parlais. Il m'avait fortement défendu d'ouvrir la porte à quiconque. Mais l'homme restait dans le cadre de la porte. Il ne faisait rien pour m'empêcher de la fermer, mais ne montrait non plus aucune intention de partir. Il était simplement là, son crâne chauve luisant de sueur dans le soleil d'après-midi :

– Tu t'appelles comment ?

Je paniquai. Je me demandai s'il ne s'agissait pas d'un piège. Peut-être monsieur Bia avait-il envoyé cet individu me tester pour s'assurer que je répondais bien aux questions, même en son absence.

– Apollinaire, répondis-je.

Il me regarda de la tête aux pieds en s'attardant sur les cicatrices à mes bras et à mes jambes, et sembla réfléchir un instant.

– Je ne vais pas rester longtemps, dit-il alors. Je ne veux pas que papa me trouve ici.

Ces mots suffirent à établir un lien de confiance entre nous. Il était de mon côté, il me comprenait !

– Oui, monsieur Bia n'aime pas que j'ouvre aux étrangers.

– Ah bon ? Et s'il revient et me voit ici, qu'est-ce que tu penses qu'il va faire ?

– Il va me battre, ça, c'est sûr !

– Voyons donc, il ne va sûrement pas te battre juste parce que quelqu'un a sonné et que tu es allé poliment voir qui c'était.

– Oh si. Il va le faire.

– Attends, pour si peu ?

– Il l'a déjà fait pour moins que ça !

– Sérieusement ? Pour quoi, par exemple ?

J'hésitai un instant sur l'exemple à lui donner. Il y en avait tant. J'aurais pu lui parler du jour où j'avais passé trop de temps à plier ses vêtements, ou alors du jour où je n'avais pas fini les galettes de maïs que monsieur Bia me rapportait le matin et le soir quand sa maîtresse refusait de faire à manger. J'aurais pu lui raconter tant de choses que j'en eus le tournis :

– Je ne sais pas, finis-je par dire, le souffle court.

– Ce n'est pas grave, fit-il. Tu as oublié, mais ce n'est pas grave. À partir de maintenant, essaye de ne plus oublier.

Je ne voyais pas où il voulait en venir. Mais il poursuivit :

– Tu sais lire ? Ou bien lire les chiffres ?

Non, je ne savais pas. Je ne savais pas ce qu'était un chiffre.

– Bon d'accord, j'allais te donner mon numéro, mais ce n'est pas grave, déclara-t-il.

Il sortit un bout de papier de sa poche et se mit à y griffonner quelque chose. Il me tendit la feuille :

– Apollinaire, tu connais Terre des hommes ? Non ? D'accord. Nous, on s'occupe des enfants comme toi qui sont battus et qui ne savent pas pourquoi. La prochaine fois que monsieur Bia te battra, s'il te blesse encore comme je vois qu'il le fait, tu vas prendre ce papier et tu vas l'apporter dans la maison d'en face. Là, tu demandes monsieur Adinsi, le délégué du quartier. Tu n'oublies pas, d'accord ? Personne d'autre. Tu demandes monsieur Adinsi et tu lui donnes ce papier avec mon numéro à Terre des hommes. Il va te garder un moment chez lui et puis nous, on va venir te chercher.

– Mais je n'ai pas envie de rester avec vous, rétorquai-je, un peu perdu.

– Tu préfères rester ici ?

Je ne savais pas. Jusqu'à présent, je n'avais jamais vraiment eu à me soucier de mes préférences. Il dut se rendre compte de mon trouble, car il ajouta :

– Petit, tu n'es pas obligé. Mais, penses-y. Si tu es fatigué de rester ici, tu peux venir avec nous. Si tu es fatigué de rester avec nous, on va te ramener où tu veux, chez tes parents ou qui tu veux. Tu connais quelqu'un avec qui tu préfères rester ?

Alissa ! Mais je ne répondis pas. Je pris le morceau de papier.

– Bon, moi, je m'en vais maintenant. Je ne veux pas que monsieur Bia me trouve ici et te batte. Nous, on n'aime pas qu'on batte les enfants.

Il se retourna, fit quelques pas, puis s'arrêta brusquement et revint sur ses pas. Il fourragea une fois de plus dans ses poches et en retira quelques pièces d'argent.

– Tiens, la prochaine fois que tu sors, achète-toi quelques bonbons avec. Tu aimes les bonbons, non ?

Au moment où j'allais prendre l'argent, il m'arrêta et me demanda :

– C'est qui que tu dois demander dans la maison d'en face ?

– Monsieur Adinsi.

– Qui est ?

– Le délégué du quartier.

– Et moi, je suis avec qui ?

– Terre des hommes.

– Très bien, petit. N'oublie jamais ça, pour le moment c'est tout ce qu'il est important pour toi de retenir dans ta vie. Mais je te fais confiance, tu me parais intelligent.

Il me tendit les pièces et s'en alla tandis que je m'émerveillais encore à la vue des premières pièces d'argent que j'avais jamais tenues de ma vie. Il les avait choisies neuves et brillantes. Je ne les dépenserais jamais, me dis-je.

Peut-être aurais-je dû les dépenser. Mais comment, je ne sais pas. Je n'avais pas le droit de sortir. Je les gardais donc plutôt secrètement dans la poche de mon short avec la boucle d'oreille d'Alissa. Dès que j'avais un moment à moi, je les sortais et en faisais miroiter toutes les faces. Le deuxième événement qui allait m'amener à Iman eut lieu un de ces jours où j'étais perdu dans la contemplation des reflets des pièces. Monsieur Bia m'appela depuis sa chambre pour venir lui servir à boire. Je n'entendis pas, alors il sortit silencieusement pour venir voir ce que je manigançais. Ce qu'il trouva le pétrifia sur place. Et à mon horreur, je vis apparaître sur son visage cette expression que je ne connaissais que trop. Il allait dire quelque chose et puis me battre. Mais ce qu'il dit, je ne m'y serais jamais attendu :

– Tu me voles maintenant ?

Mes yeux s'agrandirent de peur. J'avais envie de dire non. Mais alors il m'aurait demandé où j'avais obtenu les pièces et j'aurais dû lui avouer que j'avais ouvert la porte à un étranger malgré son ordre. Tétanisé par ce dilemme, je restai bouche bée jusqu'à ce qu'une gifle fulgurante m'arrache presque la tête des épaules. Je tombai à la renverse, sonné, mais silencieux. Je ne pleurais plus quand on me battait. J'avais fini par m'adapter à la situation, seul moyen pour moi – comme pour l'être humain en général – de maîtriser ma condition. C'était comme une victoire personnelle de le regarder s'évertuer à m'arracher des cris tandis que je restais silencieux. En effet, au bout de quelques coups, il s'essouffla, et, les mains sur les hanches, chercha que faire à présent. Il regardait autour de lui en pestant :

– Tu me voles, donc ? Ah, ça, c'est grave ! Vous êtes « inéducables ». Je te nourris et tu me voles ? Ça ne se passera pas comme ça !

Subitement, son regard fou se fixa dans un coin de la cuisine. Le placard dans lequel se trouvait le baluchon où je gardais mes affaires. Il s'y précipita, déchira le sac en plastique et éparpilla mes affaires par terre.

– Si je trouve autre chose qui m'appartient dans tes affaires, tu es mort !

Je m'écartai de lui et gardai les mains dans mes poches. Il trouva divers objets que j'avais ramassés au hasard dans la maison et avec lesquels je m'amusais. Une boîte de conserve, un paquet d'emballage-cadeau, une pile usagée, un os de cuisse de poulet à moitié rongé. Il en fit un petit tas qu'il regarda avec un haut-le-cœur, comme si tous ces objets étaient répugnants :

– Petit villageois, quand je te demande de jeter des affaires tu les jettes, tu ne les gardes pas !

Il disait cela, mais je sentais qu'il était déçu. Il aurait préféré trouver de l'argent, ou une bonne raison de me donner une correction. Je savais qu'il cherchait la bagarre. Il était plus vindicatif quand il venait de passer un certain temps sans maîtresse. Son regard se dirigea vers moi. Il me tira par l'épaule et me hurla dans l'oreille :

– Maintenant, fais voir ce que tu as sur toi. Allez, déshabille-toi, enlève tous tes haillons, vite, petit voleur !

Mon cœur battait la chamade tandis que je m'exécutais. Il scruta, dégoûté, mon corps maigre et balafré. C'était humiliant d'être nu et observé ainsi. Lassé, il reporta son attention sur mes vêtements au sol et, d'un orteil, les remua un peu. Puis il s'accroupit et se mit à en fouiller les poches ! Ses doigts rencontrèrent la boucle d'oreille et ses lèvres se fendirent en un sourire maléfique.

– Ha ha ! fit-il. Je le savais.

Mais quand il retira l'objet de la poche et l'observa, il ne s'agissait pour lui que d'une vulgaire pacotille. Il la jeta sur la pile à côté de l'os de poulet. Il trouva aussi la feuille de papier avec le numéro de Terre des hommes et mon cœur s'arrêta. Mais il y jeta un coup d'œil et, n'y reconnaissant sans doute pas son écriture, n'y fit pas attention et se contenta de la jeter sur le tas.

– Et que je ne te reprenne plus jamais à voler ! Quand tu ramasses une pièce qui traîne, tu vas la ranger dans mon bocal ! fit-il, et il empocha l'argent. Maintenant va me jeter tout ça ! hurla-t-il en désignant la pile de mes jouets.

Puis il sembla réfléchir un instant.

– Non, tu es capable d'aller cacher ça quelque part. Je vais jeter ça moi-même.

Il s'accroupit, ramassa les objets à l'aide d'un mouchoir en papier, puis les fourra dans un sac et sortit. Je courus après lui et entrouvris la porte pour savoir dans quelle poubelle il allait jeter la boucle d'oreille. J'irai récupérer les affaires demain quand il sortira, me dis-je. Tant pis, je sortirais par une fenêtre s'il le fallait. J'allai me rhabiller, puis me rassis dans le noir dans la cuisine, toutes mes pensées focalisées sur la boucle d'oreille d'Alissa dans la poubelle.

Je me réveillai en pleine nuit, angoissé, car je venais d'être frappé par une pensée terrifiante. Une fois par semaine, très tôt le matin, un homme faisait le tour du quartier avec un pousse-pousse dans lequel il jetait tous les sacs d'ordures déposés dans la rue. Je le savais parce que, parfois, quand il sonnait pour réclamer son argent, monsieur Bia me demandait de lui dire qu'aucun adulte n'était présent. Ce que je ne savais pas, c'était s'il allait passer le lendemain matin. S'il passait, ce serait avant le départ de monsieur Bia, et je n'aurais pas eu le temps d'aller récupérer la boucle d'oreille. Je restai hanté par cette pensée et, les yeux grands ouverts, n'arrêtai de me retourner sur le sol de la cuisine où je dormais. Peut-être ne venait-il pas demain. Je n'avais aucune conscience des semaines. Les jours se suivaient et se ressemblaient dans mon univers. Chez tantie Caro, je pouvais me situer, car le week-end son mari et elle restaient à la maison. Mais les habitudes de monsieur Bia étaient des plus éclectiques. Il rentrait, sortait, à son gré, parfois la nuit, souvent ivre, ramenait des femmes, oubliait qu'il y avait déjà une maîtresse qui occupait la maison, se disputait, tapait dans le tas, puis ressortait boire et rentrait s'écrouler sur le sol du salon. C'était donc impossible de savoir si j'aurais le temps de sortir récupérer la boucle d'oreille le lendemain. Je décidai de le faire le soir même pendant qu'il dormait. Je me levai dans l'obscurité totale. Je commençai par me rapprocher à pas de loup de la chambre de monsieur Bia. Je collai l'oreille contre sa porte. Il ronflait, bien. Ensuite, je me dirigeai vers le bocal à pièces du salon. Il y gardait également les clefs de la maison. Mais après l'épisode qui venait d'avoir lieu, il avait posé le bocal sur un meuble trop haut à atteindre. J'allai chercher une chaise que je posai au pied du meuble. Je grimpai sur la chaise. Le cœur battant la chamade, le bras tendu vers le haut, j'écartai les pièces à l'aveuglette pour prendre le trousseau de clefs. Je saisis le trousseau, mais au moment où je le retirais, une pièce roula du bocal. Je fermai les yeux et retins mon souffle tandis que la pièce chutait. Le bruit du métal qui rebondissait contre le sol carrelé sembla remplir tout l'espace. Ma respiration n'arrivait pas à repartir. J'étais pétrifié sur la chaise et je n'entendais plus les ronflements de monsieur Bia. En réalité, je n'entendais plus rien, à part les battements de mon cœur dans ma poitrine, qui explosaient comme des pétards le jour de l'An. Je voyais comme de petits feux d'artifice lumineux éclater derrière mes paupières. Ma bouche était asséchée, ma gorge douloureuse, j'avais la nausée et, campé sur la chaise, j'avais le vertige. Au bout d'un instant, je me résolus à quitter la chaise. Il fallait que je récupère la boucle d'oreille. Les derniers mots d'Alissa avaient été: « Ne la perds jamais. » Je descendis donc de la chaise et me rapprochai de la porte d'entrée. J'ouvris la porte. Elle grinça sur ses gonds, mais j'étais déjà allé trop loin pour rebrousser chemin. L'air frais du soir s'engouffra dans la pièce. Je restai paralysé. Depuis mon arrivée chez monsieur Bia, je ne sais combien de temps plus tôt, je n'avais jamais franchi le seuil de la porte. Je me rendis compte que j'avais peur de le faire. Je regardai derrière moi et songeai à retourner me coucher et oublier tout ça. Mais la poubelle se trouvait juste là, de l'autre côté de la rue. Et à l'intérieur, le mouchoir en papier, et à l'intérieur, la boucle d'oreille. Il fallait que je le fasse ! Pieds nus, je traversai la rue ensablée. C'était étrange, même sous la lune, le sable était plus chaud sous la plante de mes pieds que les carreaux glacés de la maison. Une fois de l'autre côté, je posai la main sur la poubelle et me retournai pour regarder la maison. Elle semblait toute petite à présent. C'était étrange de la voir de l'extérieur. C'était comme si j'avais été avalé par un boa, et qu'il venait de me vomir et que je me rendais compte que je pouvais à présent l'écraser du pied. Pour la première fois, je pris conscience que je pouvais fuir. Tout simplement disparaître, abandonner monsieur Bia et ses maîtresses et me volatiliser. Mais où irais-je ? Certainement pas chez tantie Caro, car elle me rendrait comme l'autre garçon dès que monsieur Bia se présenterait. Je comprenais à présent pourquoi le garçon s'était agenouillé et avait supplié tantie Caro de ne pas le rendre à monsieur Bia. C'est drôle, jusqu'à ce moment je n'y avais jamais repensé. Je comprenais aussi pourquoi Alissa ne m'avait pas imité quand je m'étais moqué du garçon. En revoyant la maison ainsi, de l'extérieur, je venais de comprendre beaucoup de choses. Ce qui me troublait, c'était pourquoi je n'y avais pas pensé pendant que j'étais à l'intérieur. Et j'avais peur. Si je retournais à l'intérieur, oublierais-je encore tout ce que je venais de comprendre ? On rentrait bel et bien dans la maison de monsieur Bia pour y mourir, et si j'y retournais ma clairvoyance mourrait. Avec un hochement de tête, je me penchai vers la poubelle et y plongeai les mains. C'était plus difficile que je le pensais, de fouiller à l'intérieur, parce que beaucoup de gens y avaient jeté leurs ordures depuis le moment où monsieur Bia était passé. Une chance que le paquet était enrobé dans un mouchoir en papier si distinctif. Au bout de quelques minutes, je trouvai le mouchoir. Hourra ! Je l'ouvris et fourrai la boucle d'oreille dans ma poche. J'allais jeter le reste, mais j'hésitai un instant, puis je pris le morceau de papier avec le numéro de Terre des hommes. Demain matin, j'irais voir monsieur Adinsi. Accroupi devant la poubelle, je remis le reste des ordures en place et le panier qui servait de couvercle par-dessus. J'observai un peu le papier, mais je ne savais pas lire. J'avais passé beaucoup de temps dehors, il fallait que je rentre à la maison et que je prétende dormir jusqu'à demain matin. Ce serait une longue nuit. J'étais fatigué, mais je repartais victorieux. Je me rappelai avec embarras ma peur initiale au moment de sortir. Ça n'avait pas été si difficile après tout, fis-je en m'adressant à la poubelle. Je tapai des deux mains dessus avec un petit rire. Allons-y maintenant !

Lorsque je me redressai, monsieur Bia se trouvait juste devant moi.

Sa silhouette énorme me cachait la maison. J'entendis sa voix provenir du ciel :

– Rentrons maintenant.

Je regardai autour de moi. Il faisait nuit, nous étions seuls dans la rue, je n'avais aucune chance, aucune issue. Il me prit par la main, et très calmement me ramena à la maison. Pendant que j'étais dehors, il avait allumé à l'intérieur, je vis donc le rectangle lumineux de la porte s'agrandir progressivement. J'eus l'impression que l'énorme bouche d'un animal allait m'engloutir, mais pas pour me vomir ensuite. Cette fois-ci, j'allais bel et bien être croqué vivant !

Une fois à l'intérieur, il me plaça contre un mur, puis alla fermer la porte à clef. Je ne l'avais jamais vu aussi calme. Je me dis qu'il était peut-être encore à moitié endormi. Peut-être qu'il allait simplement éteindre la lumière et retourner se coucher, et le lendemain, il aurait simplement l'impression qu'il avait rêvé. Il tira la chaise que j'avais laissée contre le meuble jusqu'au centre de la pièce et, s'asseyant dessus, me demanda de lui rapporter le papier que j'avais en main. Il le déplia et, cette fois-ci, le lut attentivement.

– Hum… fit-il.

Une minute passa pendant laquelle il resta assis ainsi au centre de la pièce, la lumière provenant du plafond juste au-dessus de sa tête projetant des ombres effrayantes sur son visage. Il me fixait sans un mot. Je commençais à avoir peur. Très, très peur. Je ne l'avais jamais vu ainsi, et tout changement me plongeait dans un état de panique animale. Mon estomac s'était noué, tout mon corps était tendu et pour la première fois depuis longtemps j'avais envie de pleurer. À ce moment-là, il se leva et tendit le morceau de papier devant lui sous la lumière.

– Terre des hommes, hein ?

Il me regardait comme s'il attendait une réponse, mais je ne comprenais pas la question, alors il m'aida un peu.

– Tu sais ce que c'est ?

Non, fis-je de la tête, mais il savait que je mentais.

– Alors, qu'est-ce qu'on t'a dit ? Que tu étais maltraité ?

Je fis non de la tête.

– Qu'ils allaient te sauver ?

Je fis non de la tête.

– Te ramener chez tes parents ?

Je fis non de la tête.

– Et qu'ils allaient m'emprisonner ?

Tiens, je n'avais pas pensé à ça.

– Ah! C'est DONC ÇA!

Sa voix s'était élevée tout en restant calme. Je commençais à sentir un filet d'urine me couler entre les cuisses. J'attendais le :

– ÇA, C'EST GRAVE!

Il n'était plus du tout calme. D'un geste vif, il souleva la chaise et, rabattant violemment le bras, la fracassa contre les carreaux du sol. Avec ce qui lui restait du dos de la chaise dans le poing, il se jeta sur moi :

– Tu es devenu bien culotté, petit bâtard! Tu veux qu'on m'emprisonne!

Le bois de la chaise me fouetta le visage et ma tête rebondit contre le mur. Je sentis une de mes dents se déchausser dans ma bouche et le sang remplir celle-ci. Le visage de monsieur Bia n'était plus qu'un masque de haine alors qu'il levait encore le bras, prêt à frapper. Je me mis à hurler, plus de peur que de douleur. Je voulais fuir! Mais il me plaqua une grosse main contre la bouche. Et le bois s'abattit de nouveau, cette fois-ci contre mon œil. J'essayai de me débattre, mais il me cloua au sol avec son genou et abattit encore le bois sur moi. Et encore, et encore, et encore! Je ne savais plus où il frappait, je ne savais plus si je criais, je ne savais qu'une seule chose, c'était que j'allais mourir. Je profitai d'un instant d'inattention pour échapper à son emprise et courir vers la porte, mais un coup de chaise me faucha les deux jambes, mon corps bascula et je tombai à plat sur une clavicule comme une marionnette désarticulée. Je regardai mon mollet à l'endroit où il avait frappé.

Je n'y vis que de la chair rouge, ensanglantée, arrachée par les échardes de la chaise. Une plaie si profonde que je perçus l'os blanc de mon tibia, brillant comme un os de poulet. Je m'évanouis.

Lorsque je revins à moi, il faisait froid. J'entendais des bourdonnements et ressentais des vibrations dans tout le corps. Je ne pouvais pas bouger, j'étais serré à l'intérieur de quelque chose. Je me rendis compte que monsieur Bia m'avait enroulé dans un tapis et qu'il m'avait attaché à l'arrière de sa moto. Il filait dans des ruelles obscures. J'essayai de dire un mot, mais je n'avais plus aucune force.

Je revins encore à moi. Était-ce la deuxième fois? Je n'étais pas sûr. J'étais posé sur le sol, sur le sable, à côté de la moto. Tout autour, il n'y avait que des débris. On était sur un chantier désaffecté à côté d'une sorte de marécage. Monsieur Bia était penché plus loin dans le noir et soulevait quelque chose de lourd. Il déplaça l'objet et regarda à l'intérieur d'un trou. Puis il se rapprocha de moi. Je pris peur et m'évanouis de nouveau.

On me faisait rouler sur le sol, toujours dans le tapis. Seules mes jambes et ma tête en dépassaient. De temps en temps, ma tête heurtait une pierre. Au bout d'un moment, la respiration haletante, monsieur Bia s'arrêta. Je pouvais sentir l'odeur de sa transpiration tout près de moi.

– Tu ne détruiras pas ma vie, fit-il. Allez, dégage!

J'avais toujours su que monsieur Bia et moi nous séparerions sur ce dernier mot. Il déroula le tapis d'un coup sec, libérant mes membres.

Une seconde plus tard, je me sentis chuter dans un trou et j'allai m'écraser au fond. J'essayai de remuer, mais chaque mouvement provoquait une douleur lancinante. J'avais le visage tourné vers le sol. J'entendis le bouchon lourd recouvrir la bouche d'égout dans laquelle je venais d'être jeté.

Combien de temps ai-je passé dans ce trou, dans l'obscurité ? Un jour ? Plusieurs jours ? Une semaine ? Je ne sais pas. Je suis resté ainsi, étalé sur le ventre et j'ai attendu la mort. J'avais froid, j'avais mal. Tout mon corps n'était que plaies béantes. À un moment, j'ai entendu des rats approcher. Au début, j'ai remué un peu pour les effrayer. Mais peu à peu, ils ont dû comprendre que je n'avais plus de forces. Je n'étais qu'un grand morceau de chair saignante. Quand j'ai commencé à sentir leurs museaux contre mes plaies, j'ai su que je n'étais plus humain.

Combien de temps, je ne sais pas. Je n'entendais plus rien. Juste le couinement des rats et mon humanité qui s'envolait. J'attendais de mourir, je priais pour que la mort me libère parce que j'avais froid. Le froid s'était glissé sous ma peau et en avait fait disparaître toute sensation. Même les rats que j'entendais, je ne les sentais pas. Pourtant je savais qu'ils se nourrissaient de ma chair. Mais ça ne faisait plus de différence, je n'avais plus mal, je n'étais plus rien. Eux, moi, on ne faisait plus qu'un.

Puis j'ai entendu son nom, très distinctement :

– Iman !

J'entendais des voix de jeunes qui s'amusaient. Ça provenait d'en haut, du couvercle du trou. J'entendis encore une fois :

– Iman !

Et j'ai entendu son rire ! Un rire que je n'oublierais jamais. Il a éclaté à mes oreilles et m'a rappelé à la vie. J'ai entendu des pas précipités se rapprocher du trou. Je me suis retourné sur le dos et j'ai senti le grouillement des rats surpris. J'ai regardé au-dessus de moi. La bouche d'égout n'était pas aussi haute que je l'avais imaginé. Peut-être deux mètres. Je pouvais voir les rayons du soleil filtrer par les orifices qui étaient percés dans le couvercle. De temps en temps, une ombre passait, quelqu'un le piétinait et un peu de poussière tombait sur mon visage. Des garçons jouaient juste au-dessus de moi. J'ai senti mon sang dans mes veines, mon sang dans ma bouche, sur mon visage, entre mes doigts. La lumière qui filtrait d'en haut était aveuglante, mais je n'osais fermer les yeux. Je n'arrivais plus à penser. Dans ma tête, tout était vide, mais tout le vide peu à peu s'emplissait d'un seul mot :

– Iman !

Je l'avais dit faiblement, très faiblement, mais j'étais dans une caverne et l'écho a amplifié ma voix. À l'extérieur, j'ai entendu que tout le monde s'était immobilisé.

– Iman !

Iman-Iman-man-man, répéta la caverne. J'avais crié plus fort. Je ne savais pas d'où je tirais cette force après tout ce temps dans le trou. Personne ne bougeait plus.

– Iman !

J'ai entendu un grouillement puis :

– Il y a quelqu'un là-dedans ?

– Iman… répétai-je.

Voilà, je n'avais plus de forces. C'était fini maintenant. Je perçus de l'agitation en haut. Je m'évanouis.

Une marée de lumière m'a foudroyé, me blessant les yeux. Je ne savais si je devais les ouvrir ou les fermer pour que la douleur s'en aille.

– Ce n'est pas possible, il y a un enfant au fond du trou !

– Mais comment on va faire pour le sortir de là ? C'est trop profond.

– Je ne sais pas, on va trouver.

– On ne peut rien faire, Iman, il faut aller chercher un adulte.

– Oublie ça, on va le sauver. On n'a pas eu besoin d'un adulte pour soulever le couvercle, on peut très bien se débrouiller tout seuls.

– Ouais, mais on va faire comment ? Si on descend, on ne va pas pouvoir remonter, on n'a pas de corde.

– Écoutez, vous me tenez chacun par un pied et vous me faites descendre dans le trou, j'essaie de le prendre et puis vous me remontez.

– Tu es malade, Iman, ça ne va pas marcher.

– Écoute, on n'a pas le choix, donc on va faire ça.

– Si on te lâche et que tu tombes, on fait quoi ?

– Rien du tout, vous n'allez pas me lâcher, puis c'est tout.

– D'accord.

Quelques instants plus tard, j'ai vu une ombre chinoise ramper, s'appuyer des coudes et regarder à l'intérieur vers moi.

– Il y a des rats.

– Je ne savais pas que t'avais peur des rats.

– Ta gueule, je n'ai peur de rien. Vas-y, descends-moi vite, qu'est-ce que tu attends ?

Il y a eu quelques manœuvres et j'ai vu un corps se rapprocher de moi, suspendu par les pieds, les bras ballants. Iman, son visage près du mien, ses cheveux aux boucles souples rebondissant tout autour. Il tendait les mains, mais ses bras restaient trop courts.

– Eh, tu es vivant ?

J'ai un peu remué parce que je ne pouvais pas parler.

– D'accord. Tu t'appelles comment ?

– Apo… Toumani.

– Bien, Toumani, voici ce qu'on va faire. On va te ramener en haut et puis on va te préparer un goûter. Mais avant ça, il faut qu'on te sorte du trou… Eh !

J'ai senti un mouvement de panique. À l'extérieur, de l'agitation.

– Eh les gars, vous n'avez pas intérêt à me lâcher, sinon je remonte et je vous casse la gueule !

– Ouais, eh bien dans ce cas arrête de faire la causette et ramène-le vite fait ! ont répondu des voix haletantes.

– D'accord. Eh, Toumani, on n'a pas toute la journée là, il faut que tu m'aides à te sortir du trou !

Tu vois mes mains ? Il faut que tu lèves les bras et que je puisse attraper tes mains. Si tu n'as pas la force, donne-moi juste tes poignets. Et fais vite parce que je n'ai pas envie de passer plus de temps ici avec toi.

Comme par magie, mes bras se sont levés vers Iman. Je lui ai pris une main, puis une autre. Ensuite, il a attrapé mes poignets et a crié :

– Eh les gars, c'est quand vous voulez, hein ! Et surtout, prenez votre temps, c'est sans souci, je n'ai que ça à faire !

Puis à moi, il a dit :

– Écoute, ça va secouer un peu, tu auras un petit peu mal, mais évite de trop gigoter.

J'ai eu l'impression que mes bras allaient être arrachés à mes aisselles. J'ai voulu hurler, mais je n'en avais plus la force. Petit à petit, je me suis senti soulevé, d'abord par les poignets, puis plusieurs bras se sont joints à la tâche.

Ils m'ont déposé sur le sol et j'ai regardé le ciel. Puis quatre têtes sont apparues dans mon champ de vision.

– Dieu tout-puissant, regarde comment il est blessé ! Les rats l'ont fini. Il vaut mieux ne pas le toucher, il doit avoir la rage !

– Tu racontes n'importe quoi. Et de toute façon la rage, ce n'est pas contagieux.

– Qu'est-ce que tu en sais, tu es médecin ?

– Non, et toi ? Alors, qu'est-ce qu'on va en faire ? Il faut le ramener à l'hôpital ?

– Oui, mais comment on va faire pour le ramener là-bas ?

– Je ne sais pas. Tu ne peux pas le ramener chez ta grand-mère, Iman ?

– Chez Hadja ? Je ne sais pas, je ne suis pas sûr, elle est un peu bizarre parfois. Tu sais quoi, je pense qu'on va s'en occuper nous-mêmes. Tu vas voir, Toumani, on va prendre soin de toi. Fais-nous confiance, tu es en sécurité ici.

ISLAM

Hadja

On dit que le destin d'un homme est entre ses mains. Mensonge. Souvent, le destin n'est que la pointe d'une lance projetée depuis plusieurs générations. Je pense que celui d'Iman s'est écrit avec le sang de l'accouchement de sa mère, Zainab, ma fille, qui aurait pu être une bonne mère également. Si seulement elle avait pu être une mère. Si elle avait pu être quoi que ce soit, ou du moins, réussir à être elle-même. Je me souviens des regards lorsqu'elle est née, bien avant que je devienne la vieille Hadja, alors que je n'étais encore qu'une enfant au sourire radieux. Je me rappelle les rires qui recouvraient mal la tristesse. Allah m'aura donné deux enfants. Le premier, mort-né, néanmoins baptisé, ainsi que le commande la tradition, s'il a poussé son premier cri avant de s'éteindre, et puis Zainab, sortie de mon ventre après une nuit de pleurs, ce jour de 1965. On avait voulu me le cacher, mais je l'avais tout de même appris dans un rêve : mon mari, le père de mes deux enfants, ne reviendrait jamais. C'est le croisement de ces deux événements, la mort de Younous et la naissance de Zainab, qui allaient définir Iman. Seul le corps de mon mari reviendrait, dans un

45

cercueil dont on le sortirait pour l'enterrer à même la terre. Mais dans ce corps rigide, froid, portant l'odeur de l'au-delà, je ne reconnaîtrais pas Younous. Tandis qu'on lui ferait sa dernière toilette et qu'on le revêtirait des mêmes vêtements dans lesquels il était mort, car il était mort en état de sacralisation, je me rendrais compte que nous ne lavions et n'habillions qu'une enveloppe vide. Younous quant à lui est resté là-bas, dans la poussière de La Mecque où, à chaque instant, une procession de croyants continue à le piétiner, lui ôtant la vie encore et encore. Je me demande s'il a souffert, ou si, épuisé, il est mort avant de toucher le sol. Avant que la multitude de pieds ne l'écrase. Moi, j'ai souffert. Un moment. Puis j'ai regardé dans les yeux de Zainab, et ils m'ont dit que Younous m'observait. Alors j'ai arrêté de souffrir. J'ai arrêté de me lamenter et de lui en vouloir, car Dieu est juste. Il ne commet aucun acte de cruauté. Quiconque commet une injustice le fait pour l'une de ces trois raisons. Soit parce qu'il ne sait pas qu'il commet le mal, mais Dieu sait tout, soit parce qu'il a un besoin qu'il ne peut assouvir qu'en faisant du mal, mais Dieu ne connaît aucun besoin, soit parce qu'il a été poussé par une personne à commettre ce mal, mais Dieu est tout-puissant et nul ne peut le contraindre. Ainsi, Dieu est juste, et tout acte qu'il accomplit, que ce soit donner la vie, la subsistance ou nous priver d'une chose, porte en lui un bénéfice. Je ne sais pour quelle prière Younous a dû payer le prix de sa vie, mais je sais que mon devoir à partir de ce jour a été de m'occuper de sa fille. Je n'ai pas choyé Zainab simplement parce qu'elle était ma fille et que je l'aimais. Je l'ai fait en reconnaissance de la valeur de la vie de son père. Par devoir. Une mère qui se lamente ne peut apporter que de la tristesse à sa fille. À partir de la naissance de Zainab, j'ai arboré un sourire. Ainsi, après qu'on eut rapatrié Younous, pendant qu'on le lavait, le séchait, le vêtait, puis qu'on lui récitait la Shahada, le témoignage de foi, j'ai souri. Ensuite, lorsque son corps à l'odeur de mort – on n'en parfumerait pas de camphre les points d'appui de la prière, cet usage devenant illicite pour une mort durant le pèlerinage – a été ramené au cimetière, où des hommes le descendraient dans sa tombe, le poseraient sur son côté droit et orienteraient sa tête nue vers La Mecque, j'ai encore souri. Et même après, pendant les trois jours qu'a duré la présentation des condoléances, alors qu'assise dans notre maison je recevais les femmes, tandis que les frères de Younous recevaient les hommes chez le voisin, et que, les yeux fermés, je les écoutais me répéter la formule : « Que Dieu augmente ta récompense, t'accorde l'endurance et pardonne à celui qui a été rappelé » et que je répondais chaque fois : « Amen », j'ai souri aussi. Et quand, parfois, j'ai tout de même pleuré, je l'ai fait comme il se doit, dignement, sans parole ni protestation, car le Prophète (paix et bénédiction sur lui) nous avertit que « le mort est châtié dans sa tombe à cause des lamentations répandues sur lui ».

« Nous sommes à Dieu et c'est à lui que nous ferons retour. » Younous est parti et moi aussi, un jour, je partirai. Zainab est tout ce qui reste. Zainab est mon devoir.

On m'a un jour raconté une histoire : il était une fois un menuisier extrêmement doué. Mais il était à présent vieux et voulait partir à la retraite pour pouvoir enfin vivre paisiblement auprès de sa famille. Son employeur, désolé de perdre un si bon travailleur, lui demanda comme faveur de construire une dernière maison. Le menuisier accepta après s'être fait assurer que ce serait son dernier projet. Mais son humeur était à la retraite et son cœur n'était plus à son travail, alors il effectua un travail médiocre en usant de matériaux de moindre qualité. C'était une piètre manière de terminer sa carrière. Une fois le travail effectué, le menuisier fit appeler son employeur et lui montra la maison. L'employeur lui tendit des documents et une clef et lui dit : « Tiens, voici ta maison, mon cadeau pour toi. » Le menuisier était choqué ! Si seulement il avait su qu'il construisait sa propre maison, il l'aurait mieux faite que toutes celles qu'il avait jamais construites. Moi, je ne ferai pas la même erreur, car je le sais, Zainab est ma maison, ma dernière demeure, et j'espère qu'elle lavera mon cadavre ainsi que j'ai lavé celui de son père.

Le deuil d'une épouse dure normalement quatre mois et dix jours. Pendant cette période, elle ne sort de chez elle que par nécessité. Cependant, celui d'une femme enceinte s'arrête à la naissance de son enfant. Hélas ! Je n'aurai jamais fait le deuil de Younous, Zainab est née le lendemain de la mort de son père. J'ai porté cette absence de deuil comme un vide en moi pendant tout le reste de ma vie. Tandis que j'essayais de combler ce trou comme on remplit un ventre affamé, j'ai assisté impuissante à l'effondrement de tout ce qu'il avait bâti. Chaque matin, alors que, tenant le pichet d'ablution à la main, je descendais les marches qui menaient de ma chambre à la cour commune familiale, je levais les yeux et demandais à l'aube quelle partie de Younous on m'arracherait ce jour-là.

Tout a commencé le septième jour après l'enterrement. Les visiteurs venant des régions les plus éloignées du pays étaient arrivés et une réunion se tenait dans le salon d'un oncle de Younous. Les hommes discutaient de ses biens. De sa plantation de palmiers, de son appartement dans la concession familiale, de la mosquée qu'il avait commencé à bâtir, mais n'avait jamais pu finir, et, bien entendu, de sa femme. La discussion avait commencé à midi, n'avait été interrompue que par les appels à la prière et le repas du soir, et se poursuivait jusque dans les heures les plus sombres de la nuit. Chaque fois qu'un des hommes sortait, il révélait un peu de ce qui s'était dit. On avait déjà décidé du sort de l'appartement. Wakil, le plus jeune des deux frères de Younous, en hériterait. C'était l'appartement dans lequel j'habitais. Quant à la mosquée, la communauté s'en occuperait, car personne ne voulait vraiment de la responsabilité financière de sa construction. Sa femme, on n'en avait pas discuté, par pudeur, mais tout le monde savait qu'Oumar, l'autre frère de Younous, ne tarderait pas à entamer ses avances. Le problème, c'était la plantation. Elle appartenait au père de Younous. Lorsque Younous en avait hérité, il ne s'agissait que d'un lopin de terre anodin et personne n'y avait prêté attention. Il l'avait fait fructifier d'une manière surprenante. À présent, on se demandait à qui elle revenait.

En effet, la mort de Younous n'aurait été qu'une vague de plus dans la mer s'il ne s'était agi de ce terrain. Plus que la nouvelle de sa mort, c'est celle de la disponibilité de ce lopin de terre qui s'est répandue aux quatre coins de la région comme des graines portées par une nuée de corbeaux. Ces graines ont fait germer des idées de possession dans les esprits de ses demi-frères, les enfants d'un mariage précédent de son père, partis depuis longtemps à la recherche d'une fortune qu'ils n'avaient pas encore réussi à trouver. Ils se sont présentés tous les quatre, la main tendue et les dents aiguisées, et ils avaient tous les quatre jeté leur dévolu sur la palmeraie. Cependant, chacun la voulait en entier pour lui seul! Il n'était pas question de la diviser, ils n'auraient pas réussi à la gérer ainsi. Amenés très tôt à aller chercher fortune aux quatre coins du pays, ils étaient devenus des étrangers les uns pour les autres. Il n'y avait plus aucune affinité entre eux. Non, tout partage était hors de question! Ils étaient arrivés avec des machettes qu'ils brandissaient à chaque phrase comme pour signifier qu'ils étaient prêts à se jeter au travail à la minute où la plantation serait leur. Les frères de Younous suggérèrent bien encore une fois de la partager, mais deux coups de machette dans le vent leur firent comprendre qu'il était préférable de taire ce genre d'idée. Oumar était un instituteur, et son frère Wakil était encore adolescent. Ils n'étaient pas de taille à tenir tête à leurs demi-frères. Ils se retirèrent donc discrètement des négociations et attendirent que les choses se fassent, pour qu'enfin on puisse se recueillir. Mais les choses ne se firent pas. Lorsque minuit sonna, l'un d'entre eux se leva et décida que la discussion avait assez duré. La machette à la main, il se précipita sur son propre frère pour, dit-il, « aller de ce pas réduire d'un le dénominateur de la division ». Tout le monde se jeta sur lui. Des cris retentirent, des coups de machette s'abattirent, tant à l'intérieur du salon qu'à l'extérieur. Des hommes se ruèrent dans la pièce, les femmes se mirent à l'abri avec leurs enfants. Dans la débandade, l'un des demi-frères perdit la vie, le crâne fendu ; Oumar, en essayant de le protéger, reçut un coup de machette sur la nuque si puissant que son œil gauche en fut éjecté de son orbite. Wakil, prenant peur, sauta sur sa mobylette et s'enfuit sous les menaces de ses demi-frères. C'était l'anarchie, tout le monde hurlait et les hommes se battaient dans le noir de la cour. Quelqu'un courut au camp militaire avertir les soldats de ce qui se passait. Enfermée dans ma chambre dans l'obscurité, assise à même le sol, paniquée, je serrais Zainab dans mes bras en criant. J'entendis des coups à ma porte. C'était une des vieilles femmes du quartier. Elle m'intima l'ordre de sortir tout de suite, de laisser mes affaires et de partir avec elle me réfugier en lieu sûr. Les hommes n'allaient pas tarder à envahir la chambre maintenant que Wakil s'était enfui. Je ne pris que Zainab et je sortis sous la pleine lune. Dehors, Souwé, la femme d'Oumar, m'attendait aussi. Menées par la vieille dame, nous prîmes le chemin des bois. Mes sandales claquaient dans la poussière et je pleurais, accusant Younous de m'avoir ainsi abandonnée. La femme d'Oumar pleurait, car elle ne savait pas si son mari était encore vivant. Seule la vieille femme restait lucide. Dans un brouillard de larmes, nous marchâmes toute la nuit jusqu'à la ville voisine où la vieille femme avait de la famille. Ainsi, je me retrouvai, veuve, avec un enfant dans les bras, dans une ville inconnue. Effrayée, affaiblie par la marche et grelottante de froid, j'attendis dans une rue avec la femme d'Oumar, pendant que la vieille femme allait s'entretenir avec ses relations à l'intérieur d'une maison. Au bout d'un instant, elle revint et déclara : « *Alhamdu lillahi*, Dieu soit loué, nous avons été guidées dans la bonne direction. Voici la maison de mon frère, Lawani. Il n'a pas grand-chose, mais il a écouté votre histoire et il va faire ce que Dieu commande. »

La bonté pieuse est de croire en Allah, au Jour dernier, aux anges, au Livre et aux prophètes, de donner de son bien, quelque attachement qu'on lui porte, aux proches, aux orphelins, aux nécessiteux, dit le Coran. Ainsi donc, ayant pris connaissance de l'événement terrible qui s'était déroulé dans la ville voisine, la communauté avait décidé de constituer un capital pour nous ouvrir une modeste épicerie à Souwé et à moi. Elle refusa. Elle avait appris que son mari était vivant, qu'il avait été emmené à l'hôpital de la capitale. Il fallait qu'elle soit à ses côtés. Elle me proposa de l'accompagner :

– Je sais, fit-elle, que si Oumar se rétablit, aussitôt sur pied, il demandera à t'épouser. C'est un homme bon, et il s'occupera bien de Zainab, car elle est aussi de son sang.

Je refusai parce que même si le Seigneur commande que la vie reprenne au bout des trois jours suivant la mort, dans mon cœur, je n'avais pas fait le deuil de Younous.

– Souwé, fis-je, les gens d'ici ont été bons. Je vais accepter leur offre et m'occuper de la boutique. Toi, va. *Inch'Allah*, Oumar va survivre et tu vas l'aider à réaliser ses rêves. Il a de grandes choses à accomplir.

En effet, c'était l'année 1965 et le pays avait obtenu son indépendance à peine cinq ans auparavant. Il y avait à faire, surtout pour un instituteur. Au départ des colons, avais-je appris, de jeunes Africains pleins d'entrain s'étaient dévoués corps et âme pour repenser tous les programmes scolaires, réécrire tous les manuels. Combien de fois n'avais-je pas entendu Oumar s'exclamer, rugir dans l'un de ses longs discours enflammés :

– Il est temps d'anéantir tous les efforts entrepris par les pouvoirs coloniaux dans le but d'imposer la culture et la langue françaises aux populations colonisées ! Fini la prédominance du mode de pensée du colonisateur ! Nous allons pouvoir être des *Africains* maintenant et pas seulement des *nègres* !

Tout cela ne me regardait pas. Je voulais juste m'occuper de la fille de Younous et m'assurer qu'elle grandirait, car c'était tout ce qui restait de lui. Je me disais que dans la capitale, Souwé et Oumar s'en sortiraient bien. Je le lui dis. Elle me remercia et partit, me faisant promettre que si j'avais jamais un problème je m'adresserais à elle.

Le commerce me revint donc à moi seule. Plutôt qu'une boutique, il s'agissait d'un simple étalage posé sur une table en bois que surplombait une toiture de tôle ondulée. Le tout était installé juste à l'extérieur de la maison. Perchée sur un tabouret de l'autre côté de la table, le dos contre le mur et un éventail à la main, je regardais les gens passer sous un soleil de plomb. Ils s'arrêtaient, me saluaient et posaient un regard attendri sur Zainab qui s'amusait dans le sable. Elle attirait le regard, car on la trouvait belle. La beauté peut être charme ou malédiction. En ces temps-là, elle conquérait les sourires. Ses longs cheveux, séparés en couettes, son sourire éclatant, sa peau couleur du soleil couchant irradiaient et commandaient l'attention. Les passants s'avançaient alors vers moi et, tandis qu'ils m'achetaient divers articles, me complimentaient : « C'est une bien belle enfant que Dieu t'a donnée. » Mais lorsqu'ils repartaient et qu'ils l'appelaient pour qu'elle s'amuse un instant avec eux, Zainab, absorbée dans ses jeux, les ignorait simplement. Zainab ne répondait pas aux attentes de son entourage. Aucune friandise, aucune gentillesse, aucun cadeau ne permettait de s'approprier son attention. Elle ouvrait la main, prenait l'objet qu'on lui tendait, puis courait se réfugier derrière un meuble où elle poursuivait ses jeux. Dieu a voulu qu'elle porte en elle chacune des attitudes de son père. Un esprit libre ! Iman, quant à lui, est tout autre. Iman est comme moi, lié par le devoir. Peut-être que chaque nouvelle génération essaie de rattraper les excès de la précédente. Zainab n'était liée par rien du tout. Elle était aussi libre que le vent salé qui soufflait depuis la mer et s'engouffrait dans les ruelles de notre ville, soulevait les jupes, faisait claquer les pantalons ou léchait les lèvres comme un baiser indécent. Assise contre le mur telle une ombre projetée par le soleil de cette ville aux briques rouges, au sable fin et à l'air enivrant, j'ai regardé émerveillée la vie prendre forme dans le corps de ma fille.

Les années sont passées, mais je ne suis jamais retournée dans la ville de Younous. Je n'ai pas revu les ruelles où nous avons marché, les places où nous avons ri. Je n'ai pas revu les arbres à l'ombre desquels nous nous sommes enlacés. Je n'ai jamais regardé en arrière. Je n'avais pas peur. Rien ne me faisait peur quand je serrais la main de Zainab dans la mienne. Cependant, je n'avais pas envie de voir de mes yeux ce que mon oreille avait entendu. La mosquée était tombée en ruine. L'un des demi-frères était mort et son meurtrier en prison. Les deux autres s'étaient partagé la concession et la palmeraie. Cependant, elle n'était plus aussi fructueuse, car une guerre s'était établie entre les deux demi-frères encore libres. Ils passaient plus de temps à saboter les plans l'un de l'autre qu'à faire pousser des palmiers. Wakil avait disparu à jamais. Ce soir-là, sur sa mobylette, il n'était pas arrivé à bon port. Peut-être qu'il s'était fait agresser sur le chemin, ou que sa mobylette avait chuté dans une des lagunes qui bordent la ville. En tout cas, il s'était volatilisé. Peut-être aussi est-il encore en vie. Mais, quoi qu'il en soit, il en est ainsi de la volonté divine : « personne ne peut mourir que par la permission d'Allah, et au moment prédéterminé », comme il est écrit. Oumar, lui, habitait toujours la capitale. En plus de lui avoir fait perdre un œil, le coup qu'il avait reçu sur la nuque l'avait rendu tétraplégique, mais, par la grâce de Dieu, il était en vie, et la vie est un don plus important que la vue ou la mobilité. Lui non plus, je ne l'ai jamais revu. Je ne sais pas ce qu'il est advenu de ses rêves, de tous nos rêves. Les nègres étaient-ils finalement devenus des Africains ? Je ne sais pas. De temps à autre, je recevais une lettre de Souwé dans laquelle elle décrivait les réalités de la capitale. J'imaginais un univers où l'on vivait cloîtré, où personne ne s'occupait de son voisin. Elle me décrivait l'exode des villageois qui chaque jour arrivaient en plus grand nombre pour tenter leur chance dans le centre économique du pays. Ils vivaient, disait-elle, dans des huttes de tôle bâties au bord des routes, sans infrastructure. Les zones où ils habitaient se transformaient peu à peu en dépotoirs, et les autorités finissaient par les chasser pour détruire leurs maisons insalubres. Livrés à eux-mêmes, ils n'avaient d'autre choix que de rejoindre le rang croissant des parias et des hors-la-loi qui créaient insécurité et psychose dans la ville. Je lisais les lettres et je tremblais. Elle parlait de politique, de gouvernements qui changeaient, de coups d'État. Je remerciais le Seigneur de m'avoir donné Zainab le jour de la mort de son père. Car sinon, me disais-je, j'aurais fait le deuil de Younous et j'aurais sans doute accompagné Souwé à la capitale pour épouser Oumar. Ici, j'étais seule avec ma fille de douze ans, mais je me sentais bien. Cependant, même cela n'était pas censé durer.

Tout a commencé par un coup de feu. Et puis j'ai vu un enfant déboucher d'un coin de rue et passer et filer pieds nus devant mon étalage. Je me suis levée d'un bond et je l'ai suivi des yeux tandis qu'il disparaissait au loin. Puis j'en ai vu un autre déboucher du même coin, et puis un homme, et un autre. Et subitement, il y avait une foule dans la rue. Des gens excités qui arrivaient en courant.

– Ils arrivent! Ils arrivent! criaient-ils.

Abandonnant mon étalage, je me suis précipitée dans la foule. J'ai saisi un bras :

– Qui donc arrive ?

– Les militaires. Ils sont là pour Lawani, m'a fait un jeune homme au regard fou.

Puis il m'a arraché son bras, et quelqu'un m'a bousculée et je l'ai perdu de vue dans la poussière. Mon sang s'est glacé dans mes veines. Lawani était l'homme qui m'abritait ! Mais que lui voulait-on ? Derrière la foule, j'ai vu une procession de militaires armés. Ils arrivaient dans une camionnette bâchée. Certains marchaient à côté, leurs fusils pointés vers la foule. L'un d'entre eux a approché un porte-voix de sa bouche et a crié :

– Agnidé Lawani, vous êtes en état d'arrestation pour opposition à la Constitution. Je vous prie de vous rendre, ou on devra venir vous chercher.

Les militaires essayaient d'avancer vers la maison, mais la foule leur faisait barrage. Lawani était le bienfaiteur public de la ville et on essayait de le protéger. L'homme au porte-voix a fait :

– J'ordonne à la foule de se disperser. Tout manifestant sera considéré comme ennemi de la république marxiste, et pour cela arrêté et jeté au cachot.

Mais personne n'a bronché. Un jeune homme a ramassé une pierre et l'a maladroitement lancée vers un soldat. Le soldat a évité la pierre, puis a jeté un coup d'œil nerveux à l'homme au porte-voix. Celui-ci a haussé les épaules :

– À mon commandement, tirez dans la foule.

Les soldats ont mis leurs armes en joue sans une seconde d'hésitation. Un homme s'est précipité vers eux, une femme a hurlé dans la foule, un coup de feu a retenti. Je ne sais pas si l'homme a été touché, car partout autour de moi c'était l'apothéose de la terreur. Des hommes et des femmes hurlaient en s'enfuyant dans tous les sens. Des coups de feu claquaient. Mon cœur battait la chamade tandis que je courais, que je bousculais des corps et qu'on me bousculait. Je tombais dans la poussière et je me relevais aussitôt, pour ne pas me faire piétiner. Me faire piétiner comme Younous à La Mecque! Je fonçais vers l'école primaire que Zainab fréquentait. L'école se trouvait à cinq minutes. Ici, la foule était plus dispersée. Au portail de l'école, des dizaines d'enfants, menés par un groupe d'enseignants, montaient dans des minibus. Je suis arrivée juste à temps pour voir Zainab grimper dans un des bus en tête de file. Je me suis élancée vers lui, mais au moment de l'atteindre, un homme s'est mis sur mon chemin.

– Qu'est-ce que vous voulez?

– Je suis la mère de Zainab! Où est-ce que vous les emmenez?

– Les enfants de Lawani sont dans notre école, on sait que les militaires vont passer les chercher, on veut éloigner les enfants avant qu'ils arrivent! On va tous les prendre, comme ça, ils ne sauront pas lequel est lequel. On les conduit en lieu sûr.

– Mais vous ne pouvez pas emmener ma fille! Nul lieu n'est plus sûr pour une enfant que les bras de sa mère.

Il allait répondre, mais son attention a été distraite par un homme qui criait:

– Les militaires seront bientôt là!

Il s'est précipité dans le minibus le plus proche en criant au chauffeur :

– Démarre !

Puis il s'est arrêté un instant, s'est retourné vers moi, m'a pris par la main :

– Montez, madame, a-t-il fait en me hissant dans le bus.

Le bus a démarré en trombe. L'intérieur était bondé. Les adultes essayaient de calmer des enfants agités. J'étais assise juste derrière le siège de celui à qui je parlais plus tôt. Il donnait des indications au chauffeur à côté de lui. Une petite fille à l'odeur de transpiration est venue se poser sur mes genoux. J'essayais de garder les yeux fixés sur le bus dans lequel Zainab était partie. L'homme devant moi s'est retourné :

– Vous êtes la mère de Zainab ? C'est une petite au teint clair, d'à peu près treize ans, n'est-ce pas ?

– Oui.

– Je la connais, a-t-il fait par-dessus le grondement du moteur. C'est une bonne élève. Je m'appelle Ermile, le directeur de l'école. Ne vous en faites pas, il n'arrivera rien aux enfants. On veut les emmener à la gare d'autobus. Là, quelqu'un se chargera des enfants de Lawani. Les autres pourront rentrer à la maison ensuite. Eh ! Regardez derrière vous.

Tandis qu'on tournait le coin d'une rue, j'ai vu, à l'arrière, une camionnette militaire se garer devant l'école.

– Avant qu'ils ne comprennent pourquoi l'école est vide, on sera loin ! a crié Ermile.

– Mais qu'est-ce qui se passe ? ai-je fait.

Ermile m'a regardée d'un air surpris :

– Vous ne savez pas, madame ?

J'ai haussé les épaules.

– Est-ce que vous êtes au courant de la tentative de coup d'État contre le Général Président ?

Je me suis rappelé les lettres de Souwé. Quelques années plus tôt, à la suite d'un coup d'État militaire, le général K. s'était saisi du pouvoir, mettant fin à un système de gouvernement dans lequel trois membres du conseil présidentiel étaient censés chacun leur tour assumer le pouvoir. Il fit mettre en prison les trois précédents présidents et déclara : « Nous ne nous encombrerons pas en copiant une idéologie étrangère. Nous ne voulons ni du communisme, ni du capitalisme, ni du socialisme. Nous avons notre propre système culturel et social. » Il mit en place un régime marxiste-militaire, qui se consolida progressivement. Les opposants étaient de plus en plus sévèrement réprimés. À la fin de l'année précédente, un groupe d'exilés, aidé par des forces étrangères, atterrit à l'aéroport de la capitale et tenta de s'emparer du pouvoir. Le coup échoua et eut pour conséquence de renforcer le régime militaire. Le président avait décidé de nettoyer le pays de toute opposition, qu'elle soit directe ou indirecte, réelle ou supposée. J'avais lu ces lettres, mais je ne m'étais jamais sentie concernée par les événements qu'elles relataient. Ermile s'est penché vers moi :

– Il paraît que Lawani a aidé à l'organisation du coup. C'est pour ça qu'ils sont venus le chercher. Ils vont le jeter en prison et faire des domestiques de ses enfants et de tous ceux qu'ils risquent de ramasser, a-t-il fait.

Puis il s'est retourné vers le chauffeur et n'a plus dit que deux ou trois mots jusqu'à la gare. Le bus a pris beaucoup de temps avant de parvenir à destination. Il fallait emprunter des chemins détournés pour ne pas tomber sur les convois militaires. Nous sommes arrivés seulement au crépuscule. Les enfants dormaient dans le minibus. La gare se trouvait dans un marché. Au moment où nous y débarquions, les derniers vendeurs fatigués rangeaient leurs étalages. Ça m'a rappelé que j'avais laissé mon propre étalage en plan derrière moi. Il ne devait pas en rester grand-chose. Au loin, j'ai entendu un muezzin faire l'appel à la dernière prière de la journée. Ça devait être un bon signe, d'arriver au moment où Dieu fait appel aux croyants. Tandis que les instituteurs s'étiraient dans le soleil couchant, je me suis dirigée vers le minibus où se trouvait Zainab. Elle dormait aussi. Elle avait l'air si paisible que je n'ai pas osé la réveiller. J'ai commencé à chercher des yeux un endroit où aller prier. J'ai vu un homme vêtu d'une longue tunique avec un chapelet enroulé autour du poignet se diriger vers une fontaine où il a pris de l'eau et s'est accroupi pour faire son ablution. Je l'ai suivi et j'ai attendu qu'il finisse. Lorsqu'il s'est redressé, il m'a regardée dans les yeux :

– Vous êtes arrivée avec le bus des enfants ?

– Oui.

– Vous êtes institutrice ?

– Non, je suis la mère d'une des enfants.

– Vous alliez en colonie ?

– Non, on fuyait des militaires.

– Ah ! j'ai entendu parler de ça. Ceux qui sont venus chercher Lawani. Ils ne l'ont pas trouvé chez lui, donc ils ont arrêté tous les habitants de sa maison. Pour les interroger, disent-ils. Ah, je n'aimerais pas être à leur place, ils vont être battus comme des chiens !

J'ai frémi :

– J'habitais dans la maison.

– Vous avez bien fait de vous enfuir alors, mais qu'allez-vous faire maintenant ? J'ai appris qu'ils ont saisi la maison et en ont fait la propriété du gouvernement. Je ne vous conseille pas de retourner là-bas. Vous avez quelqu'un chez qui aller ?

J'ai fait non. Je n'avais nulle part où aller, mais un coup d'œil vers le minibus m'a rassurée. Ma fille était avec moi.

– Vous ne connaissez personne, nulle part, vous n'avez pas de famille ?

– Mon beau-frère habite la capitale avec sa femme.

– Bien, écoutez, moi, je fais le chemin vers la capitale régulièrement. Je pars demain matin en bus. Si vous voulez, vous pouvez rester avec moi à mon hôtel cette nuit, et demain je vous emmène chez votre beau-frère.

J'ai hésité, je me suis balancée d'un pied sur l'autre. Il a compris :

– Madame, je suis un serviteur d'Allah. J'ai encore l'eau de l'ablution sur mon corps. Je m'en vais prier. Croyez-moi, je n'essayerai pas dans ces conditions de vous faire du mal.

Il devait avoir quarante-cinq ans. Avec une barbe fournie, des lunettes rondes, l'air sérieux. L'air pieux. Le bus allait repartir avec les enfants bientôt. Si je rentrais avec eux, je n'aurais pas de maison et sans doute plus de commerce, car tout avait certainement été pillé. J'ai repensé à l'appel du muezzin au moment de notre arrivée, au chapelet autour du poignet de l'étranger, à l'eau de l'ablution qui coulait sur son visage. Parfois, il faut croire en quelque chose. J'ai acquiescé. Il a souri. Je suis allée annoncer à Ermile que je ne rentrerais pas avec eux.

J'ai passé une longue nuit entrecoupée de cauchemars. J'y voyais des enfants torturés. Certains avaient des membres amputés. Dans d'autres rêves, je cherchais Zainab sous une pile de cadavres. Puis je la tenais dans mes bras, mais elle n'était plus qu'un corps sans vie. Lorsque je me suis réveillée, mes habits étaient trempés de sueur. Je n'avais pas pu les enlever pour dormir, car j'avais passé la nuit dans la chambre de l'étranger. Moi, sur le lit avec Zainab, et lui, sur le sol à côté. Je les ai gardés sur moi malgré l'odeur de transpiration. Je n'avais rien pris en partant. C'était l'aube à mon réveil. L'étranger était appuyé à la fenêtre. Il s'est retourné vers moi et m'a fait un sourire compatissant. Nous sommes descendus et, après la prière, avons embarqué dans le bus pour la capitale. Il a payé mon voyage et, à l'arrivée en ville, m'a escortée en taxi jusqu'à la maison d'Oumar. Lorsque Souwé est venue ouvrir le portail de la cour, elle avait l'air heureuse, mais pas étonnée.

– Je savais que tu viendrais. Bienvenue chez toi, viens, rentre. Bonjour, Zainab, que tu es belle !

Son dos s'était voûté et elle avait maigri. Je l'ai suivie à l'intérieur. Nous avons traversé la cour commune que devaient louer une demi-douzaine de familles, puis nous sommes rentrées dans l'appartement de Souwé. L'étranger est entré également, par politesse, mais juste une minute, le temps de prendre un verre d'eau, puis il s'est excusé. Je ne l'ai plus jamais revu. Mais je ne peux m'empêcher de penser que lui me voit tous les jours et veille sur moi, car j'en suis sûre, c'était Jibril, l'ange Gabriel, le messager de Dieu qui est envoyé pour guider les âmes égarées. C'est seulement une fois l'étranger parti que Souwé a fait attention à mes mains vides. J'étais arrivée sans bagages. Mais elle a haussé les épaules et n'a pas fait de commentaire. Elle m'a dit :

– Viens, viens dans la chambre te changer.

Elle a écarté le rideau tendu dans l'embrasure de la porte du fond et nous avons traversé un couloir obscur, dépassé une salle de bains et débouché dans la pénombre de la seconde pièce. En face d'une fenêtre qui donnait sur l'arrière-cour se trouvait Oumar assis sur un lit, torse nu. Il n'était plus que l'ombre de l'homme que j'avais connu. Il avait pris énormément de poids, sans doute parce qu'il ne pouvait plus bouger. Son visage avait vieilli bien plus que ne laissaient présager les treize années qui s'étaient écoulées depuis notre dernière rencontre. Il portait une longue entaille dans le cou, et l'un de ses yeux n'était plus qu'une orbite creuse que recouvrait une paupière perpétuellement fermée. Son œil valide s'éclaira en un sourire lorsqu'il me vit. En réponse à mon interrogation muette, Souwé a fait :

– Il peut parler, mais il n'aime plus trop ça. Aidez-moi à le mettre dans son fauteuil roulant. On va le sortir pendant que vous vous changez.

Deux femmes et une adolescente ont soulevé par les aisselles un homme qui n'avait plus fait un geste depuis treize ans. On l'a lourdement déposé dans son fauteuil. Je sentais que Zainab avait peur. Pour elle, Oumar devait être une sorte de monstre. Il devait également s'en rendre compte. J'ai trouvé cela injuste :

– C'est le frère de ton père, Zainab, ai-je dit d'un ton doux, comme pour l'excuser.

– Je sais, a-t-elle répondu froidement. C'est l'oncle Oumar.

Il lui a fait un sourire, mais elle ne l'a pas regardé. Souwé a habilement manœuvré le fauteuil hors de la chambre. Elle est revenue cinq minutes plus tard et a ouvert une armoire de laquelle elle a sorti des vêtements propres.

– Je n'ai pas de vêtements à la taille de Zainab, a-t-elle fait, embarrassée, le regard fixé au sol.

L'embarras dans sa voix, c'était le silence dans la maison. Le silence du vide d'enfant, d'un mari handicapé, de deux vies gâchées par un coup de machette. Younous était mort, mais moi, j'avais Zainab.

– Ce n'est pas grave, ai-je fait, mais je ne parlais pas des habits.

Je lui ai tenu la main pendant qu'elle cherchait des yeux, dans son armoire, des affaires pour nous.

Pendant les années à venir, Zainab a porté des habits plus grands qu'elle. Mais dans chacun de ses retroussages de manches, dans chacun de ses réajustements de col, j'ai vu la générosité de Souwé. Souwé était heureuse de m'avoir pour l'aider à s'occuper de son mari. Zainab remplissait sa vie des cris, des bouderies, des disputes d'adolescentes qui lui avaient été refusés toutes ces années. Au début, je me suis dit que Zainab était ma façon de remercier Souwé de son hospitalité ; l'hospitalité a beaucoup d'importance pour une femme qui toute sa vie a été chassée d'une maison à une autre. Mais peu à peu je me suis rendu compte que je me trompais. Cette hospitalité était plutôt une manière pour Souwé de me remercier de la présence de Zainab. Au fil des années, le dos de Souwé s'est redressé, ses joues se sont remplies et son regard passait de moins en moins de temps tourné vers le sol. Elle se sentait enfin vivre, enfin libre. Mais cette liberté s'étendait également à son devoir envers Oumar. Oumar n'était plus le centre de sa vie. Il commença à s'éteindre. Cependant, avant de mourir, un jour il m'a appelée du regard. Je me suis rapprochée de lui et il a dit :

– Est-ce que tu veux m'épouser ?

Je lui ai pris la main et j'ai répondu oui, doucement. Nous avons organisé le mariage rapidement, car il ne restait plus beaucoup de temps. On s'est mariés dans la joie. Oumar est mort quelques mois plus tard. Souwé m'a indiqué qu'elle me laissait toutes les affaires d'Oumar :

– Fais-en ce que tu voudras.

Elle a juste gardé sa bague de mariage. J'ai fait le tour de la maison et ramassé tout ce qui appartenait à Oumar. Et j'ai tout vendu. J'ai vendu ses affaires, ses habits, son fauteuil roulant, nos bagues et tous mes cadeaux de mariage. J'ai récupéré l'argent et, en mémoire d'Oumar, je me suis offert le plus beau cadeau du monde. Le cadeau qu'il aurait effectivement tout donné pour m'offrir, s'il avait su que c'était l'unique chose que je désirais. Je suis allée à La Mecque.

La minute où j'ai foulé le sol de La Mecque, j'ai su que je venais de trouver la réponse à toutes mes questions. D'un seul coup, tout comme la mer Rouge a rempli le passage que venait d'emprunter Moïse, La Mecque a rempli le vide qui s'était creusé en moi à la mort de Younous. Et, tout comme les vagues ont englouti les Égyptiens, La Mecque a englouti toutes mes frustrations. J'ai regardé autour de moi et ce que j'ai vu m'a guérie. J'ai vu l'espoir. Jamais je n'avais vu tant de couleurs sur des visages. Mais les paumes des mains tendues vers le ciel étaient de la même teinte; les pieds qui foulaient le sol marchaient dans la même direction. Notre parcours est différent, mais la destinée de l'Homme est unique. J'ai compris que le sens de la vie nous échappe et depuis je n'ai plus posé aucune question. Lorsque je suis revenue du pèlerinage, je n'étais plus la même. J'étais devenue Hadja, femme pèlerine, et les gens me traitaient avec déférence et prêtaient une attention respectueuse à tout ce que j'aurais pu dire. Mais, moi, depuis, je me tais. En dépit de toute la tragédie qui a eu lieu après mon retour de La Mecque je me suis tue. J'ai simplement plongé mon regard dans la douleur de deux générations, celle de Zainab puis celle d'Iman, et je l'ai acceptée. Dieu existe, et si les choses sont telles qu'elles sont, c'est parce que c'est ainsi qu'Il l'a désiré. Moi, je me contente de marcher silencieusement, les yeux fermés et le cœur empli de confiance le long de la voie qu'Il m'a tracée. La voie de l'Islam.

IRIDIUM

Zainab

Partout autour de moi, je vois des yeux qui me jugent. Ils m'accusent. Les gens disent que je ne ressens rien, que j'ai le cœur aussi froid que la glace, aussi dur que le métal le plus dur. Et ils doivent avoir raison puisque ce qu'ils pensent m'est égal. Je me fiche de leur avis. Chacun sa vie, j'ai choisi de ne pas vivre la mienne en fonction de leurs regards. D'ailleurs qui sont-ils donc pour oser porter des jugements ? Je regarde les femmes assises contre le mur à côté de la porte d'entrée toujours ouverte de mon salon de coiffure. Pourquoi reviennent-elles toujours se faire coiffer chez moi si elles ne m'aiment pas ? Pour pouvoir me juger ? Tenter de se convaincre que leur vie est immaculée en la comparant à la mienne ? Elles posent des questions à l'allure insignifiante, mais minées de sous-entendus. Des questions auxquelles je n'hésite jamais à répondre. Je n'ai honte de rien et je n'ai jamais eu de regrets. C'est pour ça que moi, j'arrive à les regarder droit dans les yeux jusqu'à ce qu'elles baissent la tête. Et ce n'est même pas une victoire. Parce que ce n'est pas un jeu. Je ne joue pas à leur tenir tête. C'est simplement que mon regard est léger, alors je n'ai aucune peine à le soutenir. C'est drôle, car, à part moi, tout le monde a la tête baissée dans mon salon de coiffure. Les trois femmes qui sont en train de se faire coiffer baissent la tête parce qu'elles se font coiffer. Mes trois employées sont concentrées sur les têtes des clientes. Et les deux femmes qui attendent à côté de la porte ont le regard rivé sur des magazines. Moi, je suis appuyée sur mon comptoir et je regarde par la baie vitrée la pluie tomber sur le sable de la rue. Je regarde les grands bassins d'eau stagnante qui se sont formés et forcent les quelques voitures qui passent à rouler très lentement pour les contourner. Ma rue est une des nombreuses artères perpendiculaires aux grandes voies pavées à plus forte circulation. Il n'y a pas beaucoup de voitures dans le coin. J'habite ici. Je n'ai qu'à passer la porte arrière de mon salon de coiffure, traverser la cour au sol de ciment, et rentrer dans mon appartement. Il y a aussi une porte dans la cour qui donne directement sur la rue sans passer par le salon. Je suis bien ici, c'est un endroit tranquille. C'est pour ça que je ne regrette rien. Toute ma vie, j'ai aspiré à la tranquillité. Je voulais simplement être heureuse. Par n'importe quel moyen. Et à présent, je regarde par la fenêtre et je vois des enfants poser des pierres dans les mares pour les traverser à gué. J'en vois qui creusent des rigoles sur les bordures de la rue pour permettre à l'eau de s'échapper vers les caniveaux de la route principale. Je vois les hommes, assis sous de petits abris de tôle, boire ou jouer aux cartes en regardant la pluie tomber. Certains me saluent juste parce qu'ils me reconnaissent, d'autres, pour me rappeler que je leur dois de l'argent pour telle ou telle réparation qu'ils ont effectuée dans mon appartement ou ma salle de bains. Et même si, dès qu'ils ont baissé la main qu'ils m'envoyaient, dès que leur sourire s'est effacé, ils se mettent à parler de moi, je sais que l'on m'accepte comme je suis. Dans cette pièce où je suis bercée par le ronronnement des casques, où à chaque inspiration je sens l'odeur de la pluie mélangée aux parfums des produits cosmétiques, je suis chez moi. C'est mon univers et je le maîtrise. Et c'est ça, le bonheur. Alors comment pourrais-je regretter le chemin qui m'y a menée ? J'ai un salon, une maison, une voiture, et deux enfants. Ou peut-être un seul, je ne sais pas. Avec Iman, c'est compliqué. Ça l'a toujours été. Iman est le seul dont je n'arrive pas vraiment à soutenir le regard. Mon propre fils, mon aîné. Je ne sais pas si j'ai le droit de l'appeler mon enfant. Parce que je l'ai voulu mort. Et il le sait. Depuis cette phrase irrécupérable lâchée dans une salle de bains aux murs de carreaux froids couverts de taches de sang. Depuis, chaque fois que je pense à lui, mon cœur se resserre, mes dents grincent, et je me demande ce que ma vie aurait pu être sans lui. Si tout s'était passé différemment, si mon père n'était pas mort, si l'oncle Oumar n'avait pas dû être amené ici à la capitale pour être hospitalisé, si ma mère ne l'y avait pas rejoint par la suite pour l'épouser par pitié, s'il ne lui avait pas alors légué tous ses biens et si elle n'était pas partie à La Mecque ? Maudite Mecque ! Le début de mes mésaventures.

Je devais avoir seize ans quand l'oncle Oumar a fini par nous laisser. Je veux dire, nous laisser enfin respirer. Le patriarche avec ses deux femmes qui s'occupaient de lui. La première par devoir et la deuxième par pitié. J'ai observé pendant toute son agonie les deux femmes de l'oncle Oumar. Tante Souwé et ma mère. Elles étaient mes deux modèles. Mes deux modèles de femmes à ne pas suivre. Je ne serai jamais Souwé, écrasée par le poids d'un handicapé obèse, le lavant, l'habillant, le nettoyant quand il défèque. Pendant tout ce temps, l'oncle Oumar n'a eu qu'une préoccupation, qu'un regret. Ne pas avoir pu épouser ma mère avant de devenir handicapé. Ainsi il aurait pu lui écarter les jambes et la pénétrer. Mais non, oncle Oumar, tu ne pénétreras plus personne, tu ne jouiras plus, tu n'ensemenceras plus. Les seules choses qui sortiront de ton corps malade seront la salive, la vomissure et les excréments. Il m'a dégoûtée dès le premier regard libidineux qu'il a posé sur ma mère le jour de notre arrivée dans cette maison obscure. Il nous a regardées, et ma mère a demandé s'il parlait. Je me souviens de la réponse de Souwé, car c'est à ce moment-là que j'ai perdu toute considération pour elle : « Il n'aime plus trop ça. » Ton mari t'ignore depuis des années, et tu continues tranquillement de le trimbaler dans son fauteuil roulant. Il a su parler quand il s'est agi de se servir de l'imminence de sa mort pour demander ma mère en mariage. « Est-ce que tu veux m'épouser ? » a-t-il dit, le regard lubrique. Ta mort s'approche et ta dernière volonté est d'épouser la femme que tu as passé ta vie à envier à ton propre frère. Tante Souwé a prétendu qu'elle était heureuse pendant la préparation du mariage, mais nous sommes toutes des femmes et l'une ne leurrera pas l'autre. Toute cette attention qu'elle vouait à ma mère n'était qu'un moyen de se prouver que l'attitude de son mari ne la touchait pas. Elle essayait de donner l'impression qu'elle volait bien au-dessus du bas-fond misérable qu'était sa vie. Mais elle en faisait trop. Et si je le voyais, alors ma mère le voyait aussi. Même cachée derrière sa pile de Coran, de chapelets, sa demi-douzaine de prières quotidiennes, elle non plus ne trompe personne.

Je ne serai pas non plus comme ma mère. Je n'accepterai pas toutes les misères qui me tombent dessus en étant trop lâche pour me battre. De sa vie, ma mère n'a jamais pris une décision, n'a jamais fait un pas ou envisagé un changement qui n'était imposé par les circonstances. Elle n'est qu'une sorte de loque religieuse qui ponctue chaque phrase de *Inch'Allah*, si telle est la volonté divine, pour se déresponsabiliser de tout acte. Le plus hilarant est le jour où elle m'a annoncé que l'ange Gabriel était descendu du ciel spécialement pour l'accompagner à la capitale. Il guide les âmes égarées. Tu n'étais pas égarée dans ton village, chère mère, tu profitais tel un parasite de la générosité d'un homme qui t'avait prise en pitié. Et quand, treize ans plus tard, il a dû s'enfuir, tu prétends que tu t'es alors retrouvée égarée ? Excuse-moi, treize années ? En plus d'une décennie, tu ne t'es pas dit qu'il était peut-être temps que tu te prennes en charge ? Ça ne t'a pas effleuré l'esprit qu'il ne serait pas présent indéfiniment ? Et quand tu t'es retrouvée égarée, comme tu dis, ta seule solution a été de courir dans la maison du dernier homme qui voulait te mettre dans son lit ? Ensuite, tu l'as épousé, tu t'es donnée à lui pour le rembourser. Pendant toute la cérémonie de mariage, j'ai regardé, dégoûtée, ma mère se déhancher comme la plus vile des prostituées. Mais tout cela m'a servi de leçon. Je ne laisserai jamais les événements de la vie prendre le dessus sur moi. J'étais heureuse que ma mère vende les affaires de l'oncle Oumar. Depuis le temps que je priais pour qu'il disparaisse et emporte avec lui son odeur de malade. J'étais encore plus heureuse quand ma mère est partie à La Mecque. Enfin la liberté ! On m'a demandé de prier pour elle, mais je ne l'ai pas fait. Voulait-on vraiment que je lui souhaite que son désir se réalise et qu'elle se fasse piétiner à mort comme mon père ? Je n'ai pas prié ; tout ça était trop malsain pour moi.

Le lendemain même du départ de ma mère, submergée par ce sentiment nouveau de liberté, je suis sortie dans la rue. Ma mère nous avait donné le numéro de l'hôtel où son groupe devait loger à La Mecque. Elle nous avait indiqué une certaine heure dans l'après-midi à laquelle on pourrait l'appeler depuis un des téléphones publics de la poste centrale. J'avais profité de cette excuse pour sortir. Dans les rues, sur toutes les lèvres couraient les noms des trois présidents qui avaient été emprisonnés quelques années plus tôt lors de la déclaration du régime à parti unique. Ils venaient en effet d'être libérés et le peuple commençait à avoir de l'espoir. L'euphorie était communicative. Je la ressentais dans chaque parcelle de mon corps. C'est donc avec un sourire aux lèvres que je suis entrée dans les locaux de la poste centrale. Ça faisait du bien de rentrer à l'ombre. On était en septembre et la chaleur torride annonçait la petite saison de pluie pour les trois mois à venir. Mais à l'intérieur, l'air était étouffant. Derrière les guichets, des fonctionnaires faisaient semblant de travailler. En cette période de récession économique, personne n'était satisfait de son emploi. Cependant, même si la machine de répression de l'État s'était adoucie, les gens avaient perdu l'habitude de se plaindre ouvertement. Tout le monde faisait semblant, et tout en répétant le slogan du Général Président, « La pauvreté n'est pas une fatalité », ils attendaient un changement. Je me suis dirigée sur ma droite vers le petit bureau qui abritait les postes téléphoniques. Je tenais entre les doigts la feuille de papier pliée en quatre sur laquelle ma mère avait noté son numéro de téléphone. J'hésitais à l'appeler. Je savais déjà tout ce qu'elle me dirait. Elle me parlerait certainement sur un ton surexcité des croyants, de la foi, de la beauté de La Mecque. Elle dirait que son seul rêve s'était réalisé et qu'enfin elle vivait. Et ça me rappellerait que, les seize années qu'elle avait passées avec moi, elle n'avait pas vécu. Merci, Mère. La seule raison pour laquelle je l'appelais était pour éviter qu'elle s'en fasse pour moi. Parce que si elle se mettait à penser à moi, elle commencerait à me surveiller et je perdrais ma liberté. Je voulais l'amadouer. Dès que je suis entrée, j'ai vu Georges. Au premier coup d'œil, il n'avait l'air de rien. C'était juste un vieillard blanc. Il portait une chemise à manches courtes, et au-dessus de chaussettes qui lui arrivaient jusqu'aux genoux, il avait ce short kaki à poches externes que portent tous les Européens qui débarquent en se disant sans doute que toute l'Afrique n'est qu'un grand territoire de safari. Installé comme un baron à un poste téléphonique, il parlait d'une voix tonitruante, comme si l'endroit lui appartenait. Plus tard, j'apprendrais qu'il faisait partie des étrangers qui avaient été invités à investir dans le pays pour restructurer son économie et que, d'une certaine manière, le pays lui appartenait effectivement, car notre avenir était entre ses mains. Mais, pour le moment, je l'ai simplement toisé en réponse à son sourire idiot. Je savais qu'il regardait mes fesses quand je me suis penchée sur le comptoir pour parler au préposé aux téléphones. Ce dernier m'a indiqué le poste à côté de celui de Georges. J'ai composé le numéro de ma mère, attendu la tonalité, attendu qu'on transfère la ligne à sa chambre, attendu qu'une femme aille l'appeler. Puis, le téléphone coincé entre la joue et l'épaule, je l'ai écoutée distraitement me remplir les oreilles de toutes ses félicités tandis que j'observais la similarité de couleur entre mes doigts et le panneau en bois devant moi. J'avais les doigts clairs, la peau très claire, et tout le monde s'extasiait en me voyant. Hommes ou femmes criaient que j'étais belle. À l'époque, les femmes se joignaient aux louanges, car elles ne se sentaient pas encore menacées. Je n'étais qu'une petite fille de seize ans trop agressive pour séduire. Les hommes regardaient mon corps, mes seins et mes fesses pleines de promesses comme Georges venait de le faire. Ils attendaient le bon moment. Georges aussi attendait. Sa conversation téléphonique s'était terminée et il restait assis là, à rêvasser. Le préposé n'osait pas venir lui demander de libérer la place pour le client suivant, car il était blanc. En Afrique, on a une peur intrinsèque des Blancs, de tous les Blancs, de n'importe quel Blanc. J'ai laissé ma mère parler un moment, puis je lui ai menti en disant que le temps alloué arrivait à sa fin, qu'il fallait que je garde un peu d'argent pour la rappeler dans deux jours. Elle m'a demandé pourquoi deux jours, et pourquoi pas le lendemain. Ça m'a agacée et j'ai raccroché. Puis je me suis levée, et Georges s'est levé et j'ai senti mes oreilles chauffer. J'ai fermé les yeux pour me contrôler et je suis allée payer la communication. Il m'a tenu la porte à la sortie du bureau, mais je ne lui ai pas prêté attention. À l'entrée de la poste, il s'est approché de moi, et d'une haleine qui sentait la cigarette, il m'a dit :

– Il va pleuvoir.

– Je le sais, on est en septembre.

– J'adore la pluie. Comment t'appelles-tu, ma jolie ?

– Je ne sais pas, vous voulez m'appeler comment ? Pute ? Salope ? Votre négresse ?

Sonné, il a reculé d'un pas, et j'ai descendu les marches jusqu'au trottoir. Mais il est tout de suite revenu à la charge.

– Je ne voulais pas t'offenser, tu sais. Je trouve juste que tu es très belle. Tu vas où ? Je pourrais t'avancer un peu dans ma voiture.

D'un geste ostentatoire, il m'a désigné une Mercedes garée un peu plus loin.

– Si vous voulez, on peut aller chez vous tout de suite, pour baiser ?

Il est resté planté sur le trottoir tandis que j'ai continué à marcher, mais cette fois-ci il était moins surpris et il riait. Il m'a rattrapée en courant. Dans la main, il tenait une carte de visite sur laquelle il griffonnait quelque chose.

– Je t'aime bien, toi. Appelle-moi quand tu seras de meilleure humeur, d'accord ? Ou si tu cherches un travail de secrétaire à mon bureau… On pourrait aller prendre un café, tu verras que je ne suis pas comme tu penses. J'essaie juste de me faire des amis.

– Écoutez, pépé, j'ai seize ans.

– Alors, appelle-moi dans deux ans, j'attendrai.

Il a glissé la carte sous la bretelle de ma robe, puis, après un instant d'hésitation, y a accroché le stylo par le capuchon.

– Tiens, garde le stylo aussi, il est spécial, il a une plume à pointe en iridium.

Ensuite, il s'est retourné vers sa voiture. J'ai pris la carte pour la jeter, mais finalement je l'ai gardée. Je trouvais qu'elle sentait bon. C'était un parfum que je ne connaissais pas. Sous «Georges Brun – Import/export», il avait écrit : «Appelle-moi quand tu veux.»

Le problème avec la liberté, c'est qu'elle ne peut s'apprécier qu'à petites doses. En excès, elle devient une autre cage. J'avais fait clairement comprendre à tante Souwé qu'elle n'était pas ma mère, que je sortirais quand je le désirerais, rentrerais quand je le désirerais et que j'en assumerais les conséquences quand ma mère serait de retour. Si elle voulait materner, elle aurait dû faire ses propres enfants. Je savais que ma mère ne me ferait aucune remarque. Elle accepterait tous mes écarts de conduite comme une fatalité et expliquerait mon manque d'éducation par la mort prématurée de mon père. Et puis elle dirait qu'elle savait que tout irait bien, car mon père nous regardait du ciel. En attendant, il me regardait m'ennuyer. Je n'avais nulle part où aller. Je n'avais pas vraiment d'amies comme les autres filles de mon âge, car je n'allais plus à l'école. J'avais profité d'une des nombreuses grèves professorales pour dire adieu aux bancs. Ma mère était dépitée, car mes professeurs me disaient brillante, mais elle ne pouvait pas me ligoter et m'emmener de force à l'école. Je suis donc restée à la maison à la fin de la grève. J'ai perdu contact avec le peu de connaissances que j'avais. On n'avait jamais vraiment sympathisé, car il semblait pour eux que ce serait s'abaisser que de parler à une fille du village comme moi. Et c'était très bien, ça me convenait. Ça faisait un peu plus d'un an que j'étais à la maison et que je ne faisais rien de ma vie. Je refusais de suivre tante Souwé dans son bric-à-brac poussiéreux où elle vendait du lait concentré, de la sardine en boîte, des paquets de sucre en cubes et autres articles de ce genre. Je ne voulais pas lui donner l'impression qu'elle pouvait compter sur moi pour reprendre son commerce après elle. Si je devais avoir quelque chose, je m'assurerais de ne le devoir à aucune des femmes de la maison. Les esclaves de l'oncle Oumar. J'ai tenté de me lancer dans diverses entreprises. J'ai essayé de confectionner des robes, mais je n'étais pas douée à la machine à coudre. À sa mort, j'ai essayé de vendre les bijoux de l'oncle Oumar pour en racheter d'autres, mais il n'avait que de la pacotille. Ce n'était pas vraiment étonnant pour un homme qui chômait depuis seize ans. Tout ayant échoué, je restais donc à la maison à me peindre les ongles et à inventer différentes coiffures pour mes cheveux qu'on disait si beaux. Alors, j'ai pensé à Georges et à son offre d'emploi. Peut-être qu'il était sérieux et qu'il m'offrirait vraiment un travail de secrétaire. J'étais aussi intriguée par le parfum de sa carte de visite. Tous les matins en me levant, je la sentais tandis que je m'amusais avec son stylo. Cet objet et ce parfum avaient l'air de venir de si loin, d'un monde différent du mien. Sans que je m'en rende compte, Georges était devenu l'homme avec qui je me réveillais. Tandis que tante Souwé priait dans sa chambre, je restais allongée sous les draps, sur le canapé du salon où je dormais et je sentais la carte de Georges et je jouais avec son stylo. Un jour, je me suis résolue à l'appeler. J'ai emprunté de l'argent à tante Souwé sous prétexte de téléphoner à ma mère et je suis retournée à la poste où nous nous étions rencontrés. J'étais ravie lorsque, dès qu'il a entendu ma voix, il s'est exclamé en riant : « Ah, la jolie petite demoiselle de la poste ! Comment vas-tu ? Tu prends des nouvelles de ton pépé ? » Peut-être qu'il était sérieux et qu'il pensait vraiment à moi. Il m'a dit que pour le moment il était au bureau, mais que je pouvais le rejoindre quelque part en ville à dix-sept heures.

Le premier rendez-vous avec Georges était intrigant. Nous étions à l'une des nombreuses « buvettes » du bord de mer où les vieux hommes riches bedonnants amenaient les jeunes femmes de l'âge de leur fille. Mais Georges semblait différent. Il n'était pas bedonnant. À cinquante ans, il était long et mince, et prétendait devoir cela au surf. Il y avait une nonchalance captivante dans son attitude. Il parlait d'un air évasif en tenant distraitement une cigarette entre deux doigts tendus. Je regardais sa peau blanche parsemée de taches sombres, ses cheveux qui s'affinaient, ses orbites creuses entourées de rides profondes, et je me demandais pourquoi il me plaisait tant. Peut-être parce qu'il me faisait rire. Il me regardait droit dans les yeux pendant qu'il me parlait. Sous la table, mes orteils nerveux jouaient les uns avec les autres pendant qu'on discutait. Au début, j'avais un peu peur de faire des fautes comme à un examen oral. Mais son humour était contagieux même si je ne comprenais pas tout ce qu'il disait. Lui aussi semblait intrigué. Il posait des questions sans insister ni faire de commentaire à mes réponses. Il m'a demandé si je voulais boire et je lui ai répondu que je n'avais jamais bu d'alcool parce que ma mère était musulmane. Dans le cours de la conversation, j'ai eu l'impression d'être entraînée dans un autre monde. Je lui ai demandé ce que c'était qu'une plume à pointe en iridium. Il m'a dit que l'iridium était le métal le plus dur sur terre, aussi solide que notre amour le sera, a-t-il ajouté en riant. Il m'a demandé si je voudrais aller vivre en Europe et je lui ai dit que je n'y avais jamais songé. Sortir dans la rue était déjà une aventure pour moi. Il m'a demandé si j'étais triste de savoir que Bob Marley venait de mourir et je lui ai dit que je ne savais pas qui était ce Bob. La seule chose que ma mère écoutait était les récitations du Coran, et je n'allais plus à l'école pour être influencée par mes pairs. Il m'a demandé si j'accepterais une seconde invitation à la piscine et je lui ai dit que je ne savais pas nager. Ça ne m'aurait servi à rien, il n'y a jamais eu d'eau sur mon chemin. Puis en riant il m'a demandé ce que je savais faire alors. Je lui ai répondu sérieusement que je ne savais rien faire. Il m'a dit qu'il m'apprendrait alors, qu'il m'inscrirait à des cours de natation, et qu'il aimerait m'inviter chez lui pour écouter Bob

Marley et son fameux reggae. Je lui ai répondu bien sûr, et je lui ai demandé si sa femme cuisinait bien. Il m'a dit que sa femme était en Europe et qu'elle n'aimait pas l'Afrique. Elle avait peur de contracter des maladies. Il m'a dit qu'il n'aimait plus sa femme depuis plusieurs années, qu'il aimait les Africaines et leur peau ferme. C'est sa franchise et son honnêteté qui m'ont séduite. Il voulait me ramener en Mercedes chez moi, mais je lui ai demandé de me laisser au coin de la rue. Il a dit qu'il comprenait. Il m'a embrassée sur la bouche alors que je me penchais par la portière pour lui dire au revoir. Je suis restée debout sur le trottoir, perdue dans un mélange d'émotions, embarrassée, excitée et heureuse à la fois, tandis que les phares rouges de sa Mercedes disparaissaient dans la circulation du soir. Là, le goût de l'alcool et de la cigarette dans la bouche, j'ai pris conscience que j'avais oublié de lui parler du poste de secrétaire. Il faudrait que je le rappelle.

Mais ma mère est revenue de La Mecque et ma liberté s'est arrêtée. Je n'avais plus l'excuse du téléphone pour sortir. Ma mère était devenue encore plus bizarre qu'avant son départ. À présent, elle ne parlait presque plus. Progressivement, les mots se sont asséchés dans sa bouche comme une rivière se tarit. Au bout d'un moment, elle a même cessé de répondre aux questions. J'ai conseillé à tante Souwé de l'emmener à l'asile, mais elle m'a menacée et traitée des pires noms. « Hadja va très bien, c'est plutôt pour toi que je m'inquiète. » C'est sûr qu'elle n'avait personne d'autre pour qui s'inquiéter. Ma mère était devenue Hadja, et le peu de chose qu'elle était avant son départ avait disparu sous ce titre. Les gens supposaient que derrière ce titre et son silence devait se cacher une sagesse immense. Moi, je me disais qu'elle ne parlait plus parce que sa tête était vide. Mais, chaque fois que quelqu'un passait, il prenait la peine de la saluer. Ne supportant plus cette confusion, cloîtrée dans une maison obscure, j'ai menti à ma mère et je lui ai dit que je retournais à l'école. Je me levais donc le matin et passais la journée dehors à traîner en attendant cinq heures, le moment où Georges finissait de travailler. Les longues journées d'attente donnaient d'autant plus de saveur aux quelques petites heures que nous passions ensemble. Georges m'a emmenée partout dans la ville. Dans des endroits dont je n'imaginais même pas l'existence. Il m'a accompagnée une fois dans une boîte, mais je me suis tellement moquée de sa maladresse qu'il n'a pas osé recommencer. Je pense aussi qu'il se sentait menacé par les hommes plus jeunes qui nous entouraient. Si seulement il savait que je ne voyais que lui ! Nous sommes également allés à la piscine, et je me suis rendu compte que m'apprendre à nager n'était, pour lui, qu'un prétexte pour me toucher. J'ai aimé la manière dont il me touchait. Nous sommes allés au cinéma et quand le film a commencé à m'ennuyer, j'ai glissé la main sous sa chemise et j'ai caressé sa poitrine velue. C'était tout doux. Partout où nous nous rendions, malgré les regards réprobateurs des gens, malgré le fait que je paniquais à l'idée que quelqu'un me reconnaisse et rapporte ma conduite à ma mère, j'étais rassurée par un seul regard de Georges. Il était si fier, quand il me tenait la main et lançait des ordres de sa grosse voix. Partout où il allait, il avait l'air de savoir ce qu'il voulait. Il avait du pouvoir sur les gens et j'aimais ça. Mais ce que j'aimais le plus, c'était m'asseoir dans sa Mercedes climatisée, fermer les vitres teintées et en faire un cocon isolé pour nous seuls. Il me déposait toujours au coin de ma rue et je faisais le reste du chemin à pied. Un jour, alors que j'ouvrais la portière et que je posais un pied sur le trottoir, il m'a pris la main et m'a demandé:

– Es-tu prête à écouter Bob Marley?

Je savais que ce moment arriverait et je pense que je le redoutais. Mais quand j'ai regardé dans ses yeux gris, je n'ai vu que de la franchise et de la bonté. Le moteur de la voiture ronronnait comme un chat endormi, les coussins des sièges étaient moelleux, je me sentais si bien. Sans dire un mot, j'ai remis mon pied dans la voiture et j'ai fermé la portière, puis je me suis enfoncée dans le siège et j'ai clos les paupières tandis qu'il faisait demi-tour et m'emmenait avec lui.

Le soleil était déjà couché quand on est arrivés chez lui. Une brise douce rafraîchissait l'air pendant que le sol expirait la chaleur qu'il avait absorbée toute la journée. C'était la première fois que j'allais chez lui, c'était la première fois qu'un domestique m'ouvrait le portail du garage, c'était la première fois que je marchais sur une terrasse en marbre. Mais lorsque j'ai longé le bord de sa piscine, je ne faisais attention à rien de tout cela. Je portais toute mon attention sur ce que j'anticipais. Ce qui allait se passer bientôt et que chaque pas de l'aiguille des secondes à ma montre rapprochait un peu plus. Georges avait apparemment tout prévu. Sur la terrasse surplombant la piscine se trouvait une table avec une bouteille d'alcool. Il m'a invitée à la table, mais j'ai dit non. Je voulais garder l'esprit clair. Il a dit d'accord, et s'est alors approché de moi, puis, d'une main experte, il a fait glisser une bretelle de ma robe le long de mon épaule. J'ai regardé mon épaule briller sous la lune et je me suis sentie plus nue que je ne l'avais été de toute ma vie. Je n'arrivais pas à quitter mon épaule du regard, je n'osais pas. Ses doigts se sont insérés sous ma deuxième bretelle et mon cœur a tressauté. La bretelle a glissé. J'ai laissé tomber mes bras et la robe est descendue lentement le long de mon torse, a dévoilé mon soutien-gorge, puis s'est amassée au-dessus de ma grosse ceinture blanche. J'ai regardé mes pieds poussiéreux dans mes sandales. Je n'étais qu'une gamine aux jambes sales, je me suis demandé ce qu'il me trouvait. Il a soulevé mon menton et j'ai plongé mes yeux dans les siens. Je n'arrivais pas à contenir mes tremblements. Il m'a demandé si j'avais froid, et, la gorge nouée, j'ai dit non. Ses mains se sont approchées de ma ceinture et j'ai reculé instinctivement. Il s'est arrêté et je me suis sentie bête, immature. Alors, de mes propres mains, j'ai défait ma ceinture. Je l'ai gardée en main comme pour m'accrocher à quelque chose et j'ai senti ma robe glisser lentement sur la courbure de mes fesses. J'ai scruté les reflets bleus dans l'eau de la piscine pour me contrôler et je me suis demandé où se trouvait le domestique. Était-il caché quelque part en train de nous épier ? Je n'avais jamais été nue devant aucun homme et voici que, peut-être, je l'étais devant deux d'entre eux à la fois. J'étais embarrassée, j'avais peur. Mais je ne voulais pas décevoir Georges. J'ai retenu des larmes de nervosité et j'ai souri. Il m'a demandé: « C'est la première fois ? » J'ai opiné du chef, je ne pouvais pas parler. Ça a semblé l'attendrir et il s'est approché et m'a serrée dans ses bras. Il m'a embrassée et j'ai goûté sa langue qui sentait l'alcool et la cigarette. J'ai caressé ses cheveux et cela m'a rassurée. Un tout petit peu. Puis sa main dans mon dos s'est affairée sur mon soutien-gorge. Il l'a enlevé et s'est reculé pour contempler mes seins comme un artiste apprécie un chef-d'œuvre. Il m'a complètement déshabillée, puis m'a allongée, nue comme un ver, sur une chaise longue et m'a caressé le corps. Partout, et longuement. Ensuite, il m'a prise dans ses bras et m'a entraînée à l'intérieur de la maison en me murmurant des mots à l'oreille. Il m'a portée jusque dans des draps d'une douceur exquise. Georges m'a fait l'amour comme personne ne le ferait plus jamais. Comme je ne laisserais plus jamais personne le faire. C'est le premier et le dernier homme à qui j'ai laissé tout pouvoir sur mon corps et mon esprit. Sans doute parce qu'il était vieux et qu'il savait qu'il manquerait d'endurance, il a joué avec mon corps pendant longtemps, y déposant des millions de baisers. Puis il s'est déshabillé silencieusement et s'est glissé en moi. J'ai fermé les yeux et je me suis donnée à lui.

Le lendemain, pour la première fois, je n'ai pas dit un mot pendant tout le trajet jusqu'à chez moi. On avait pris la route dès l'aube sans même passer sous la douche parce que j'étais trop stressée. En chemin, Georges me jetait des regards inquiets. J'aurais voulu le rassurer, lui faire comprendre que ça n'avait rien à voir avec lui. J'étais juste sous le choc. Je venais de mentir à ma mère, de passer une nuit dehors à seize ans et de coucher avec un homme de trente-cinq ans mon aîné. Et à présent, je rentrais tranquillement chez moi, l'odeur de son sperme encore entre mes cuisses. Je cherchais le côté dramatique de la situation, mais plus je creusais, plus je constatais sa banalité, son insignifiance. Ça ne changeait rien que je l'aie fait, ou même que je le refasse. Cet événement était sans conséquence, il aurait tout aussi bien pu ne pas avoir eu lieu. Je me suis rendu compte que ce qui jusqu'à présent motivait mes escapades avec Georges était l'excitation, le goût de l'interdit. Mais franchement, qui m'interdisait quoi que ce soit? Tout comme ma mère n'avait pas pu me forcer à continuer à aller à l'école, rien ne pourrait m'empêcher de revoir Georges, et de coucher avec lui encore une fois, dix fois ou mille fois. J'ai pris conscience que je l'aimais moins, il était moins excitant. Après tout, ce n'était qu'un vieillard ridé puant l'alcool et la cigarette. Un de ces hommes mariés qui venaient en Afrique coucher avec des mineures vierges parce qu'ici ils détenaient du pouvoir. Et moi, j'étais une de ces jeunes femmes à leur disposition. Aujourd'hui, Georges pouvait même prétendre m'aimer, mais ce sentiment n'était qu'une pincée de sel sur un tas d'excréments. Je me dégoûtais.

Lorsqu'il est arrivé au coin de ma rue, j'ai eu l'impression que des murs s'écroulaient autour de moi. Il faudrait maintenant qu'après une nuit dehors je coure chez moi en cachette régler seule mes problèmes ? Toute la responsabilité pour la femme, tout le plaisir pour l'homme. Pourtant, c'était Georges qui m'avait demandé de l'accompagner chez lui. J'ai compris que tout ça était un jeu à ses yeux. Mais je n'avais pas envie de jouer. Je n'ai pas bronché, ni même fait mine de remarquer qu'il s'était arrêté devant la maison de Souwé, attirant l'attention du quartier entier avec sa Mercedes. Dès que je suis descendue de la voiture, un gamin s'est précipité à l'intérieur en criant : « Hadja ! Hadja ! Elle est là ! » Trente secondes plus tard, tante Souwé arrivait en courant au portail. Son visage harassé indiquait qu'elle avait passé une nuit blanche :

– Mais tu étais où ? a-t-elle hurlé quand elle m'a vue.

– Avec mon amant, ai-je fait en indiquant la Mercedes qui faisait des manœuvres pour effectuer un demi-tour.

Elle est restée pétrifiée, incapable de décider de sa réaction. La Mercedes s'est garée. Georges en est sorti. Pour la première fois, il avait l'air embarrassé. Mais sa vanité, cette impression qu'il avait d'être au-dessus de tout ici, a naturellement pris le dessus. Il s'est rapproché en affichant un sourire confiant. Il lui a tendu la main :

– Vous êtes la mère de Zainab ?

Tante Souwé n'a pas pris sa main. Un petit groupe se rassemblait autour de nous pour assister à la scène.

– Comment ça, ton amant ?

Tante Souwé me faisait maintenant pitié. Rien ne l'avait préparée à ce genre de situation.

– Qu'est-ce que tu ne comprends pas, tante Souwé ? C'est mon amant. Si tu veux sentir mon entre-jambe, tu verras que je viens de passer la nuit à baiser avec lui. Mais je ne sais pas si tu te souviens encore de l'odeur du sperme.

J'ai reçu une gifle. Cinglante. J'attendais qu'elle m'insulte, qu'elle crie, qu'elle hurle, qu'elle se donne en spectacle. Mais elle n'a rien fait. Elle tremblait d'impuissance. Georges était devenu écarlate. Il gardait la bouche ouverte, il puait la transpiration de toute une nuit d'ébats. La porte de l'appartement au fond de la cour s'est ouverte et j'ai vu ma mère venir à son tour au portail. Sur son front, des traces de poussière. Elle avait dû passer la nuit à prier. Prier pour que je sois encore en vie. Mais en vie pour quoi ? Je ne sais pas. Elle s'est approchée de nous en fixant son foulard sur sa tête. Elle était Hadja maintenant, elle ne pouvait pas se présenter en public la tête découverte. Elle nous a interrogés du regard. Qui était cet homme ? devait-elle se demander. Mais je n'avais plus la force de me battre. Je n'avais pas la force de me battre contre ma mère. Plutôt, je savais que je perdrais. Je savais que jamais rien de ce que je dirais ou ferais ne la décontenancerait. Ma mère est vraiment morte seize ans plus tôt à La Mecque. Depuis, je vis avec un zombie. Tante Souwé n'avait pas le courage de lui fournir des explications. Georges n'avait pas le courage d'intervenir. Derrière ses grands discours d'amour, ça l'aurait bien arrangé de continuer à me voir en cachette. Coucher en cachette avec une enfant de seize ans ! J'étais entourée de lâches. Pire, je dépendais d'eux. C'était à moi maintenant de choisir mon chemin.

– Viens, Georges. On rentre.

– Mais ta mère, ta tante… a-t-il commencé.

– Quoi, ai-je fait, je suis bonne à ramener coucher, mais autrement, je ne suis pas la bienvenue chez toi ?

Ma mère a poussé un petit cri. Elle a ouvert la bouche comme pour parler, mais aucun son n'était plus sorti de sa bouche depuis si longtemps que les mots n'y trouvaient plus leur chemin. Elle s'est tue. J'avais envie de pleurer. J'avais envie de croire que quelque chose comptait, que quelqu'un réagirait, serait révolté, que les choses ont une raison d'être, et qu'une conduite a plus de valeur qu'une autre… Georges est resté les bras ballants devant la porte de l'appartement. Je suis allée à l'intérieur pour préparer un sac en cinq minutes. Je reviendrais chercher le reste plus tard, mais pour l'instant il fallait que je parte d'ici. Quand je suis ressortie, j'ai remarqué qu'ils avaient gardé les mêmes positions, et, de nouveau, ils ont rivé leurs regards incrédules sur moi. Deux femmes censées me guider qui attendaient que je prenne les décisions pour elles. Un vieillard qui voulait m'acheter, m'utiliser et qui perdait tout moyen quand je me donnais à lui. On ne peut acheter ce qui est gratuit. Je l'ai compris à ce moment-là, ce serait ça mon pouvoir : ma gratuité. Je n'aurais rien dit, je me serais contentée de marcher vers eux, puis vers le portail, puis vers la voiture, si ma mère n'avait pas murmuré :

– Zainab, mon enfant, ma demeure…

J'ai eu l'impression que ma tête allait exploser !

– Écoute, Hadja, arrête de m'appeler ta demeure, ta maison, je ne suis pas une putain de baraque ! Je suis une personne, tu entends, en chair et en os !

Elle a reculé d'un pas.

– Et arrête aussi de me rappeler tous les jours que je vais laver ton cadavre quand tu vas crever, c'est sordide ! Je ne suis pas née dans ce dessein. Je ne suis pas mon père revenu de La Mecque pour te dorloter ! Je ne suis pas un symbole ! Je suis une pauvre gamine sans particularité, non scolarisée, conne et qui ne sait rien faire. L'image de sa mère ! Je refuse que tu te décharges de toutes tes responsabilités sur moi. Réveille-toi et vis. C'est difficile, mais on le fait tous, pourquoi serais-tu épargnée ? Tu vas passer ta vie à rechercher la pitié à toutes les portes ? Si tu savais à quel point c'est agaçant !

Georges s'est mis à me tirer par le bras.

– Je vais tâcher de lui parler, madame, a-t-il bafouillé.

Il m'a poussée à l'intérieur de la voiture, l'a contournée rapidement et a démarré en trombe.

Georges a tenté de me convaincre de retourner chez moi, mais, une fois mon sac posé chez lui, je n'avais plus l'intention de bouger. Je ne suis pas retournée chercher d'autres affaires. Je ne me suis même pas approchée ne serait-ce que du portail de sa villa. Je traînais dans les chambres. J'attendais de voir s'il ferait quelque chose. Mais il était trop lâche pour me mettre à la porte. Et peu à peu, il a fait comme le faisaient tous les gens faibles qui m'entouraient, il a accepté la situation. Il allait travailler et rentrait le soir coucher avec moi. De temps en temps, il passait chez moi donner des nouvelles à mes parents, comme le bon adulte responsable qu'il était.

Et puis la situation s'est tassée, la rage s'est évaporée, le dégoût a été ingurgité et digéré. Bref, la routine s'est installée, et les journées ont commencé à se rallonger. Je ne faisais rien dans la maison. Le domestique s'occupait du ménage, la cuisinière des repas. J'ai essayé de me lier d'amitié avec elle, mais c'était une vieille dame taciturne qui n'avait rien à partager avec une gamine de seize ans. Elle ne comprenait pas ce que je faisais dans la maison d'un Blanc de cet âgelà, marié, et elle tenait trop à son travail pour poser des questions. Elle m'a montré rapidement quels ingrédients elle mélangeait pour faire certains plats, mais n'a pas trop insisté lorsque je ne comprenais pas. Quant au domestique, je n'aimais pas sa façon de me regarder. C'était à croire qu'il attendait patiemment son tour entre mes cuisses. J'avais à présent la certitude qu'il avait assisté à la scène d'amour entre Georges et moi le premier soir. Ça ne devait pas être la première scène du genre à laquelle il assistait. Pour lui, je ne devais être qu'une des choses que Georges utilisait pour son plaisir. Quelques semaines passèrent.

Je commençais à me demander s'il n'était pas temps que je rentre chez moi, si je n'en avais pas trop fait, quand deux choses se sont alors produites. La première est que j'ai commencé à avoir des bouffées de chaleur et des nausées. J'avais du retard dans mes menstruations et je savais ce que ça voulait dire. J'ai senti la panique me gagner. J'étais dans l'indécision. Je savais qu'il y avait deux solutions possibles, à égalité dans mon esprit. Georges était un lâche. Je n'avais que cette pensée en tête, mais je ne savais pas vraiment qu'en faire. La deuxième chose qui s'est produite m'a indiqué la voie à suivre. Un soir à table, Georges m'a dit :

– Il va falloir qu'on fasse quelque chose.

Assise en face de lui, je n'ai pas répondu. Qu'est-ce qu'il voulait dire ?

– Tu vois, continue-t-il, Marguerite veut passer me rendre visite.

Je ne savais pas qui était Marguerite. Je pouvais le deviner, mais il savait pertinemment que, jusqu'à présent, il n'avait jamais prononcé ce nom en ma présence. Ça m'a agacée. J'ai simplement répondu :

– Et tu vas faire quoi de ton enfant ?

Il a scruté mon visage sans comprendre :

– Marguerite n'est pas mon enfant…

– Je sais. Mais moi je te demande ce que tu vas faire de ton enfant ?

– Mais de quoi est-ce que tu parles, Zainab ?

Je l'ai regardé droit dans les yeux jusqu'à ce qu'il blêmisse. Ses lèvres par comparaison sont devenues violettes.

– Je ne comprends pas, a-t-il fait. On a toujours pris nos précautions.

J'ai souri.

– Le premier soir, tu n'en avais rien à foutre des précautions. J'imagine que tu as commencé à faire attention à ça quand tu t'es enfin senti concerné. Il faut nous prendre à huit ou neuf ans si tu ne veux pas être confronté à ce genre de problèmes.

Il a dégluti. Difficilement.

– On peut faire quelque chose, a-t-il dit.

Mes yeux se sont réduits à deux fentes. J'ai croisé les bras sur la table et j'ai attendu patiemment. Je pense que j'aurais fait tout ce qu'il m'aurait demandé. Mais Georges est un lâche et la lâcheté se manifeste parfois de manière étrange.

– Bien, on va se débrouiller pour que tu aies cet enfant dans les meilleures conditions, a-t-il déclaré d'une voix qui ne contenait pas une once de sincérité.

Il avait l'air d'opter pour cette solution parce que, dans l'immédiat, c'était plus facile que de s'aventurer dans une dispute.

– C'est bien. Donc, tu parlais de Marguerite ?

– Euh, oui. Eh bien, elle veut venir me voir.

– Je sais, mais pourquoi me dis-tu ça ? Si tu veux que je fiche le camp, dis-le, tu me connais, je ne te supplierai pas pour rester.

– Ce n'est pas ce que je voulais dire.

– Je ne peux pas savoir ce que tu voulais dire, Georges, parce que jusqu'à présent tu n'as encore rien dit. D'accord, Marguerite – qui que ce soit – arrive. Très bien, j'imagine que ça, c'est la décision de Marguerite. Et toi, quelle est la tienne ?

– Mais, et toi ? Dis-moi ce que tu proposes, je suis ouvert à la discussion.

J'ai croisé les doigts et observé mes ongles. Récurés, propres, vernis : des ongles de femme entretenue. Je n'ai jamais été plus déçue par ma vie qu'à ce moment-là. Georges était un lâche. Pourquoi étais-je entourée de lâches ? Qu'est-ce que j'aurais bien pu lui répondre ?

– Tu ne m'as pas demandé tout ça quand tu m'engrossais… sous les yeux de ton domestique, ai-je ajouté.

Il a avalé de travers, toussé et est devenu rouge comme une tomate.

– Je ne comprends pas quel est ton problème. Je fais tout ce que tu demandes, acquiesce à tous tes caprices de gamine. Tout le monde fait tout ce que tu veux ! s'est-il écrié avant de taper du poing sur la table.

J'ai souri. Georges s'énervait et c'était comme une scène au cinéma. Mais moi, j'étais calme.

– Tu savais que j'étais une gamine quand tu m'as engrossée devant ton domestique.

Il s'est levé et a regardé autour de lui d'un œil farouche, comme à la recherche d'un adversaire contre qui boxer. C'était à croire qu'il mettait les ombres de la pièce au défi de le provoquer. Il a donné un coup de poing dans le vide et, essoufflé, il s'est appuyé sur la table.

– Tu sais quoi, Zainab, on va faire comme tu veux. Je vais te dire exactement ce que tu veux entendre, te traiter comme tu le demandes. Voilà, demain je vais te trouver un appart et je vais payer le loyer. Tu vas rester dedans. Tu ne peux pas rester ici, ma véritable femme arrive ! Toi, tu n'es que ma maîtresse négresse ! Voilà, tu es contente ?

Il s'est mis à sangloter en me regardant droit dans les yeux. Ça y est, il venait d'ouvrir son cœur et de m'insulter, et il fallait maintenant que je le prenne en pitié.

– Non. Je ne vais pas aller m'asseoir dans un appart et attendre chaque fin de mois en espérant que tu vas tenir ta promesse de payer le loyer. Voilà ce que je vais faire. Demain, je vais aller dans le quartier des prostituées pour me trouver un proxénète vite fait avant que ma grossesse ne soit visible. Il est grand temps que je commence à jouer activement le rôle pour lequel tu m'as choisie, ainsi cet enfant, ton enfant, sera véritablement un fils de pute.

Georges a ravalé ses larmes. Il a brossé ses cheveux en arrière, a soufflé et m'a demandé d'une voix cassée :

– Mais, Zainab, je ne comprends pas, pourquoi as-tu tant de mal en toi ? Pourquoi ?

J'ai ouvert la bouche pour lancer une remarque cinglante. Je voulais lui faire mal, le blesser, l'atteindre. Mais ma gorge s'est nouée et je me suis levée précipitamment, renversant la chaise. Je me suis enfuie dans la chambre pour qu'il ne me voie pas pleurer.

Je ne sais pas pourquoi j'ai tant de mal en moi. Je me lève tous les matins en souffrant comme un animal blessé. Georges a tenu promesse. Il m'a pris un appartement. Pour me rassurer, il m'a également inscrite à une école de coiffure, afin qu'à la sortie je puisse subvenir à mes propres besoins. Il m'a convaincue que j'avais un don. Il a dit qu'il trouvait fabuleux ce que j'arrivais à faire avec mes propres cheveux. « Imagine donc ce que tu pourrais faire sur la tête des autres ! » Peut-être que Georges m'aimait. Peut-être que tout cela aurait pu être une banale histoire d'amour. C'est moi qui ne l'aimais pas. Je ne sais pas pourquoi. Peut-être que je suis incapable d'aimer. Peut-être que je me suis inventé des raisons de ne pas l'aimer. Parce qu'au lendemain de notre première nuit d'amour, je me suis rendu compte que je ne voulais pas être cette adolescente assise dans une Mercedes à côté d'un vieil homme riche. Tout simplement par principe. Alors je me suis forcée à le haïr, pour éviter de me haïr moi-même. C'était lâche, je le sais, car lui aussi aurait sans doute aimé que les choses soient différentes. Que notre amour puisse avoir une signification autre que celle que le monde lui donnait et qui m'avait crevé les yeux à cet instant dans sa voiture. Si seulement on avait pu changer le monde. Mais je n'en ai pas la force, et lui non plus. Quoi qu'il en soit, après le retour de sa femme en Europe, nous ne nous sommes plus trop vus. Je ne lui ai pas dit quand son enfant est né. Iman. Je l'ai tenu dans mes bras et j'ai espéré une épiphanie. J'ai attendu qu'une vague d'amour maternel se brise sur mon corps avec tant de force qu'elle en disloquerait mes os. J'ai attendu. J'attends toujours. Hadja et tante Souwé ont assisté à l'accouchement. Tante Souwé a pleuré. Hadja a souri.

Puis j'ai ramené l'enfant à mon appartement, malgré la demande de Hadja de la laisser s'en occuper. « Comme ça, tu pourras te concentrer sur tes cours de coiffure », a-t-elle plaidé. Mais je ne voulais rien devoir à personne. Je ne voulais pas non plus que l'enfant soit comme elle. Je ne crois pas que Hadja ait été une bonne mère pour moi. La première fois que Georges a vu l'enfant, nous nous sommes disputés. Nous avions beaucoup de rancœur en nous, alors nous l'avons dirigée vers le premier exutoire disponible : Iman. « Pourquoi as-tu accouché sans m'avertir ? » m'a-t-il demandé. Je n'avais rien à lui répondre, car la question n'avait pas de sens. C'est un enfant qu'il n'a pas voulu avoir, alors ce n'est pas le sien, ai-je répondu. Mais en réalité, personne n'a voulu avoir Iman, il n'est l'enfant de personne, c'est un orphelin. Il n'a pas de parents, juste des gens qui s'occupent de lui parce qu'ils n'ont pas le choix. Un peu comme moi, la fille d'un zombie.

Et puis Georges a dû partir. Il travaillait pour une entreprise qui se chargeait de ramener secrètement les déchets nucléaires produits par les pays européens en Afrique pour les y enterrer. C'était de cette manière que le pays captait des investissements étrangers pour restructurer l'économie. Mais le trafic a trop attiré l'attention sur le pays et certaines entreprises ont dû fermer pour apaiser l'opinion internationale. Georges a perdu son poste et a dû rentrer en Europe auprès de sa véritable femme. Je ne l'ai pas accompagné à l'aéroport. J'ai dit au chauffeur qu'il m'avait envoyé que j'avais sommeil, et que je préférais aller dormir, qu'il fasse un bon voyage. Dès que Georges a touché le sol de son pays, il m'a oubliée. Mais à ce moment-là, j'étais déjà autonome et, grâce à lui, je n'avais plus besoin de lui. Au début, je me suis demandé s'il me manquerait. Mais je me suis très vite rendu compte que plus rien ni personne ne me manquerait. Alors j'ai pensé à tout ce que les autres disaient de moi. Même Georges l'a dit, j'ai trop de mal en moi. On ne peut remplir que ce qui est vide et mon cœur est plein de haine. Je ne suis pas capable d'aimer. J'y ai songé et j'ai eu peur. J'ai d'abord essayé de me révolter contre cette idée, de me battre contre moi-même. De me prouver que c'était faux, que je pouvais être ce que les gens attendaient de moi. Que c'était ça, être normale. Parce qu'à être moi-même je faisais du mal à ceux qui m'aimaient. J'ai essayé jusqu'à ce que j'aie mon deuxième fils, Désiré. Désiré que j'ai essayé d'aimer. J'ai essayé d'aimer à la manière des autres et les choses ont empiré. Alors j'ai dû comprendre. Je ne peux pas laisser le monde décider pour moi. À présent, je me contente de vivre ma vie tandis qu'ils me jugent, qu'ils me disent que je suis ainsi, que je n'aime pas, que je suis un peu morte, et que si j'ai un cœur, alors il est aussi froid que la glace, aussi dur qu'une plume en iridium.

INFLÉCHI

Désiré

J'ai toujours été un enfant calme, silencieux, absent même. Le regard constamment triste, jusqu'à un âge avancé, je n'ai pas fait un seul sourire, j'ai gardé mes lèvres pincées. Pincées comme ce jour-là sur le bord de ma tasse de chocolat chaud. Ce matin où je ne buvais pas. Les mains au niveau de mon visage, je cachais du mieux que je pouvais ma figure derrière la grosse tasse fumante. Pour ne pas voir la scène qui se déroulait. Si seulement j'avais pu également me boucher les oreilles pour ne pas entendre les cris ! Je me demande pourquoi j'ai un souvenir particulier de ce jour-là, puisque presque tous les matins la même scène se reproduisait. Je me rappelle le motif écossais de la nappe, la boîte de chocolat en poudre Milo, verte, métallique, avec un footballeur en maillot à rayures dessiné sur son flanc. Peut-être que je me souviens de ce jour-là à cause de l'expression sur le visage d'Iman. Assis du côté opposé de la table, propre dans son uniforme kaki d'écolier, il mordait tranquillement dans sa baguette de pain beurré. Il avait la tête tournée vers le couloir sur la gauche et je pouvais voir les muscles de sa mâchoire se contracter pendant qu'il mastiquait. Il regardait, mais je savais qu'il ne voyait pas. Ou alors, je me souviens de ce jour-là précisément, à cause de ce qu'il a dit :

– J'en ai marre de tout ça, vivement que je grandisse et que je fiche le camp d'ici.

« Tout ça », c'était mon père qui venait de surgir de la chambre à coucher au fond du couloir, et ma mère qui le talonnait. C'était le bruit de la manche de chemise de mon père qui s'était déchirée quand il avait arraché son bras à l'étreinte de ma mère. Il avançait le long du couloir, la mine renfrognée tout en regardant cette manche déchirée. Puis son regard s'est levé vers nous et je me suis caché un peu plus derrière ma tasse de chocolat. Iman le regardait droit dans les yeux en mastiquant et mon cœur battait au rythme des mouvements de sa mâchoire. Chaque battement faisait trembler mes mains et je pouvais voir le remous créé à la surface du liquide chaud. J'avais très peur et Iman n'avait peur de rien. Je savais que ce n'était pas dû au fait que j'avais sept ans et lui, presque quatorze. Iman était simplement différent. Il était ici avec nous, mais dans sa tête il était ailleurs. Mon père a semblé hésiter à faire un commentaire à Iman, puis il s'est ravisé. De toute façon, derrière lui, ma mère revenait à la charge. Elle a planté ses ongles dans l'épaule de mon père, et, lorsqu'il a essayé de se retourner pour lui faire face, telles des serres les ongles ont lacéré sa chemise et sa chair. Mon père a bondi en arrière en hurlant de douleur et, d'un coup violent du plat de la main en plein milieu de la poitrine, il a projeté ma mère contre un des murs du couloir.

– Salope !

Elle a semblé s'élever du sol et voler vers l'arrière, les bras et les jambes tendus devant elle. Puis son dos a frappé le mur, et l'onde de choc s'est propagée dans la pièce et a éclaté dans ma poitrine. Le choc lui a coupé le souffle, ses poumons ont semblé se vider d'air. Puis ils sont restés ainsi, face à face. Elle, dans sa robe de chambre, prise de vertige, cherchant son souffle ; lui, dans sa chemise déchirée, une main tâtant son épaule où perlaient des gouttelettes de sang rondes comme des grains de café. Le temps s'est figé. J'ai regardé leurs corps penchés vers l'avant, leurs yeux rétrécis, leurs bouches ouvertes, leurs poitrines haletantes. Deux boxeurs sonnés. Je me suis demandé lequel allait sortir de sa torpeur en premier. Et exactement, que se passerait-il ensuite ? Qui frapperait le premier coup ? J'étais terrifié, mes oreilles bourdonnaient, j'avais envie de rentrer sous terre. J'ai avalé une gorgée de chocolat chaud. J'ai aspiré. Trop vite. J'ai senti un filet d'air s'infiltrer dans mes narines, former une bulle dans ma gorge et entraver la coulée du chocolat chaud. J'ai toussé, craché, lâché la tasse. Elle a chuté lentement, puis a heurté la table et roulé sur le côté. Et, tandis que son contenu se renversait sur la nappe aux carreaux écossais et y formait une tache brune qui s'élargissait, je me suis tenu la gorge à deux mains parce que j'étouffais. Je sentais le liquide chaud mélangé à de la morve me sortir par le nez et me couler sur les lèvres. J'ai senti son goût salé dans ma bouche. Je suffoquais. Je me suis dit que j'allais mourir et j'ai commencé à pleurer. À quel moment ma mère est-elle arrivée derrière moi et a-t-elle commencé à me taper dans le dos ? Je ne sais pas. À quel moment mon père, profitant de la confusion, a disparu de la maison ? Je ne sais pas. Je me demande encore s'il a pris le temps de se changer ou s'il est sorti vêtu de sa chemise déchirée. Ou peut-être qu'il est juste retourné prendre une autre chemise et qu'il est allé la mettre dehors ou dans sa voiture. Je ne sais pas. L'univers des possibilités est infini. Tout ce que je sais, c'est que tout ce temps, Iman est resté calme, propre dans son uniforme kaki d'écolier, et qu'il mastiquait sa baguette de pain beurré. Tranquillement, silencieusement, les yeux mi-clos.

Je ne sais plus si ce matin-là, finalement, nous sommes allés à l'école. Je ne sais pas quand mon père est revenu. Il y a eu beaucoup de matins comme ça. Une dispute éclatait et mon père disparaissait subitement. Puis il réapparaissait, à l'improviste, plusieurs jours plus tard. Combien de temps exactement ? Je ne sais pas. Peut-être une semaine, peut-être un mois. Quand on est enfant, le temps s'étale à l'infini. Tout est grand, trop grand, impossible à mesurer, à contrôler. Les émotions impossibles à contenir. Mon cœur en était rempli et j'avais constamment l'impression de suffoquer. J'avais l'impression de vivre plongé dans l'obscurité et la pression des abysses de l'océan. L'impression de vivre en apnée. J'avais également l'impression que je n'allais jamais grandir et j'étais terrifié parce que je savais que je ne survivrais pas longtemps à mon enfance. Je courais un marathon dans un désert torride, et plus je forçais, plus la ligne d'arrivée s'éloignait. Toutes les distances me paraissaient trop vastes, et le moindre effort m'épuisait. Le médecin disait que j'étais asthmatique, qu'il fallait que j'évite de courir me cacher dans les placards comme je le faisais à la moindre occasion. Mais je ne pouvais pas. Je ne me sentais apaisé que dans ce genre d'endroit. Dans un placard, sous un lit, ou alors si je devais être au milieu d'une pièce, sous une couverture : un univers étroit, limité, sûr. À l'école, je m'asseyais sur le banc du fond. Ainsi je pouvais voir l'ensemble des quatre-vingts à cent élèves qui remplissaient la minuscule salle de classe de l'établissement primaire public. Ils formaient une foule dense dans laquelle je me sentais invisible. Et c'était rassurant. En effet, c'était ça mon objectif : disparaître. On ne peut atteindre ce qu'on ne peut voir. Et j'avais constamment peur d'être atteint. Je vivais dans la paranoïa, la peur que quelque chose, venu de quelque part, vienne me frapper par surprise. Alors je m'efforçais de prendre le moins de place possible, pour réduire la surface visible, la surface vulnérable. Peut-être que, lorsque je deviendrais fin, aussi fin qu'une lame de rasoir, je n'aurais plus peur. Sans doute à cause de cela, j'étais un enfant petit et chétif, même pour mon âge. Iman, à l'opposé, était grand, très grand. Il paraît que son père était également très grand, presque un géant. Iman était fin aussi, mais son corps d'adolescent était doté de muscles secs. Lorsqu'on rentrait de l'école, qu'il se déshabillait et que torse nu il ressortait dans la rue jouer au foot avec les garçons du quartier, j'enviais son corps. J'enviais sa force. Iman était comme un lion, et sa touffe de cheveux ondulés rappelait une crinière. Du lion, il avait aussi le calme et la confiance. C'était un grand frère protecteur sur lequel je pouvais compter en toute situation. De tout temps, Iman s'est comporté comme si c'était le même sang qui courait dans nos veines, et c'était surprenant. Ce ne l'était pas juste parce que nous étions nés de pères différents. C'était plus que ça. Iman était traité différemment. Ce n'était pas simplement que toutes les tâches à faire lui revenaient, car après tout il était mon aîné de près de sept ans. La distinction était plus profonde. On lui parlait différemment, et même la façon dont on le regardait était différente. Ma mère était toujours prête à lui mettre une claque pour une faute pour laquelle je me serais juste fait gronder. C'est à croire qu'elle le punissait pour une erreur au-delà de son existence. Une faute mystique qu'il aurait commise simplement en existant. Ma mère ne le regardait jamais quand elle le punissait. Elle semblait plutôt regarder à travers lui, dans le vide, au loin. Iman avait hérité de cette capacité à regarder dans le vide. Lorsqu'elle le battait, il prenait les coups et, même s'il semblait en souffrir, il paraissait absent. On aurait dit qu'il attendait quelque chose. On aurait dit qu'ils attendaient tous les deux quelque chose. Une chose dont l'arrivée était imminente et qu'il ne fallait pas rater en étant distrait par d'autres choses, telles que des coups ou de la souffrance. Plus tard, je l'ai compris, ils attendaient tous les deux d'être libérés. Être libérés de la prison que ma mère avait bâtie autour d'elle, pierre par pierre, la première pierre étant la rencontre avec mon père. Iman me l'a racontée un jour alors qu'on était assis sur les dunes de sable chaud, sous les cocotiers, à observer l'océan. Le médecin m'avait conseillé le grand air, alors mon frère m'avait emmené un vendredi après-midi à son endroit préféré de la plage. C'était un coin calme qu'il avait découvert quelques années plus tôt. De loin, je regardais les vagues monstrueuses de l'Atlantique mener leur violent combat. Ce combat de titans qui durait depuis la nuit des temps.

– Je suis désolé, ai-je fait.

Il m'a regardé dans les yeux, l'incompréhension se reflétant sur son visage.

– De quoi?

– Que tu sois ici avec moi au lieu de jouer au foot avec tes amis.

– Tu es malade, l'air de la mer peut te guérir. C'est plus important que jouer au foot.

– Alors merci.

Il s'est amusé un instant avec le sable. Je regardais son front plissé tandis que ses doigts traçaient des figures. Il réfléchissait:

– Tu ne dois pas me remercier, Désiré.

– Mais personne d'autre ne le fait. Maman te bat tout le temps.

– Maman aussi est malade, Désiré.

Ce fut à mon tour d'être choqué. J'ignorais que notre mère était malade. J'ai senti une vague d'angoisse s'abattre sur moi. Allions-nous perdre notre mère? Mon regard est resté rivé sur celui d'Iman dans l'attente d'une réponse. Mais il était impénétrable. Finalement, il a dit:

– Tu sais, ça n'a pas toujours été comme ça. Maman n'a pas toujours été comme ça.

Ses doigts ne traçaient plus de signes. Son regard était perdu dans les vagues émeraude. Il m'a raconté une histoire que j'ai écoutée ce jour-là, mais que je n'ai comprise que bien plus tard. Certains détails, il les avait entendus de la bouche d'Hadja, d'autres, Maman elle-même les lui avait dits. Certains, il s'en souvenait.

À la naissance d'Iman, maman s'était repliée sur elle-même. Elle ne sortait plus que très peu, juste pour aller à l'institut de coiffure. Les choses sont difficiles pour une femme seule. Hadja a voulu de nombreuses fois récupérer Iman, mais maman résistait. Elle disait qu'elle ne faisait pas confiance à l'éducation de Hadja. Même si c'était en partie vrai, ce n'était pas toute la vérité. Le reste, ce qu'elle ne disait pas, Iman l'a deviné dans les regards effrayés de maman. Iman a compris très tôt que notre mère le gardait parce qu'elle avait besoin de lui. Il lui servait à rester focalisée sur ses objectifs. Elle préférait donc payer une dame pour s'occuper de l'enfant pendant qu'elle suivait ses cours. Ça la motivait pour avancer plus rapidement et finir plus tôt. Ça s'est passé un peu mieux, par la suite, lorsqu'elle a commencé son apprentissage dans un salon. Les journées étaient longues, mais elle avait le droit de garder son enfant dans une salle à l'arrière du salon, du moment qu'elle se débrouillait pour qu'il ne pleure pas. Iman a arrêté très tôt de se plaindre. Il a arrêté très tôt d'être un enfant. Il a compris qu'il était le moteur de la vie d'une femme seule. Seule par choix, mais seule également parce qu'elle était ostracisée. Les gens la mettaient à l'écart. Les femmes se méfiaient d'elle pour plusieurs raisons. Elle était belle, célibataire et avait un enfant. La combinaison de ces trois choses est dangereuse. Une femme seule attire les hommes des autres femmes. Une femme avec un enfant se contente très vite de très peu venant de la part d'un homme. Les hommes ont tendance à vouloir s'afficher en public avec une maîtresse si elle est belle. Les femmes avaient peur qu'elle leur arrache leurs maris. Cependant, elle n'avait pas vraiment le temps. Elle travaillait sans arrêt, ou elle s'occupait de son enfant. Notre mère prêtait très peu attention aux avances des hommes. Elle ne les voyait pas. Sa vie était remplie par son bébé. Les hommes ne l'ont pas compris de cette manière. Ils voyaient cette femme qui, bien qu'elle ait déjà un enfant et ne vaille donc plus à leurs yeux que la moitié d'une autre, ne voulait pas se donner à eux. Pire même, elle les ignorait. Elle se contentait de se promener avec un bébé métis dans les bras. Ils se disaient qu'elle devait se considérer mieux qu'eux. Et ça devait être à cause de son bébé, et certainement parce qu'il était métis. Comme elle avait pu s'offrir un Blanc, elle devait se dire qu'eux n'étaient plus assez bien pour elle. Elle visait sans doute plus haut maintenant. Mais pour qui se prenait-elle donc ? La rumeur a commencé à courir que notre mère était une prostituée qui couchait avec tous les Blancs qui arrivaient dans le pays. De désirable, elle est devenue tout de suite répugnante. Les gens plissaient le nez quand ils la croisaient. Parfois, certains lui crachaient dans le dos après qu'elle soit passée devant eux. Ensuite, ils regardaient dans la direction opposée. La seule chose qui les empêchait d'entrer en conflit ouvert avec elle ou de la battre dans la rue et de déchirer ses vêtements était qu'elle était la fille de Hadja et que son père était mort à La Mecque. C'était aussi la seule raison pour laquelle on continuait à prendre son argent, et à lui vendre des fruits ou du riz pour nourrir son bâtard. Ç'aurait pu durer éternellement, car notre mère n'était pas consciente de tout ça. Tout le monde savait ce qui se disait sur elle, mais, parce qu'elle n'avait d'amis ni chez les hommes ni chez les femmes, personne ne le lui avait jamais rapporté. Elle se doutait qu'on l'évitait, mais elle était à mille lieues d'imaginer la profondeur du mépris des gens à son égard. Et si elle l'avait su, peut-être que ça lui aurait été égal. Jusqu'à ce qu'elle mette Iman à l'école.

Les enfants parlent et répètent ce que leurs parents disent. Iman était immédiatement devenu le bouc émissaire de l'école. De plus, malheureusement pour lui, les adultes n'étaient pas très enclins à intervenir. Ils regardaient sans réagir l'enfant se faire agresser. Mais l'expérience de la vie lui avait déjà formé un caractère de fer. Iman allait à l'école pour se battre. Il était devenu plus grand, plus fort que les autres enfants. Il s'était acheté son autorité à coups de poing. À l'école il était un animal sauvage, mais à la maison il se comportait avec douceur pour éviter que notre mère se doute de ce qui se disait sur elle. Maman trouvait étrange qu'Iman rentre tous les jours avec le nez en sang, mais elle n'aurait pas pu deviner qu'il se passait quelque chose de grave. Elle n'avait jamais vécu dans la compagnie de garçons. Elle n'avait eu ni père, ni frères, ni cousins. Elle savait que les garçons aimaient se battre. De plus, Iman n'avait pas l'air de se plaindre. Il ne répondait jamais aux questions. Mais un jour, ça avait tourné au drame. Iman s'était fait battre par une bande de garçons plus âgés. Notre mère, paniquée, était allée se plaindre à l'école. Les parents des autres enfants avaient également été convoqués. Deux couples, un mari, une femme et leurs enfants. Elle, en face d'eux, était seule. Ce jour-là elle avait compris. Rien de ce qu'elle disait ne semblait avoir de valeur. Ou plutôt, elle parlait, mais personne n'écoutait. Ils étaient trop occupés à la regarder et la juger pour l'entendre. Ce jour-là, elle était retournée dévastée chez Hadja. Iman s'en souvient, Souwé lui avait dit :

— Ici, on est en Afrique. Une femme n'a aucune valeur si elle n'a pas un homme. Pourquoi crois-tu que je suis restée avec ton oncle ? Tu m'as insultée toutes ces années, mais toi aussi, tu es une femme à présent. Alors, voilà, tu as vu, maintenant ? Tu as compris ?

Notre mère avait pleuré. Tandis que Hadja, assise dans un coin sur une chaise à bascule, observait la scène d'un air absent, Souwé continuait à parler. C'était à croire qu'elle attendait ce jour, pour déverser sur sa nièce tout ce qu'elle n'avait pu dire durant toute sa vie, toute la rancœur qu'elle avait accumulée. Elle était hors d'elle, elle parlait en gesticulant, les bras brandis au-dessus de sa tête :

— Tu veux le respect, c'est ça ? Le respect pour ton fils et toi ? Il va falloir que tu descendes de ton piédestal. Tu penses que tu peux passer des jugements sur le monde entier ? Pourquoi penses-tu qu'on fait ce qu'on fait ? Tu penses qu'on n'a pas de fierté, nous ? Regarde les dégâts que ta fierté a déjà causés à ton enfant ? Un jour, à l'école, on va le tuer ! Et sur sa tombe on va écrire : « Mort parce que sa mère n'est qu'une enfant égoïste. »

Elle s'était arrêtée pour reprendre son souffle. Puis avait semblé réfléchir :

– Nous, tu peux nous traiter comme tu veux, Zainab. On est vieux et toi, tu n'es encore qu'une gamine. Mais tu as choisi d'être une mère, personne ne t'y a poussée. Alors, sois-en une.

– Qu'est-ce que je dois faire ?

– Fais-toi petite. Ferme ta bouche et ne te crois pas au-dessus de tout le monde.

– Mais de quoi est-ce que tu parles ? Je ne me crois au-dessus de personne.

– Ah oui, et tous ces hommes qui te font des avances et que tu rejettes ?

Notre mère avait failli s'étouffer de stupéfaction :

– C'est donc ça ! Ils demandent à leurs enfants d'aller battre mon fils parce que je ne leur écarte pas mes jambes ! Le monde est donc comme ça ?

– C'est comme ça que le monde est.

– Très bien, alors, je vais me donner à tout le monde maintenant. Pour le bien de mon fils. Tu as entendu, Iman ? Je vais laisser tous les hommes me la foutre dedans, sinon c'est ta vie qu'ils vont foutre en l'air.

Souwé avait levé la main :

– Il y a quelques années, je t'aurais fichu une claque. Ne parle plus jamais comme ça devant cet enfant. Je ne te laisserai pas le rendre aussi vulgaire que toi.

– Ne fais pas ci, ne fais pas ça, qu'est-ce que je dois faire alors ?

– Je me suis promis que je n'allais plus gaspiller mon souffle à te donner des conseils, Zainab. Tu n'as jamais rien fait de ce qu'on t'a demandé, alors on a abandonné. Débrouille-toi.

– Eh bien moi, je te fais une promesse. Je vais faire ce que tu vas me demander ce soir, même si ça ne me plaît pas. Je vais le faire pour Iman. Je veux juste la paix, avait-elle ajouté en baissant la tête.

Souwé avait considéré un instant la situation. Elle se demandait si sa nièce était sérieuse. Puis finalement, elle s'était jetée à l'eau :

– Trouve un père à ton fils. Marie-toi, c'est la seule solution pour que les gens arrêtent de parler de vous.

– Écoute, personnellement, je n'ai pas le temps de chercher un mari, mais trouve-moi quelqu'un et je l'épouserai sur-le-champ.

– Tu accepteras celui que je choisirai ?

– Trouve-moi un éboueur et je m'offrirai à lui.

Mon père n'était pas éboueur. Il était colonel dans l'armée. Dans un régime militaire, cela voulait dire deux choses. Il était respecté parce qu'il avait tous les pouvoirs, et riche parce qu'il pouvait saisir les biens de quiconque. Je choisis de croire que mon père aimait ma mère, au moins au début. C'est plus simple pour moi. De toute manière, c'était facile d'aimer ma mère parce qu'elle était belle. C'est sûr, il y avait son enfant, Iman. En plus, l'enfant était métis, c'était donc impossible de le faire passer pour le sien. Mais il pouvait faire les siens propres et avec le temps on oublierait peut-être le premier. Il serait comme une erreur. Le fait d'avoir ma mère comme femme apportait aussi certaines satisfactions. Comme elle était la femme que tant d'hommes avaient convoitée, l'épouser s'apparentait à gagner un prix. Et d'une certaine manière, le fait même que son enfant soit métis était la preuve qu'un Blanc l'avait choisie. Et aussi tordu que ça puisse paraître, c'était une fierté d'avoir la femme d'un Blanc. Il fallait maintenant en faire la sienne. C'est le genre d'amour que mon père portait à ma mère. Il s'agissait plus d'un étrange désir de possession que d'un amour vraiment authentique. Tout cela explique pourquoi mon père a immédiatement épousé ma mère et aussi pourquoi je suis né neuf mois après leur mariage. Il essayait tant bien que mal de la conquérir. Dès les premières années du mariage, il lui fit construire un salon de coiffure sur un des terrains qu'il avait saisis. Parce que le régime militaire approchait de sa fin et qu'il avait peur des répercussions, il avait fait transférer le terrain au nom de ma mère. Cela rendrait plus difficile aux futurs gouvernements de le récupérer. Il lui avait également offert une voiture. Ma mère l'a épousé, lui a fait un enfant et elle est restée à s'occuper de lui, mais il était clair qu'elle n'était pas à lui. Il avait son corps, mais tout le reste lui glissait entre les doigts. C'était à croire qu'un homme l'avait touchée d'une manière qui rendait impossible à tout autre de l'atteindre. Qu'avait-il donc de mieux, cet homme ? C'est parce qu'il était blanc ? Et que son enfant était métis ? C'est de cette frustration que la haine de mon père à l'égard d'Iman est née.

– Maman me bat pour me protéger, a dit Iman.

En effet, elle devait rassurer mon père, lui montrer que cet enfant n'avait pas plus d'importance que moi. Pour cela, il fallait moins bien le traiter. Si elle le traitait mal, alors, lui n'aurait pas besoin de le faire. Elle préférait garder une mainmise sur ce domaine.

Mais elle-même ne pouvait se forcer à aimer son mari. Elle n'avait pas choisi d'être avec ce vieux militaire divorcé de quarante-cinq ans. Alors quand il a commencé ses escapades, elle n'a pas pu le supporter. Elle savait que ce n'était au fond qu'une manière perverse de mendier l'attention de sa femme. Mais elle n'avait pas la maturité nécessaire pour vivre ce genre de situation. Elle se sentait prise au piège. Et plus le temps passait, plus l'étau se resserrait autour de sa gorge. Si elle sacrifiait sa vie à un homme qu'elle n'avait pas choisi, pourquoi fallait-il qu'en plus elle paraisse heureuse de le faire ? Si elle acceptait tranquillement son destin, pourquoi lui, qui, à plus forte raison, avait choisi de l'épouser, ne pouvait-il pas avoir la décence de faire de même ? Elle l'avait épousé pour gagner la tranquillité. Il n'avait pas le droit de lui rendre la vie dure ! Ça l'enrageait chaque fois que mon père disparaissait de la maison. Et lui prenait ça pour une preuve d'attention, et la savourait parce que de toute manière c'était tout ce à quoi il avait droit. Mais il en voulait plus, alors il recommençait, et les choses empiraient de jour en jour. Ils s'étaient eux-mêmes perdus dans ce cercle vicieux :

– Si maman s'est retrouvée dans cette situation, c'est pour moi, a dit Iman. J'étais sa force, et maintenant, je suis sa faiblesse. C'est à cause de moi si elle n'est pas heureuse. Si je n'étais pas là, sa vie serait meilleure. Mais ne t'en fais pas, je trouverai ma place aussi. Elle est ailleurs, quelque part, mais je ne sais pas où encore…

Puis il s'est tu. Aujourd'hui, je me demande si ce n'est pas à cet instant que *l'idée* a commencé à germer dans son esprit. Cet instant précis où je regardais les vagues couleur d'émeraude se briser devant nous et l'écume venir lécher nos orteils. La marée avait monté, il était tard, il était temps de rentrer.

À partir de ce moment, j'ai commencé à avoir peur qu'Iman nous quitte. Il s'absentait beaucoup. Sa présence à la maison était devenue pesante. Mon père grommelait, cherchait des raisons pour faire des commentaires désobligeants. Ma mère envoyait Iman passer de plus en plus de temps chez Hadja, et j'avais peur qu'un jour il ne revienne pas. Sans doute suis-je superstitieux, mais je me dis qu'à force d'y penser j'ai peut-être causé quelque chose. Mais c'est arrivé d'une manière que je n'aurais jamais pu prévoir. Depuis quelque temps, ma mère recevait la visite d'un homme. Il venait généralement quand mon père était envoyé en mission par le camp militaire. Toujours bien habillé, il arrivait avec une mallette noire qu'il posait lourdement sur la table après avoir desserré sa cravate. Maman lui servait à boire une Guinness et ils passaient des heures assis à éplucher des piles de documents. Il restait de plus en plus tard. Au bout d'un moment, il restait même après avoir fermé sa mallette et posé les pieds sur la table basse. Maman s'asseyait à côté de lui et ils riaient ensemble. Je l'aimais bien, il me rapportait toutes sortes de friandises. Iman m'a dit qu'il était avocat. Notre mère voulait divorcer de mon père et il l'aidait à s'occuper des dossiers pour garder le salon de coiffure à son nom. C'était tout ce qu'elle avait, le salon de coiffure. S'il pouvait aider notre mère à le garder, alors il était mon ami. Iman restait

distant. Ni froid, ni amical. Simplement poli. J'ai remarqué que l'avocat s'asseyait de plus en plus près de
ma mère pendant qu'ils regardaient la télévision. Puis
un jour, un jour où Iman était chez Hadja, je m'amusais par terre avec une boîte de lait quand je l'ai vu
poser une main sur la cuisse de ma mère. Elle s'est
redressée d'un bond.

— Je pense qu'il est temps que tu t'en ailles, a-
t-elle fait en retirant doucement sa main.

Mais il a remis sa main au même endroit d'un
mouvement ferme. Il a essayé de la glisser de force
sous sa jupe, entre ses deux jambes, et ma mère a retenu son poignet :

— Mais qu'est-ce que tu fais devant mon enfant ?
a-t-elle chuchoté. S'il te plaît.

Je m'étais arrêté de jouer. J'avais les yeux fixés
sur eux. Sur le regard implorant de ma mère, les veines
aux tempes de l'avocat :

— Alors, allons dans la chambre, a-t-il dit.

— Mais non, nous n'irons pas dans la chambre !

Ma mère avait hurlé ! J'ai commencé à avoir
peur. Elle était devenue hystérique :

— Pourquoi est-ce que ça doit toujours être comme
ça ! Vous ne pouvez donc jamais rien faire pour autre
chose ?

— Autre chose ? Je viens perdre mon temps ici à
travailler gratuitement tous les jours. Mais qu'est-ce
que tu as donc à offrir d'autre ?

— Qu'est-ce que j'ai d'autre à…

Ma mère n'a pas pu finir sa phrase. J'ai vu la
honte, l'aberration, puis la rage défiler sur son visage.
Puis elle s'est jetée sur lui comme elle avait l'habitude

de le faire avec mon père. Mais lui n'avait pas l'habitude. Il a pris peur et s'est levé prestement. Dans la précipitation, il a trébuché contre la table et son porte-documents s'est ouvert dans sa chute. Tandis qu'il ramassait les documents qui s'étaient éparpillés par terre juste à côté de moi, il jurait :

– Mais tu es une malade, ma parole ! Tu te prends pour qui ? Tant pis pour toi et ton salon, je ne t'aiderai plus.

– Je m'en fiche. Toi-même, tu te prends pour qui ? Comment oses-tu m'insulter ? Je me débrouillerai sans toi. Tu n'es pas le seul avocat de la ville.

– Je suis le seul qui osera jamais tenir tête à ton mari !

Il se leva et m'enjamba. Je m'étais mis à pleurer. En passant la porte, il pointa l'index vers elle :

– Essaie de me rappeler et tu verras !

– Que je sois maudite si je t'appelle ! Tu n'existes plus pour moi, tu n'es rien !

– C'est là que tu te trompes, tu auras de mes nouvelles !

Il a claqué la porte et il est sorti. Alors ma mère s'est effondrée dans le fauteuil, s'est pris la tête à deux mains et a éclaté en sanglots en criant : « Pourquoi ? » Elle n'avait même pas l'air de remarquer que j'étais dans la pièce et que je pleurais aussi.

Puis les jours suivants sont arrivés. Les jours les plus longs de ma vie. Ma mère sortait peu. C'était la période des vacances scolaires, alors moi non plus, je ne sortais pas. Je pouvais donc passer tout mon temps à l'observer. Elle se contentait de regarder par la fenêtre la pluie tomber. Elle regardait la pluie, puis elle regardait Iman et elle souriait. Je me demandais quel souvenir la pluie lui rappelait qui l'amenait à sourire. Un jour, Iman m'a dit : « Maman a rencontré mon père un jour comme ça, au début de la saison des pluies. » Ce devait être à ça qu'elle pensait et qui la rendait heureuse. C'était le seul moment où elle souriait. Parfois, elle laissait les vantaux entrouverts et du vent et de l'eau s'engouffraient dans la pièce et lui giflaient son visage aux yeux bouffis. Depuis ce jour sur le divan, je ne l'avais plus vue verser une larme, mais ses yeux enflés et cernés étaient une indication qu'elle devait se cacher pour pleurer. Ainsi étaient ses journées. Elle pleurait, puis passait des heures à la fenêtre à regarder le mur de la cour. Maintenant qu'elle savait qu'elle ne pourrait plus divorcer de mon père, sa vie était arrivée à un point mort. L'avenir n'avait plus rien en réserve pour elle. Elle donnait l'impression qu'elle se faisait à l'idée que ses jours s'enchaîneraient ainsi, à la queue leu leu, le lendemain identique à la veille. Peut-être était-ce à cause des cernes ou des larmes, mais son visage semblait avoir vieilli de dix ans en quelques semaines. Il était devenu un masque de rides. Elle ne parlait plus. Elle ne semblait pas en avoir la force. Iman s'inquiétait pour elle, je le voyais dans ses yeux. Lorsqu'il mangeait, il jetait des regards en coin vers notre mère qui se tenait à son poste d'observation devant la fenêtre, et il fronçait les sourcils. Il cherchait à accrocher le regard de notre mère, mais elle était inaccessible. Elle était enfermée dans un château de silence et ne remarquait pas les regards inquisiteurs de son fils. Il ne comprenait pas, car il ne savait pas ce qui s'était passé. Je n'avais pas osé lui raconter l'épisode sur le divan, car je savais que ça ne lui aurait pas plu. Je ne voulais pas être la cause d'un plus grand désordre dans la maison. Rien n'allait plus comme avant. Il n'y avait même plus de dispute. Lorsque mon père rentrait le soir, ma mère lui disait « Salut » sans même se détourner de la fenêtre. Il allait s'asseoir à la table où elle avait pris soin de lui arranger son repas avant son arrivée pour ne pas avoir à discuter avec lui. Je pense que même lui était affecté. Il était moins arrogant, moins agressif. Il mangeait sans un mot, écoutait les informations à la télévision, puis allait se coucher. De temps à autre, il rapportait même à ma grand-mère un cadeau qu'elle posait sur la table à côté des autres, et qu'elle oubliait. Dans ces moments-là, je me disais que, quelque part, mon père aimait ma mère. Si elle avait fait un pas vers lui, les choses auraient sans doute été différentes. C'est drôle, mais je me dis qu'à cette période, j'étais presque heureux. Je me demandais combien de temps ça allait durer.

Puis un matin, je me suis réveillé au son d'une dispute. Je me suis glissé hors des couvertures avec lassitude, et j'ai enfilé mes sandales en caoutchouc posées à côté de mon lit. Iman était déjà réveillé et il n'était plus dans son lit. Je suis sorti de la chambre et j'ai suivi le bruit de la dispute. Tout d'abord, j'y allais tranquillement, sans vraiment aucune curiosité. J'étais habitué aux disputes dans la maison. Le temps calme était donc révolu et on revenait à notre bonne vieille façon d'être. Mais plus j'avançais et plus je pressais le pas parce que je me rendais compte que quelque chose de différent se produisait cette fois-ci. En effet, je n'entendais qu'une voix et, à ma grande surprise, c'était celle d'Iman. Je me suis approché de la chambre de mes parents d'où provenait la voix, mais je n'ai d'abord vu personne. Puis à l'entrée de la salle de bains, j'ai aperçu mon frère. Il était comme d'habitude torse nu et en short. Il tenait un tube de comprimés à la main et il criait d'une voix déchirée :

— Non, tu ne peux pas faire ça !

J'ai avancé ma tête à l'intérieur de la salle de bains et j'ai vu ma mère assise, complètement nue, à côté de la cuvette des toilettes. Elle avait la tête baissée, l'air coupable. Choqué, je me suis rendu compte de ce qui se passait. Iman grondait ma mère ! Elle n'arrivait pas à le regarder dans les yeux. Lorsqu'elle m'a vu, elle m'a jeté un regard implorant, comme si elle cherchait un allié.

— Mais qu'est-ce qui se passe ? ai-je demandé.

Tout le monde était-il devenu fou ?

Iman a tendu le doigt vers ma mère :

— Eh bien, tu n'as qu'à le lui demander. Elle fait n'importe quoi !

J'ai tourné la tête vers ma mère. Elle a simplement haussé les épaules et s'est mise à chercher du regard une fenêtre par laquelle elle pourrait s'évader. Mais la fenêtre de la salle de bains était trop haute et elle était assise sur le sol. Le regard fuyant, elle a marmonné sans grande conviction, comme en dernier recours :

— Je t'interdis de parler de moi comme ça…

Mais la voix d'Iman a claqué sec et nous a tous ramenés à la réalité :

– Et moi je t'interdis de faire ce que tu fais ! Tu n'as pas le droit !

– Mais j'en ai besoin pour dormir, a-t-elle protesté.

– De tout le flacon !

Iman secouait un tube dans sa main. Puis, il a semblé se rendre compte que je méritais des explications. Ou peut-être qu'il était à bout et que lui aussi avait besoin d'un allié :

– Maman veut nous abandonner, elle prend ces comprimés pour mourir ! Elle va te laisser, tu vas être seul, Désiré, tu as compris ?

Leurs deux regards étaient tournés vers moi comme s'ils attendaient que je fasse quelque chose, comme si j'étais capable de débloquer cette situation. J'ai commencé à étouffer, à sentir des larmes bouillonner à mes yeux. Je ne pouvais pas choisir entre elle et lui, j'étais déchiré. Tout ce que je suis parvenu à dire a été :

– Mais qu'est-ce qui se passe, qu'est-ce que tu racontes ? Maman sera toujours là, elle ne va jamais nous abandonner ?

– Ah oui ? Je viens de la retrouver couchée par terre dans la salle de bains. J'ai vu ces comprimés à côté d'elle et je l'ai forcée à vomir !

Les traces de vomissure flottaient encore à la surface de l'eau dans la cuvette. J'ai regardé ma mère et ses lèvres desséchées. Et puis j'ai regardé son corps, ses seins, ses cuisses et, pour la première fois, je me suis senti très mal à l'aise. Elle a levé les yeux, et je ne sais pas ce qu'elle a lu dans les miens, mais elle s'est immédiatement saisie d'une serviette et s'est couverte. Le geste a dû embarrasser Iman, car il s'est aussitôt retourné et est sorti en trombe.

— J'en ai marre, je me tire, a-t-il fait.

— Non, attends, ai-je supplié.

— Attendre quoi ? a-t-il crié depuis l'entrée de la chambre. Si je n'étais pas arrivé à temps, elle serait morte et je n'aurais plus de mère. Désiré, maman n'a plus envie d'être notre mère.

J'ai cru voir des larmes surgir dans ses yeux, mais Iman ne pleurait jamais. Pourtant, il était le plus près des pleurs que je ne le verrais jamais. Il s'est retourné pour prendre un t-shirt. Ma mère regardait la fenêtre au-dessus de sa tête. J'ai couru dans ses bras :

— Maman, fais quelque chose. Iman va partir.

— Peut-être que c'est mieux, a-t-elle murmuré. Iman a toujours fait ce qu'il fallait, peut-être que c'est mieux.

Dans le couloir, Iman laçait ses chaussures. Il était vraiment décidé. Au moment où il enfilait la deuxième chaussure, un bruit de loquet nous est parvenu de la porte d'entrée. Nous nous sommes tous immobilisés. J'ai entendu la porte s'ouvrir, puis la voix de mon père a sonné dans nos oreilles :

— Où est votre mère ? a-t-il hurlé.

Pourquoi mon père était-il de retour si tôt le matin ? Il venait à peine de quitter la maison, il était censé être au travail. J'ai senti l'imminence d'un drame me faire frissonner. J'ai entendu les semelles en cuir de ses chaussures claquer sur le sol tandis qu'il se rapprochait. Il s'est arrêté devant Iman à l'entrée de la chambre et a posé un regard méchant sur lui. Il lui a intimé de déguerpir de son chemin. Mais Iman n'a pas bronché. Il a juste levé vers mon père un visage plein de haine. Mon père a fait un geste de la main comme s'il chassait une mouche, puis l'a contourné. Il est rentré dans la chambre et s'est dirigé vers la salle de bains. Au passage, il a ramassé sous le lit une lanière avec laquelle maman menaçait de nous fouetter quand on faisait des bêtises. Au même moment, j'ai vu Iman se relever, une chaussure encore délacée, courir et disparaître au fond du couloir, hors de mon champ de vision.

– Ah, te voilà, toi ! a mugi mon père à l'égard de ma mère.

Elle m'a repoussé doucement hors de ses bras et a attendu la suite. Il serrait la lanière dans son poing et parlait :

– Alors comme ça, tu veux me quitter, à ce qu'il paraît ?

Le visage de ma mère s'est éclairé. Elle comprenait de quoi il s'agissait. Peut-être même était-ce ce qu'elle attendait. Sa réponse m'a surpris :

– J'ai le droit, non ?

Elle essayait de faire parler mon père pour savoir ce qu'il avait en tête. Les lèvres de mon père se sont plissées en un rictus menaçant qui découvrait ses gencives :

– Ah oui, tu as le droit de me quitter. Tu as tout à fait le droit d'inviter des avocats chez moi, dans *ma* maison, pour t'aider à me quitter et de leur offrir de les payer en couchant avec eux !

Ma mère a cherché que répondre. Je l'ai lu sur son visage, l'effort de la réflexion. Puis j'y ai vu la résignation. Qu'aurait-elle pu répondre, en effet ? Se défendre était inutile, il ne l'aurait pas crue. Elle a haussé les épaules. Mon père tremblait de rage, il avait les larmes aux yeux :

– Ah, tu t'en fous, hein ? Tu t'en fous de me ridiculiser, et qu'on se moque de moi au camp. Je t'ai tout donné, que tu l'aies demandé ou non, tu l'as eu ! Et c'est comme ça que tu me remercies ? Espèce de sale enfant gâtée, peut-être que ta mère ne t'a rien appris, mais moi je vais te la refaire ton éducation !

Il a levé le bras pour la fouetter, mais, au même moment, j'ai entendu des bruits de pas précipités. C'était Iman qui revenait. Il a surgi dans le couloir, a traversé la chambre comme une flèche et s'est jeté sur mon père en criant :

– Tu n'en feras rien !

D'un coup d'épaule, il a bousculé mon père et le coup de fouet de ce dernier s'est perdu dans le vide. Mon père s'est retourné, outré, et a fait face à Iman :

– Toi, ça fait longtemps que je te cherche aussi, petit impo…

Mais sa voix s'est cassée d'un coup et ses yeux se sont agrandis. Mais mère a hoqueté, j'ai suffoqué.

Iman était debout au milieu de la salle de bains, les pupilles dilatées, le visage déformé par une expression animale. Les bras tendus en avant, il pointait des deux mains un couteau vers mon père. Celui-ci a hurlé de peur, a prestement jeté son fouet, puis s'est plaqué contre un des murs de la salle de bains, les mains en l'air :

– Ton fils est devenu fou !

Ma mère s'est levée pour s'approcher d'Iman, mais même elle hésitait.

– Iman, ne fais pas ça, s'il te plaît. Papa ne va rien me faire.

– Oh si, il va te faire quelque chose ! Il va te fouetter comme on fouette un buffle. Mais c'est très simple, monsieur, si vous la touchez, je vous saigne. Ma mère n'est pas du bétail.

– Iman, tu ne comprends rien à tout ça, tu es trop jeune. Une femme à qui j'ai tout donné, me re-mercier comme ça… Elle me trompe… a fait mon père d'une voix tremblante.

– C'est faux, répondit Iman.

– Mais qu'est-ce que tu en sais ?

– Je le sais, c'est tout. Et même si c'était le cas ? Toi, personne ne te touche, quand tu la trompes…

– Iman, ça suffit ! a ordonné ma mère d'un ton sec.

Une goutte de sueur perlait sur la lèvre supé-rieure de mon père. Il restait plaqué contre le mur de la salle de bains :

– Ton fils me menace ? Très bien alors ! Lui et toi, vous allez prendre vos affaires et foutre le camp de ma maison. Et c'est fini pour toi et tu n'auras jamais ton salon.

– Iman, tu es content ? a demandé ma mère. Tu es fier de toi maintenant que je vais tout perdre, enfant ingrat ?

Puis elle s'est retournée vers mon père.

– C'est ta faute, tu ne peux pas battre sa mère et t'attendre à ce qu'il ne réagisse pas. Surtout en ce mo-ment. Ça n'a rien à voir avec toi, il est énervé à cause de moi, parce que je fais n'importe quoi. Je vais lui parler et il va se calmer.

– Non, a répondu mon père. Il m'a menacé avec un couteau. C'est devenu trop dangereux, maintenant. Il ne peut plus rester dans ma maison. C'est entre toi et lui. Soit vous partez tous les deux, soit tu le fous dehors.

Tous les regards se sont tournés vers ma mère. Même Iman au milieu de la pièce gardait le couteau pointé vers mon père, mais ses yeux étaient sur ma mère.

– Viens, maman. On s'en va, a-t-il fait.

Ma mère s'est pris la tête à deux mains. Elle m'a regardé, puis a regardé Iman et d'une voix chevrotante elle lui a dit :

– Non, Iman. Toi, tu vas partir. Je ne veux plus te voir dans cette maison, tu m'entends ? Plus jamais.

Mon frère a serré les dents et a laissé le couteau lui glisser entre les doigts. Au moment même où la lame heurtait le sol, où le bruit du métal contre les carreaux remplissait la salle d'échos, mon père s'est lancé sur lui tel un mortier, en serrant le poing. Il a mis tout son élan et toute sa masse dans son poing et a donné au visage d'Iman le coup le plus violent que j'ai vu de ma vie. J'ai eu l'impression de sentir le choc sur mon propre visage et j'ai fermé les yeux. Une gerbe de sang a giclé du point d'impact et formé un arc avant de s'écraser en fines gouttelettes sombres sur le carrelage du mur. Ma mère a hurlé de peur et s'est précipitée sur mon père pour le ceinturer. Iman s'est retrouvé à terre. Il s'est pris le visage dans les mains comme pour absorber la douleur. Un filet de sang a débordé d'entre ses doigts.

– Sale bâtard, dégage ! a fait mon père.

Puis il s'est retourné sans attendre de réponse. Iman s'est redressé et s'est adossé au mur, les jambes étendues, un pied nu. Dans sa chute, il avait perdu sa chaussure délacée. Il était trop fatigué pour faire le moindre geste. Il a laissé ses bras tomber le long de son corps. Son visage n'était plus qu'une plaie. À ce moment-là, ma mère a chancelé. La vue du sang sur le visage de son fils lui a coupé les jambes et elle s'est retrouvée assise par terre, le dos contre le mur opposé à celui auquel Iman s'appuyait. Mon père seul restait debout, les bras écartés, les poings fermés.

– Tu traites ton enfant d'ingrat, a-t-il fait à l'attention de ma mère. Mais, et toi alors ? Je t'ai tout donné, je me suis saigné pour toi...

– Je ne t'ai rien demandé.

– Tu n'es qu'une égoïste, a-t-il renchéri en retenant péniblement ses larmes. Dis-moi donc, pourquoi m'avoir épousé si tu ne m'aimes pas, si tu ne m'as jamais aimé ? Pourquoi ?

Qu'aurait-elle pu lui dire ? Qu'elle était prête à épouser n'importe qui quand il s'est présenté dans sa vie ?

– Fouette-moi alors. Ainsi, je t'aimerai.

Mon père a baissé les yeux. Il a regardé autour de lui comme si, depuis son arrivée, c'était seulement à présent qu'il prenait conscience de la situation. Il s'est passé une main sur la nuque d'un air embarrassé.

– Ce salon, tu me l'aurais demandé, je te l'aurais donné, que tu sois avec moi ou pas. Tu ne comprends pas... Je te demande juste de m'aimer. Mais j'imagine que je ne suis pas assez bien, a-t-il fait.

Puis il s'est retourné et est sorti prestement. Nous sommes restés tous les trois dans la salle de bains. Moi, enfoncé dans un angle du mur, ma mère et Iman par terre, face à face, adossés aux carreaux froids. Iman, les yeux baissés, a murmuré entre ses dents :

– Qu'il s'en aille…

Alors ma mère, gardant le regard fixé sur les orteils d'Iman, a répondu tout bas, comme pour elle-même, par ces mots qui s'envoleraient en emportant l'essence même de sa vie :

– Qu'il s'en aille ? Tu veux priver ton frère de son père, et une femme de son mari ? Par pur égoïsme ? Tu as déjà privé une jeune fille de son enfance. Te mettre au monde a causé le début de ma perte. J'aurais dû suivre le conseil que les yeux de ton père me criaient et me débarrasser de toi. Ta place n'est pas ici. Non, Iman. Toi, va-t'en. S'il te plaît, va-t'en…

Et sa gorge s'est nouée. Je l'ai sentie tendue, une boule de douleur, mais aucune larme n'est venue dissoudre sa peine. Elle s'est tue, mais je savais que dans sa tête elle continuerait à parler, indéfiniment, pendant des années, jusqu'au jour où, des années plus tard, l'amie d'une prostituée viendrait cogner à sa porte, l'espoir dans le cœur.

Ce jour-là, j'ai vu une lueur s'éteindre dans les prunelles de ma mère, et qui ne se rallumerait jamais, comme une étoile qui meurt dans le ciel.

Iman est parti. Immédiatement, sans prendre le temps de se remettre du coup que mon père lui avait assené. Je l'ai vu partir, un mouchoir pressé sur sa lèvre fendue d'où le sang n'arrêtait pas de couler. J'ai essayé de le retenir, de le raisonner, de le supplier :

– Mais tu peux partir un petit temps et revenir après.

Il m'a répondu non. Il m'a dit de prendre soin de notre mère, car à partir de ce jour il n'habiterait plus avec nous. Il irait chez Hadja. Il fallait qu'il parte, et tôt ou tard il l'aurait fait, a-t-il dit. Ma mère avait une nouvelle famille et il était clair qu'il n'y avait pas sa place. Sa présence empêchait les gens d'être, a-t-il dit. Son absence ne pourrait qu'arranger les choses, rendre notre mère heureuse. Il lui devait bien ça, a-t-il dit. Ses derniers mots me résonnent encore dans le crâne :

– Si je pars, a-t-il fait, je vais tout remettre dans le bon sens et elle pourra avoir la vie qu'elle mérite. Tu ne comprends pas, mais je suis la cause de tout le malheur de notre mère. C'est comme si, dès ma naissance, tu vois, son parcours vers le bonheur avait été infléchi.

ICEBERG

Toumani

Aujourd'hui encore, je rencontre des gens qui me demandent des nouvelles d'Iman. Ils m'attrapent par le bras et me posent la même question :

— Et ton ami, comment va-t-il ?

Alors mes yeux se troublent. Ami ? Ils se trompent, Iman et moi n'étions pas « amis ». Qu'étions-nous donc ? J'interroge l'horizon. Je ne sais pas ce que nous étions. Je le connais depuis si longtemps que c'est une question que je ne me pose plus. J'ignore quel âge j'avais quand j'ai rencontré Iman. J'ignore quel âge j'ai aujourd'hui. Il n'y a de preuve de ma naissance sur aucun document, et toutes les personnes qui auraient été présentes ce jour-là ont disparu de ma vie. J'aurais très bien pu ne pas exister. C'est ce que monsieur Bia a compris quand il a décidé de m'enterrer. Il ne me tuait pas vraiment parce que je n'étais jamais né. Qui aurait remarqué un seul mouton manquant dans le troupeau des enfants vendus en ville chaque jour ? D'ailleurs, qui faisait attention ? Après tout, nous n'étions que des enfants. Il y en a tellement ! Les familles de dix sont monnaie courante. Comment peut-on en regretter un seul ? Les gens font beaucoup d'enfants, ainsi dans le cas où ils en perdraient un, ils en auraient déjà fait un autre pour le remplacer. Tout ça était évident pour moi. Jusqu'au jour où Iman m'a sauvé. Ce jour-là, j'ai vu des gens se battre pour moi. Je me suis demandé pourquoi ils ne me laissaient pas simplement mourir. C'est vrai, il y a tant d'autres enfants. Pour la première fois, je me suis dit que, peut-être, la quantité ne diminue pas la valeur. Peut-être qu'une vie n'en vaut pas une autre, que chaque individu a de l'importance. Même moi, Toumani, né un jour inconnu, d'un père inconnu et d'une mère inconnue. C'est le don qu'Iman m'a fait. Il a fait germer en moi l'idée que j'avais non pas le droit, mais le devoir de vivre. Et à partir de ce moment, cette idée ne me quitterait plus jamais.

Ce jour-là, il faisait chaud. Le soleil était au zénith. J'étais allongé au sol sur le dos, un enfant avec une jambe qui pourrissait. Je fixais le soleil qui me desséchait les lèvres. J'attendais. Autour de moi, des piles d'ordures abandonnées dégageaient une odeur nauséabonde. Monsieur Bia m'avait jeté dans une bouche d'égout près d'un terrain vague. De hautes herbes masquaient les habitations voisines. Les quelques maisons que je pouvais distinguer à travers elles étaient construites de tôles. Néanmoins, les herbes parvenaient plutôt bien à barrer la vue du terrain vague, ce qui le rendait propice à servir de décharge aux riverains. Curieusement, un mur d'environ quatre mètres de long et trois de haut s'élevait au centre du terrain. C'était sans doute la preuve d'un effort de construction abandonné par la suite. C'est près de ce mur qu'on m'avait allongé, à l'abri des rayons du soleil.

Mais à midi, le mur ne faisait aucune différence. Il devenait juste une surface chauffée à blanc qui me brûlait le dos lorsque je m'y appuyais. Je me retournais vers lui de temps en temps pour uriner. Pour mes autres besoins, c'était un peu plus compliqué. Le reste du temps, je me concentrais pour contenir la douleur sourde dans ma jambe et dans chaque articulation. Mon corps était un antre de douleur et une migraine atroce me matraquait le crâne. Je vomissais également beaucoup. Au début, j'avais senti des aliments remonter, mais peu à peu mes boyaux avaient commencé à se tordre à vide, car je n'avais plus la force de m'alimenter. J'étais si faible que, lorsque la douleur devenait trop intense, je m'évanouissais. En éveil, je vivais dans un état de torpeur comateuse. Les images se brouillaient, les sons étaient étouffés. Ma mémoire s'était fragmentée en un puzzle désordonné et parfois je me croyais encore dans la maison de monsieur Bia et je hurlais de peur. J'allais mal, mais je ne pouvais rien y faire. Je restais simplement allongé à distance du mur et je priais pour que la douleur passe. Le reste du temps, j'observais les garçons qui m'avaient sorti de la bouche d'égout.

Il y avait Marcellin, Gildas, Covi et Iman. Marcellin, le gros, était le moins présent. Il était généralement là pendant la journée. J'avais compris avec le temps qu'il devait sécher l'école pour pouvoir être avec nous. Il arrivait avec un cartable qu'il déposait contre le mur, puis il en retirait des vêtements qu'il échangeait contre son uniforme d'écolier. Il devait le garder propre pour ne pas attirer l'attention de ses parents. Le cas de Gildas et de Covi était différent.

Ils ne semblaient avoir aucune obligation particulière, aucun parent duquel se cacher. Je les enviais. Ils allaient et venaient librement, apparaissaient parfois en plein milieu de la nuit, et dormaient le dos contre le mur. Pendant la journée, ils fouillaient les piles d'ordures à la recherche d'objets réutilisables. J'apprendrais bientôt qu'ils récupéraient ces objets pour tenter de les revendre en ville. C'était un des stratagèmes auxquels ils recouraient pour subvenir à leurs besoins. Tout cela, je l'apprendrais quand cela me concernerait également. Mais pour le moment, mes seules préoccupations étaient ma jambe, et de ne pas poser ma tête à l'endroit où je venais de vomir.

J'étais resté affamé plusieurs jours, sans doute jusqu'à ce que les autres garçons se rendent compte que j'avais aussi besoin de me nourrir. Me placer à l'ombre ne servait qu'à retarder ma mort. Marcellin s'était approché de moi le premier avec une friandise qu'il avait achetée au marché avec son argent de poche. J'avais simplement laissé le bonbon fondre dans ma bouche. Je n'avais plus la force de mâcher. Puis tour à tour, les quatre garçons s'étaient assurés de me rapporter à manger. C'était comme un jeu pour eux. Je mangeais goulûment. Le jour où j'avais commencé à me tenir le ventre de douleur, ils étaient restés en cercle autour de moi. Ils hésitaient. Puis Iman s'était avancé, et m'avait soulevé. Il m'avait porté sur son dos jusque derrière une pile d'ordures, m'avait posé sur le sol et m'avait demandé de faire mes besoins. Il m'avait soutenu tout le long de l'opération, car je n'avais pas la force de me tenir assis. Ensuite, il m'avait aidé à me rhabiller. Je pense que de ma vie, je n'ai jamais eu plus honte qu'à ce moment-là. Pendant longtemps, j'ai repensé à cet événement et je n'ai pas pu regarder Iman dans les yeux.

Peu à peu cependant, la réalité s'est révélée à eux, implacable. Ma plaie à la jambe ne guérirait pas toute seule. Pire encore, elle s'infectait de plus en plus. La chair visible en dessous de mon genou avait pris une teinte verdâtre. Je souffrais terriblement. La nuit, j'avais des hallucinations, la journée, le soleil me cuisait, et tout le temps, je délirais. Il ne me restait plus que la peau sur les os, car j'avais finalement arrêté de me nourrir. Je commençais à désirer la mort. Ainsi, ce jour-là, alors que le soleil était à son zénith, je les ai vus s'asseoir en cercle et débattre. Il fallait prendre une décision, car la situation les dépassait. J'avais besoin d'un médecin. Bien entendu, aucun d'entre eux n'en connaissait un. Il leur fallait passer par l'intermédiaire d'un adulte et lui révéler ma présence. D'emblée, Marcellin était hors du coup, car ses parents n'étaient pas au courant qu'il passait ses journées avec moi plutôt qu'en classe. Gildas et Covi n'avaient pas de parents. Il ne restait qu'Iman. Il vivait chez sa grand-mère. Je l'ai entendu souvent prononcer le nom d'Hadja. Mais il semblait plutôt contrarié. Finalement, il s'est décidé. Il a enfilé un t-shirt, puis est parti en courant. Les autres garçons sont demeurés autour de moi. Ils ont gardé sur moi un regard inquiet et sont restés muets toute la durée de l'absence d'Iman. J'avais peur de savoir à quoi je ressemblais. J'ai essayé d'y songer, mais je n'avais plus la force de me concentrer et de penser. J'arrivais seulement à observer mon environnement sans réfléchir. Je ne sais pas combien de temps Iman est parti, car, au bout d'un moment, j'ai perdu connaissance. Je me suis réveillé au cri de joie poussé par Marcellin. J'ai ouvert les paupières et je l'ai vu se lever et agiter ses gros bras. J'ai entendu des bruits de moteur et j'ai compris qu'Iman était sur le chemin du retour. Deux motocyclettes ont surgi de derrière les piles d'ordures. C'étaient des *zemidjans*, des motos taxis conduites par des hommes habillés en jaune. Les gens les préféraient aux voitures, car elles pouvaient plus facilement se faufiler dans des chemins étroits, entre les autres voitures, ou contourner les étangs d'eau en stagnation dans les rues en période de pluie. Le prix d'une course était également beaucoup moins élevé qu'il l'aurait été en voiture. À l'arrière du conducteur de la première moto se trouvait Iman qui indiquait le chemin. Sur la deuxième moto, le passager ne m'était pas visible, car il était dissimulé par un nuage de poussière soulevé par le véhicule de tête. Mais une fois que les deux motos se sont arrêtées, et que la poussière est retombée, j'ai vu Hadja. Je n'ai vu que ses yeux. Sur la tête, elle avait un voile qui indiquait qu'elle était allée à La Mecque. Le bas de son visage était couvert par sa main, qu'elle pressait, imaginais-je, contre sa bouche ouverte. Elle était en état de choc. Les deux conducteurs également sont restés muets à ma vue. Dans leurs yeux grands ouverts, je distinguais clairement ce qu'ils voyaient quand ils me regardaient : la mort. Je me suis évanoui.

Lorsque j'ai ouvert les yeux, j'ai vu un visage dont je n'ai reconnu que la partie supérieure : le voile et les yeux. L'expression de choc y avait été remplacée par autre chose. Une nouvelle expression que je ne connaissais pas encore, mais à laquelle j'allais devoir m'habituer parce qu'à partir de ce jour-là je la verrais dans tous les yeux qui me regarderaient. Hadja posait sur moi un regard doux empli de pitié. Pourquoi donc ? J'étais pourtant en vie. Je me sentais mieux, même si j'étais un petit peu étourdi. Je n'avais plus mal nulle part. J'ai cherché l'explication autour de moi, mais les choses que je voyais m'embrouillaient davantage qu'elles ne m'éclairaient. J'étais couché sur un lit dans une grande pièce aux murs jaunes dont la peinture s'écaillait. Il y avait d'autres lits dans la pièce. Une dizaine. Des hommes et des femmes y étaient allongés, le regard vide. Certains d'entre eux avaient le corps ou des membres recouverts de pansements. Certains dormaient, d'autres discutaient avec des gens assis à leur chevet comme l'était Hadja au mien. Certains encore étaient assis ou couchés sur des nattes à côté des lits. Lentement, j'ai pris conscience du fait que la salle était très bruyante. Les gens parlaient fort, tout en gesticulant. Tout au fond, j'ai vu un homme en blouse blanche tapoter sur une bouteille suspendue à côté d'un lit. Un tube en plastique sortait de la bouteille pour aller directement plonger dans le bras d'une femme couchée. J'avais un tube similaire dans le bras. J'ai essayé de l'enlever, mais une main m'a saisi le poignet. C'était celle d'une femme assise de l'autre côté de mon lit et dont je n'avais pas remarqué la présence. Je ne la connaissais pas. J'ai songé à forcer ma main hors de son étreinte, mais je n'y serais pas arrivé, j'étais trop faible. Elle disait quelque chose :

– Tu es à l'hôpital, Toumani. Les médecins se sont occupés de toi, tout va bien. Je suis tante Souwé.

J'ai détourné la tête pour chercher le visage familier d'Hadja, mais j'y ai trouvé un sourire fade qui contredisait tout ce que l'autre femme venait de dire. Tout n'allait pas bien, j'en avais la certitude à présent. Mais qu'est-ce qui n'allait pas, pourquoi ce sourire ? Peut-être qu'il s'agissait d'Iman. Lui était-il arrivé quelque chose ? J'ai demandé :

– Iman ?

Aucun son n'est sorti de ma bouche, mais tante Souwé a dû lire sur mes lèvres, car elle m'a répondu :

– Ton ami va bien.

C'était la première fois que quelqu'un appelait Iman mon ami. C'est étrange, mais ça m'a vraiment touché. Ça m'a rassuré au point où j'en ai oublié le reste et je me suis rendormi. Mais j'allais bientôt me réveiller et faire une découverte terrifiante.

Mes paupières se sont ouvertes, mais je ne voyais rien. Autour de moi, tout était noir. Étais-je devenu aveugle ? J'avais la sensation que j'étais éveillé depuis un moment, mais que mon esprit n'était pas présent. Peu à peu, mes sens me sont revenus. Il faisait nuit. Le brouhaha de la journée avait été remplacé par une multitude de ronflements. Les lits étaient recouverts de masses immobiles. Des gens dormaient par terre, enrobés de couvertures. Tous ces corps rassemblés dans la pièce en rendaient l'atmosphère pesante, l'air lourd. Il y avait aussi les odeurs corporelles des malades mélangées à celles des désinfectants de l'hôpital. C'était difficile de respirer, mais je n'étais pas vraiment en position de faire des chichis, car, après tout, je venais de passer une semaine allongé dans un dépotoir. Pour l'heure, mon problème était que j'avais une grande envie d'uriner. J'ai cherché autour de moi, mais je n'ai vu ni Hadja ni tante Souwé. Il n'y avait personne pour m'aider ou m'indiquer le chemin des toilettes. Il allait falloir que je me débrouille seul. Je me suis hissé sur les coudes. Ça faisait tellement longtemps que je n'avais pas bougé. Tous mes muscles étaient endoloris. J'ai essayé de remuer les bras et les jambes sous les draps. C'était difficile, je me sentais lourd et les bandages qui recouvraient mon corps limitaient mes mouvements. J'ai regardé en direction de l'unique porte de la pièce. Elle était ouverte. Je pouvais percevoir une lumière blanchâtre qui provenait du couloir. Des voix me parvenaient aussi, distantes. Si je pouvais me diriger vers le couloir, je pourrais demander où se trouvaient les toilettes. Mais il fallait d'abord que je sorte du lit. J'ai essayé, mais mes mouvements étaient désordonnés, mon corps a basculé dans le vide. Je suis tombé sur le sol dans un bruit sourd. Je me suis assis contre le mur, le temps de masser un peu le bras sur lequel je m'étais reçu. Je me sentais si faible, mais il allait bien falloir que je me lève, ne serait-ce que pour décrocher la bouteille qui versait toujours goutte à goutte un liquide transparent dans mes veines. Tout d'abord, je devais me dépêtrer de mes draps. Je me suis appuyé sur les mains pour tirer le tissu. J'ai libéré ma jambe gauche. Puis mon cœur s'est mis à battre très fort. Je ne savais pas pourquoi, mais tout à coup j'ai paniqué. Quelque chose m'échappait, je le sentais, mais je ne savais pas quoi. Mon cœur battait au point de m'en donner le vertige. J'ai senti une nausée accompagnée d'une bouffée de chaleur. J'ai inspiré un grand coup pour tenter de calmer la sensation. Que m'arrivait-il? Pourquoi cette angoisse soudaine? Je me suis demandé à quoi ressemblait ma jambe qui pourrissait quelques jours plus tôt, celle qui se trouvait encore sous les draps. J'ai décidé d'en avoir le cœur net. Quelque chose n'allait pas. J'ai retiré le drap de ma jambe droite.

Mon cœur s'est arrêté.

J'ai senti quelque chose descendre en spirale de ma gorge à mon estomac.

Mon esprit a plongé dans le noir.

J'ai eu l'impression que je sombrais dans la folie.

Je me suis mis à hurler.

Au-dessous de mon genou, ma jambe droite était invisible!

J'ai un vague souvenir d'un groupe d'infirmiers qui sont accourus dans la pièce. L'un d'entre eux s'est jeté sur le sol et m'a ceinturé le torse pendant que je me débattais comme un diable. Deux femmes se sont agenouillées devant moi. Je donnais des coups de poing dans le vide, aux infirmières. Je griffais, mordais, crachais, hurlais comme un animal. Je faisais du mieux que je pouvais pour les écarter afin de garder mes yeux sur l'espace au-dessous de mon genou. Un bandage grotesque enveloppait celui-ci et là où il y aurait dû avoir mon tibia et mon pied, il n'y avait rien. Rien du tout, je n'avais plus de jambe!

Les autres malades se sont réveillés et se sont mis à faire du bruit. Une infirmière est apparue de nulle part avec une aiguille qu'elle m'a enfoncée dans le bras. J'avais l'impression d'être en enfer. La lumière blanche du couloir transformait les gens autour de moi en ombres effrayantes qui se mouvaient comme des fantômes. J'ai essayé de me battre, de me libérer de ce cauchemar, mais peu à peu mes forces m'ont lâché. J'ai donné encore deux ou trois coups, mais j'étais fatigué maintenant.

Très fatigué. Je ne sentais plus mes bras. Ils sont devenus lourds, très lourds et sont tombés comme des masses le long de mon corps. J'avais peur de les perdre aussi. Mes paupières se fermaient. J'ai essayé de les garder ouvertes. Tout devenait noir autour de moi. Les voix éclataient comme des bulles de savon. J'ai senti des larmes me couler sur les joues. Je me suis demandé si j'étais en train de mourir.

Je ne suis pas mort. Physiquement, non, mais dans ma tête, c'était comme si le monde s'était arrêté de tourner. Je voyais les gens aller et venir autour de moi, dans la lumière du soleil, puis la nuit, puis le jour encore. Ça faisait deux jours que j'étais réveillé et je n'avais pas fait le moindre mouvement. J'avais les yeux ouverts, mais les images que je voyais n'avaient aucune signification pour moi. J'avais conscience qu'on m'avait porté à deux ou trois reprises jusqu'aux toilettes et qu'on m'avait lavé. Tante Souwé me parlait, mais je n'entendais pas ce qu'elle disait. J'entendais juste des sons sortir de sa bouche. Je reconnaissais les mots, mais les phrases n'avaient pas de sens. Je n'avais d'ailleurs pas vraiment l'impression qu'elles m'étaient adressées. Je n'avais pas l'impression d'exister. Je n'arrivais à penser qu'à ma jambe sous la couverture. Je ne l'avais pas regardée depuis la nuit du drame. Je voyais bien le relief qui s'aplatissait au niveau de mon tibia, même si je n'avais pas retiré la couverture de mes cuisses. Je n'avais pas peur de le faire, c'était simplement que l'idée ne me venait pas. Mon esprit était une page blanche. Je me demande combien de temps ç'aurait pu durer. Pendant des journées entières, les gens gesticulaient autour de moi en ouvrant et en fermant la bouche sans qu'aucun son ne me parvienne.

Puis Iman est entré dans la salle, et les sons sont revenus à mes oreilles d'un seul coup. Il s'est approché de moi en souriant. Il portait un bermuda en jean et un débardeur jaune qui découvraient des bras et des jambes fines et musclées. Ses yeux noisette brillaient de malice. Ses lèvres entrouvertes découvraient des dents blanches et étincelantes. Il s'est approché du siège de tante Souwé, assise à mon chevet, s'est penché vers moi et m'a demandé :

– Ça va, Toumani ?

– Oui.

Tante Souwé m'a regardé d'un air surpris, puis elle a levé les yeux vers Iman :

– C'est le premier mot que ton ami prononce depuis près d'une semaine. J'avais même l'impression qu'il était devenu abruti. Le docteur a dit qu'il était en état de choc et que ç'aurait pu durer une journée comme ç'aurait pu durer un mois.

Iman ne lui a pas répondu. Il me regardait en souriant. J'aurais aimé que ce sourire dure une éternité. J'ai gardé mes yeux dans les siens. J'ai observé leur forme en amande, les longs cils qui les encadraient.

Je ne voulais pas oublier ce visage. Il a posé une main sur mon épaule :

– On va rentrer à la maison maintenant.

J'ai senti un frisson me parcourir au contact de ses doigts chauds sur ma peau.

Ils m'ont ramené chez tante Souwé et Hadja. Je n'étais pas encore guéri, mais les médecins avaient indiqué qu'il fallait que je parte, car l'hôpital était à court de lits. Ils avaient besoin de plus de places pour accueillir les vagues de blessés qui déferlaient chaque jour. On m'a donc porté sur le canapé du salon de l'appartement dans lequel habitaient tante Souwé, Hadja et Iman. Tante Souwé et Hadja dormaient ensemble dans le lit de la chambre au fond du couloir. Iman dormait au pied du canapé et surveillait ma perfusion pendant la nuit. J'en avais besoin parce que mon corps s'était complètement déshydraté après l'exposition au soleil dans le dépotoir. J'avais également besoin de béquilles pour remplacer ma jambe. Elles étaient posées près du canapé, mais je ne m'en étais encore jamais servi. Je souhaitais ne jamais avoir à quitter le canapé pour ne jamais avoir à utiliser les béquilles. Je me disais qu'avec de la chance je ne guérirais jamais, que je demeurerais faible toute ma vie. Mais on s'occupait de moi. C'était une chose à laquelle je n'étais pas habitué. Tant d'attention me faisait peur. Ces repas qu'on m'apportait, ces questions qu'on me posait sur mon état, qu'en adviendrait-il une fois que je pourrais marcher ? Ou du moins clopiner comme le handicapé que j'étais devenu. Tout cela cesserait-il ?

J'avais peur de me rétablir. Si seulement ça pouvait durer éternellement, cette routine apaisante.

La journée commençait le matin à cinq heures lorsque Hadja surgissait de sa chambre dans le couloir et se dirigeait vers la salle de bains pour y faire ses ablutions. Puis les heures s'étiraient lentement. Le soleil se levait et projetait des ombres rouges dans la pièce. Les coqs chantaient et le reste des habitants de la maison se réveillait. Tante Souwé s'habillait et partait au marché, me laissant seul avec Iman et Hadja. Hadja passait la journée dans sa chaise à bascule, devant la fenêtre. Je me demande bien ce qu'elle regardait dehors. Je ne savais pas qu'à des kilomètres de là, dans une autre partie de la ville, Zainab, la fille d'Hadja, était également devant sa fenêtre, et que les regards de ces deux femmes se croisaient dans le ciel comme les lames de deux sabres opposés à jamais. Iman m'a expliqué que la vie d'Hadja se déroulait à l'intérieur de sa tête. Ce qui la passionnait tant se trouvait dans les méandres de son cerveau. Iman semblait dire par là qu'il valait mieux ne pas chercher à comprendre Hadja, mais j'avais l'impression que sa vie à lui aussi se déroulait dans sa tête. Lorsque je lui ai demandé pourquoi il habitait chez sa grand-mère plutôt que chez sa mère, il m'a simplement souri et a haussé les épaules. Il avait cette manière de parler en regardant à travers les gens, comme s'il s'adressait à quelqu'un derrière vous. Au début, c'était dérangeant, mais peu à peu je m'y suis habitué. On s'habituait vite à Iman. À sa manière douce, à ses mouvements gracieux, à son calme. Iman était aussi tranquille que la surface d'un lac. De temps à autre, un incident se produisait ou quelqu'un disait une chose qui le surprenait et, l'espace d'une seconde, c'était comme si on venait de lancer un caillou vers le lac. Le caillou faisait des ricochets qui plissaient la surface de son visage en une expression furtive. L'eau était troublée un instant, puis le remous était absorbé. Au début, j'ai pris ce calme pour une démonstration de tendresse. J'avais l'impression qu'Iman faisait attention à ne pas me brusquer parce qu'il me trouvait fragile et qu'il voulait me ménager. J'avais presque l'impression qu'il était conscient des violences que j'avais subies aux mains de monsieur Bia et qu'il comprenait qu'il me fallait maintenant la paix. Il ne fallait pas crier, s'agiter ou montrer trop d'émotion à côté de moi, et Iman le savait. Cependant, avec le temps, j'ai pu observer son comportement avec les autres habitants de la maison. Il était identique. Finalement, j'ai compris. Il s'agissait de détachement. Iman ne réagissait jamais à rien du tout. C'était à croire qu'il ne ressentait rien. Tout ce qui se passait en lui était contenu dans son cœur. Son corps était un coffre-fort qui enfermait ses émotions. Et personne n'en avait la clef, pas même lui. Toutes ses attentions – lorsqu'il lavait mes affaires dans une bassine dans la salle de bains, ou lorsqu'il me tendait une cuillère de soupe quand j'étais encore trop faible – étaient touchantes, mais me laissaient néanmoins frustré. J'en voulais plus. Je voulais entrer dans son cœur. Je voulais que son regard qui balayait la pièce constamment, comme s'il était toujours à la recherche de quelque chose, s'immobilise sur moi plus de dix secondes. Iman s'occupait de moi comme une machine programmée pour la compassion. Je ne sais pas pourquoi, mais j'ai commencé à me demander s'il m'aimait. C'est devenu très important pour moi. J'en perdais le sommeil. Il fallait que je le sache ! Du jour au lendemain, je suis devenu difficile. Je ne voulais plus manger. Je me plaignais et je geignais, même lorsque je n'avais pas mal. Parfois, je me mettais à pleurer au beau milieu de la nuit pour l'empêcher de dormir. Mais Iman restait égal à lui-même. Patient quand je ne mangeais pas, il tenait la cuillère devant mes lèvres jusqu'à ce que la faim ait raison de moi. Quand je le réveillais la nuit il s'asseyait sur le canapé et attendait pendant que je pleurais jusqu'à ce que la fatigue m'emporte. Le matin en se réveillant, il me souriait, et je me demandais un peu honteusement s'il savait que je jouais la comédie. Mais inévitablement, je me rendais compte que non et, finalement, ça me rendait encore plus malheureux.

Au bout de quelques semaines, tante Souwé s'est aperçue que quelque chose me désespérait. Elle s'est dit que ça devait être l'enfermement. Un soir, elle est rentrée avec un vieux fauteuil roulant. Elle l'a déplié, et, tout en le dépoussiérant, m'a expliqué que toute sa vie elle avait poussé son mari dans un fauteuil identique à celui-ci. Elle m'y a installé et a demandé à Iman de m'emmener prendre l'air.

La première fois que je suis sorti avec Iman était comme le premier jour d'une nouvelle vie. D'une certaine manière, ça l'était vraiment. Je n'étais plus Apollinaire, l'enfant seul, mais Toumani, l'ami. Iman était le premier lien social que j'avais. En effet, jusqu'à présent, je n'avais vraiment été qu'une sorte d'objet pour les gens qui m'entouraient. Mon père m'avait vendu pour des motivations qui me semblent trop complexes à analyser, des raisons qui paraissaient le dépasser lui-même. Pour tantie Caro, j'avais de la valeur, mais n'était-ce pas simplement au même prix qu'un objet précieux ? Quant à monsieur Bia, toute ma vie j'aurais du mal à comprendre ce que je représentais pour lui. Je savais que je lui étais très utile. J'étais comme un canal par lequel il passait pour se libérer de ses démons. J'étais comme une extension de lui, la partie de son corps qu'il battait pour oublier qu'il avait mal ailleurs. Mais qui étais-je vraiment au fond pour moi-même ? Aucune de ces personnes ne m'avait jamais amené à me poser cette question, parce qu'elles avaient leur propre réponse dont elles me marquaient le corps du sceau d'un fer rouge. Iman était le premier individu qui m'amenait à me questionner sur mon identité. Parce qu'il disait que j'étais son ami. L'amitié est un grand seau vide. À chaque action qu'on accomplit, on y verse un peu d'eau fraîche. Iman me posait des questions sur moi. D'où venais-je ? Depuis combien de temps étais-je ici ? Même si je n'avais pas de réponse, le fait qu'il me les pose me rappelait que je venais d'un endroit, que j'étais une personne. Iman représentait pour moi une ouverture vers l'humanité. J'avais la certitude que, si je le laissais m'échapper, je redeviendrais inévitablement une bête. Ainsi donc, quand il me poussait dans mon fauteuil au hasard des rues de la ville, je gardais une main fortement serrée autour de son poignet au-dessus de mon épaule.

Iman me promenait dans les quartiers populaires de la ville, à proximité de la maison d'Hadja. Je me suis rendu compte de l'attention qu'il suscitait, plus encore, c'était comme un magnétisme. Les passants le remarquaient immédiatement. Ils souriaient comme si sa vue venait de rendre leur journée un peu meilleure. C'était comme s'il leur faisait un cadeau en se présentant à leur regard. Quant à moi, j'étais fier d'être son ami parce que je me disais que ce qu'ils voyaient et auquel ils ne pouvaient résister était sa bonté aveuglante. Au point qu'ils ne me remarquaient pas, moi. En effet, certains se rapprochaient de nous et alors seulement faisaient attention à l'autre garçon assis dans le fauteuil. Ils devinaient que sous la couverture posée sur mes jambes j'étais handicapé et ils faisaient mine de comprendre quelque chose. Ils fourraient alors la main dans leur poche et en retiraient quelques pièces qu'ils tendaient systématiquement à Iman. Ça m'amusait, c'était comme un jeu. Je trouvais cela beau, noble, sain. Parce que j'étais subjugué par Iman, dans mon esprit, je me disais automatiquement que la fascination qu'il exerçait sur eux avait la même source que celle qu'il exerçait sur moi. Quelle erreur ! Aujourd'hui, je comprends mieux, et j'en suis terrifié. Jusqu'au moment où ils tendaient la pièce, et même après, moi, je n'existais toujours pas. Je n'étais qu'un argument dont ils se servaient pour communiquer avec Iman. Ils se disaient qu'on faisait la manche, et on aurait pu croire qu'ils voulaient aider deux malheureux, mais c'était faux. La réalité, je l'ai appris, est que dans une société si pauvre, le nombre de mendiants est si grand que leur vue n'inspire plus systématiquement la pitié. Les gens sont même parfois agacés par le fait d'être assaillis par une vague d'enfants sales à la paume ouverte. On les regarde avec dégoût en se demandant comment des parents peuvent ainsi se servir de l'innocence de leur progéniture. Beaucoup de gens pensent bien faire en refusant de donner à la main tendue d'enfants handicapés. Ils prétendent vouloir éviter de participer à un système qui exploite leur misère. Mais j'ai très vite remarqué que, dans le cas d'Iman, c'était différent. On s'approchait de lui en se disant qu'il fallait l'aider. J'ai vu beaucoup de ces hommes et femmes immunisés contre la souffrance publique traverser une foule de mendiants, en enjamber les vieillards assis par terre et venir se pencher devant mon fauteuil et regarder Iman droit dans les yeux. Ils le dévisageaient comme s'ils voulaient se repaître de son image et ne jamais oublier qu'ils avaient participé au bien-être de ce garçon. C'était à croire qu'à la différence des autres enfants, il était inadmissible qu'Iman soit dans la rue. Pourquoi ? Leurs regards étaient accrochés par la couleur de sa peau claire, par ses cheveux ondulés ! C'est étonnant qu'une couleur de peau puisse émouvoir à ce point, puisse faire sourire ou faire pleurer. *Ta place n'est pas ici*, dans la rue, avaient-ils l'air de dire. Alors, il fallait l'en sortir, à tout prix. C'était un devoir ! Ainsi, quand ils se penchaient vers moi, le handicapé, sans me voir, mais tendaient de l'argent à Iman, j'ai compris que c'était surtout lui qu'ils voulaient aider.

Ma surprise a été sans bornes la première fois qu'Iman a répondu :

– Non merci, monsieur, nous ne sommes pas des mendiants.

J'ai levé la tête et je l'ai regardé, les yeux écarquillés. Jusqu'à ce point de ma vie, tous ceux à qui on avait tendu de l'argent l'avaient toujours pris. Je pensais que tout avait un prix. J'apprenais que l'amitié n'en avait pas.

Ce sont ces événements qui m'ont poussé à me lever de mon fauteuil. Un matin, lorsqu'Iman est venu me le présenter devant le canapé, j'ai simplement secoué la tête, me suis saisi des béquilles et me suis levé d'un bond. J'en avais assez d'être son animal de compagnie. Je voulais me hisser à son niveau. Il a souri et m'a fait « Allons-y alors ». C'était intéressant de trotter à côté de lui. Je me suis aperçu qu'il marchait plutôt lentement, comme une personne sans but. Ses yeux bougeaient sans cesse, comme s'il cherchait autour de lui une raison de vivre. Mais c'était en vain. Il connaissait ces quartiers sur le bout des doigts pour en avoir arpenté les pavés toute sa vie et il n'y avait toujours pas trouvé sa raison de vivre. J'essayais de le distraire en faisant le pitre avec mes béquilles. Chaque fois qu'il riait, c'était comme une victoire personnelle. Depuis que j'étais debout, nous étions moins conscients du regard des autres. Nous étions deux âmes isolées dans leur propre monde. Mais je savais que, de temps à autre, Iman risquait un œil hors de ce monde et vérifiait que tout allait bien. Je me demandais ce qui le troublait tant. Je le saurais très vite.

Parfois nous passions la journée avec les autres amis d'Iman. Nous retrouvions Gildas et Covi à l'endroit où ils avaient choisi de passer la journée. Ils nous remettaient une partie des objets qu'ils avaient recyclés de la décharge et nous les aidions à les vendre. À la fin de la journée, Iman leur remettait tout l'argent qu'il s'était fait, ne gardant que de quoi prendre un repas, et puis retournait chez Hadja les poches vides. Je n'ai jamais compris pourquoi il ne gardait pas toute sa part. Je ne lui ai jamais posé la question. Je ne pense pas qu'il avait une réponse. Les actions d'Iman étaient mues par une chose qui semblait hors de son pouvoir. Un jour, tante Souwé m'a lu un passage du Coran sur le fils de Maryam, le prophète Issa que les chrétiens appellent Jésus. J'ai écouté goulûment le récit de sa grande bonté et, à chaque page, je repensais à Iman, à toutes les fois qu'il tendait leur argent à Gildas et Covi. Même si je ne comprenais pas, j'étais fier.

Un de ces jours, on a retrouvé Gildas et Covi dans une partie de la ville que je ne connaissais pas vraiment. On n'y était jamais venus avant. L'atmosphère était tendue, je sentais de la nervosité dans chacun de leurs gestes, mais je ne voulais pas poser de questions. On s'est retrouvés au début d'une rue dans laquelle coulait une rigole d'eau verdâtre. Les trois garçons se sont éloignés de moi et sont partis discuter plus loin. Gildas et Covi gesticulaient rageusement. Iman écoutait calmement. À un moment donné, leurs regards se sont tournés vers moi. J'ai compris que ma présence n'était pas désirée, mais qu'Iman essayait de trouver des arguments pour la justifier. Iman s'est finalement approché de moi :

– Généralement, c'est Marcellin qui nous aide pour ce genre de chose, mais depuis que ses parents ont demandé à un cousin de l'accompagner à l'école pour s'assurer qu'il y va vraiment, il ne passe plus trop de temps avec nous. C'est donc toi qui vas prendre sa place.

J'ai fait oui de la tête.

– Ce que tu vas faire est simple, mais c'est très important. Nous allons rentrer dans cette maison. Ce qu'on va y faire va nous prendre un certain temps. À un moment, tu vas voir une petite voiture blanche, avec le mot « SÉCURITÉ » peint sur son flanc, se garer là-bas. Alors il faudra que tu viennes vite nous avertir. Tu sais siffler ?

J'ai confirmé de la tête, mais mes lèvres tremblaient.

– Tu siffleras quatre fois. Deux longs, deux courts, tu as compris ?

J'ai encore fait oui de la tête, et ils sont partis en courant. Je les ai vus tourner à l'angle d'une rue, puis je les ai suivis des yeux jusqu'à ce que Covi saute par-dessus un mur et pénètre à l'intérieur d'une maison. Ils allaient voler ! Mon cœur battait fort. Non pas à cause de l'excitation, mais à cause d'un petit détail que je n'avais jusqu'alors révélé à personne : je ne savais pas lire. Comment saurais-je quelle voiture portait l'inscription « SÉCURITÉ » ? Jusqu'à présent, je ne l'avais jamais dit parce que l'occasion de lire ne s'était jamais présentée. Lorsqu'Iman m'a parlé, je n'ai pas eu le courage de le lui dire. Je savais qu'il venait de convaincre ses amis de l'utilité de ma présence. Je ne voulais pas le décevoir. Je me suis dit que je pourrais reconnaître la voiture sans savoir ce qui était écrit sur sa carrosserie. Il n'y avait pas tant de voitures que ça qui passaient dans les ruelles de ce quartier lugubre. J'ai attendu la gorge sèche « une petite voiture blanche » avec une inscription sur le côté. Au bout de quelques minutes, une voiture s'est garée. Elle était petite et blanche, mais ne portait aucune inscription. J'ai vu un homme en sortir. Il s'est dirigé vers la maison. Je me suis demandé ce que je devais faire. Devais-je siffler? Mais rien n'était écrit sur le flanc de la voiture. Peut-être que l'inscription n'était pas censée être sur le côté. Iman n'avait pas donné cette précision. Ou alors l'avait-il fait? Je ne pouvais pas me rappeler. J'ai commencé à me rapprocher de la voiture. À chaque claquement de mes béquilles, je perdais un peu plus confiance. Je me rendais compte qu'une fois qu'on ignorait son flanc, il y avait pas mal de choses inscrites sur une voiture. La plaque en métal entre les phares, par exemple, comportait des inscriptions. Et puis il y avait d'autres signes collés partout, comme la marque de la voiture. Comment savoir? Je suis retourné en clopinant vers la maison, prêt à siffler. Mais si je donnais une fausse alerte et que je les perturbais et leur faisais perdre un temps précieux? De plus, ils me demanderaient pourquoi je pensais que la voiture était celle de la «SÉCURITÉ». Où est-il donc, le mot «SÉCURITÉ», montre-le-nous, diraient-ils. Alors ils sauraient que je ne savais pas lire et ils se moqueraient de moi. Ils m'isoleraient encore plus et Iman ne pourrait plus me défendre. Je suis retourné vers la voiture pour en faire le tour. Mais au moment où je m'en approchais, un groupe de jeunes hommes qui jouaient au foot plus loin dans la rue m'ont aperçu et l'un d'eux a crié:

— Eh petit, qu'est-ce que tu as à tourner autour de cette voiture comme ça? Tu veux la rayer avec tes béquilles, ou quoi? Fous le camp de là!

Je me suis arrêté net. Je voulais retourner vers la maison. Je devais peut-être siffler. Ou rester ? Je ne savais plus. Pendant que je délibérais, une autre voiture a débouché dans la rue. Je l'ai vue rouler juste devant moi. Une fourgonnette. Brune. Avec une inscription sur le côté ! Mais Iman avait dit « petite » et « blanche ». Avait-il vraiment dit « petite » et « blanche » ? La voiture s'est garée. Sa carrosserie brune étincelait sous le soleil. Deux hommes en sont sortis. Je suis resté au milieu de la rue. Ils sont passés de part et d'autre de moi et m'ont dépassé sans me remarquer. Ils parlaient fort en riant. Peut-être qu'il s'agissait de la voiture en question même si elle n'était pas petite et blanche. J'ai vu les hommes tourner au coin de la même rue qu'Iman et les autres garçons avaient empruntée. Je me suis rapproché doucement en priant pour que mon intuition soit fausse. Je suis arrivé à temps pour les voir rentrer, à mon grand malheur, dans la maison dont mes camarades avaient sauté la clôture. J'ai senti ma gorge se nouer. Je voulais siffler, mais c'était ridicule à présent. Dans ma tête, j'ai commencé à concocter une raison pour laquelle je n'aurais pas vu la voiture arriver. Mais rien de ce que je trouvais ne tenait debout. Je me suis dit qu'il n'était pas trop tard pour siffler. J'ai calé une béquille sous un bras, et glissé mes doigts dans ma bouche pour émettre un sifflement strident. J'inspirais à peine quand j'ai entendu un hurlement d'enfant qui provenait de la maison. Puis le bruit distinct d'un objet en verre qui se fracassait. Puis les hurlements se sont multipliés. Des voix d'hommes, des coups. J'ai vu une main agripper le mur de la clôture. Covi a enjambé le mur et s'y est assis à califourchon. Il portait un sac sur le dos. En essayant de descendre, il a perdu l'équilibre et est tombé sur le sol. Juste après lui, j'ai vu Gildas et Iman sauter le mur. Ils ont aidé leur ami à se relever. Je les ai vus courir vers moi, Gildas en avant. Il avait une grosse balafre saignante sur le front. Il s'est rapproché de moi en me lorgnant, les yeux emplis de reproches. Il m'a dépassé comme une flèche sans dire un mot. À cet instant, la porte de la clôture s'est ouverte et les deux hommes sont sortis avec des barres de fer en main. Iman et Covi m'ont dépassé en criant : « Allez, cours ! »

Je pense que s'ils ne m'avaient pas parlé, les deux hommes n'auraient pas remarqué ma présence. Après tout, je paraissais inoffensif. Je me suis retourné et j'ai commencé à sautiller sur mes béquilles. Je n'ai fait que quelques pas avant de me rendre compte que c'était peine perdue. J'ai regardé les autres creuser l'écart devant moi. Moi, je n'étais qu'un handicapé, et j'avais l'impression de courir sur place. Des larmes bouillantes ont surgi à mes yeux et brouillé ma vue. J'ai glissé sur une pierre et me suis affalé dans la poussière. Le temps que je me lève, un des deux hommes me saisissait par le bras. Il m'a soulevé sans effort. Le deuxième a continué sa course derrière les autres garçons. L'homme qui me tenait respirait fortement. Il avait une balafre sur toute la partie gauche du visage, comme la cicatrice d'un coup de couteau. Dans mon esprit, son visage s'est substitué à celui de monsieur Bia. Cette vision a vidé mon corps de toute énergie. Je l'ai senti se ramollir comme une marionnette dont on avait coupé les fils d'un coup sec. Il m'a mis une gifle qui m'a projeté au sol. Il s'est approché en tapotant la barre dans sa paume :

– Bande de petits cons, vous voulez faire les malins avec la bande de Ludovic ? On va vous montrer qui est le chef dans cette ville.

Étalé par terre les bras en croix, je l'ai regardé se rapprocher de moi tranquillement, sachant que j'étais à sa merci. Il devait se demander où frapper en premier.

– Tu as perdu une jambe, petit ? demanda-t-il. Tu pensais que c'était douloureux ? Je vais te montrer ce que c'est que la véritable douleur.

J'allais fermer les yeux et attendre de souffrir encore quand j'ai vu, au loin, une ombre apparaître. Je la voyais grandir entre les jambes écartées de mon agresseur. Je n'ai pas tardé à reconnaître Iman qui revenait en courant. Il avait dû faire le tour du pâté de maisons pour surprendre l'homme par-derrière. L'homme a repéré sur mon corps l'endroit où il allait frapper. Derrière, Iman courait de toutes ses forces et arrivait à pleine vitesse. L'homme a armé le bras. Iman a bondi, l'épaule en avant. Au moment où l'homme allait frapper, il a reçu l'épaule d'Iman comme un boulet en plein milieu du dos. Ils ont roulé tous les deux dans la poussière. Iman a crié : « Fuis, Toumani, fuis ! » J'ai ramassé mes béquilles et me suis mis à courir. J'ai traversé la foule des garçons qui jouaient au foot. Ils assistaient à la scène debout, les bras ballants, sans oser intervenir, mais ils pouvaient me servir d'écran. Lorsque je me suis retourné pour regarder derrière moi, Iman était au sol et l'homme à la balafre, beaucoup plus fort, plus grand et plus musclé, le rouait de coups de pied. Je suis parti comme un lâche.

Ce jour-là, j'ai compris deux choses. La première était qu'Iman serait toujours là pour moi. La deuxième était que personne n'était là pour lui.

Je suis allé m'asseoir au début de la rue d'Hadja et j'ai surveillé la maison de près. Je ne pouvais pas y retourner, car on me demanderait où était Iman. Je ne pouvais pas rentrer sans lui. Mais tout cela n'était pas grave. Je me demandais simplement s'il allait bien, s'il allait revenir. Je suis resté assis sur une des briques abandonnées, en face d'une maison en chantier, jusqu'à la fin de l'après-midi. Je tombais déjà de fatigue quand j'ai vu une ombre s'approcher de la maison en boitant. C'était lui. J'ai sifflé. Quatre coups. Deux longs, deux courts. Il s'est arrêté et a scruté les environs en plissant les yeux à cause de la lumière vive au-dessus de l'horizon. Il m'a reconnu, assis sur la brique. Une seconde, j'ai eu peur. Qu'allait-il faire ? Et s'il choisissait de m'abandonner et de rentrer chez lui ? Où irais-je ? Qu'adviendrait-il de moi ? Covi et Gildas ne me supportaient qu'en raison de leur amitié pour Iman. Je n'avais personne à part lui. J'ai compris que si j'avais un toit sur la tête, c'était aussi grâce à lui. J'ai agrippé nerveusement mes béquilles. Iman a lâché la poignée du portail et s'est approché de moi en se tenant les côtes. Il s'est assis sur une pierre à côté de moi en poussant un gémissement de douleur. Son visage était couvert d'ecchymoses. Il a écarté les cuisses et a craché un peu de sang sur le sable entre ses jambes. Je voulais lui expliquer que j'étais désolé, mais je n'en avais pas le courage. Nous n'avons rien dit pendant une longue minute, puis il a posé une main sur la mienne et m'a dit d'une voix enrouée :

– Viens.

Il a essayé de se lever, mais il a poussé un cri de douleur et est retombé lourdement sur le sol. Ça m'a fait mal au cœur de le voir si faible. Je me suis levé et lui ai tendu une main pour l'aider à se hisser sur ses jambes. Il m'a remercié, puis m'a fait signe de le suivre. Nous avons marché longtemps. Pendant près d'une heure, sans échanger un seul mot. Il s'arrêtait seulement de temps en temps pour cracher un peu de sang. Il marchait en avant et je le suivais à quelques pas. À aucun moment il ne s'est retourné pour savoir si j'étais toujours là. Iman savait que je le suivrais partout. Cela, au moins, j'avais réussi à le lui faire comprendre. Peu à peu, les maisons se sont faites plus rares. Je me suis rendu compte qu'il marchait vers la plage. Nous avons laissé les dernières habitations derrière nous et traversé une grande voie. Nous nous sommes retrouvés dans une aire plantée de cocotiers. Le sable dans ma sandale devenait de plus en plus doux, et je ralentissais parce que j'avais du mal à trouver un appui ferme sous mes béquilles. Iman continuait à progresser à la même allure, sans se retourner. Il crachait moins. Je l'ai regardé descendre les dunes, vers la marée montante. Le soleil rouge du couchant semblait saigner dans l'immensité de l'eau. Iman était une ombre qui souffrait. Je n'oublierais jamais cette image. Il paraissait si minuscule dans un espace si vaste. Si seul et si vulnérable. Il a marché longtemps sur la plage. Tout à coup, sans signal apparent, il a tourné pour s'éloigner des vagues, puis il a remonté une dune et est descendu dans une petite crique. Je l'ai regardé disparaître entre les arbres et j'ai paniqué un instant. On avait beaucoup marché et dépassé la partie fréquentée de la plage. Je l'ai suivi à l'oreille entre les arbres jusqu'à une clairière. Là, un affaissement de terrain avait dégagé les racines d'un grand arbre qui formaient une sorte de cavité dans le sol, comme une grotte. Il se trouvait assis à l'intérieur. L'endroit était aménagé avec des feuilles de palmier comme natte, une lampe à pétrole et un poste radio.

Je me suis retourné vers l'entrée de la « grotte ». De cet endroit, on pouvait voir la mer et le soleil entre les arbres, mais personne ne pouvait nous voir. J'ai compris avant qu'Iman ne le dise :

– Voici mon jardin secret. Je suis le seul à connaître cet endroit. Même Gildas et Covi ne l'ont jamais vu. Maintenant toi aussi, tu sais où c'est.

Il a fait un grand mouvement de bras autour de lui. L'espace entre les racines ne faisait pas plus de quatre mètres carrés, et on ne pouvait s'y tenir debout, mais Iman y avait l'air d'un souverain dans un palace. Je me suis assis à côté de lui. Je me demandais pourquoi il me montrait son endroit secret, mais je n'osais pas dire un mot.

– Je n'habite pas chez ma mère parce qu'elle m'a chassé, Toumani.

Il a dit cela en regardant la mer. J'ai regardé son visage, mais je n'y ai vu aucune émotion.

– Avant d'aller chez Hadja, j'ai passé plusieurs nuits sur la plage. C'est à ce moment-là que j'ai découvert cet endroit. J'aurais pu rester ici à jamais. Je pense que j'aurais pu mourir ici et personne ne s'en serait rendu compte.

Il s'est arrêté de parler. Iman avait tendance à ponctuer ses paroles de pauses. Parfois il s'arrêtait même au beau milieu d'une phrase. Quand il reprenait la parole, il avait généralement changé de sujet.

– Ils ne sont pas arrivés dans une petite voiture blanche, n'est-ce pas ?

Il me regardait droit dans les yeux. J'ai baissé les miens.

– Covi et Gildas ne veulent plus te parler. L'homme a surpris Gildas dans la maison et l'a frappé. Gildas est tombé et a brisé une table en verre avec sa tête. Je leur ai dit que c'était ma faute. Ils ne sont pas arrivés dans une petite voiture blanche, ils sont arrivés dans la fourgonnette de la compagnie de sécurité.

Je croisais et décroisais les doigts nerveusement. J'aurais pu laisser Iman me convaincre que tout était sa faute. Ç'aurait été simple. J'aurais été un lâche. Étais-je un lâche ? Je ne savais pas. Mais je n'avais pas envie d'en être un. J'ai pris la main d'Iman. Elle était moite.

– Ce n'est pas ça, Iman. Et tu le sais.

Il m'a regardé et a attendu. Nous étions si proches dans l'espace entre les racines. Nos épaules se touchaient. J'avais sa main dans la mienne, son visage presque collé au mien. Je voyais ses lèvres rouges frémir, je sentais l'odeur de ses cheveux. Je cherchais un moyen de lui expliquer :

– J'aurais dû comprendre qu'ils sont arrivés dans une autre voiture de la même compagnie...

Je cherchais un moyen de finir.

– J'aurais dû… mais je n'ai pas pu… parce que…

– Tu ne sais pas lire.

Je n'ai pas répondu. J'avais trop honte.

– Et compter ?

J'ai détourné le regard.

– Je ne l'ai pas dit à Covi et à Gildas. Je suis le seul à le savoir. Et tu sais que je garderai ton secret parce que je veux que tu gardes secrète l'existence de cette grotte.

J'ai compris pourquoi il m'avait amené dans cet endroit !

– Rassure-toi, Toumani, ils ne veulent pas te voir pour le moment, mais ça va leur passer. Ils ne sont pas méchants. Gildas ne s'est pas fait si mal que ça, et ils ont récupéré ce qu'ils étaient partis chercher.

Je ne savais pas comment demander ce que je voulais savoir, la question qui me brûlait les lèvres. J'ai hésité :

– Vous faites souvent ça ?

Iman a pris un air triste.

– Toumani, c'est vraiment dommage que tu ne puisses pas me parler franchement. Depuis que je ne vois plus mon petit frère, tu es devenu la seule personne avec qui j'aime vraiment être. Ça me brise le cœur de savoir que tu as des réserves envers moi.

J'ai baissé la tête.

– Tu veux savoir si nous sommes des petits voleurs, Toumani, c'est ça ?

J'ai hoché la tête.

– Tu penses que si tu me le demandes, je vais te mentir ?

J'ai fait non.

– Alors quoi ? Tu penses que je vais me fâcher ? Tu as peur de moi ? Tu penses que je peux te faire du mal ?

J'ai mis du temps à répondre. Effectivement, j'avais peur qu'Iman se fâche et m'abandonne, et ça, ça me ferait du mal. Mais je voyais bien que le lui avouer lui ferait beaucoup de peine.

– Non, je ne pense pas que tu te fâcherais.

– Merci. Alors, pose-moi ta question.

J'ai dégluti péniblement. Iman pouvait être si dur parfois.

– Est-ce que vous êtes allés chez ces gens pour voler ?

Iman s'est retourné vers la mer. Il était redevenu distant.

– Gildas et Covi travaillent dur toute la journée sous le soleil. Tu le sais. Parfois, nous allons les aider. Nous allons les aider quand nous en avons envie. Si nous ne voulons pas, nous pouvons rester chez Hadja et tante Souwé. Eux par contre n'ont pas ce choix. S'ils ne travaillent pas, ils ne mangent pas. C'est pour cette raison que je leur donne ma part quand je les aide. Comme ça, le jour où ils seront fatigués ils pourront se reposer et l'utiliser. Si je pouvais tout leur donner, je le ferais, mais je dois garder un peu d'argent pour me nourrir et faire économiser ainsi à Hadja et tante Souwé le prix d'un repas. Elles n'ont pas choisi de m'avoir chez elles. Elles ont simplement accepté parce que ma mère ne pouvait pas me garder. C'est dur pour deux vieilles femmes d'élever deux enfants.

C'était la première fois qu'Iman parlait autant. Il semblait essoufflé par l'effort. Il a repris :

– Nous sommes protégés par Hadja et tante Souwé. Gildas et Covi, sont à la merci de tout le monde. Ils n'ont nulle part où se réfugier. Les hommes chez qui nous sommes allés tout à l'heure font partie de la bande de Ludovic. Ce sont des petits brigands qui font la loi dans les rues. Ils ont décidé de se mettre à racketter les jeunes qui n'ont personne pour les protéger. Qu'ils demandent un peu, ça va. Je veux dire, les rues leur appartiennent et on n'a pas d'autre choix que de suivre leurs lois. Mais la dernière fois, ils ont récolté le salaire d'une semaine. Je pense qu'il y a des limites qu'on ne doit pas dépasser. On est allés chez eux récupérer ce qu'ils nous avaient pris.

Il s'est arrêté de parler comme s'il cherchait mon approbation, mais je n'avais rien à répondre. À part :

– Merci, Iman, d'être revenu m'aider tout à l'heure.

Il s'est mordu une lèvre. J'ai vu l'émotion, un caillou crever la surface du lac. Les remous, le visage plissé.

– Toumani, tu penses que tu as besoin de moi. Tu as peur que je t'abandonne. Si tu savais…

Non, je ne savais pas. Je ne comprenais pas de quoi il parlait. Et je ne comprendrais jamais pourquoi il pensait avoir besoin de moi.

– Les prochains jours vont être difficiles, a-t-il fait. Il va falloir qu'on regarde encore plus par-dessus nos épaules…

Tout en parlant, Iman avait tracé un signe sur le sol. Il me l'a montré du doigt. J'ai regardé le dessin sans comprendre.

– Sécurité, m'a-t-il murmuré à l'oreille. Voilà ce qui était écrit sur la fourgonnette.

J'ai hoché la tête, mais je ne comprenais pas pourquoi il me disait ça. C'était difficile de le suivre, il changeait constamment de sujet, il se passait trop de choses dans sa tête. Il s'est approché encore plus près de moi :

– Je vais t'apprendre à lire et à compter, Toumani. Quand tu auras appris, je ne connaîtrai plus aucun de tes secrets, mais toi tu sauras toujours où se trouve ma grotte.

J'ai senti un frisson me parcourir. Le soleil s'était couché et il faisait sombre. Je distinguais à peine l'inscription sur le sol. J'étais fatigué. Iman l'était aussi. Il a posé sa tête sur mon épaule et, à ce moment-là, mon cœur a tressailli, parce que j'aurais juré l'avoir entendu murmurer indistinctement :

– Toumani, je ne t'abandonnerai jamais.

Le dos rigide, je n'ai pas osé le regarder. Je ne savais que penser. Fallait-il le croire ? C'était dangereux, car alors, s'il me mentait, je ne le lui pardonnerais jamais ! Je me suis résolu à lui faire confiance. Le temps que je regarde l'inscription disparaître complètement dans l'obscurité, Iman ronflait déjà. Je suis resté le dos droit toute la nuit. Je n'osais pas bouger de peur de le réveiller. Il n'avait que la tête sur mon épaule, mais j'avais l'impression que tout son corps s'était versé sur le mien. Son souffle chaud courait sur ma peau et ses cheveux doux me caressaient le cou.

Les années vont passer, mais je garderai un souvenir très précis de cette nuit passée éveillé, à le soutenir de l'épaule. Ainsi, aujourd'hui encore, lorsque je marche dans la rue et que les gens m'attrapent par le bras et me demandent « Alors, et ton ami, comment va-t-il ? » je repense à cette nuit. Iman, mon ami ? S'ils savaient. Mais comment pourrais-je leur expliquer, leur faire ressentir la profondeur de mes sentiments pour lui ? Je lui dois tout, jusqu'à mon appartenance à l'humanité. Non, de notre relation, l'amitié n'était que la partie visible, une surface minuscule, insignifiante comme la pointe d'un immense iceberg.

IMPUR

Toumani

On avait décidé de célébrer mon anniversaire. Le premier janvier. Quelques années auparavant, Iman m'avait choisi cette date de naissance. Être tout d'un coup doté de ce point de départ m'avait donné l'impression de renaître, et je naissais de lui. Ainsi, le premier jour du premier mois de chaque année, je levais les yeux et remerciais le ciel. Ce soir-là, la lune était pleine. Elle était ronde, comme le couvercle de la bouche d'égout que j'aurais pu fixer à jamais si une voix ne m'avait pas soudain ramené à la vie. Combien de fois Iman m'a-t-il donné la vie ? Je comptais sur les doigts de ma main posée à plat sur une des tables du bar où nous avions décidé que se tiendrait la fête. Même cela, compter, je pouvais le faire parce qu'il me l'avait appris. Parfois, j'avais l'impression que le Créateur m'avait fait vide, et que je m'étais rempli d'Iman. C'était effrayant comme pensée. Cette idée que j'étais juste une enveloppe sans âme. Un trou béant dans un corps estropié. Incomplet, quelle que soit la manière dont on y songe. Je tapais de ma nouvelle jambe de bois contre le sol au rythme de la musique. J'avais fini par m'en faire faire une, accompagnée d'une canne pour remplacer mes béquilles. Je trottinais à présent d'une démarche qui se rapprochait un peu plus de l'humain. Mais jamais je ne pourrais danser comme Gildas. Il était assis en face de moi et je l'écoutais d'une oreille distraite raconter des anecdotes d'une voix enjouée. Nous attendions l'arrivée d'Iman pour commencer la fête. Pour m'occuper, je croisais et décroisais les doigts en observant les gens autour de moi. Nous étions dans une buvette en plein air où les tables en bois étaient disposées dans une ruelle face à la maison du propriétaire. Le serveur prenait ses commandes depuis un comptoir installé devant la maison, et allait se ravitailler à l'intérieur. De temps à autre, il tripotait la radio posée sur le comptoir et changeait la musique au gré de sa fantaisie. L'ambiance générale était à la bonne humeur. La plupart des clients avaient passé la journée à fêter l'arrivée du Nouvel An et venaient la terminer en beauté en trinquant. Il s'agissait généralement d'hommes assis par petits groupes d'âge, mais on pouvait parfois repérer des femmes un peu à l'écart. L'une d'entre elles avait apparemment capté l'attention de Gildas, car alors qu'il continuait à me parler, il avait les yeux rivés sur elle. Elle regardait dans notre direction en feignant de ne pas nous voir. Ou plutôt en feignant de ne pas voir Gildas. Pour moi, je ne pense pas qu'elle avait besoin de faire semblant. Aucune femme ne me remarquait vraiment. Ce qui me donnait l'impression d'être transparent en plus d'être vide. Au bout d'un moment, Gildas n'a plus résisté à l'appel muet; il s'est levé et m'a fait un clin d'œil avant de se retourner et de naviguer entre les tables vers la jeune femme.

Je le suivais des yeux quand mon regard s'est accroché à une ombre en arrière-plan, au loin, au début de la rue. Elle glissait sous les poteaux électriques à une allure nonchalante. J'ai reconnu la silhouette de près de deux mètres d'Iman, et sa démarche désinvolte. Lorsque la lumière d'un lampadaire est passée sur son visage, j'ai vu scintiller deux étoiles dans les orbites de ses yeux. J'ai levé les bras pour lui signaler notre emplacement dans le bar. Il s'est rapproché d'un pas léger.

Quelques secondes plus tard, il se glissait dans le siège que Gildas venait d'abandonner. Il a ôté sa casquette, puis s'est frotté les mains en émettant un petit ricanement. Je connaissais ce geste. J'ai observé ses longs doigts fins jouer les uns contre les autres, ses dents blanches luire entre ses lèvres roses et pulpeuses, et j'ai attendu la bonne nouvelle. Mais il voulait d'abord s'amuser avec moi :

— Alors, monsieur le Premier Janvier, ça vous fait quel âge ?

— Très drôle, Iman. Vas-y, crache le morceau, qu'est-ce qui te fait sourire d'une oreille à l'autre, comme ça ?

Il s'est penché vers moi, me demandant de me rapprocher. J'ai senti son souffle chaud glisser contre ma joue et me titiller le lobe de l'oreille :

— J'ai rencontré une fille.

Je me suis redressé lentement pour mieux observer son visage. Je me demandais ce qu'il voulait dire. Mais rien ne me permettait de déchiffrer cette nouvelle expression, et ce sourire.

— Et puis ? ai-je répondu.

J'avais du mal à comprendre. Une fille, d'accord, mais pourquoi ce sourire ? Iman rencontrait souvent des filles. Elles couraient après lui, bourdonnant comme des abeilles après le miel. Il sortait avec certaines d'entre elles, parfois. Mais tôt ou tard, il s'en lassait, inévitablement. Iman se lassait de tout. Soudain, la fréquence des rendez-vous manqués augmentait, puis il les croisait dans la rue sans les remarquer, même leurs prénoms disparaissaient dans le néant. Cela aurait pu être le comportement d'un séducteur invétéré, d'un Don Juan au cœur de pierre. Elles en étaient sûres, alors elles insistaient, plaidaient, parfois suppliaient, et passaient me voir et me demandaient de les conseiller. Mais elles se trompaient, Iman n'était pas séducteur. Ces filles s'acharnaient à vouloir dompter un tigre, qui n'existait pourtant pas en lui, sans voir la vérité qui crevait les yeux. Il n'était tout simplement pas intéressé par les femmes en général. Ses yeux bougeaient sans cesse, comme s'il était perpétuellement à la lisière d'une crise d'épilepsie. Il était incapable de se concentrer le temps nécessaire pour s'extasier sur une robe ou un nouveau rouge à lèvres. Comment lui demander cet effort alors qu'il était incapable de garder un travail plus d'un mois ? Disparaissant parfois en oubliant d'avertir son employeur. Ces temps-ci, je ne savais même pas ce qui l'occupait si tard le soir, et c'était inutile de le lui demander parce que ça changerait bientôt. Depuis que je le connaissais, Iman cherchait quelque chose, frénétiquement. Et ce n'était pas une fille, ça, j'en avais la certitude. Alors ce sourire, que voulait-il dire ?

— Elle est vraiment… spéciale, a-t-il fait.

Spéciale? À mon souvenir, Iman n'avait jusqu'alors employé ce mot pour personne. Ou même pour rien. Il observait la vie d'un œil terne qui ne s'étonnait de rien, donnant l'impression de vivre un éternel déjà-vu. Alors, spéciale? Son regard luisait, l'émail de ses dents réfléchissait les différentes couleurs des lumières du bar. Rien ni personne ne l'avait jamais mis dans cet état. Cette femme devait avoir été touchée par la grâce. J'étais intrigué au-delà de tout:

– Quoi, elle a trois têtes? Ou alors c'est une tigresse et elle t'a catapulté dans son lit et t'a fait des choses qui t'ont rendu fou. Parce qu'en toute honnêteté tu as l'air d'avoir perdu la raison.

Iman a éclaté d'un rire sonore. Il avait la tête relevée et sa pomme d'Adam montait et descendait le long de sa gorge. J'ai observé la ligne fluide de son cou lisse qui plongeait dans des épaules vigoureuses. Quelques spasmes plus tard, ses épaules se stabilisaient:

– Je savais que tu allais dire ça. Ce n'est pas grave, laisse tomber, tu ne comprends pas. Sinon, et ton boulot, ça va?

– Tu veux dire à la blanchisserie? Ça va, c'est dur de plier et déplier du linge à longueur de journée, mais on se fait à tout. T'as vu, mes biceps ont doublé de taille en un mois.

– Ouais, a-t-il répondu évasivement.

Son regard s'était de nouveau laissé emporter par la foule. Je venais de perdre son attention. Ça m'a irrité, car je répondais à une question qu'il avait lui-même posée. Que faire pour qu'il me revienne? J'ai relancé la conversation sur le sujet qui semblait le passionner:

– Bon, alors quoi, tu ne m'as toujours pas dit. Elle a trois têtes ?

Iman a fermé les yeux. C'était comme s'il voulait rappeler à lui l'image de la fille avant de la partager avec moi. J'ai senti à l'expression de son visage tout le plaisir que cette vision lui procurait :

– Elle est européenne.

Européenne ? J'ai compris ce qu'il voulait dire : blanche ! J'ai regardé son visage tendu. Il attendait un signe qui montrerait que j'avais intégré la nouvelle et qu'il pouvait continuer. J'avais intégré la nouvelle, certes, mais je n'étais pas sûr de vouloir entendre la suite. Ce que je comprenais déjà me faisait peur. Iman venait de rencontrer la première fille qui lui faisait de l'effet. Qu'elle soit blanche ne me dérangeait pas. Même qu'elle soit blanche et qu'il la considère comme spéciale ne me dérangeait pas non plus. Mais qu'elle soit blanche et que ce soit pour cette raison qu'il la considérait comme spéciale, je ne pouvais l'accepter. Ne me voyant pas réagir, Iman continuait :

– Elle s'appelle…

Mais j'ai levé une main pour l'empêcher de finir sa phrase. Un rictus de dégoût s'est dessiné sur mes lèvres. Iman l'a remarqué, et j'ai vu, tel un reflet dans un miroir, la même expression de dégoût se former sur son visage. Il me trouvait sans doute injuste. Il a regardé au loin d'un air dépité, comme s'il cherchait un allié dans la foule. Mais son regard est revenu sur moi, plaideur. Il voulait que je lui offre la possibilité de se justifier, ou du moins de s'expliquer. Mais m'expliquer quoi ? Que je me trompais ? Je ne pensais pas me tromper. Iman avait rejeté des dizaines de femmes sans les remarquer. Il leur avait brisé le cœur sans s'en soucier. C'était à croire que leurs sentiments ne comptaient pas. Jusqu'à présent, je pensais qu'il n'était simplement pas intéressé par les femmes. Mais j'apprenais qu'elles n'étaient pas spéciales ! Non, pour être spécial, il fallait être blanc ! Il oubliait les prénoms de toutes les autres femmes qu'il déshabillait, humiliait, puis congédiait, mais soudain, celle-ci avait un nom et il voulait me l'apprendre ? La peau noire était faite pour être utilisée puis oubliée. Non, je ne pouvais pas m'asseoir et écouter cela. Mon sang bouillait dans mes veines. J'ai repoussé ma chaise et je me suis levé, rageur. Au même moment, Gildas est réapparu. Les choses avaient sans doute été concluantes avec la fille du bar, car il avait un grand sourire aux lèvres. Mais quand il a compris que j'étais sur le point de partir, qu'il a vu la colère qui déformait mon visage, son sourire s'est effacé. Il a écarté les bras d'un air dépassé :

– Mais les gars, qu'est-ce qui se passe ?

– Iman a rencontré une femme. Ah oui, j'oublie, elle est spéciale, elle est blanche.

Gildas a écarquillé les yeux et dit en riant :

– Sérieux, Iman ? Salaud, tu as décroché le gros lot !

Le gros lot ! J'ai dit :

– Écoutez, je vous laisse. J'ai mal à la tête, je rentre chez moi.

Mais ce que je voulais vraiment dire était : « Sales vendus de nègres ! »

– Voyons, on est ici pour fêter ton anniversaire, a fait Gildas.

Mais déjà je fendais la foule, tapant le sol de ma canne.

Les jours suivants, je n'ai pas revu Iman. J'ai essayé de chasser toute pensée de lui de ma tête. C'était difficile, car c'était généralement lui qui occupait mon esprit pendant les heures interminables à la blanchisserie. En effet, j'avais besoin de m'évader pour oublier la douleur qui me mordait le dos chaque fois que je me penchais pour ramasser une pile d'habits sales, chaque fois que je me redressais pour la plonger dans l'une des énormes machines à laver. Toute la journée, j'effectuais les mêmes mouvements. Je me baissais, ramassais des vêtements, les fourrais dans une machine, les récupérais à deux mains, humides, lourds, et les fourrais dans une autre machine. Ensuite, il fallait les passer au fer, et repasser, plier, repasser les plis, et plier encore, puis repasser et plier encore. À la fin de la journée, alors que le soleil se couchait, j'avais l'impression que de l'acide courait dans chacun de mes muscles et les rongeait à vif. Puis le tout reprenait le lendemain. Du lundi au samedi. Finalement, le dimanche matin il fallait revenir laver, dépoussiérer et astiquer sol, fenêtres et machines. Cependant, j'étais un handicapé qui savait à peine lire et compter. Qu'aurais-je pu espérer de mieux ? En réalité, le propriétaire de la blanchisserie m'avait même fait une faveur en me laissant tenter ma chance. Les autres employés étaient tous scolarisés. J'étais le seul analphabète. La faveur m'avait été obtenue par le biais de Covi. Il avait par le passé aidé le beau-frère du patron à obtenir de faux papiers pour émigrer. Mon embauche n'était qu'une manière de remercier Covi pour son geste. Cependant, une chose réussit toujours au détriment d'une autre, et à présent Covi croupissait en prison avec le reste de sa bande. Moi, je me contentais d'être reconnaissant. Étant donné que j'en étais encore à faire mes preuves, je m'acharnais et accomplissais toutes les tâches ingrates dont on me chargeait. Chaque jour, je rentrais chez moi, un peu plus mort que la veille. Le lendemain serait-il meilleur ? Je ne savais pas, je n'y pensais même pas. Aujourd'hui, j'allais bien, Dieu merci, et je m'en contentais. Pour certains d'entre nous, penser à demain est penser à long terme, et le long terme, c'est un luxe.

L'avenir n'étant pas une option, il m'était impossible de trouver une solution de rechange à l'omniprésence d'Iman dans mes pensées. Peu à peu, l'image de son visage a réémergé à la surface de ma conscience. Peut-être avais-je réagi un peu trop brusquement après tout. Je m'en voulais de l'avoir sorti ainsi de ma vie. Et pour quelle raison ? Avec le recul, j'avais du mal à me justifier. Qu'avait-il dit exactement ? Qu'il avait rencontré une femme ? Soit. Et qu'elle était spéciale ? Soit. Et qu'elle était blanche ? Avait-il vraiment dit qu'elle était spéciale parce qu'elle était blanche ? Ou que cela la rendait meilleure que les autres femmes ? Peut-être pas. Peut-être devais-je lui donner le bénéfice du doute et au moins l'écouter avant de le juger. Au fond de moi, j'étais conscient que je me leurrais moi-même, mais Iman me manquait terriblement, autant que ma jambe amputée. J'ai décidé de lui donner une seconde chance, pour être juste.

Tous les jeudis depuis plusieurs années, nous nous retrouvions avec Gildas et Iman au bar où nous avions célébré mon anniversaire deux semaines plus tôt. On était jeudi. Sans hésiter, après la fermeture de la blanchisserie, j'ai pris le chemin du bar. C'était étrange. J'allais le retrouver à l'endroit même où je l'avais laissé. C'était comme s'il m'avait attendu patiemment, et quand on se reverrait, ce serait comme si rien de tout cela n'avait eu lieu. Ça ne me gênait pas de faire le premier pas vers la résolution de la dispute. Le fort se bat jusqu'au dernier souffle, le sage se réconcilie et sauve deux vies. J'étais fier de ma décision. Le soleil était déjà couché quand je suis arrivé au bar. J'ai scruté les visages plongés dans l'obscurité, mais je n'ai pas vu Iman. Finalement, j'ai repéré Gildas assis dans un coin avec un groupe d'hommes que je ne connaissais pas. Je me suis avancé vers eux, intrigué. On était pourtant jeudi ? Où était Iman ? Lui était-il arrivé quelque chose ? J'ai commencé à paniquer, à m'en vouloir de l'avoir ainsi abandonné. Lorsque je me suis approché de Gildas il m'a remarqué et m'a fait un grand signe de la main :

— Ça fait un bout de temps que je ne t'ai pas vu, Toumani.

— C'est le travail. Tu sais, c'est un peu dur et j'essaie de me faire une place.

— Ouais, je comprends. Tu veux t'asseoir ? Je te présente mes potes.

Je suis resté debout et j'ai écouté les noms de ses amis sans essayer de les retenir. Une seule question me brûlait les lèvres :

— Et Iman ?

– Je ne sais pas, frangin. Je ne l'ai plus trop revu depuis la dernière fois.

– Mais il va bien au moins ?

– Je pense, je ne sais pas trop. Je pensais qu'il était avec toi, puisque toi non plus, je ne te voyais pas. Il doit aller bien, Iman va toujours bien, tu le sais.

Je n'en étais pas aussi sûr. Il était probable que mon attitude l'avait affecté beaucoup plus que je ne l'avais prévu.

– Bon, écoute, Gildas, il faut que j'y aille, je suis éreinté.

– Pas de problème. Je vais peut-être faire l'effort de passer te voir à ton boulot alors.

– Ça me fera plaisir. Salut.

Je suis parti presque en courant. Il fallait que je me rende chez Iman, sur-le-champ. Je m'en voulais vraiment. Iman avait toujours été présent pour moi, et la première fois qu'il voulait partager avec moi une chose qui le touchait vraiment je me retournais contre lui. Il n'avait pas remis les pieds au bar en deux semaines, selon Gildas. Cela me permettait de réaliser qu'il y venait parce que j'y allais. Je n'aurais jamais cru que j'avais une telle influence sur la vie d'Iman. Quelque part, cette idée me plaisait énormément. C'est presque en souriant que je suis arrivé devant le portail de la maison d'Hadja et de Souwé. Iman y vivait toujours, mais de l'autre côté de la grande cour carrée autour de laquelle les appartements étaient bâtis. Je me suis directement dirigé vers sa porte. Aucune lumière ne filtrait par sa fenêtre. Iman avait tendance à rentrer tôt, quand il rentrait. Il y avait par contre de la lumière à la fenêtre d'Hadja et de Souwé.

J'ai frappé à leur porte en me disant qu'Iman se trouvait peut-être en leur compagnie. Lorsque tante Souwé m'a ouvert, j'ai fléchi le genou respectueusement. Je lui ai demandé si Iman allait bien.

– Il a l'air un peu perdu, un peu tête en l'air, ces derniers temps. Tu es venu lui rendre visite ? Tu es déjà passé voir s'il était dans sa chambre ?

– Il n'y est pas.

– Dans ce cas, il ne devrait pas tarder à rentrer. Tu peux l'attendre ici si tu veux.

– Non, je voulais juste vous saluer. Je vais l'attendre chez lui. Et Hadja ? Je voulais la saluer aussi.

– Hadja est en train de prier dans sa chambre. Ça risque de durer un moment. Je lui dirai que tu es passé.

– Merci.

Tante Souwé m'a donné quelques bénédictions et puis j'ai retraversé la cour dans le sens inverse. J'étais rassuré, car rien n'était arrivé à Iman, du moins physiquement. De retour devant son appartement, j'ai extrait un trousseau de clefs de ma poche et j'en ai joué dans la serrure. Un instant plus tard, j'étais à l'intérieur du minuscule appartement. Il comportait une seule pièce à peine assez grande pour contenir un lit et une table de chevet sur laquelle était posée une radio. Iman poussait la radio de côté et se servait de la table de chevet comme table à manger. Il entreposait sa vaisselle dans les tiroirs et ses vêtements dans une valise sous le lit. J'ai refermé la porte derrière moi et me suis approché du lit en repensant à ce qu'on m'avait dit. Tante Souwé trouvait qu'il semblait un peu perdu. En effet, j'avais été trop dur. Je le voyais à présent, Iman avait vraiment besoin de moi. Je m'en voulais d'avoir été l'ami qui vous tourne le dos. Mais j'étais là à présent, et je l'attendrais ici jusqu'à ce qu'il revienne. Je me suis écroulé sur le lit. Les draps sentaient son odeur.

Un grincement m'a réveillé et j'ai sursauté. La bouche pâteuse, les yeux hagards, j'ai essayé de retrouver mes sens. Où étais-je ? J'ai reconnu les murs de la chambre d'Iman. Oui, j'étais passé lui rendre visite. Je m'étais endormi sans m'en rendre compte. Mais ce grincement, qu'était-ce ? La porte d'entrée qui raclait le sol. Dans la pénombre, j'ai vu le dos d'Iman qui repoussait la porte. Il a tâtonné à l'aveuglette, jusqu'à ce que sa main se pose sur l'interrupteur. L'éclat de lumière m'a ébloui. Durant cet aveuglement, j'ai entendu un hurlement de peur. J'ai deviné qu'Iman venait de me voir étendu dans son lit. Puis j'ai entendu un rire. Le même rire qui m'avait rendu conscience des années plus tôt alors que j'étais perdu parmi des rats. Peu à peu, le voile blanc qui couvrait mes yeux s'est estompé, et l'image d'Iman s'est dessinée devant moi, comme un flocon d'avoine qui émerge à la surface d'un bol de lait. Il souriait. J'étais un peu décontenancé par ce sourire. Je ne savais qu'en faire. Voulait-il me montrer qu'il était également prêt à faire la paix, et qu'il voulait laisser les rancœurs derrière nous ? Puis il a parlé :

– Eh, dis donc, Toumani, ça fait un bout de temps !

Gildas m'avait dit la même chose. Sur le même ton enjoué. Il était simplement heureux de me revoir. Je ne décelais aucune indication que je lui avais réellement manqué. De la part de Gildas, ça m'était égal, mais Iman, c'était différent. Ces deux semaines ne l'avaient-elles pas rongé comme cela avait été mon cas?

– Oui, ça fait un bout de temps.

J'ai essayé de répondre sur le même ton, sans montrer d'émotion, mais ma voix m'a fait défaut et s'est cassée. Cependant, Iman ne l'a pas remarqué, attribuant sans doute ça à l'enrouement causé par le sommeil. Il s'est déshabillé jusqu'au caleçon et s'est effondré en travers du lit avec un soupir de fatigue. Un avant-bras sous la nuque, il regardait le plafond en direction du tube à néon. L'ampoule clignotait en émettant un déclic. C'était dû, m'avait-on expliqué, au délestage électrique qu'on subissait dans le pays et qui causait une tension irrégulière. Je voyais par flashs les pectoraux d'Iman se soulever et s'abaisser au rythme où l'air s'engouffrait dans sa poitrine. Une ligne verticale creusait le milieu de son ventre plat et ferme. J'ai évité de regarder son caleçon blanc. Deux jambes en émergeaient, longues et fines. Elles étaient croisées au niveau des chevilles dans un geste qui sem-blait relaxant. Iman paraissait dormir. Avait-il oublié ma présence? Était-ce une manière de se venger de moi? Je me suis raclé la gorge:

– Iman, ça va?

– Oui, ça va. Et toi? a-t-il fait sans détourner le regard de l'ampoule.

Je ne savais quoi dire.

– Tu veux que je m'en aille?

Il s'est appuyé sur un coude, un geste qui a fait surgir ses abdominaux.

– Pourquoi dis-tu ça?

Il avait l'air sincèrement surpris.

– Mais parce que je suis là et que tu ne me parles pas.

– Je pensais que tu étais fatigué et que tu dormais.

– Mais ça fait deux semaines qu'on ne s'est pas vus.

– Je pensais que tu étais occupé par ton travail.

Iman ne jouait pas la comédie. Il était toujours franc. Il ne s'était même pas rendu compte que je lui en avais voulu ces deux semaines. J'ai eu un pincement au cœur. Mais alors, pourquoi lui ne m'avait-il pas rendu visite ?

– Tu aurais pu passer me voir.

– Euh… Désolé. Je me disais que tu étais occupé, je ne sais pas…

Il a haussé les épaules, l'air d'abandonner.

– Je me disais que j'allais te rendre visite ce dimanche puisque tu ne travailles que le matin… La vérité, c'est que je vois beaucoup Anna et que je rentre tard.

Anna ?

– Mais qui est Anna ?

– C'est la fille que j'ai rencontrée sur la plage il y a quelques semaines. Rappelle-toi, j'ai essayé de t'en parler la dernière fois, mais tu n'as rien voulu savoir.

Il n'y avait aucun reproche dans sa voix.

– La Blanche ?

– Oui. Elle est en vacances dans le pays et elle risque de partir bientôt, c'est pour ça que je passe le maximum de temps avec elle.

– Tu la vois donc tout le temps. Quoi, tu l'aimes ?

– Oui.

Il me regardait, mais il se parlait à lui-même.

– Et elle, elle t'aime aussi ?

– Et pourquoi pas ?

J'ai souri, sarcastique, et je me suis levé.

– Bien, je suis passé te voir. Je vois que tu vas bien. Maintenant, il faut que je rentre chez moi, je travaille demain.

Iman n'a pas répondu. Cette fois-ci, je l'avais touché par mon sourire. Je le savais. Il a refermé la porte derrière moi sans un mot et j'ai fait quelques pas dans la cour. Je n'y croyais pas. Iman nous avait oubliés, Gildas et moi, ses plus vieux amis, parce qu'il préférait rendre visite à cette fille. Mais comment était-ce possible ? Tout ce temps, on avait toujours été ensemble et une seule existence justifiait qu'il se détourne de nous. J'ai songé à partir et l'oublier pour toujours. Ah, Iman, tu fais le mauvais pari ! Les femmes vont et viennent, les amis, on en aura besoin pour l'éternité. Je n'avais peut-être pas d'expérience personnelle, mais ça, je le savais. Encore plus ridicule, il disait l'aimer. Et qu'elle l'aimait ? Foutaises ! C'était juste l'envoûtement de la couleur. Il croyait voir se réfléchir sur la peau blanche un aspect de lui-même. Cet aspect qu'il considérait sans doute comme meilleur. Ainsi, il devait se dire que ça allait l'élever au-dessus de nous, le libérer du joug de notre réalité. Et tout d'un coup, il rêvait et parlait de romantisme, de sentiments purs, d'amour. Mais il n'était pas comme elle, il était comme nous. Et la vérité de sa situation se révélerait à lui, percutante, lorsque la Blanche l'abandonnerait à la fin de ses vacances. Si elle ne se trouvait pas un autre garçon noir pour le remplacer entre-temps.

Ces histoires étaient monnaie courante, et Iman le savait, mais il choisissait d'être aveugle. Je me suis d'abord dit : « Tant pis pour lui, qu'il crève. » Cependant, j'étais son ami, et, non, je ne pouvais pas l'abandonner. Je me devais de lui ouvrir les yeux, ou du moins de l'avertir. J'aurai fait mon devoir. Sur le point de pousser le portail de la cour, j'ai décidé de rebrousser chemin. J'ai frappé à sa porte. Il a ouvert, mais il est resté sur le seuil, me signifiant que je n'étais pas le bienvenu. Très bien, je dirais ce que j'avais à dire et je m'en irais :

— J'ai parlé à Gildas, il a dit qu'il ne t'a pas vu en deux semaines.

— C'est possible.

— Et moi non plus.

— Ou veux-tu en venir ?

— Tu as rencontré cette fille, et tu as décidé que tu pouvais te passer de nous ?

— Mais j'ai dit que j'allais te rendre visite ce dimanche.

— Ce n'est pas la peine de venir. On n'a pas besoin de toi. Ne te sens pas obligé de nous faire cette « faveur ».

Je ne sais pas pourquoi j'ai dit ça. Iman ne trouvait rien à répondre. Certaines remarques ne laissent aucune place à la repartie. J'ai continué, comme pour l'achever :

— Non, je n'ai pas besoin de toi. À vrai dire, je suis ici parce que j'ai pitié de toi !

— Mais qu'est-ce que tu racontes ?

— Tu te trompes, Iman, elle ne t'aime pas. Si c'était le cas, tu sais, elle t'expliquerait qu'il ne faut pas que tu te sépares de tes amis. Nous étions donc là pour boucher les trous en attendant qu'elle se manifeste ?

– Non, moi, je pense que tout ce que tu racontes n'est qu'un prétexte. Ton seul problème, c'est qu'elle est blanche, et ça te dérange !

Il hurlait à présent. Mais j'allais lui montrer que je pouvais hurler plus fort que lui !

– Parfaitement ! Tu penses que le regard d'une seule Blanche suffit à remplacer celui de tous tes amis !

Des portes se sont ouvertes dans la cour. Les gens étaient alertés par nos cris, ils s'approchaient en hésitant. Mais ça m'était égal, j'étais hors de moi !

– Pauvre aveugle, en tout cas, je t'aurais averti !

– Averti de quoi donc ?

– Quand elle t'abandonnera, tu t'en rendras compte.

Puis j'ai ajouté :

– Exactement comme ton père a abandonné ta mère !

Iman m'a attrapé par le cou. Ses yeux lançaient des éclairs. Il faisait deux têtes de plus que moi, et lui avait tous ses membres. Je n'aurais jamais imaginé qu'un jour on en arriverait à la violence physique. Mais si c'était ce qu'il voulait, j'étais prêt. J'ai commencé à fermer le poing, mais j'ai senti son étreinte se desserrer. Les flammes dans ses yeux se sont éteintes comme des braises consumées. Pourquoi ? J'aurais aimé qu'il s'énerve davantage, qu'on se batte, mais il semblait que je n'étais capable de provoquer aucune réaction chez lui. À part peut-être de la pitié pour un handicapé. C'était pour cela qu'il ne se battait pas.

Nul ne supporte la pitié. Enragé, j'ai perdu la tête, je me suis jeté sur lui, je l'ai saisi à la ceinture et j'ai essayé de le soulever et de le projeter au sol. Mais c'était ridicule, car il était trop grand, et je n'avais qu'une jambe. J'ai perdu l'équilibre et nous nous sommes retrouvés dans la poussière. Des bras vigoureux sont accourus pour nous arracher l'un à l'autre. Mais je ne voulais pas le lâcher. Je me suis accroché à lui, car je savais qu'une fois séparés il y avait des chances pour que nous ne nous retrouvions jamais. Néanmoins, j'ai dit :

– Ne te représente plus jamais devant moi. Si tu me vois, change de trottoir.

On m'a poussé violemment hors de la cour. Lorsqu'on me traînait, j'ai vu dans les yeux d'Iman une lueur d'incompréhension, de choc. Je suis tombé à la renverse dans la rue. Des rires ont fusé. C'est triste à dire, mais oui, un handicapé qui tombe, à coup sûr, ça amuse. Quelqu'un m'a lancé ma canne. Je me sentais humilié. Je l'ai ramassée et j'ai essayé de me relever. Quel fiasco ! Je suis parti, les larmes aux yeux.

Il faut se méfier de la main qui donne tout, car, en se retirant, elle nous laisse démuni. Iman était sorti de ma vie. Ou plutôt ma honte l'en avait sorti. Je ne pouvais pas me représenter devant lui. Non, plus après ces mots. Mais sans lui, je n'avais plus rien. J'ai essayé de me concentrer sur autre chose. Mais quoi ? Mon travail à la blanchisserie ? Il était devenu pénible. Une machine avait rendu l'âme et les yeux s'étaient tournés vers moi. « Toumani, tu laveras en attendant, il faut maintenir la clientèle. » Alors j'ai plongé mes mains dans l'eau. Parfois bouillante, parfois gelée au point où je ne sentais plus mes doigts. Et pendant des heures, j'ai frotté, rincé et essoré. Le soir, je regardais mes phalanges, essayais de reconnaître mes doigts sous les plaies béantes qui s'y étendaient. Mes nuits, je les passais les mains fourrées sous mes fesses, sous mon ventre, ou même enroulées dans un vieux t-shirt. N'importe quoi pour faire cesser la douleur ! Mais le lendemain, telles des damnées, à nouveau mes mains plongeaient dans l'eau. Pourtant, même si mon corps souffrait, qu'était-ce face à la douleur de mon cœur ? Le plus écorché, c'était lui. Pour lui, pas de nuit, pas de jour, pas de t-shirt sale dans lequel s'emmitoufler. Il lui fallait juste battre. Tout le temps.

La plupart du temps quand je ne travaillais pas, je déambulais seul, au hasard des rues, le corps battu par les vents de la saison la plus sèche de l'année. Le vent de l'harmattan. Il soufflait depuis le Sahara, chargé de poussière et de sable, et s'infiltrait sous les vêtements, dans les yeux et dans les narines. Autour de moi, les gens tombaient malades, toussaient, crachaient dans le sable. À cause du nuage de poussière qui bloquait les rayons du soleil, on avait également très froid, en particulier à l'aube et au crépuscule. Les températures chutaient vertigineusement. Vingt degrés Celsius parfois. À quand les trente degrés, à quand la fin de ce purgatoire ? Car c'est clair pour nous, l'enfer est froid. Un mouchoir noué sur le bas du visage, je marchais dans la poussière et le froid, homme esseulé, sur son chemin de croix. Serais-je délivré, oublierais-je jamais ma culpabilité vis-à-vis d'Iman ? Peut-être que si je souffrais suffisamment je connaîtrais la rédemption.

Mais à force, je me suis essoufflé, je n'en pouvais plus. Une nuit, après le travail, après avoir erré dans toute la ville comme une âme égarée, j'ai décidé d'aller voir Gildas. Il m'a accueilli torse nu sur le pas de la porte. D'un index pressé contre les lèvres, il m'a fait signe de me taire. Un coup d'œil par-dessus son épaule et j'ai compris. Au fond, dans le noir, enroulé au chaud dans une couverture sur le divan qui lui servait de lit, quelqu'un dormait. Paisiblement. J'ai regardé la forme remuer sous la couverture, une tête émerger, deux yeux briller dans l'obscurité :

– Gildas, qui est-ce à cette heure-ci ?

J'ai reconnu la fille du bar. Celle du jour de mon anniversaire. Gildas m'a fait un petit sourire. Un sourire entendu, mais j'étais sourd au bonheur :

– Mon ami, je causerais bien avec toi, mais tu comprends…

Il a laissé la phrase en suspens, comme une plaisanterie. Être seul est une chose difficile. Cependant, la solitude, si on peut la partager peut être parfois soutenable. Mais moi, j'avais l'impression d'être seul à être seul. Les nuits froides, eux les passaient enlacés dans une paire de bras, blottis contre la chaleur d'un autre corps. Tendre. Nu. À moi la natte sur le sol rêche et dur. Ils étaient tous ensemble, et moi à part. La main de Gildas sur mon épaule n'a pas aidé. Au contraire, elle m'a rappelé ce qui me manquait :

– Écoute, tu n'as pas l'air bien. Si tu veux, je peux lui dire que je la laisse et venir marcher un peu avec toi pour qu'on discute.

Non, merci Gildas. Je ne veux surtout pas de ta pitié. J'ai souri. Ça faisait longtemps, c'était difficile, plutôt une grimace :

– Non, non, ça va. Amuse-toi bien.

J'ai essayé de lui faire un clin d'œil. Je ne sais pas si j'y suis arrivé. Je suis rentré chez moi.

Les jours suivants, je ne suis pas allé travailler. Je n'en avais pas la force. Les premiers jours, j'ai eu un peu peur de perdre mon emploi, mais, peu à peu, j'ai cessé de m'en soucier. J'ai cessé de me soucier de quoi que ce soit. Toute cette eau froide qui s'était infiltrée dans mes plaies m'avait gelé le sang. Advienne que pourra, de toute manière, on ne peut plus tuer un mort. Je restais chez moi, dans une petite chambre presque identique à celle d'Iman. La seule différence était que ma chambre était encore plus petite, mon toit plus bas, et que, mise à part la natte posée au sol sur laquelle je dormais, il n'y avait pas de mobilier. J'avais un calendrier sur le mur. Quand j'ouvrais la porte, les pages tournaient toutes seules au gré du vent. Je gardais la fenêtre fermée pour empêcher la poussière d'entrer, mais cela plongeait la pièce dans une obscurité constante. Il faisait aussi sombre autour de moi que dans mon esprit. Et dans cette obscurité, j'attendais, patiemment, qu'il se passe quelque chose. Puis quelque chose s'est passé.

Un après-midi j'ai entendu des coups frappés à ma porte. Je me suis levé de ma natte et j'ai ouvert. Un trait de lumière s'est engouffré dans la pièce et m'a ébloui. La lumière, j'avais oublié ce que c'était. Le visage d'Iman est apparu en ombre chinoise. J'ai reconnu la courbe de ses épaules, les boucles de ses cheveux. Je ne savais que dire. Il est entré et a regardé autour de lui :

– J'ai appris que tu n'allais plus travailler ?

– Comment ça ?

– Ton employeur a parlé à Covi, qui a parlé à Gildas, qui m'a parlé. Donc voilà, je suis là.

– Et qu'est-ce que tu veux ?

– Je ne sais pas. Parler.

– Parle alors.

– Écoute, je suis désolé pour la dernière fois, Toumani.

J'ai baissé les yeux. C'était plutôt à moi d'être désolé.

– Moi aussi.

Je voulais le lui prouver. Je n'avais plus envie de le perdre, c'était trop dur.

– Et Anna ?

Iman a posé sur moi un regard suspect. J'ai gardé un visage inexpressif. Ce n'était pas difficile, mon visage n'avait exprimé aucune émotion depuis longtemps :

– Elle va bien. Écoute, Toumani, je ne sais pas trop comment te parler d'elle. La vérité est que je ne comprends pas ton attitude. Pourquoi penses-tu qu'elle ne peut pas m'aimer ?

– Pourquoi penses-tu qu'elle peut t'aimer ? C'est une Blanche en vacances en Afrique. On connaît tous ces histoires.

– Et si j'ai décidé de lui donner sa chance ? Si j'ai décidé de ne pas la juger à l'apparence ? N'est-ce pas justement ce dont nous nous plaignons ?

– Lui donner sa chance ? Mais qui penses-tu être pour pouvoir donner quoi que ce soit à qui que ce soit ? Tu n'as rien, tu n'es rien.

J'avais dit cela calmement, sans animosité. Iman a réfléchi un instant.

– Ça, c'est toi qui le dis.

Puis il a refermé la porte derrière lui et nous a replongés dans l'obscurité :

– Peut-être que ce qu'elle cherche chez moi est différent de ce que toi et tout le reste du monde cherchez.

Dans la nouvelle obscurité, seule sa voix résonnait à mes oreilles, tel un oracle au fond d'une caverne :

– Oui, elle est spéciale, Toumani. Jusqu'à présent, toutes les filles que j'ai rencontrées voulaient se pavaner avec moi parce que ça signifiait quelque chose aux yeux du reste du monde. J'étais comme un trophée sur leur tableau de chasse. Avec Anna, c'est différent.

– Qu'est-ce que tu en sais ? Nous les Noirs, nous sommes aussi capables de sentiments. Nous ne sommes pas juste malhonnêtes et intéressés. Peut-être que les autres filles t'aimaient aussi sincèrement.

– Oui, mais je n'en ai jamais été sûr. Avec Anna, je le suis. Peut-être justement parce que je n'ai rien à lui offrir. Tu n'imagines pas le bonheur que ça peut faire, d'être pour une fois aimé pour qui on est, plutôt que pour ce qu'on représente. Et s'il faut que celle qui me fait ressentir ça soit blanche, alors ainsi soit-il. Mais depuis un mois, je me sens mieux avec elle que je ne me suis jamais senti avec quiconque de toute ma vie. Je ne sais pas ce que je lui donne, mais je sais ce qu'elle me donne, et jamais je ne le laisserai me glisser entre les doigts.

Je n'avais jamais vu Iman aussi passionné. En tout cas, jamais il ne l'avait été en ma présence. Comment cette fille avait-elle pu le mettre dans cet état ? Je ne comprenais pas, ils n'avaient rien en commun. Elle était blanche, il était comme nous, enfin presque :

– Mais de quoi parlez-vous donc ?

– Je ne sais pas, Toumani. De tout et de rien. C'est surtout moi qui parle. Elle m'écoute. La dernière fois, après ta visite, je lui ai parlé de mon père.

J'ai baissé le regard, ramené aux mots que je lui avais dits. J'ai songé à m'excuser, mais il ne m'en a pas laissé le temps.

– Je ne sais rien de mon père et je ne peux pas lui parler. Je ne peux pas en discuter avec ma mère parce qu'elle ne m'adresse plus la parole depuis cinq ans. Tante Souwé ne le connaît que de vue. Je ne peux pas compter sur Hadja. Tout ce que je sais, c'est qu'un jour il a ramassé ses affaires et qu'il est retourné dans son pays en abandonnant une femme et un enfant derrière lui. Je me demande ce qu'il y a de si extraordinaire là-bas qui fait que mon père a pu nous laisser tomber sans une seconde d'hésitation. Quand je parle à Anna, j'ai l'impression que je trouve des réponses à ces questions.

– Je serais curieux de savoir lesquelles.

– Curieux ? Regarde-nous et tu sauras. Regarde autour et tu constateras la souffrance. Tu la verras. Ou alors, peut-être pas, parce qu'elle est en nous. Toute ma vie, j'ai essayé d'aider les gens, et finalement j'ai compris. Cette souffrance, nous ne la vaincrons pas.

Elle coule dans notre sang, donne leur rythme à nos cœurs. Non, nous ne la sentons même plus parce qu'elle s'est glissée sous notre peau. C'est elle, ce noir qui brille sous le soleil. Elle est nous. Et pourquoi ? Parce qu'on a décidé qu'il en serait ainsi. Quand mon père est parti, Toumani, c'était son choix, mais tu vois, ce choix ne me définira pas. Il ne devrait pas, car ma vie est à moi. Je suis qui je décide d'être. Si Anna dit qu'elle m'aime, eh bien j'y crois. Même si c'est beau et que le bonheur m'a longtemps fait peur. Jusqu'à présent, c'était ainsi, mais l'histoire est un tableau noir. Oui, Toumani, Anna est différente parce que la douleur lui fait encore mal. Donc elle se bat.

Il a écarté les bras pour en balayer le décor de ma chambre :

— Je ne peux plus m'asseoir dans cette souffrance et m'en contenter ou même l'accepter. J'ai ouvert les yeux et j'ai vu le bonheur. Même s'il paraît loin, je marcherai et je l'atteindrai. Ou je mourrai.

— Alors qu'est-ce que tu vas faire ? Comment vas-tu t'en sortir quand elle va partir et que tu vas rester ici et te contenter de regarder tout ce bonheur que tu vois et qu'elle vit elle-même ? C'est facile pour elle d'être heureuse. Le monde est à elle.

— Toumani, le monde est à nous tous.

J'ai pensé à lui rire au nez, mais j'étais trop triste. Ou peut-être trop confus. Ma gorge voulait rire, mais mes yeux voulaient pleurer.

— Quand elle partira, Iman, n'oublie pas qu'on sera toujours là pour toi.

Il m'a attrapé les poignets :

– Justement, Toumani. J'ai quelque chose à te dire. C'est aussi pourquoi je suis venu te voir.

Il a hésité, cherché un peu ses mots, puis a semblé se résoudre à se jeter à l'eau :

– Je vais partir aussi.

Je voulais rire, vraiment rire, mais ma gorge était trop sèche.

– Et comment vas-tu te débrouiller ?

– J'ai fait une demande de visa d'immigration.

– Et qu'est-ce qui te fait croire qu'on va te le donner ?

– Avec mon père qui est européen et l'aide d'Anna, j'ai de bonnes chances.

C'était trop. Iman devenait fou, et il allait se faire très mal. J'ai commencé à avoir le vertige. Les murs valsaient et les sons s'y répercutaient. Dans ma tête, j'ai vu au ralenti une voiture lancée à pleine vitesse et qui s'écrasait contre un mur. Sur le pare-brise, j'ai vu le sang d'Iman.

– Iman, ce ne sont pas uniquement des papiers qui emmènent en Europe. Comment comptes-tu traverser l'océan, concrètement ? À la nage ?

Il a souri, puis il a enfoncé une main dans sa poche, et m'a tendu un document. Je me suis penché pour lire, ou plutôt déchiffrer l'en-tête : « Confirmation de réservation. » Il s'agissait d'une réservation de billet d'avion ! J'ai lu le nom d'Anna, dépositaire d'une somme de 500 000 FCFA pour un billet d'avion au nom d'Iman.

Mes jambes ont fléchi, et je suis tombé sur les genoux.

Iman allait donc vraiment partir. J'avais l'impression d'être sur la tourelle d'un château de sable subitement battu par un ouragan. Mon monde se désagrégeait. Que faire ? Le retenir ? Je voyais dans chacun de ses gestes que rien ne l'empêcherait d'aller jusqu'au bout. Il n'y a pas d'amour sans un minimum d'admiration. Anna était devenue l'idole d'Iman, son modèle à suivre. Sa nouvelle raison de vivre était d'être comme elle, de vivre comme elle, chez elle et pour elle. Je voyais ses yeux scruter l'horizon, comme s'il cherchait du regard à creuser l'air et y percer une ouverture donnant sur ce nouveau monde qu'il imaginait plus grand, plus beau que le sien. Quant à nous, nous étions devenus obsolètes et petits. Je constatais l'insignifiance de mes paroles quand je lui parlais. Le monde était beaucoup plus attirant que tout ce que j'avais à lui dire. Anna était la destination, et moi un simple compagnon de voyage croisé en chemin. Iman ne parlait plus que du visa, de l'attente, du billet d'avion. C'était son souffle vital. Et comment ne pas le comprendre ? Il s'accrochait à cette idée que, pour la première fois, il avait sa place quelque part.

Je me suis rendu compte de la puissance des Blancs, qui sont capables de décider de ce qui nous anime, de ce qui nous émeut. Et aujourd'hui comme depuis toujours, depuis le temps des esclaves, leur force est leur pouvoir d'achat. Le meilleur moyen de dominer un homme est d'avoir la mainmise sur ce qui le rend heureux. Les Blancs nous achètent en nous revendant nos propres rêves.

La somme qu'Anna avait avancée ne représentait que la moitié du prix du billet. Quand il aurait le visa, elle lui donnerait le reste. C'était lui qu'elle attendait pour qu'ils partent ensemble. J'aurais voulu pouvoir retenir mon souffle aussi, et compter les jours avec lui. Mais sa victoire était-elle la mienne ?

J'ai repris le travail à la blanchisserie. Je devais m'accrocher à quelque chose, m'y jeter corps et âme afin d'y noyer ma conscience pour ne pas avoir à penser. À mon retour, mon patron m'a repris sans poser de question. Mes collègues m'ont accueilli sans commentaire. J'ai compris avec effroi que mon absence autant que ma présence ne faisaient pas la moindre différence. Aussi difficile que mon travail l'était, il demeurait, dans l'absolu, insignifiant. À l'image de ma vie. Iman avait raison. Nous ne sommes rien ici, les cartes du monde sont tirées ailleurs. Alors, pourquoi vivre ? Pourquoi ne pas mettre un terme à une existence inexistante ? Parce que c'est inutile. Nous sommes des fantômes enveloppés d'un drap blanc qui traînent de la cheville le boulet de leur vie en attendant une fin qui ne viendra pas parce que nous sommes déjà morts.

Tôt ou tard, l'attente porte ses fruits. Un jour, Iman est passé me voir à la blanchisserie. Ça faisait longtemps qu'il n'était pas venu. Je ne le voyais plus si souvent. Il faut se détacher de celui qui annonce son départ sans mentionner de retour. J'étais surpris de le voir. Il venait de recevoir son visa. Il jubilait. Il en avait déjà parlé à Anna et il allait chez elle prendre le reste de l'argent pour payer son billet. Il voulait qu'on se rencontre ensuite pour un verre. J'ai acquiescé puis je l'ai regardé disparaître au loin. Iman marchait sans jeter un œil autour de lui. Ce soir-là, je suis passé chez lui sans grande motivation. Je n'étais pas prêt à feindre la joie. Mais lorsque j'ai poussé la porte de sa chambre je l'ai vu assis sur son lit, le regard baissé, la tête entre les mains. Quelque chose n'allait pas.

– Anna est partie.

– Mais je pensais que vous deviez partir ensemble !

J'ai mis du temps à comprendre. Ses explications étaient confuses. Il était passé voir Anna. Elle n'était pas présente. Le gardien de sa résidence avait expliqué qu'elle prenait l'avion ce soir-là. Il avait l'impression que le voyage avait été décidé à la dernière minute. Un cas de force majeure. Iman semblait désemparé, alors j'ai cherché une solution. N'importe laquelle, même si moi-même, je n'y croyais pas :

– Mais à quelle heure est-ce qu'elle part ?

– Normalement, son avion décolle dans une heure ou deux.

– Mais alors, il est encore temps !

Pour la première fois, Iman a levé les yeux vers moi.

– Si on arrive à l'aéroport à temps, tu pourras lui parler. Elle t'expliquera pourquoi elle part et comment arranger la suite. Peut-être même qu'elle a le reste de l'argent sur elle.

Iman a semblé réfléchir.

– Ou peut-être qu'elle m'abandonne, Toumani.

Intérieurement, j'ai souri. Lui ne m'abandonnait-il pas ?

– Je ne pense pas. Après tout, elle a dépensé tout cet argent pour payer la première moitié du billet.

J'étais prêt à tout dire pour rendre Iman heureux. Mon argument n'était pas des plus convaincants, mais Iman était désespéré et l'homme qui se noie s'agrippe à l'eau. Iman s'est préparé en un coup de vent, puis a emprunté une mobylette à son voisin. Un instant plus tard, nous étions lancés à pleine vitesse sur la route, moi assis à l'arrière du conducteur qui zigzaguait entre les voitures. Les lumières de leurs phares laissaient une traînée rouge derrière elles. Aux abords de l'aéroport, Iman s'est garé, et, me laissant la garde de la mobylette, s'y est précipité. Je me suis assis sur le bas-côté de la rue et j'ai regardé le bâtiment tout en réfléchissant. Des voitures me dépassaient et ralentissaient plus loin, pour déposer des passagers qui partaient chargés d'une valise, le sourire aux lèvres. Ils étaient tous si heureux de partir. Peu de temps après, Iman est ressorti. Que s'était-il déroulé à l'intérieur de l'aéroport ? J'ai cherché sur son visage un indice. Je me suis rendu compte que je cherchais une preuve que les choses s'étaient mal passées, qu'Anna l'avait trahi, et qu'il resterait avec nous. Je voulais qu'elle me rende Iman, qu'elle me rende ma vie.

– Tu l'as vue ?

– Non, je n'ai pas pu. Elle était déjà à l'intérieur.

– De l'avion ?

– Non, de l'aéroport.

– Mais pourquoi tu n'es pas allée la voir avant qu'elle monte dans l'avion ? Je pensais que c'était pour ça qu'on était venus ici ? Qu'est-ce qui s'est passé ?

– Je n'ai pas le droit d'entrer à l'intérieur de l'aéroport, là où elle se trouve.

– Mais pourquoi ?

– Seuls ceux qui voyagent ont ce droit. C'est comme ça.

Je ne savais pas qu'il y avait des lieux dans notre propre pays auxquels des étrangers avaient accès et pas nous.

– J'ai envoyé quelqu'un la chercher, mais elle n'est pas sortie. Elle lui a dit de me dire qu'elle m'écrirait.

– Tu vois, ai-je dit, on a bien fait de venir.

Mais tout au fond, je désirais secrètement que ses espoirs soient déçus.

Un certain temps est passé. Combien exactement, je ne sais pas. Peut-être deux semaines. Quand on n'attend rien, le temps n'a plus d'importance. Je restais plus tard à la blanchisserie, car le reste de ma vie était vide. J'aidais mes collègues à l'heure de la clôture. C'était un moment d'affluence. Des clients en retard se précipitaient dans la boutique, et suppliaient, et réclamaient des faveurs. On récupérait des piles de vêtements en prodiguant des promesses qu'on ne tiendrait pas. Mais on ne pouvait pas se permettre de perdre des clients. Un de ces soirs, je montais à l'étage en faisant mon chemin entre les clients surexcités. Je n'avais pas vu Iman depuis longtemps. Je croyais me tenir à distance de celui qui partait, mais on ne se soustrait pas à son sort ; et Iman est mon sort. Ce que me prouverait amplement la rencontre suivante qui aurait une influence déterminante sur sa vie. Je grimpais donc des marches, quand le rire d'une jeune femme a retenu mon attention. Penchée sur le comptoir, elle me tournait le dos et discutait avec une amie. Je me suis demandé ce qui m'attirait tant dans ce rire. Je le trouvais apaisant. J'ai essayé de m'approcher d'elle, mais un collègue m'a accosté et m'a demandé de presser le pas. On était débordés. Je suis allé dans l'arrière-salle déposer des vêtements dans un placard. Un instant, je suis resté à regarder autour de moi ce qui était devenu mon nouvel univers, cet endroit sombre encombré de vêtements sales. Je me suis demandé si je posais les yeux sur ce qui allait être mon avenir et toute ma vie. J'ai pensé à Iman qui voulait partir. Puis j'ai haussé les épaules. À chacun son destin. Il y a les uns, et puis les autres. Tout le monde n'a pas tiré la carte du destin grandiose. Je fais partie de ceux qui permettent aux chanceux de prendre conscience qu'ils le sont. Mais peut-être que je me trompais. Peut-être que le bonheur se trouve dans les petits riens. Comme le son d'un rire apaisant. Je suis ressorti en repensant à cette femme. Elle passait la porte, sans se rendre compte qu'elle venait, d'un simple rire, de redonner de l'espoir à un homme. Elle a traversé la rue et tourné à droite. Je l'ai suivie du regard en souriant. C'était drôle, je n'avais vu que son dos, et encore, pendant moins d'une minute, mais j'avais l'impression que je la connaissais depuis toujours, parce qu'elle m'avait rendu heureux. À ce moment-là, je pense que j'ai compris Iman. Il n'avait vu Anna que pendant un court instant, mais il était persuadé qu'il appartenait à son monde dont pourtant il ignorait tout. Il n'avait jamais cru en rien et, soudain, elle lui avait donné de l'espoir. Je me suis demandé pourquoi ça m'avait été si difficile de croire en la sincérité d'Anna. Peut-être qu'au fond ce que j'avais reproché à Iman, c'était moi qui en étais coupable, et que je mettais Anna sur un piédestal. La vérité n'était-elle pas que je pensais que nous ne méritions pas qu'une personne comme elle nous aime ? Je donnais une valeur particulière à son amour parce qu'elle était blanche. Les bras ballants, je songeais à tout cela en regardant la fille disparaître dans la marée de piétons quand un claquement de doigts m'a ramené à la réalité.

— Bon, ça va, elle est partie, tu peux revenir parmi nous maintenant.

J'ai tourné le regard. La remarque provenait d'un de mes collègues, celui avec qui je sympathisais le plus.

— De quoi est-ce que tu parles ? ai-je répondu en feignant l'ignorance.

— De cette fille que tu mates depuis tout à l'heure comme si tu avais envie de la manger. Mais je dois admettre que tu as raison, elle est trop canon ! En d'autres termes, elle n'est pas pour toi, ajouta-t-il en riant.

J'ai haussé les épaules, embarrassé. Je me gardais de parler de filles pour éviter que mon inexpérience transparaisse.

— Mais tu aurais plus de chances avec son amie Sylvie. Elle est moins belle, mais elle a des atouts qui ne laissent aucun homme indifférent ! Je sais que tu as remarqué ses gros lolos.

Il m'a tapé sur l'épaule et a éclaté de rire. J'ai ri aussi pour cacher ma timidité.

— Je vois que tu étudies leur dossier depuis longtemps, tu connais leurs prénoms, et tout. Je ne les ai jamais vues. Ce sont des clientes régulières ?

– Non, pas vraiment, elles sont juste venues une fois déposer des vêtements. Tu étais fourré dans l'arrière-boutique. Elles sont apprenties couturières. L'une d'elles avait sali le tissu dans lequel une cliente lui avait demandé de confectionner des uniformes pour un baptême. On a pu enlever les taches et elles sont revenues récupérer les vêtements. C'est juste qu'elles ont laissé leurs noms sur le registre.

– Et toi, bien sûr, tu as tout de suite retenu le nom de Sylvie, la fille aux gros lolos !

– Bien sûr que j'ai retenu leurs noms ! Tu me prends pour qui ? Je suis un professionnel, moi !

– Ah oui ? Et la deuxième alors, elle s'appelle comment ? Celle qui est trop canon, celle dont tu dis – mais tu te trompes – qu'elle n'est pas pour moi !

– Alissa, mon pote. Mais tu ne l'auras jamais, même dans tes rêves !

– Tu me connais mal. D'ailleurs, dans le temps, je connaissais une fille qui s'appelait...

Alissa !

Évidemment ! Ce rire, comment avais-je pu l'oublier ! Ma canne m'a soulevé du sol. La seconde suivante, j'étais dehors, sur le trottoir.

Alissa ! La petite fille à la bouche en bouton de rose qui disait : « Tantie Caro va se fâcher. » Elle m'avait donné quelque chose. Une boucle d'oreille, je pense ! C'était justement en essayant de la récupérer que je m'étais fait attraper par monsieur Bia, le jour où il m'avait battu, et que ma vie avait changé à jamais. Tout d'un coup, toutes ces images de mon enfance se sont élevées devant mes yeux et se sont abattues sur moi comme une vague d'eau glacée ! Je me suis mis à courir pour traverser la route. Alissa ! Depuis toutes ces années ! Jamais je n'aurais pensé que je la retrouverais un jour. Où était-elle donc passée ? J'ai regardé partout sur la voie. Je ne la voyais nulle part dans la foule de l'heure de pointe. Elles étaient parties vers la droite. J'ai cavalé sur ma canne jusqu'au carrefour suivant. Où étaient-elles ? J'ai tourné le coin de la rue, et juste là, je suis tombé sur un visage familier, souriant !

Iman !

Mais que faisait-il là ? Il a agité la main :

– Salut !

J'ai essayé de regarder par-dessus son épaule, mais il me bloquait la vue. Puis il a penché la tête et mis son visage juste au niveau de mes yeux :

– On dirait que tu as vu un fantôme. Après quoi est-ce que tu cours, comme ça ?

Mon cœur battait à vive allure. J'ai tenté de lui répondre, mais je ne savais pas par où commencer. Comment aurais-je pu le lui expliquer ?

– Rien, je ne fais rien. Et toi ? Qu'est-ce que tu fiches ici ?

– Est-ce donc une façon de saluer son meilleur ami au monde ?

– Tu m'as l'air bien gai. Pourquoi ? Tu as rencontré une autre Blanche ?

– Non, gros malin. Anna m'a écrit !

Dans ma tête, un ouragan s'est levé. Mon pouls s'est encore accéléré.

– Vraiment ? Et qu'est-ce qu'elle dit ? Elle parle de l'argent ?

– Je n'ai pas encore lu la lettre. C'est un ami à la poste centrale qui m'a averti qu'il y avait une lettre pour moi dans la boîte de tante Souwé. Elle ne reçoit presque rien à part des factures, donc il me prévient quand il y a quelque chose pour que j'évite de me déplacer inutilement. Je n'y suis pas encore allé, je passais te chercher pour qu'on y aille ensemble. Après tout, c'est le plus beau jour de ma vie, il est normal que tu sois là pour y assister.

– Mais tu penses que c'est l'argent?

– Pourquoi aurait-elle pris la peine de m'écrire sinon, espèce d'idiot? Allez, viens!

La tête vide, j'ai suivi Iman vers la poste centrale. En chemin, il m'a demandé encore une fois:

– Mais tu courais après quoi comme ça tout à l'heure? Il y a un match de foot à ne pas rater, ou quoi?

– Non, c'est juste… une cliente de la blanchisserie. Elle a… oublié quelque chose. Son reçu. Je voulais le lui rendre.

– Mais c'est important alors?

– Non, non. Elle a laissé son nom et un contact dans le registre. Je vais la retrouver après.

– OK.

Pour une raison que j'ignorais, je ne voulais pas parler d'Alissa à Iman. De toute manière, ça ne l'intéresserait pas. Rien ne l'intéressait qui ne concernait son départ. Lorsque nous sommes arrivés à la poste, il s'est précipité vers les boîtes aux lettres. Il a sorti une enveloppe de l'une d'entre elles et l'a déchirée rapidement. À l'intérieur, il y avait divers documents, sans doute pour l'argent. Il y avait également une lettre. Iman me l'a tendue.

« À toi l'honneur ! »

Je l'ai dépliée lentement. Pourquoi voulait-il que ce soit moi qui la lise ? Je me suis raclé la gorge, et je m'y suis mis lentement en hésitant. Je ne savais pas très bien lire. Mais plus j'avançais, plus je prenais de l'assurance et les mots fusaient, tranchants comme une lame, et lacéraient l'air :

Cher Iman,

Je veux d'abord te dire que je t'aime. Tu m'as montré le monde tel que je ne l'avais jamais vu.

Je suis désolée d'être partie ainsi, sans crier gare. Je n'aurais pas dû, et ça m'a brisé le cœur de le faire. Avant toute chose, j'aimerais te demander, te supplier même, de ne pas me détester, car je te le répète, je t'aime plus que tout au monde.

J'ai promis de t'écrire, car je sais que je te dois des explications. Je ne voulais pas partir sans toi. Je voulais être à tes côtés la première fois que tu prendrais l'avion. Voir l'expression sur ton visage la première fois que tu verrais mon pays, le pays de ton père. Mais je ne savais pas si tu obtiendrais le visa, malgré tous nos efforts. Je n'ai donc parlé de nos plans à personne. Le jour où tu m'as annoncé la bonne nouvelle, j'ai pris la décision de tout dire à mon père. Je ne lui avais jamais parlé de toi, mais j'étais confiante. Mon père m'a toujours soutenue dans toutes mes entreprises. Mais à ma grande surprise, il est entré dans une rage folle quand je lui ai dit qui tu étais et d'où tu venais. Il m'a traitée de noms que la décence ne me permettrait jamais de te répéter. Il m'a même dit qu'il avait honte de moi ! Il m'a mise dans le premier avion qui quittait le pays. J'ai voulu fuir pour venir te rejoindre, mais je ne savais pas où tu habitais. Nous ne sommes jamais allés chez toi. Je t'ai attendu toute la journée sur la plage, mais des hommes m'ont retrouvée et ramenée à mon père. Un homme est venu me trouver à l'aéroport pour me parler de toi, mais je n'ai pas osé sortir. J'avais peur que mon père te voie et leur dise de te faire du mal. Je suis partie comme une poltronne et je m'en voudrai toute ma vie.

Encore une fois, je suis désolée, Iman. Je ne savais pas que les choses se dérouleraient ainsi. Je ne savais pas que ce serait difficile pour quelqu'un comme moi d'aimer quelqu'un comme toi, parce que rien jusqu'à présent ne m'avait été difficile. Mais c'est toi qui avais raison, nous ne sommes pas faits pour être ensemble. Je m'en veux de t'avoir amené à croire le contraire pour ainsi te décevoir.

Je suis désolée, mais il n'y a pas d'argent dans cette enveloppe pour le billet d'avion. Toi et moi, c'est impossible. Ne réponds pas à cette lettre, car je ne supporterais pas de lire une ligne de toi.

Anna, qui t'aime et qui t'aimera toujours.

P.-S. À l'intérieur de l'enveloppe, il y a des documents qui te serviront à récupérer l'avance que j'ai déposée pour le billet. L'argent est à toi. Iman, même si tu me détestes, je te supplie de croire ceci : j'ai toujours été sincère avec toi. Notre amour n'était pas impur.

IMPEDIMENTA

Alissa

Des lumières clignotaient comme des feux de lucioles. C'était la fatigue. J'ai fermé les yeux et me suis frotté les paupières. Légèrement, juste une caresse, car mes yeux sont ma vie. Cependant, en ce moment, les paupières closes, dans l'obscurité, je me sentais à la fois vulnérable et protégée. Comme une chrysalide dans son cocon. Dehors, j'entendais le monde se réveiller. Les derniers grillons crissaient, infatigables, mais ils s'en iraient bientôt, chassés par la rosée. L'air sentait encore la nuit, cet instant où les nuages se dissipent pour laisser se déposer sur terre le parfum des étoiles. En partant, la nuit laisserait sur nos peaux une sensation fraîche et moite, comme la caresse d'une langue. J'ai ouvert les yeux et regardé le mur qui me faisait face. Sa surface non peinte luisait comme une carapace grise. Parfois, j'avais l'impression que ma chambre était un animal vivant. Comme une tortue. J'étais assise sur son dos et je pouvais presque la sentir me soulever et m'abaisser au rythme de sa respiration. Mais je rêvais encore. J'ai jeté un regard par la fenêtre. Elle donnait directement sur le mur qui entourait la maison. Il était séparé de la fenêtre par une petite allée d'à peine deux pas de large. Le mur bloquait la vue, mais, quand je penchais la tête hors de la fenêtre et tendais mon cou dans l'allée, je pouvais voir le ciel. Avec les murs gris et le ciel noir, le sable de l'allée était la seule couleur dans le monde. Mais si j'attendais, bientôt, le soleil gratifierait la terre de son premier rayon, un clin d'œil orangé qui ramènerait toutes les couleurs à la vie. Alors j'attendrais. Ensuite seulement je me lèverais de ma chaise. J'avais passé la nuit assise à cette table, en face de ce mur gris. Une aiguille entre les dents, les doigts jouant d'une paire de ciseaux, j'avais suivi des formes tracées au crayon sur un carton. Je perfectionnais le patron d'une robe. Ma robe. Celle que je porterais pour le plus beau jour de ma vie. Toute ma vie avait été la préparation de ce jour, et à présent qu'il approchait, j'étais rassurée. Je n'avais pas failli. Cependant juste sous la surface de ce bonheur, je pouvais sentir une pointe d'angoisse surgir, telle une piqûre d'épingle au pouce. Car, ensuite, que se passerait-il ?

Le premier rayon de soleil est passé devant mon nez comme une flèche de feu, et est allé se ficher dans un mur, laissant derrière lui, sur la table et sur mon patron, une fine raie de lumière. Tout à coup, partout autour de moi, des couleurs radieuses se sont mises à éclore et fleurir jusqu'à couvrir toutes les surfaces, le plafond, le sol et les meubles. Dans la chambre, il y avait juste une table, une chaise, une armoire et deux matelas posés sur le sol. Le premier était le mien que j'avais déserté depuis plusieurs heures et, sur le deuxième matelas, dormait Sadiya. Elle était l'autre « bonne » de la maison. Elle était plus vieille que moi et avait été engagée bien avant. Techniquement, elle n'était plus vraiment une servante, car elle avait déjà racheté sa liberté, mais elle avait choisi de rester. Une de ses jambes dépassait de la couverture, réclamant la fraîcheur. J'ai regardé les courbes du mollet et de la cuisse noire et ferme de cette jambe qui, au crépuscule d'une vie de servitude, avait préféré continuer à marcher à contre-courant des vagues de l'indépendance. Beaucoup avaient été surpris et lui avaient reproché sa décision. Mais si ce choix leur paraissait incompréhensible, c'était parce qu'ils confondaient servitude et servilité, indépendance et liberté. Je me suis levée et, pieds nus sur le ciment frais, j'ai traversé silencieusement la pièce. Sadiya était vieille, elle dormait tard et s'occupait essentiellement de la cuisine et des enfants de la patronne. Moi, je faisais le reste. J'ai pris un balai dans un coin de la pièce.

Bénédiction ou chance, la main de Dieu ou une simple succession de hasards ? Certains observaient ma vie et s'interrogeaient, perplexes. Lorsque j'ai demandé à ma patronne, ou encore ma « Maman », comme elles veulent qu'on les appelle, le droit de m'inscrire à un atelier de couture, elle m'a répondu qu'elle y réfléchirait. J'ai attendu patiemment, sans revenir sur le sujet. Au bout de plusieurs mois, j'étais sûre qu'elle avait oublié ma requête, mais la politesse m'interdisait d'insister. Le secret de ma survie a toujours été de connaître ma place dans ce monde. Un jour cependant, alors qu'assise dans la cour je lavais le linge dans une énorme bassine, elle m'a convoquée dans sa chambre.

« Sadiya a dit qu'elle ne partirait pas. Je n'aurai pas à chercher une autre bonne pour la maison. C'est une excellente chose, car de nos jours ce n'est plus évident de trouver de l'aide. »

En effet, peu à peu, le commerce de servantes avait commencé à causer des froncements de sourcils chez les autorités. Subitement, un vent de redressement moral s'était levé dans les villes. Telle une bourrasque qui soulève une jupe à l'impromptu, il exhibait à la face du monde des maltraitances auparavant perpétuées dans l'intimité des foyers et jusqu'alors soumises au silence par le principe du « faire et laisser faire ». Le commerce des filles avait été rendu difficile par une surveillance accrue du traitement des servants. Beaucoup de patrons se voyaient retirer leurs servants s'ils montraient le moindre signe d'exploitation. Peut-être était-ce pour cela, pour les apparences, que ma patronne m'a dit :

– Tu pourras suivre ta formation de couturière pendant la journée tant que tu rentres assez tôt pour garder la maison propre. Tu n'es plus une enfant, il faut que tu apprennes à faire quelque chose de tes dix doigts. Mais n'oublie pas que tu travailles toujours pour moi. Je te fais confiance, Alissa, parce que tu ne m'as jamais déçue.

Je me suis agenouillée :

– Merci, maman.

Dans un coin de la pièce, assis sur une chaise, un journal déplié devant les yeux, son mari comme d'habitude m'ignorait. Pour lui, c'était comme si Sadiya et moi n'existions pas. Il ne nous donnait jamais d'ordre que par l'intermédiaire de sa femme. Cette dernière a levé l'index pour attirer mon attention :

– Les apprentis ne sont pas payés, juste nourris, a-t-elle fait. Mais quand tu travailleras, ton salaire complétera l'argent que j'envoie à tes parents. Quand ils considéreront qu'ils ont la somme nécessaire pour te doter, tu seras libre. Plus tu seras sérieuse, plus tôt ce moment arrivera.

Alors, bénédiction ou chance, la main de Dieu ou une simple succession de hasards ? Je ne savais pas, et je ne me posais pas la question. Je me concentrais sur mes tâches. Le matin, je me levais avec le soleil et m'occupais de la maison. Ensuite, je m'habillais et je prenais le chemin de l'atelier en étant consciente que j'obtenais cette liberté aux dépens de celle, abandonnée, de Sadiya.

C'est sur ce chemin que j'ai revu Toumani pour la première fois.

Et c'est sur ce chemin qu'il a mis un terme à la ligne que je traçais consciencieusement depuis plus de dix ans. Les moments significatifs de la vie sont parfois les plus courts. Telle la seconde d'un flash qui à jamais immortalise un instant et transforme le fugace en impérissable. Tôt ou tard, la photographie jaunie et racornie de cet instant se substitue au souvenir d'une période. Plus encore, elle devient la loupe à travers laquelle on observe cette période, et la déforme. Dans mon souvenir, le reste de ma vie est une création de cet instant précis où j'ai posé les yeux sur lui.

Toumani. Mes lèvres ont formé son nom avant que mes yeux ne le reconnaissent. C'était comme si ces trois syllabes étaient restées tout ce temps sur ma langue, dissimulées entre deux papilles, tel le goût d'un fruit savouré dans un pays lointain, à un moment reculé de l'enfance, qui réémerge à la suggestion d'une odeur ou d'une situation.

Il se tenait debout à un croisement de rues et m'a fait un signe de main timide. Plus que par lui, j'ai été attirée par la réminiscence de mon enfance. Il souriait à présent, nerveusement :

– Alissa ?

Je n'ai pas répondu. Il a tendu la main, mais je n'ai pas réagi de peur de me laisser distraire de son visage. Il n'avait pas changé.

– Toumani. Ça fait longtemps.

– Oui, qu'est-ce que tu deviens ?

J'ai regardé la rue autour de moi, comme si la réponse à cette question se trouvait cachée quelque part au creux des lézardes des murs. Qu'est-ce que je devenais ? Je ne devenais rien. Je m'étais contentée de continuer à être moi-même, n'ayant jamais ressenti le besoin de devenir ce que je n'étais pas déjà.

– Et toi, qu'est-ce que tu deviens ?

– Eh bien, j'ai perdu ma jambe.

C'est seulement à cet instant que j'ai remarqué la canne, puis la jambe de bois. J'ai haussé les épaules. S'il avait réussi à me retrouver sur une seule jambe, alors cette seule jambe me suffisait.

– Comment m'as-tu retrouvée ?

– La blanchisserie où tu es passée il y a quelques semaines avec ton amie Sylvie. C'est là que je travaille. J'ai commencé avec les contacts que tu as laissés dans le registre.

J'ai ri. Ça procure un plaisir particulier de savoir que quelqu'un vous a recherché.

– Monsieur Bia a dit que tu t'étais enfui. J'imagine que ça devait être difficile avec lui.

Il a baissé la tête, gêné.

– Je ne me suis pas vraiment enfui. Mais je te raconterai une autre fois. J'ai plein d'autres choses à te raconter avant !

– Eh bien, accompagne-moi à mon travail, tu me raconteras en chemin.

Toumani m'a accompagnée sur une partie du chemin. Il a parlé, beaucoup, mais je ne l'écoutais pas, je le regardais. Je savais qu'il me répéterait tout ce qu'il me disait, car lui non plus ne s'écoutait pas. Lui aussi me regardait. En chemin, il a ouvert la main et m'a montré un objet. Je me suis penchée sur sa paume. Et j'ai reconnu ma boucle d'oreille d'enfant ! C'est à ce moment-là que j'ai commencé à l'aimer. J'ai pris l'objet par l'anneau, et je l'ai tenu devant moi. C'était juste une boucle en plastique, mais je sentais une telle importance en émaner, comme une aura mystique.

– Elle est cassée, ai-je fait.

– Je l'ai gardée ainsi parce que c'est ainsi que tu me l'as donnée. Mais à présent, je peux la faire réparer.

J'ai souri. Je ne voulais pas le vexer, mais elle était irréparable. À moins que… Je connaissais une personne, une seule personne capable de réparer ce genre de dégât.

– Je te surprendrai, a fait Toumani en récupérant la boucle.

Sur ce, nous avons continué à marcher. À quelques rues de notre destination, il m'a fait signe qu'il me retrouverait à la fin de ma journée. Nous devions nous séparer avant d'arriver à l'atelier, car les gens parlent, et je ne voulais pas qu'on interprète mon désir de m'inscrire à la couture comme un subterfuge pour rencontrer des garçons en ville.

Un dernier coup d'œil par-dessus mon épaule, et j'ai monté les marches qui menaient à l'atelier. Il s'agissait d'une grande pièce aux murs peints d'un vert qui se craquelait. Une unique fenêtre donnait sur la rue. Les pales du ventilateur au plafond produisaient un vent chaud. Des ampoules se balançaient au bout de fils électriques, lugubres, comme des prisonniers pendus par le cou. Le soir, elles projetaient une lumière blafarde sur les nuques baissées des six travailleurs. Deux apprentis, deux affranchis, ma patronne, et puis moi. Je me suis rendu compte que j'avais pris du retard en chemin avec Toumani. Tout le monde était déjà présent. Ma patronne a levé sur moi un œil contrarié. Après m'être agenouillée pour la saluer, je lui ai indiqué d'un hochement de tête que je n'oublierais pas de me soumettre à la règle. J'étais arrivée cinq minutes en retard, je resterais dix minutes de plus. C'était une règle qui avait des répercussions. En effet, je serais de retour en retard à la maison. Ma «maman» pouvait ainsi déterminer exactement le temps qu'il m'avait fallu pour me rendre à l'atelier. Elle pouvait ainsi prendre les mesures nécessaires pour me punir, si elle le jugeait approprié. Je suis allée directement m'installer à ma station de travail, au fond, à côté de celle de Sylvie. Aussitôt que je me suis assise, elle s'est penchée vers moi et m'a chuchoté, avec l'air d'une conspiratrice :

– Qu'est-ce qui s'est passé ?

Je n'étais jamais arrivée en retard. Je ne lui ai pas répondu. J'ai déposé le sac en plastique contenant le patron de ma robe à mes pieds, juste à côté du pédalier de ma machine à coudre. Ensuite, je me suis perdue dans la contemplation du fil enroulé autour de la fusette de ma machine. Un coup de coude m'a ramenée à la réalité :

– Ma sœur, je sais que tu m'as entendue.

Je savais que, tôt ou tard, je satisferais sa curiosité. Sylvie était ma meilleure amie. Une fleur ne peut s'empêcher d'ouvrir ses pétales à la pluie.

– J'ai rencontré une personne que je n'avais pas vue depuis des années.

– Une *personne* ? Tu me prends pour une gourde, ou quoi ? Je sais que c'est un garçon.

– Et comment sais-tu ça ?

– Ah, ma chère, c'est comme si c'était écrit noir sur blanc sur ton visage ; si tu pensais cacher ton jeu, tu te trompes.

J'ai ri. Puis je me suis ressaisie et je me suis tue pour de bon. Ma patronne venait de me jeter un coup d'œil qui en disait long. Je savais que si elle ne me grondait pas, c'était une faveur parce qu'elle me considérait déjà comme une excellente couturière, mais il valait mieux ne pas la pousser à bout. Je me confierais à Sylvie plus tard.

À l'heure de la pause, Sylvie et moi sommes allées déjeuner sur un banc sur le trottoir opposé à l'atelier. Les coudes en appui sur le dossier, les jambes étendues et les talons de mes pieds nus posés sur mes sandales, j'observais en relaxant les écoliers qui étaient sortis de l'institution primaire. Ils étaient rassemblés en plusieurs petits groupes autour de nous. Il était midi. Ils discutaient sous le soleil en attendant l'heure de la reprise des cours. Je les voyais, fiers dans leurs uniformes kakis, leurs bras menus recouverts de taches de craie, leurs fronts perlant de sueur. Les enfants sont les plus merveilleuses créations du monde. Avec leurs sourires qui irradient sur leurs visages, ils sont si beaux ! Je pourrais les regarder pendant une éternité. J'étudie les enfants comme le géomancien étudie un jet de cauris, car ils sont le monde de demain. La foule des écoliers était un délice pour mes yeux. Ici, un garçon rôdait en comptant ses pièces autour d'un vendeur de *tchakpalo*, de la bière de maïs. Là, un autre essayait désespérément de se joindre à une conversation, mais sans parvenir à capter l'attention de ses camarades. Plus loin encore, une fille à l'uniforme d'un ton plus clair que celui de ses amies, avec des rubans multicolores dans les cheveux et des chaussures neuves, toisait du regard tous ceux qui s'approchaient d'elle. Elle évaluait, l'espace d'un instant, s'ils méritaient ou non sa compagnie avant de daigner leur adresser la parole. Les enfants sont ce qu'on fait d'eux. Beaucoup ne s'aperçoivent pas du pouvoir extraordinaire qu'ils ont entre les mains lorsqu'ils élèvent un enfant. Le pouvoir de modeler l'avenir. Le monde court à sa perte parce qu'on insuffle du mal dans le cœur de nos enfants. Toumani se comportait comme un enfant qui a eu mal. Il parlait en baissant le regard et s'excusait d'avoir perdu une jambe. Quel genre d'adulte sera-t-il ? Et moi, quel genre d'adulte serai-je ? J'en ai parlé à Sylvie. Elle m'a écoutée en lançant des taquineries aux moments opportuns, mais elle était attentive, car elle savait que j'étais sérieuse. Le fait de revoir Toumani m'avait brutalement ramenée dans mon passé. Afin de revenir à moi et de rattraper mon retard, j'avais dû retracer la ligne de ma vie et récapituler des années en un clignement de paupières.

Peu après ma naissance, ma famille m'avait vendue. J'étais plus brillante que mes frères et sœurs, et nous vivons dans un monde étrange où les parents doivent se séparer de leurs enfants les plus prometteurs. Toute ma vie, j'ai vécu pour tenir cette promesse que pourtant je n'avais jamais faite. Je travaillerais en ville, je serais astucieuse et je ferais vivre mes parents. Ensuite, ils me marieraient, je donnerais mon corps, et je ferais vivre mon mari. À compter de ma première grossesse, je serais une mère, et le reste de ma vie, je ferais vivre mes enfants. Chaque femme porte en elle trois générations. Nous sommes le passé, le présent et l'avenir. L'esprit, le sexe et le sein. Je pensais qu'en achetant mon indépendance à ma « Maman », j'acquérais ma liberté, mais maintenant je devinais que je ne faisais qu'un pas de plus au fond du tunnel dans lequel je courais depuis ma naissance. Sylvie m'a prise par les épaules et m'a serrée dans ses bras. La rencontre avec Toumani m'avait véritablement remuée. Ma vie, qui jusqu'à présent avait été un lac transparent, se transformait en un océan aux vagues houleuses, écumant à l'approche d'une tornade. Le fait de la contempler ainsi me donnait l'impression de m'en échapper. Je n'étais plus un moineau en cage, mais un aigle, et je planais très haut pour étudier le relief de mon destin. À l'instar de Moïse qui escaladait le mont Sinaï, mon cœur tambourinait à la pensée des révélations que je me sentais sur le point de recevoir.

Et j'adorais ça ! Il fallait absolument que je revoie Toumani.

Je l'ai revu. Chaque jour, il m'attendait sur le chemin de retour de l'atelier. Nos rencontres ne duraient qu'une quinzaine de minutes, mais ce quart d'heure m'était crucial. Durant nos conversations, je me permettais pour la première fois de ma vie des gestes qui étaient entièrement miens. Depuis mon arrivée dans cette ville, j'avais balayé, nettoyé, cousu dans le seul but d'accomplir une mission. Celle qui m'avait été attribuée lorsque mes parents m'avaient choisie et investie de la responsabilité de subvenir aux besoins de ma famille. Jusqu'alors, dans chacun de mes gestes, j'avais répondu à leur appel, consciente de l'honneur que représentait le fait d'être l'élue. Celle qui irait cueillir les fruits nécessaires à la délivrance de toute une famille. Par contre, lorsque je rencontrais Toumani, j'accomplissais un acte qui n'était dicté par aucun devoir. Je le faisais pour moi, simplement parce que ça me faisait plaisir ! Cependant, je n'ai jamais essayé de prolonger ces quinze minutes, je n'ai jamais essayé de le rencontrer ailleurs que sur ce chemin. Si un jour je ne travaillais pas, alors je ne le voyais pas. La raison en est que je me considère comme une fille comblée. Je prends ce qui m'est donné, sans songer à ce qui me manque. En effet, il manquera toujours une chose. Je n'ai pas envie de passer mon existence à tenter de combler mes manques et à oublier de savourer ma chance. Toumani, par contre, était différent. Au fur et à mesure que les semaines passaient, je sentais grandir sa frustration. Elle était presque palpable. Elle se manifestait dans chacun de ses mouvements. Ils devenaient brusques, moins fluides. Un jour, alors qu'on discutait, je me suis arrêtée de marcher. Il ne s'en est pas rendu compte et a continué à avancer. Je l'ai regardé taper de sa canne dans un débris d'orange abandonné sur le bord de la route. Cette image m'a rendue très triste. Les rencontres qui me rendaient si heureuse avaient l'effet opposé sur lui. C'était comme si, tel un parasite, je suçais tout son bonheur.

– Qu'est-ce qui t'arrive, Toumani ?

Il s'est retourné, surpris de me voir rester en arrière. Se tenant dans un équilibre instable sur sa jambe de bois, il m'a montré ses deux paumes, feignant d'ignorer de quoi je parlais. J'ai soutenu son regard et il a baissé les yeux. Il est revenu sur ses pas.

– Je passe mes journées à attendre le moment où on va se parler.

Je voulais lui dire que moi aussi, mais j'ai préféré ne pas l'interrompre.

– Mais je n'aime pas ça. Aussitôt que je te vois, il faut déjà qu'on se sépare.

– Oui, mais on pourra se voir ainsi tout le temps !

– Tu veux dire, tant que tu seras apprentie à l'atelier.

Je savais où il voulait en venir. Et ensuite, que se passerait-il ? C'était drôle, j'avais eu la même pensée le matin où je l'avais revu pour la première fois. Mais à présent, elle prenait un tout nouveau sens. Je voulais le rassurer, mais comment ?

– Ensuite, je travaillerai à mon propre compte et je pourrai te voir quand je voudrai, ai-je fait.

Mais c'était faux. Après mon apprentissage, je travaillerais pour ma patronne, et mon salaire irait à mes parents. Cela pouvait me prendre deux ans pour réunir la somme qui leur conviendrait. Peut-être moins parce que j'étais douée et que je me faisais déjà une clientèle. Mais ensuite ? Je ne voulais pas y songer. Et c'était ce que Toumani me reprochait. Je vivais dans le présent parce que mon avenir ne m'appartenait pas. J'ai serré contre mon cœur le sac en plastique qui contenait le patron de ma robe et qui ne me quittait jamais. C'était à croire qu'inconsciemment j'essayais de m'agripper à cette partie de ma vie, ces années de ténacité focalisées sur un objectif unique qu'à présent je sentais m'échapper.

– Je ne peux pas décevoir mes parents. Je ne peux pas tout arrêter maintenant, on est trop près du but.

– Mais de quel but ? m'a-t-il demandé en criant.

Je ne l'avais jamais vu s'énerver. Mais je n'avais pas peur. Non, j'avais mal. J'ai essayé de lui prendre le bras, mais il me l'a arraché.

– Ne me touche pas maintenant pour partir après ! Tu vas m'abandonner comme Anna l'a fait à Iman.

Anna ? Iman ? J'ignorais de quoi il parlait. Toumani avait déjà mentionné son ami Iman, mais je ne connaissais pas les détails de sa vie. Pas encore.

– Il faut que tu comprennes, Toumani.

– Mais comprendre quoi ? On est bien ensemble. Qu'est-ce qui t'empêche de rester avec moi après que tu auras fini ton apprentissage ? Tu ne dépendras plus de ta « Maman » et tu pourras toujours continuer à envoyer de l'argent à tes parents. En quoi est-ce que ça les dérangerait de te savoir heureuse avec moi ?

Des larmes ont brillé à mes yeux. Si seulement les choses pouvaient être aussi simples.

– Mais, Toumani, je suis promise…

– Et alors !

Rageur, il a tapé de sa canne contre le sol. Ce jour-là, Toumani ne m'a pas raccompagnée jusqu'au bout du chemin. Les mâchoires serrées, j'ai regardé son dos s'effacer dans le noir en retenant mes larmes. Il ne pouvait pas comprendre. Il ne s'agissait pas seulement d'argent. J'avais été désignée comme pourvoyeuse de ma famille. Je suis un gage depuis ma naissance. Mais la richesse que je représentais n'était pas seulement financière. J'avais été offerte au fils d'une autre famille. Ce genre de don ne se faisait pas sans retour. Ma future belle-famille avait jusqu'alors honoré sa part de la négociation. Et il s'agissait de cela également, d'honneur. Si je leur tournais le dos, je déroberais à ma famille toute la valeur de sa parole. Alors, combien d'alliances briserais-je, combien d'hommes trahirais-je ? Quel était le prix de mon bonheur personnel ? Choisir Toumani revenait à renier ma famille. Cela allait bien au-delà de mon indépendance par rapport à ma « Maman ». Toumani devait comprendre, il fallait que je le lui explique.

J'ai couru dans la direction où il avait disparu. Puis j'ai tourné au coin d'une rue, à l'instinct. J'ai continué à courir et tourner ainsi au hasard pendant longtemps, jusqu'à ce que je sois à bout de souffle, que mes oreilles bourdonnent, que mon gosier brûle. Alors je me suis arrêtée. Je me suis penchée en avant, les mains posées sur les genoux, et, tout en sentant des gouttes de sueur perler sur mon front, tout en les regardant éclabousser le sol, j'ai pris conscience que je l'avais perdu. À la sueur se mélangeaient mes larmes. J'essayais de les retenir, d'être forte, je ne voulais pas pleurer. Mais j'aurais craqué, j'en étais sûre, si une chose étrange ne s'était produite. J'ai aperçu dans la pénombre, sur le trottoir opposé, une vieille femme debout, immobile au point que je me suis demandé si ce n'était pas une vision. Elle me fixait du regard. Ses yeux, grands ouverts, ne clignaient pas. Ils brillaient d'une lueur de folie. Elle regardait la scène d'un air fasciné. Elle a tendu les mains vers moi et a murmuré des mots que je ne pouvais pas entendre parce qu'elle était trop loin, de l'autre côté de la rue. Mais elle a souri et j'ai eu la certitude qu'elle me comprenait. Une voiture est passée entre nous, et au moment précis où elle a bloqué de ma vue la silhouette de la femme, j'ai compris ses mots : « Non, mon enfant, non. » Ce sont ces mots, accompagnés d'un regard fou et d'un sourire édenté, qui se sont envolés vers moi, telle une nuée d'oiseaux dont les ailes m'ont enveloppée d'une chaleur si intense que mes larmes se sont évaporées. Elle avait raison. Non, je n'avais pas le choix ! Trop de monde comptait sur moi. Je ne pouvais que continuer, indéfiniment, à marcher sur la route qui m'avait été tracée.

Même si je devais y marcher seule.

Le lendemain, et les jours qui ont suivi, j'ai regardé le chemin de l'atelier s'étendre devant moi, désert. Toumani avait disparu. Il s'était volatilisé, ne laissant derrière lui qu'une poussière chaude. Elle se soulevait sur mon passage et faisait rougir les yeux des vieillards assis sur les bancs contre les murs. Ils me regardaient passer en serrant leurs cannes entre leurs genoux saillants, et j'avais l'impression qu'ils lisaient dans mon cœur. Quand, arrivée à leur hauteur, j'agitais la main, ils souriaient, mais leurs sourires n'avaient pas d'âme. Je ne voyais autour de moi que des visages à la peau ridée et sous laquelle des muscles lassés tentaient de donner l'illusion du bonheur. Il me semblait ressentir leur tristesse, dans leurs dos courbés, dans l'effort que leur requérait chaque mouvement. J'avançais péniblement, le pas alourdi par quatre-vingts ans de regards qui paraissaient me juger. Vois-tu, disaient-ils, Toumani a toujours été sur ton chemin, mais t'es-tu jamais mise sur le sien ? J'avais tenu pour acquis qu'il serait là éternellement. Ou jusqu'à ce que je le quitte. Quel égoïsme ! La valeur d'un don ne se mesure pas uniquement au bonheur que cause sa présence, mais également et encore plus au vide que crée son absence. Toumani était parti et je souffrais. Et c'était nouveau pour moi. Je n'avais jamais vraiment souffert. La souffrance est un sentiment personnel, et je n'avais jamais été personne. J'avais été un rôle. Celui de la fille, de la femme, de la mère, mais au croisement de ces trois fonctions, il n'y avait pas de nature, juste le néant. Et à présent, je découvrais que j'existais. Je suis vraiment née à ce moment-là. Alissa voyait le jour, et tout ce que j'avais été jusqu'alors perdait son sens, s'évanouissait dans l'espace. Et j'avais beau m'accrocher au patron de ma robe, je n'en sentais plus la valeur. Il ne s'agissait plus que d'un morceau de carton trituré et froissé. Il ne m'enveloppait plus comme une armure. Je me sentais dénudée, tant physiquement que mentalement. J'étais non seulement persuadée qu'on pouvait lire mes pensées, mais également que les regards traversaient mes vêtements et dévoilaient mon corps. Ce corps auquel pour la première fois je prêtais attention et que je trouvais inadéquat. Ce corps de femme, faible, servile, incapable de maîtriser sa vie. Je suis l'esclave de ma vie. Jusqu'à présent, je me disais que j'étais un des chevaliers de ces livres à l'eau de rose dans lesquels Sylvie m'avait appris à lire, qui, en mission, l'épée à la main, sauvaient leurs familles. Mais je me trompais. Je n'étais pas le chevalier, mais juste l'épée. Je suis femme, je suis outil, je sers à façonner. Telle la glaise dont on construit les murs, me suis-je dit chaque matin, appuyant une main contre les parois chaudes de l'atelier qui allait m'accueillir toute la journée. Et puis, un jour, ça m'a frappée : je suis comme cet atelier, j'accueille. Les femmes sont faites pour cela : accueillir. Accueillir le sexe d'un homme, puis accueillir un embryon pendant neuf mois. Accueillir l'idée que les hommes se font du monde, puis la transmettre. Par conséquent, nous sommes en réalité des enclos vides, des corps sans âme, comme un temple antique aux piliers battus par le vent.

Sur le chemin de retour de l'atelier, je ne me pressais pas, je marchais lentement. J'étais une ombre qui s'effaçait sous le soleil couchant. Sylvie me regardait disparaître, une expression soucieuse sur le visage. Elle disait que je perdais du poids, que, maigre, je ne serais plus belle. Mais je désirais perdre du poids ! Je voulais aplatir mon corps, afin de réduire le vide que j'y avais découvert. Ma maman également se plaignait. Elle avait appris qu'à l'atelier mon attention avait baissé. J'étais moins appliquée. Un jour, elle m'a menacée : « Si tu ne travailles plus, je te retire de l'atelier, Alissa ! » Alors j'ai eu peur. J'ai eu peur parce que sa menace m'a glissé sur la peau sans laisser de trace, comme le courant marin glisse sur l'aileron du requin. Cette femme n'avait plus d'emprise sur moi. Je me suis demandé pourquoi. Et puis j'ai compris. Parce qu'elle était une femme. Elle aussi jouait un rôle dans ce monde d'hommes. Elle allait et venait dans la maison en nous donnant des ordres, à Sadiya et à moi. Elle avait l'air d'un dragon et ses injonctions étaient des jets de flammes devant lesquels il fallait se courber et s'exécuter sous peine de se faire consumer par son courroux. Tenir la maison propre, laver les affaires des enfants, s'assurer que les repas étaient prêts à l'heure. Mais tout cela pourquoi ? Afin qu'à son arrivée son mari trouve une maison en ordre, des enfants propres et un plat fumant. Ainsi il acquiescerait d'un signe de tête presque imperceptible. Ce signe de satisfaction était l'essence de la vie de ma maman. Elle l'attendait nerveusement, dès l'apparition de son mari. Elle scrutait son visage et l'y cherchait. Et lorsqu'enfin il le lui donnait, elle se détendait : elle venait de réussir une journée de plus ! Que c'était pathétique ! Elle avait beau hurler des ordres, et j'avais beau les exécuter, nous étions identiques, elle, moi et toutes les femmes esclaves de ce monde.

Une fois que j'ai compris cela, il m'a été impossible de continuer à avancer aveuglément. Je n'en pouvais plus de servir. Un dimanche où je n'allais pas à l'atelier, je lavais du linge, accroupie devant une bassine posée entre mes cuisses, quand l'un des enfants de ma maman est venu vers moi en courant. Il tenait dans la main un de ses caleçons sales. Je l'avais oublié en récupérant les affaires à laver ; il l'avait trouvé sous son lit ; il fallait que je le lave. J'ai extrait les mains de la bassine savonneuse et les ai posées sur mes jambes. J'ai senti l'eau ruisseler entre mes cuisses. Le garçon était debout à côté de moi, et me tendait son dessous sale tandis que de l'eau coulait dans le mien. J'ai observé son visage de six ans, d'enfant-roi né du bon côté de la servitude. Puis à celui-là s'est substitué le souvenir d'un visage de vieille femme aux yeux fous, au sourire édenté, debout à un coin de rue, et j'ai dit :

« Non. »

Non, mon enfant, non.

Puis mon attention est revenue au visage du garçon qui se tenait devant moi. J'ai vu de l'incompréhension s'y peindre. « Non. » Était-ce un mot qu'il avait jamais entendu ? Il continuait à tendre le caleçon devant lui, à hauteur de mon visage. Je me suis levée, ai abandonné enfant, bassine, eau, savon, et me suis dirigée vers ma chambre en face de la cour. Une fois à l'intérieur, j'ai fouillé mes affaires et en ai sorti le patron de ma robe. Je l'ai regardé un long moment. Après toutes ces nuits de modifications laborieuses, il était presque parfait. Puis j'ai fouillé dans une trousse pour prendre un briquet. Je suis ressortie de la chambre, je me suis assise sur la dernière des marches qui menaient à la cour, j'ai déposé le patron sur le sable devant moi et j'ai allumé une petite flamme à l'un des coins. J'ai regardé le patron presque parfait brûler, se consumer, se racornir comme s'il souffrait. Alors qu'il s'effritait, je me suis rendu compte que ma servitude n'était pas envers ma maman, ni mes vrais parents, ni même la société. Elle était envers ce bout de carton. Mais à présent, je ne pouvais plus continuer à servir.

Alors j'ai brûlé mon maître.

J'ai regardé ma raison de vivre s'élever vers le ciel en une volute noire. Puis j'ai observé autour de moi. La bassine était toujours là, mais l'enfant avait disparu en emportant son caleçon. Je savais que bientôt il allait revenir avec sa mère. Alors j'ai attendu. Un instant plus tard, je l'ai vue apparaître dans la cour. Elle avait sur le visage cette expression que j'avais appris à craindre. Elle s'est approchée de moi, enfant à une main, caleçon à l'autre.

– Tu vas me laver ce caleçon, a-t-elle fait d'un ton ferme.

– Non, ai-je répété.

Mon ton à moi n'était pas ferme. Bien au contraire, il était morne, mais empli de certitude. Elle a dû confondre cette absence de fermeté avec un manque de résolution, car elle s'est engagée dans la voie de l'intimidation :

– Tu vas me laver ça ou ça va barder !

J'ai levé les yeux vers elle en me demandant comment elle allait s'y prendre pour me faire obéir. Comment m'assujettir alors que mon seul maître se calcinait à nos pieds ? Elle a ouvert la bouche pour crier, mais elle ne savait que dire. Elle a levé une main pour me gifler, mais elle s'est résignée. Me battre ne laverait pas le linge. Et de toute manière, ma maman n'était pas violente, elle n'en avait pas la force. Jusqu'à présent, elle s'était fiée à ma docilité. En effet, l'arme la plus puissante entre les mains de l'oppresseur est l'esprit de l'opprimé. Enfin, elle a pointé un doigt vers moi et m'a lancé :

– Très bien, fais ta crise, mais on verra comment tu t'en sortiras à l'heure du dîner. Ne compte pas sur moi pour te nourrir ce soir, ni demain. Ce n'est même plus la peine de laver le caleçon, c'est trop tard pour ça.

Je l'ai regardée rebrousser chemin, et j'ai eu pitié. Pitié d'elle, mais également de moi. De notre impuissance. Sadiya est venue laver le linge, de son propre chef, car ma maman n'a pas osé le lui demander. À ce moment-là, j'ai compris : « Elle est l'esclave de notre servilité. » Sadiya s'est effectuée consciencieusement, sans se plaindre ni sourire. Ensuite, elle est venue s'asseoir à côté de moi :

– Ta maman m'a dit de ne pas te nourrir, mais je peux le faire en cachette si tu veux.

– Non merci, je ne veux pas.

– C'est ce que je me disais.

Puis elle s'est levée en disant :

– Prends garde, Alissa, car ton ennemi le plus dangereux se trouve en toi.

Que voulait-elle dire ? Je n'étais pas sûre d'avoir compris. Mais elle était déjà partie. Elle a traversé la cour et est sortie. Il fallait faire les courses pour le repas du soir. J'ai regardé son dos s'éloigner. Je ne le savais pas encore, mais la prochaine fois que je verrais

Sadiya serait le jour de son enterrement. En effet, avant son retour du marché, j'ai ramassé mes affaires et, sans prévenir, je suis partie de la maison de ma maman.

Non, mon enfant, non, tu ne serviras plus. J'ignorais où j'allais, mais mes pas m'ont menée résolument. Puis, à un moment donné, sentant que j'étais parvenue à destination, je me suis arrêtée et j'ai regardé autour de moi. J'étais à un coin de rue, sous la lumière d'un lampadaire, à un endroit désert de la ville. Je reconnaissais cet endroit. C'était le carrefour où je m'étais retrouvée le jour où j'avais poursuivi Toumani. Mais pourquoi étais-je revenue ici ? Pensais-je pouvoir l'y retrouver ? Me disais-je qu'il venait ici tous les jours dans l'espoir de me rencontrer ? Non, bien sûr. Si Toumani voulait me voir, il m'aurait attendue sur le chemin de l'atelier, et pas à ce carrefour sombre à l'écart de tout. Si j'étais revenue ici, ce n'était pas pour Toumani.

Non, mon enfant, non. Même si je ne les avais pas entendus, je le savais maintenant, ces mots me résonnaient aux oreilles depuis plusieurs jours. J'étais revenue pour elle. Cette femme qui, de si loin, m'avait étreinte avec tant de chaleur. Je me suis dirigée vers une zone d'obscurité, j'ai posé mon sac sur le sol et me suis assise dessus.

Et j'ai attendu.

Les murs en face étaient ceux d'une usine à ciment à présent désaffectée. De temps en temps, une voiture passait et ralentissait. Puis j'ai vu une femme. Elle s'est avancée vers le coin de la rue. J'ai observé son visage. Ce n'était pas elle. Une voiture a ralenti. La femme s'est approchée de la voiture. Elle s'est penchée à la fenêtre du côté chauffeur. Puis elle a ouvert la portière du côté passager et est montée dans la voiture. Ils ont disparu plus loin. Une autre femme est apparue à un autre coin de rue. J'ai regardé plus loin et j'ai vu encore une autre femme. J'ai remarqué leurs vêtements courts, leurs maquillages intenses qui luisaient sous l'éclairage des lampadaires. Elles ne communiquaient pas entre elles. Elles étaient simplement debout, immobiles, comme des fantômes dans la nuit, enchaînées à leurs destins individuels, et attendaient. J'ai observé longtemps le manège des voitures qui s'arrêtaient, des femmes qui y montaient. C'était fascinant.

Cependant, le temps passait, et aucune des femmes qui apparaissaient n'était la bonne. Découragée, je me suis levée. Je ne comprenais plus ce qui m'avait amenée ici. C'était ridicule de partir de la maison de ma maman ainsi. Qu'allais-je faire à présent ? Y retourner et espérer que personne n'avait noté mon absence ? Mais au fond de moi, je savais que je ne pouvais pas rebrousser chemin. Je n'avais plus rien à faire là-bas, j'avais brûlé mon patron, mon maître. Je l'avais immolé sur le bûcher. Je me suis approchée du bord du trottoir, sous la lumière d'un lampadaire. Qu'avais-je fait de ma vie ? J'étais seule, perdue. Que ferais-je demain quand je ne pourrais plus retourner à l'atelier ? Comment me nourrirais-je, comment vivrais-je ? La ligne tracée ces dix dernières années s'arrêtait net, et devant c'était le vide. Il fallait remplir ce vide. Une voiture a ralenti à mon niveau. À l'instar des femmes qui m'entouraient, je me suis rapprochée de la voiture. Je me suis penchée à la fenêtre du côté passager. Le conducteur m'a fait un sourire et m'a dit :

– Chérie…

Personne ne m'avait jamais appelée Chérie. Il avait l'air gentil. Je lui ai dit :

– Je m'appelle Alissa.

– Très bien, a-t-il fait. Monte, Alissa.

Je me suis dit « Pourquoi pas ? » Il fallait remplir le vide. Je me suis écartée pour qu'il ouvre la portière. À l'intérieur, il y avait une odeur d'essence. J'ai regardé l'homme, son profil, son nez plat, sa barbe hirsute, ses lèvres pleines qui se dessinaient en ombre chinoise sur la fenêtre derrière lui. De l'autre côté, la route, déserte. Plus loin, le trottoir opposé et un lampadaire. J'ai mis un pied dans la voiture et j'allais m'installer sur le siège quand soudain je l'ai vue. Sous le lampadaire. Elle me regardait. J'ai vu ses yeux fous, ses lèvres entrouvertes, les trous dans sa dentition. Elle me regardait, l'air alarmé ! Alors je me suis immobilisée, je ne me suis pas assise dans la voiture qui sentait l'essence.

Non, mon enfant, non.

Je me suis redressée et, sans un mot, j'ai fermé la portière. Je n'ai pas entendu ce que l'homme a dit. Je ne pouvais plus détacher mes yeux de ceux de la femme. J'ai traversé la rue sans regarder ni à droite ni à gauche. J'étais hypnotisée par son regard fou. Je me suis approchée d'elle. La lumière du lampadaire projetait des poches d'ombre sous ses yeux. J'ai continué à me rapprocher jusqu'au point de sentir son souffle chaud, son haleine rance.

– Je m'appelle Alissa.

Elle m'a souri. Je me suis blottie dans ses bras.

Elle s'appelait Kiki, et elle était une pute. C'est ce qu'elle m'a dit. Ce qu'elle ne m'a pas dit, c'est que je pouvais lui faire confiance. Ça, je l'ai compris par moi-même. Je l'avais compris depuis le jour où elle avait envoyé une colonie d'oiseaux m'embrasser de leurs ailes. Kiki m'a invitée chez elle. Pourquoi ? Je ne sais pas. Elle m'a fait asseoir sur son lit, sur les draps sur lesquels elle accueillait les hommes, leurs fantasmes, leur perversité. Mes pieds se balançaient à quelques centimètres au-dessus du sol. Je regardais la rue par la fenêtre du deuxième étage, pendant qu'elle s'affairait dans la pièce en silence. Kiki n'allait pas beaucoup me parler, je l'avais compris. Elle allait simplement être toujours présente pour moi.

« Je n'ai pas beaucoup d'amis. »

« On dit que je suis folle. »

« N'aie pas peur. »

Elle parlait par intermittence. Elle s'arrêtait soudainement, posait une main potelée à la peau décapée sur une hanche un peu grassouillette, et me lâchait ces phrases. Je ne répondais pas, car déjà elle s'était retournée et soulevait un paquet dans un coin. Elle rangeait l'antichambre à l'entrée de la pièce pour me faire de la place.

« Tu dormiras là. »

Kiki devait être à la fin de la trentaine, mais elle paraissait avoir dix années de plus. Elle parlait avec un accent chantonnant, mielleux, entraînant. Elle parlait lentement en prenant le temps de réfléchir avant chaque mot, pour choisir le bon. Sans qu'elle m'en dise rien, j'avais deviné toute son histoire. Kiki venait d'un autre pays. Elle était arrivée ici et avait perdu toutes ses illusions. Elle passait maintenant sa vie à essayer de rendre meilleure celle des autres. En donnant son cœur. Ou ses hanches. Mais elle n'était pas triste. Elle se contentait de vivre. Elle a nettoyé le sol de l'antichambre, puis y a posé un matelas qu'elle a recouvert d'un drap blanc. Elle a installé une lampe à côté du matelas et, dans un panier en osier, elle a plié les vêtements que j'avais dans mon sac à dos. Ensuite, faisant quelques pas à reculons pour avoir une vue d'ensemble de son chef-d'œuvre, elle a déclaré :

– La nuit, souvent, je vais traverser ton antichambre en rentrant dans ma chambre. Je ne pourrai pas être silencieuse ensuite, mais je vais fermer la porte qui nous sépare.

Elle a posé sur mon épaule sa main aux doigts jaunes, aux phalanges noires :

– Merci d'être venue.

Je n'ai pas répondu. Je regardais par la fenêtre, de l'autre côté de la rue, les toits des étalages du marché en contrebas. Il venait à la vie avec les premiers rayons du soleil.

À compter de ce jour, tous les matins, dès les premières lueurs de l'aube, je suis allée me promener dans le marché. Il s'éveillait. Les vendeurs installaient leurs étals, s'asseyaient derrière et organisaient leurs marchandises, d'abord lentement, dans la fraîcheur du matin. Puis, alors que la chaleur du soleil commençait à donner de l'énergie à la vie, les premiers clients arrivaient et les voix s'élevaient. Les cris, les rires, les corps qui se bousculaient dans les allées me ballottaient comme un navire à la dérive. Comme des branches d'arbres fruitiers dans une forêt sauvage, des bras vifs tendaient des fruits, des légumes, des poissons. J'étais perdue dans une jungle de couleurs et d'odeurs. Au sein de ce tohu-bohu infernal, j'essayais de retrouver un sens à ma vie. J'essayais de retrouver Toumani. Le premier jour, je suis allée à la blanchisserie où il travaillait, mais on m'a dit qu'il ne s'y était pas représenté. J'ai compté sur mes doigts, et la dernière fois qu'il y avait travaillé était le dernier jour où je l'avais vu. J'étais perdue. J'ai songé à le chercher partout dans la ville, mais mon cœur me disait qu'il était tout près. Alors, les jours suivants, je suis restée au marché. Je le cherchais sur les visages qui m'entouraient. Je m'attendais à le voir surgir à chaque intersection. J'étais persuadée qu'il était quelque part dans la foule. Il ne pouvait être loin, je le sentais si proche de moi, en moi. Je le sentais courir dans mes veines, picoter le bout de mes doigts. C'était le plus grand marché de la ville, il devait venir ici. J'interrogeais les gens autour de moi. Un jeune estropié ? C'était difficile à dire, il n'y en avait pas beaucoup, mais pour celui que je cherchais en particulier, il fallait peut-être que je me renseigne auprès du vendeur suivant. Je poursuivais ma quête jusqu'à midi. À ce moment-là, je rentrais déjeuner chez Kiki, qui m'avait dit : « Pour les repas, ne t'en fais pas, tu peux compter sur moi. » Mais je lui avais répondu : « D'accord, au début, mais ensuite, c'est promis, je trouverai un moyen de te rembourser. » Elle n'avait pas répondu.

Nous nous asseyions sur des coussins autour d'une table basse et mangions en silence. Ensuite, Kiki gagnait son lit. Elle se reposait avant que ne débute sa longue nuit. Moi, je retournais au marché où Sylvie me rejoignait secrètement.

– Alors, tu as des nouvelles ? me demandait-elle en guise de salutation.

Non, je n'en avais pas, mais je vivais d'espoir. Même s'il fallait chercher dans chaque étoile du ciel, je retrouverais Toumani.

Le soir, je rentrais dans une maison vide et m'asseyais dans l'antichambre. Je réfléchissais sur notre rencontre en me caressant le lobe de l'oreille. Je repensais à ma boucle qu'il avait gardée toute sa vie. Je lui avais dit « Ne la perds jamais », mais moi, l'avais-je perdu, lui ? Et tandis que je caressais mon lobe, je pressentais que la solution était quelque part, là, à mon oreille. Puis je m'endormais.

Je me souviens de mes premières nuits chez Kiki. La première fois que j'ai entendu une clef racler le fond de la serrure. Le déclic distinct du loquet se répercute encore à l'intérieur de mon cerveau. Je me souviens des bruits de pas. Quatre talons précipités qui claquaient contre les carreaux et qui m'enjambaient. Tous les sons, cette nuit-là, étaient perçants. Ils me déchiraient les tympans. La porte de l'antichambre s'est refermée et alors seulement j'ai eu le courage d'ouvrir les yeux. Je me suis levée et j'ai collé mon oreille au bois rêche de la porte. J'ai posé la main sur la poignée qui avait gardé la chaleur de la main de Kiki. Et à ce contact, je me suis coulée en elle, comme une pépite d'or fond et se coule dans un moule. Ainsi moulée à sa forme, je ne faisais plus qu'un avec elle. Nos souffles étaient à l'unisson et mon âme était la sienne ; mon corps, le sien ; mes yeux, les siens. Alors j'ai vu. J'ai vu par-delà la porte fermée. J'ai vu la fenêtre ouverte et les oiseaux nocturnes perchés sur les toits gris des étals du marché. Et j'ai senti. J'ai senti les vêtements glisser le long de mon corps et atterrir en une masse informe sur le sol. J'ai senti le vent frais du soir souffler par la fenêtre et faire frémir chaque centimètre de ma peau. J'ai senti mes tétons durcir, mes seins se raffermir. Puis j'ai senti les mains de l'homme sur eux. C'était la première fois qu'un homme me touchait ainsi. Je me suis mordu les lèvres. J'ai tenté de rappeler le souvenir de Toumani, mais je ne voyais que l'homme de la voiture, je ne sentais que l'odeur de l'essence, je n'entendais que le mot « Chérie », répété inlassablement. Je me suis sentie tomber à la renverse jusqu'au fond d'un puits sombre. Mon cœur tambourinait si fort dans ma poitrine qu'à chaque battement je me disais : « Ça y est, mon corps va se briser. » Puis j'ai senti les draps contre mon dos. Ces draps qui avaient accueilli les corps de tant d'hommes, leur sueur, leur salive, leur semence. Suspendue dans le vide, les jambes en équerre, j'ai senti le membre de l'homme glisser en moi. Il glissait à n'en plus finir. Il semblait infiniment long ! Si long qu'il allait me percer le cœur. Si long que je l'ai senti dans mon gosier et que j'en ai eu la nausée. Et plus l'homme haletait, plus mon souffle s'éteignait. Plus il transpirait, plus la température de mon corps chutait. Cet homme me prenait ma vie, ma chaleur et les faisait siennes. Il me transformait en son plaisir. Et moi j'étais triste, si triste. Et froide, si froide. Au début, je grelottais et le contact de son corps me brûlait. Mais peu à peu, le froid est devenu si intense que chaque parcelle de mon corps s'est figée. Je ne sentais plus rien. Dans mon esprit, c'était le silence complet.

Ça doit être ainsi quand on est mort.

Puis il a hurlé. Et alors qu'il s'est vidé en moi, il m'a rendu ma vie. J'ai senti sa semence partout, en moi, sur moi, dans mon cœur qu'il avait percé et dans mon gosier. Je l'ai senti fondre sur ma langue. Mes jambes ont flanché et je suis tombée à genoux dans l'anti-chambre. Tout tourbillonnait autour de moi. Accro-chée des deux mains à la poignée, j'y ai posé le front, pour calmer le vertige. Elle était froide à présent, gla-ciale. En silence, j'ai fondu en larmes, et mon âme s'est évadée du moule de Kiki. Je suis revenue à moi, à ma robe blanche qui luisait dans le noir. De l'autre côté de la porte, le lit a crissé. L'homme a murmuré des mots étouffés, Kiki n'a pas répondu. Ils s'apprêtaient à sor-tir. Précipitamment, je me suis glissée sous ma couver-ture et j'ai fermé les yeux. La porte de l'antichambre s'est ouverte et les talons ont encore claqué, mais, cette fois-ci, plutôt que mes oreilles, c'est mon cœur qu'ils ont percé. L'homme s'est arrêté dans l'antichambre. Je savais qu'il me regardait. Mais savait-il, lui, qu'il venait de me pénétrer ? J'ai senti mes lèvres trembler. La porte d'entrée s'est fermée. C'était fini.

Mais Kiki est revenue. Encore et encore. Avec d'autres hommes dont je ne voyais pas le visage, mais qui pour moi étaient toujours l'homme de la voiture qui sentait l'essence. Et chaque fois, rongée de culpabilité, j'ai collé l'oreille à la porte. Un jour, Sylvie m'a demandé pourquoi je ne venais pas habiter avec elle chez sa tante. Je lui ai répondu que ce serait difficile de me cacher de la vue de ma maman si j'habitais chez elle. Mais la vérité est que je ne pouvais pas partir de chez Kiki. Je ne pouvais plus me passer de ces nuits à l'oreille collée contre la porte de l'antichambre. Je ne pouvais plus vivre sans l'odeur de l'essence, sans la sueur chaude de l'homme à la voiture et sans le mot « Chérie » qui me courait sur tout le corps. Goulûment, je me remplissais de tout cela, parce que Toumani m'avait laissée si vide! J'ai décliné l'offre de Sylvie tout en me caressant le lobe de l'oreille et elle a acquiescé, mais elle savait que je mentais.

Puis un jour, mon doigt s'est figé contre mon oreille. Je parlais à Sylvie. Je lui demandais si elle pouvait me passer la vieille machine à coudre qui se trouvait dans un débarras chez sa tante. Kiki avait, quelque temps plus tôt, soulevé devant ses yeux un corset qu'un client trop excité avait déchiré. Ça arrivait souvent. Elle s'apprêtait à le mettre à la poubelle quand je l'avais arrêtée. Je lui avais dit : « Je peux te le réparer. » Et l'idée m'était venue tout à coup : je pouvais rembourser Kiki en rafistolant leurs habits, à elle et à ses collègues. Je pourrais même accessoirement créer de nouveaux modèles pour les prostituées. Des vêtements magnifiques dont elles se draperaient comme des anges de la nuit afin de ramener encore plus d'hommes dans leurs chambres. Mais avant tout, j'avais besoin d'une machine à coudre, et c'est pourquoi je parlais à Sylvie d'emprunter celle de sa tante. À cause de ce que Sylvie m'a alors dit, mon doigt s'est figé sur mon oreille. Ce qu'elle a dit exactement ?

– Pas de problème, je vais te ramener la machine à coudre. Et puis c'est une bonne méthode pour apprendre, réparer les choses abîmées.

Réparer les choses abîmées, et j'ai pensé aussitôt à la boucle d'oreille ! Un jour, Toumani m'avait dit qu'il voulait la réparer, et je me rappelais ce que j'avais pensé, que je disais à présent à Sylvie :

– Je ne connais qu'une seule personne qui puisse la réparer.

Je me suis levée d'un bond. Elle m'a jeté un regard surpris en haussant les sourcils.

– De quoi est-ce que tu p…

Mais déjà je l'entraînais par la main dans la foule du marché.

J'ai écarté des rideaux épais et une sonnette a retenti. Puis j'ai avancé la tête à l'intérieur de la boutique. J'ai fait un pas dans la pénombre.

– Entre, mon enfant.

J'ai tourné mon visage en direction de la voix rauque. L'homme qui venait de parler était assis seul à une table et regardait le vide devant lui. Au fur et à mesure que mes yeux s'accommodaient à l'obscurité, ses traits se dévoilaient. J'ai d'abord vu sa barbe blanche, puis ses yeux doux et tristes. Ensuite, en me rapprochant, j'ai vu ses rides et son air lointain. J'étais en face de Hadj Karim, le bijoutier. La rumeur disait qu'il avait autrefois été très influent en Arabie

Saoudite. Mais à la suite de certains incidents politiques, il avait été capturé puis torturé. Il s'était, disait-on, évadé alors qu'il était à deux doigts de la mort. Les chemins qu'il avait parcourus, Dieu seul les connaissait. Il était finalement arrivé ici, très affaibli. Puis, parce que le destin le voulait, il s'était épris du pays et avait décidé d'en faire sa nouvelle terre d'accueil. Depuis, il vivait chez nous. Il avait ouvert une bijouterie qui était devenue, par son extraordinaire dextérité et sa connaissance des métaux précieux, la plus renommée de la ville. Il se servait également de ses contacts en Arabie Saoudite pour importer mille et une merveilles. Hadj Karim aurait pu être heureux. Seulement, il attendait sa famille : sa femme et ses deux filles qui avaient tenté de s'échapper d'Arabie Saoudite peu après lui. Leurs traces se perdaient au sein des dunes du désert. Mais Hadj Karim attendait toujours. Tant qu'il ne verrait pas leurs corps, il attendrait ici, avait-il dit, dans la pénombre de sa boutique. Du moins, c'était ce que disait la rumeur.

Je me suis avancée vers lui, suivie de près par Sylvie. À l'exception des bougies qui y étaient fixées, les murs de sa boutique étaient nus. Après les sévices qu'il avait subis, disait-on, les yeux de Hadj Karim ne pouvaient supporter un éclat plus intense que la flamme d'une bougie. Il ne sortait que la nuit et le nez surplombé d'épaisses lunettes de soleil. La pièce dans laquelle je me trouvais était minuscule et ne comportait qu'une table et une chaise. Par mesure de sécurité, Hadj Karim gardait ses bijoux dans un coffre à la banque. À ses clients, il présentait un catalogue de ses trésors. Lorsque je suis arrivée à sa table, il a ouvert le catalogue devant moi. Sur les photographies, les objets que j'admirais luisaient autant que des astres dans le firmament. À chaque page qu'il tournait, je sentais ma langue s'assécher davantage dans ma bouche. Comment osais-je venir devant cet homme aborder le sujet d'une vulgaire boucle d'oreille en plastique ? J'ai senti mon cœur chavirer. Je ne retrouverais jamais Toumani, hurlait en moi une voix caverneuse. Hadj Karim a rabattu la dernière page du catalogue et a levé les yeux vers moi. Il m'a regardée longuement. Un moment qui a semblé une éternité. Le moment où, de toute ma vie, j'ai eu le plus honte. Puis il a dit avec son accent étrange :

— Ce que tu es venue chercher est plus précieux que tout cela, n'est-ce pas, ma fille ?

J'ai fermé les yeux, au bord des larmes, et j'ai osé dire :

— Oui.

J'ai senti l'élastique invisible qui tenait mon cœur se tendre au maximum, se tendre à m'en faire mal. Il a croisé les doigts sur la table et a attendu.

— Je cherche l'homme que j'aime.

— Je vends des bijoux, mon enfant…

— Il vous a peut-être apporté une boucle d'oreille à réparer.

— À quoi ressemble-t-elle ?

— Elle est en…

J'ai baissé les yeux. Je ne pouvais pas continuer.

— Plastique ?

Mon regard s'est relevé. J'avais les yeux grands ouverts, la bouche plus sèche que jamais ! Estomaquée, le souffle court, j'ai regardé Hadj Karim s'appuyer sur sa canne et se redresser. Je l'ai suivi des yeux alors qu'il s'est dirigé lentement vers un petit coffre posé sur une table que je n'avais jusqu'alors pas remarquée. Il a ouvert le coffre, en a extirpé un objet, puis est revenu s'asseoir. Une fois installé, il m'a tendu l'objet. La boucle d'oreille ! Je l'ai prise entre le pouce et l'index et l'ai examinée à la lumière des bougies.

— Vous l'avez réparée !

Il a souri.

— Ce garçon avait sur le visage la même expression que tu as en ce moment. Comment aurais-je pu refuser ?

J'ai serré la boucle dans ma paume.

— A-t-il dit quand il reviendrait la chercher ?

Je m'étais penchée tout près du visage du vieillard. Je haletais.

— Je ne pense pas qu'il reviendra, mon enfant.

Mon monde s'effondrait.

— Mais je pense savoir où il habite...

Comment ?

— Il parlait beaucoup, ce jeune homme. Comme s'il délirait. Je pense qu'il m'a dit où il habitait. Je l'ai noté quelque part.

Il a fouillé dans un tiroir de sa table et m'a tendu une feuille de papier. J'ai pris la feuille, lentement. J'allais enfin retrouver Toumani ! Je me suis retournée et me suis précipitée vers la sortie. Au moment où j'allais ouvrir les rideaux, je me suis rappelée :

— Hadj Karim, combien vous dois-je pour la boucle d'oreille.

— Ne t'en fais pas, ma fille, tu m'as déjà payé.

Je suis partie en courant.

Marcher dans les bidonvilles était une expérience effrayante. Sylvie avait dû m'abandonner et rentrer chez sa tante. Elle avait proposé de m'accompagner plutôt le lendemain, mais je ne pouvais attendre. Je marchais donc seule dans le dédale des habitations de fortune. Des jeunes hommes appuyés contre les maisons sifflaient à mon passage. C'était la première fois que je voyais un si grand rassemblement de jeunes mâles. Ils étaient partout, torse nu, luisants de sueur, l'air agressif, sauvage. J'évitais leurs regards, afin de ne pas donner prise à une confrontation. Je m'accrochais à la note d'Hadj Karim, comme un soldat en territoire ennemi s'accroche à son fusil. À l'entrée du bidonville, une jeune femme, la seule personne à qui j'avais osé parler, m'avait indiqué la maison de Toumani. Elle l'avait décrit comme un jeune paysan très solitaire. Paysan. C'était curieux dans la mesure où Toumani vivait en ville depuis sa plus jeune enfance. Mais elle était certaine qu'il s'agissait de lui. Alors j'ai suivi ses indications. Il habitait dans un amoncellement de tôles à l'autre extrémité du bidonville. Elle avait dit : « Près des herbes où les gens vont faire leurs besoins. » Elle avait parlé avec un air dédaigneux, le nez pincé, et j'ai pris conscience que, même au sein de ce bidonville, certains se trouvaient au-dessous des autres. Il y avait une hiérarchie, les plus aisés habitaient à l'entrée. J'ai enjambé les rigoles d'eau versée dans les ruelles, et me suis progressivement rapprochée du fond, de la pestilence. Là, j'ai reconnu la maison de Toumani. Elle était un peu à l'écart des autres et établie en face d'un salon de coiffure. J'ai compris pourquoi il ne m'avait jamais parlé de cet endroit. Il était effrayant. Mais encore plus effrayant était le fait que des êtres humains se soient résolus à y habiter. À présent en vue de la maison, je ne savais plus que faire. Toumani serait-il heureux de me recevoir à cet endroit ? Ne serait-il pas embarrassé ? Il avait vu le milieu qui avait été le mien, la grande maison de ma maman. Et si, par un sentiment de honte, il me repoussait ? Je réfléchissais, j'avais peur. Peut-être devrais-je rebrousser chemin et l'attendre demain à l'entrée du bidonville ? J'ai regardé derrière moi le chemin que je venais de parcourir. L'après-midi tirait à sa fin et le soleil projetait des ombres effilées sur le sol. Des enfants en bas âge, à moitié nus, construisaient des châteaux de sable dans la boue. Des groupes de cochons aux poils noirs se nourrissaient des ordures abandonnées dans les broussailles entre les cabanes en tôle. Une fille d'une dizaine d'années s'est approchée de moi. Elle portait un récipient en aluminium dans les mains. Quand elle s'est arrêtée devant moi, j'ai eu l'impression qu'elle allait m'adresser la parole. Mais elle est simplement restée là, à me dévisager. J'ai compris que j'étais sur son passage. Me contourner aurait impliqué de marcher dans une eau nauséabonde. Alors, je me suis écartée. J'ai senti mes sandales s'enfoncer dans la boue pendant qu'elle passait. Elle a dit merci. Je suis restée debout ainsi, avec de la terre moite qui s'immisçait entre mes orteils, et je l'ai regardée s'éloigner. Puis je me suis rendu compte qu'elle se dirigeait vers la maison de Toumani. Alors je me suis lancée à sa poursuite. Les hommes assis à l'entrée du salon de coiffure se sont arrêtés de jouer aux cartes pour me regarder courir vers l'enfant. Je les sentais nerveux, prêts à intervenir.

Cette étrangère allait-elle s'en prendre à notre enfant ? devaient-ils se demander. J'ai eu peur de leur réaction, et j'ai préféré freiner mon allure et héler la fille. Elle s'est retournée. Je sentais qu'elle me faisait une faveur. Après tout, j'avais choisi de m'enfoncer dans la boue pour la laisser passer au sec.

– Tu t'appelles comment ?

Elle a haussé les épaules, l'air méfiant.

– Tu vas chez Toumani ?

À la mention du nom de Toumani, j'ai vu la méfiance s'effacer de son visage. Je venais de prouver que je n'étais pas tout à fait une étrangère. Mais je m'en rendais compte, je justifiais ma présence à une enfant.

– Ce plat de nourriture, c'est pour lui ? ai-je demandé sur un ton un peu plus ferme, plus adulte.

La fille a opiné du chef. J'ai fouillé dans mes poches et lui ai tendu une pièce de 25 FCFA, de quoi s'acheter une friandise.

– Tiens, je vais lui apporter le plat.

Sans lui donner le temps de réfléchir, je lui ai pris le récipient des mains et je l'ai remplacé par la pièce. Puis, je me suis dirigée allégrement vers la case de Toumani. Tout en me rapprochant, j'ai observé du coin de l'œil les joueurs de cartes. Certains me regardaient toujours, mais ils paraissaient plus détendus. Leur anxiété s'était transformée en simple curiosité. J'ai frappé à la porte de Toumani.

Et j'ai retenu mon souffle.

Immédiatement, j'ai senti du mouvement à l'intérieur. Quelqu'un se levait et écartait des objets. Puis une voix, sa voix, la voix de Toumani. Enfin !

– C'est seulement maintenant que tu reviens ? Combien de temps est-ce qu'il te faut pour aller acheter un plat de bouillie de mil ?

La porte s'est ouverte sur la tête baissée de Toumani, sur son crâne lisse. Il avait le regard vissé sur mon aine, à l'endroit où il s'attendait à voir le visage de la petite fille.

– J'ai fait aussi vite que j'ai pu, monsieur ! ai-je dit d'une voix enjouée.

Il a levé les yeux, surpris. Puis j'ai vu son visage s'éclairer !

Mais ensuite, il a pris conscience de la situation et a lancé des regards autour de lui, l'air alarmé.

– Mais qu'est-ce que tu fais ici ?

Je lui ai pris la main pour le calmer :

– Je suis venue te remercier pour la boucle d'oreille.

Il est resté devant moi, les bras ballants, incapable d'émettre un son.

– Tu m'invites à l'intérieur ?

Il s'est écarté et je suis entrée. Toumani vivait dans une toute petite pièce. Les parois de tôles y gardaient une chaleur agréable en cette fin d'après-midi. Il possédait une natte tressée d'un motif élaboré aux couleurs chatoyantes et un calendrier illustré de photos de paysages lointains et magnifiques. Alors qu'il demeurait à l'entrée, je me suis approchée du calendrier pour l'ajuster à la bonne date. J'en ai feuilleté les pages, émerveillée. Ces paysages étaient-ils ses lieux d'évasion ? Rêvait-il la nuit de parcourir ces prairies, de se baigner dans ces cours d'eau cristalline ? J'avais revu Toumani, et je m'étais remise à rêver. Je me sentais si bien ici, comme dans un nid de moineau. J'ai cherché des yeux où poser le plat. Il a écarté des pieds un baluchon contenant des vêtements et, en pointant le doigt tel un souverain, m'a fait signe de le poser sur le sol à l'endroit qu'il venait de libérer. Je me suis accroupie et j'ai exécuté, enjouée, les ordres du maître des lieux. Puis, je me suis assise sur la natte et j'ai invité Son Altesse à m'y rejoindre.

– Ça doit être bien d'avoir sa maison pour soi tout seul. Tu es indépendant, ai-je fait.

En effet, toute ma vie, j'avais habité chez une employeuse, puis une autre. Et enfin, chez Kiki. C'était si différent d'être ici. Toumani a fermé la porte, mais il est demeuré en face d'elle, ignorant mon invitation. Il me tournait le dos et gardait la tête baissée, les épaules lourdes. Sa voix a résonné contre les tôles, caverneuse :

– Ne fais pas semblant, Alissa. Je sais que c'est le fond du fond, ici.

J'aurais été blessée si je n'avais pas ressenti toute la souffrance qu'enrobaient ces mots. Je voulais le rassurer, lui ouvrir mon cœur afin qu'il y voie son image et qu'il s'aperçoive de ce qu'il représentait pour moi. Non, Toumani, tu n'es pas le fond du fond. Tu es l'altitude vers laquelle je vole, la surface de ce lac que j'essaie désespérément d'atteindre avant de périr suffoquée. J'ai quitté ma maman, mon seul repère, et me suis dirigée vers toi, appelée dans ta direction, comme une libellule est appelée par une ampoule illuminée. Toumani, tu es ma lumière. Je l'ai vu clairement quand, à mon entrée dans ta maison, j'ai aussitôt cherché des yeux l'espace que pourrait occuper ma machine à coudre. Je l'ai vu quand, dès les premiers mots que j'ai prononcés, je me suis surprise à chercher sur ton visage cette même approbation que ma maman cherchait sur celui de son mari. Ce faisant, j'ai compris que je m'étais peut-être trompée sur elle. Peut-être suis-je à blâmer pour les mêmes torts dont j'accuse ceux qui jugent Sadiya. Peut-être m'étais-je empressée de condamner ma maman parce que je l'enviais. Car pourquoi tant de rancœur, ma maman avait toujours été bienveillante envers moi. Et subitement, je l'ai détestée. Avec un pincement au cœur, j'ai compris que c'était ce que voulait dire Sadiya : « Prends garde, Alissa, car ton ennemi le plus redoutable se trouve en toi. » Mon ennemi était cette aigreur, cette jalousie. J'enviais la possibilité que ma maman avait d'exprimer son amour ; cette tension qui remplissait sa vie faisait vibrer son corps pendant qu'elle s'assurait du bonheur de celui qui la rendait heureuse. Je le savais à présent, c'était cela qui m'avait fait fuir de chez elle. Tout ce bonheur, alors que j'étais si vide. Toute cette liberté ! Car en fin de compte, la liberté de servir n'est-elle pas la plus grande de toutes ? Il faut s'appartenir entièrement afin de pouvoir se donner entièrement. Toumani, je suis à toi, toute à toi !

Mais comment le lui faire voir, alors qu'il n'osait pas me regarder ? Comment le lui faire sentir alors que ses nerfs écorchés à vif se contorsionnaient encore de la douleur de son propre corps ? Non, c'était trop tôt. Toumani ne croirait pas mes mots même s'il croyait en ma sincérité. On ne peut croire qu'en sa propre foi. Peut-être même penserait-il que je me moquais de lui !

Avec un battement de paupières, j'ai simplement répondu :

– Assieds-toi. Mangeons, j'ai faim.

J'ai ouvert le récipient. Il s'est assis sur le sol à côté de moi, silencieux, perdu dans ses pensées. Alors que nos doigts se frôlaient dans le récipient, je me suis mise à parler. J'ai parlé, beaucoup. De ma maman, de Sylvie, de Kiki, de tout et n'importe quoi. Il m'a écoutée et s'est détendu. Peu à peu, il s'est mis à rire. Ensuite, alors que les ténèbres nous enveloppaient, il m'a parlé de monsieur Bia. Il m'a raconté l'histoire de la boucle d'oreille et j'ai tremblé. Alors je l'ai serré dans mes bras et je l'ai consolé. Toumani le magnifique, il était temps que je lui apprenne la véritable raison pour laquelle j'étais venue. C'était des mots que je m'étais répétés souvent depuis que je m'étais assise. J'avais songé au bon moment, à la bonne intonation. Mais alors que la pièce avait progressivement été plongée dans l'obscurité de la nuit, je n'avais toujours pas trouvé. Toumani, ma vie est à toi, à tes côtés, que ce soit ici dans ce bidonville, ou n'importe où ailleurs. Que ce soit ou non dans le fond du fond. S'il avait gardé ma boucle d'oreille depuis notre enfance, alors moi je voulais garder Toumani pour le reste de ma vie. Je me suis lovée dans ses bras et, la tête posée sur son épaule, j'ai chanté :

Nitori re mose wa laye
(Tu es la raison pour laquelle je suis en vie)
Nitori re mose n wa so sara
(Tu es la raison pour laquelle je me vêts)
Nitori re mo ji l'owuro

(Tu es la raison pour laquelle je me suis réveillée
    ce matin)
Mo w'aye mi l'ode ye
(Telle est ma vie)

Nitori re mo se n gbo'royin ayo
(Tu es la raison pour laquelle les nouvelles sont
    bonnes)
Lai sowo, lai si n kankan
(Sans argent, sans rien)
Iya oni l'ayo ola oh
(La peine d'aujourd'hui est la joie de demain)
B'Oluwa ti wi, bee na lori.
(Ainsi que le Seigneur l'a dit, ainsi sera-t-il.)

Son regard engloutissait le mien. Ses iris scintillaient.
Ses lèvres étaient si proches. Je lui ai pris la main. À
présent, j'étais prête. Nous étions prêts. J'ai entrouvert mes lèvres et les ai approchées des siennes, dans
le but de m'unir à lui, de lui communiquer mon amour.
Si ardent.

Mais un coup a retenti à la porte.

Nous avons tous les deux sursauté. Nous avons
attendu un instant. Puis son regard est revenu vers le
mien.

Un autre coup a retenti.

– Toumani, c'est Iman !

J'ai senti l'épaule de Toumani se contracter. Il a
soupiré. Il allait répondre quand j'ai posé un index
sur ses lèvres.

– Chuuuut. Laisse-le partir.

Mais il a pris mon doigt dans son poing et l'a écarté de ses lèvres.

– Si Iman ne m'avait pas répondu le jour où je l'ai appelé, je ne serais pas ici aujourd'hui.

Puis il s'est saisi de sa canne et s'est levé. La porte s'est ouverte sur un grand garçon qui tenait une lanterne. La lumière s'est engouffrée d'un seul coup dans la pièce, tel un monstre avide de ténèbres. Elle s'est ruée, les crocs en avant, vers mes pupilles, et m'a éblouie. Il m'a fallu un long moment avant que la vue ne me revienne. Quand enfin j'ai pu voir, je me suis rendu compte que dans la pièce, personne ne bougeait. Iman avait les yeux rivés sur moi. Il y avait quelque chose de grotesque dans son regard. Toumani également est resté longtemps à regarder Iman. Puis ce dernier a incliné la tête et fait :

– Bonjour, mademoiselle.

Ignorant la taquinerie évidente dans son intonation, j'ai répondu courtoisement :

– Bonjour, monsieur.

Puis il a tiré Toumani par le bras et ils sont sortis en fermant la porte derrière eux. Ils ont discuté un certain temps pendant lequel j'ai gardé les yeux fixés sur la flamme de la lanterne posée par terre. Elle projetait sur le sol des ombres qui semblaient danser comme des spectres envoûtés. Finalement, la porte s'est ouverte à nouveau sur Toumani. Iman était resté à l'extérieur. Toumani s'est gratté la tête et m'a annoncé :

– Alissa, je ne m'étais pas rendu compte qu'il était si tard. Il faut que tu rentres, mon ami Iman va te raccompagner.

J'ai froncé les sourcils. J'étais perdue. Mais je me suis levée. J'ai regardé autour de moi comme par peur d'oublier des affaires en partant. Cela m'a effrayée quand j'ai songé que je scrutais la pièce comme quelqu'un qui partait pour ne plus revenir. Je n'avais apporté que la note de Hadj Karim. Elle était sur le sol à côté du plat. Le plat dans lequel je venais de partager mon premier repas avec Toumani. Je l'y ai laissée. Je suis sortie :

– Merci d'être passée.

Dehors, Iman souriait. Il m'a prise par le bras et m'a indiqué l'endroit où il avait garé sa mobylette. J'y suis montée, et, alors que la mobylette se faufilait entre les rigoles d'eau, j'ai regardé la silhouette de Toumani se réduire. J'entendais la voix d'Iman me dire des choses rendues indistinctes par le bruit du moteur. Il parlait énormément, mais c'était un bruit de fond, comme une mouche qui bourdonnait à mon oreille. Je me suis cramponnée à son torse et j'ai pensé à l'épaule de Toumani que je laissais derrière. Ensuite, pour une raison étrange, j'ai pensé à la note de Hadj Karim que j'avais abandonnée également. Puis j'ai pensé au patron de ma robe que j'avais brûlé. Et j'ai commencé à avoir peur, très peur, de toutes ces choses que j'abandonnais derrière moi. N'allais-je pas me retrouver dans la situation de ce fantassin qui se retrouve les mains nues devant l'ennemi, parce qu'au fil de son trajet, il s'est débarrassé progressivement de toutes ses armes, de ses bagages et de son équipement indispensable, croyant s'alléger de ses impedimenta ?

INGRAT

Toumani

Une… simple amie !

Dans l'embrasure de la porte, une main appuyée sur le cadre, j'ai regardé s'éloigner la mobylette d'Iman.

Une simple amie. D'où cette phrase était-elle sortie ? J'ai levé le nez vers le ciel. Il allait pleuvoir… peut-être. L'air avait cette odeur caractéristique d'avant l'orage. Dans les nuages qui s'accumulaient devant les étoiles, j'ai cru voir un visage. Sombre, hargneux. L'avenir me paraissait menaçant. D'où cette phrase m'était-elle donc venue ? Alissa n'était pas une simple amie, je le savais. Elle était ce que j'attendais depuis toujours. La pièce manquante qui causait une fissure dans la barque de ma vie, par laquelle l'eau s'engouffrait depuis des années, menaçant de la faire chavirer. Et bientôt, il allait pleuvoir, de grosses gouttes allaient s'infiltrer par les trous dans ma toiture et inonder ma case. Ces deux idées, la barque de ma vie qui prenait l'eau et le déluge qui se déversait à l'intérieur de ma cabane, se sont superposées dans mon esprit pour composer une image si claire, si réaliste qu'elle en était presque palpable. Je me sentais sombrer. J'ai avancé la main dans le but de caresser

249

l'image devant mes yeux. La première goutte de pluie s'est écrasée sur mon avant-bras tendu. Mais je n'ai pas bougé. Je ne l'ai pas sentie. J'étais perdu dans la mémoire d'un échange qui se répétait continuellement dans mon esprit :

– Dieu, Toumani, mais cette fille dans ta chambre, elle est ravissante ! Qui est-elle ?

– Alissa ? Pourquoi est-ce que tu demandes, elle t'intéresse ? C'est juste une… simple amie.

Pourquoi avoir menti à Iman ?

Alissa était sur le point de me donner un baiser, je le savais. Le premier de ma vie ! Et puis il y avait eu l'arrivée d'Iman à ce moment précis. Comment ne pas l'interpréter comme un signe ? Mais tout cela n'expliquait pas pourquoi je lui avais menti. Et pourquoi je continuerais à le faire. Pourquoi ? Sans doute à cause de cette étrange réaction qu'il avait eue, quelques semaines plus tôt, au moment où il avait reçu la dernière lettre d'Anna. Cette expression sur son visage… Il avait froissé la lettre dans son poing, puis avait appuyé son front contre un mur et s'était mis à rire. D'abord tout doucement, comme un murmure, mais qui progressivement s'était transformé en un éclat irrépressible, rauque et obscène. J'avais eu peur, je m'étais dit : « Iman devient fou. » À présent, plus le temps passait, plus j'étais persuadé que c'était le cas. La raison d'Iman s'échappait lentement. Ce jour-là, il avait ri longtemps en frappant du poing contre le mur, à intervalles réguliers, mais de plus en plus violemment. Lorsque finalement il s'était calmé, il avait levé vers moi des yeux aux commissures scintillantes de larmes et m'avait dit :

– Personne ne veut de nous, tu as vu, Toumani ?

J'avais écarté les bras, impuissant. Puis il avait ajouté :

– Mais j'y arriverai, quel qu'en soit le prix.

J'ignorais à quoi il faisait allusion. Il ne riait plus, mais, à ce moment-là, son calme et sa détermination m'avaient effrayé. Il avait sur le visage l'expression de celui qui ouvre grands les yeux dans le noir, mais dont on sait qu'il ne voit rien.

Puis, comme si cette obscurité s'était matérialisée autour de lui et l'avait avalé, Iman a disparu. Il s'est totalement volatilisé de ma vie. J'ai mis du temps à m'en rendre compte. Les voies du Seigneur sont impénétrables. Au moment de la disparition d'Iman, j'ai retrouvé la trace d'Alissa. Un nom pour un autre, mais ils ont comblé le même vide en moi. Je l'ignorais encore, mais il en serait ainsi, pour toujours, à partir de cet instant-là. Iman ou Alissa, mais jamais ensemble. Cependant, à l'instar d'Iman, Alissa est insaisissable. Alissa la promise, libre de tout, mais esclave de sa propre volonté. Alissa a tracé un sillon dans la terre qui la mènerait directement à l'accomplissement de ses objectifs, mais elle l'a creusé si profondément, qu'elle s'est retrouvée prisonnière de sa tranchée. Et lorsque la vie, tel un soldat ennemi, a surgi au sommet de cette tranchée et s'est mise à la canarder, elle n'a pu s'enfuir. Ma déclaration d'amour lui a fait l'effet d'une rafale de balles. Je l'ai regardée criblée, meurtrie. Puis je lui ai tourné le dos en me disant que c'était à jamais.

C'est uniquement à ce moment-là que j'ai pris conscience de l'absence d'Iman. Je ne l'avais pas revu depuis plusieurs semaines. Quelle sorte d'ami étais-je pour me soucier si peu de lui ? Certains diront que je vivais ma vie, mais cette perception de la réalité m'effrayait. Ne signifiait-elle pas que si j'y incluais Iman, je ne pouvais pas vivre ma vie ? – Et puis, était-ce la sienne ou la mienne ? Je me suis mis à la recherche d'Iman, autant pour démentir cette affirmation que pour le trouver. C'est drôle, je sais à présent que, au même moment, Alissa me recherchait. Nous étions trois existences connectées par le vide. Chez lui, personne n'avait de nouvelles, mais ils n'avaient pas l'air troublés. Iman disparaissait régulièrement pendant des semaines, m'a dit Souwé. Elle l'a annoncé de facto, comme si c'était normal. Ou peut-être qu'elle en avait tant vu qu'à présent tout lui paraissait normal. Au fond de la pièce, Hadja se balançait sur sa chaise, le regard vide. Elle avait perdu tant de poids et paraissait si légère qu'elle donnait l'impression que chaque balancement serait le dernier, qu'elle voltigerait hors de sa chaise et se romprait les os au sol. La maison de Souwé sent la mort, me suis-je dit, Iman ne pouvait vivre ici. Je suis allé partout. À tous les endroits où il aurait pu être. En vain. Alors je l'ai attendu. Finalement, c'est Alissa qui m'a retrouvé. Son sourire lorsque j'ai entrouvert la porte, puis sa moue curieuse lorsqu'elle s'est penchée vers mon calendrier et y a posé les doigts, tout cela m'a suggéré que je cherchais peut-être les réponses aux questions de ma vie du mauvais côté. Lorsque Alissa m'a pris la main et s'est mise à chanter, je me suis souvenu que la dernière personne à m'avoir chanté une chanson était ma mère, la veille de mon départ du village avec tantie Caro. Ce souvenir, plus que tout, m'a bouleversé. Il m'a fait prendre conscience à quel point je m'étais égaré depuis lors. À cette époque, j'étais un enfant comme tant d'autres, bercé par la voix de sa mère, et aujourd'hui je vivais au fond d'un taudis, estropié, oublié de tous. Il n'y avait qu'Alissa dans ma vie pour me rappeler que, si je disparaissais, cela ferait une différence. Elle me rappelait aussi une chose dont je commençais à douter, que j'existais vraiment, que je n'étais pas un fantôme. Ensuite, lorsque ses lèvres se sont approchées des miennes, j'ai même cru, pendant une fraction de seconde, que je pouvais être heureux. Et j'aurais dû me contenter de ce bonheur. Mais Iman a frappé et j'aurais pu l'ignorer, mais j'en ai trop voulu. Avidement, je les désirais tous les deux, alors j'ai répondu à son appel. J'ai ouvert la porte sur le visage désemparé de mon ami. Son expression choquée, lorsqu'il a posé les yeux sur Alissa, je l'ai sentie comme un coup au bas-ventre. J'ai attiré Iman à l'extérieur. Il parlait rapidement avec une lueur vacillante dans la prunelle, ce qui semblait une autre indication d'une santé mentale chancelante. Sa volubilité, les mouvements incessants de ses longs bras m'ont transporté sur le pont d'un navire en mer houleuse. Je me suis arrimé à son poignet afin de maîtriser mon malaise.

– Je ne comprends rien à ce que tu dis, Iman. Où étais-tu passé tout ce temps ?

– Je ne peux pas t'expliquer, Toumani, c'est trop. J'ai beaucoup réfléchi à ma vie. Je veux te montrer quelque chose. Il faut que tu viennes avec moi, demain.

J'ai resserré mon étreinte autour de son poignet. Allait-il disparaître à nouveau pendant des mois ? Demain, disait-il, mais pouvais-je lui faire confiance ? C'est alors qu'il a dit cette phrase qui n'arrête plus de rejouer dans mon esprit :

– Dieu, Toumani, mais cette fille dans ta chambre, elle est ravissante ! Qui est-elle ?

– Alissa ? Pourquoi est-ce que tu demandes, elle t'intéresse ?

Il n'avait pas eu à répondre. Alors je l'ai dit, parce que je me disais que c'était le seul moyen de retenir Iman dans ma vie :

– C'est juste une… simple amie.

Je garderais Alissa et elle garderait Iman. J'ai proposé de la lui présenter.

– Elle a beaucoup d'importance pour moi, Iman, ai-je murmuré entre mes dents, mais je ne sais pas s'il m'a entendu.

Puis elle est montée sur sa moto, et je les ai regardés rapetisser, un pincement dans le creux de l'estomac.

Le lendemain matin, chose surprenante, Iman s'est présenté à l'heure devant ma cabane.

– Il faut que tu sortes d'ici, a-t-il dit en jetant autour de lui un regard circulaire.

L'eau stagnante, les détritus entre les habitations, les déchets alimentaires, les excréments, je ne les voyais même plus. Je n'ai pas répondu. Sortir d'ici. Je n'y songeais même pas. Je vis dans un monde où les rêves déplacés peuvent être fatals. Iman semblait plus calme. Je me demandais pourquoi. Était-ce en lien avec Alissa ? Je brûlais d'envie de m'informer sur la fin de la nuit précédente, mais j'appréhendais ses réponses. De plus, je ne voulais pas donner l'impression de chercher à savoir, afin de ne pas trahir mes sentiments. De toute ma vie, mes réactions les plus constructives ont été mes moments de silence. Nous sommes montés sur sa mobylette.

– Tu disais que tu voulais me montrer quelque chose, que tu avais beaucoup réfléchi à ta vie.

Il a simplement répondu : « Mmm... » Je me suis concentré sur la route. Nous avons traversé toute la ville. C'était comme un pèlerinage où peu à peu le décor se transformait. Les cabanes se sont redressées, puis se sont couvertes de solides briques de ciment. La terre s'est asséchée, puis du goudron s'est matérialisé sous les roues de la mobylette, de plus en plus épais. Iman accélérait. J'ai dû me cramponner à son torse. J'ai senti son cœur qui battait fort. Nous étions sur la route qui longeait le port. Je n'étais pas venu dans cette zone depuis dix ans. Mais Iman semblait en connaître chaque recoin. Je savais où il allait. On se rapprochait du quartier résidentiel en bordure de l'aéroport. Bientôt, il apparaîtrait sur la droite de la route, à l'opposé de la mer, avec ses villas blanches, et ses gardiens en uniforme. Le quartier des riches, le quartier des Blancs. Un peu plus loin, j'ai scruté les bords de plage, et je les ai vus, en short, torse nu, chaussés de baskets aux languettes fluorescentes, une planche de surf sous le bras. Ils marchaient en groupes, insouciants, heureux, maîtres. Puis Iman a incliné la moto vers la droite et s'est engouffré au cœur de la zone résidentielle. Ici, la pluie était une bénédiction. Des bosquets verdoyants décoraient les terrasses des villas. Les gardiens en uniforme assis sur des bancs, une radio entre les jambes, nous regardaient passer, puis nous suivaient des yeux, l'air suspicieux. J'avais peur que l'un d'entre eux nous attaque. Que faisions-nous ici? Iman s'orientait sans hésiter, comme un habitué des lieux. Je n'ai pas osé lui demander comment il s'y était familiarisé. Je ne voulais pas avoir à l'imaginer déambulant au hasard des rues, la bouche ouverte, l'air envieux. Il s'est arrêté dans une ruelle déserte, a garé sa mobylette derrière un bosquet de fleurs jaunes et s'est accroupi. J'ai compris qu'il fallait qu'on se cache. Il m'a fait signe de garder le silence, puis il est parti en repérage, en trottinant, penché en avant, le torse presque à l'horizontale. Il s'est arrêté au coin de la rue et, le dos plaqué contre un mur, a jeté un coup d'œil aux alentours. Il m'a fait un signe de la main et je l'ai rejoint en clopinant sur ma jambe de bois. Il observait un gardien qui semblait dormir sur un banc.

— Iman, qu'est-ce qu'on est en train de faire?

— Fais-moi confiance, suis-moi!

Il a traversé la rue comme une flèche et s'est jeté le pied en avant sur le mur de clôture de la maison qui nous faisait face. Se servant de la surface comme d'un tremplin, il s'est hissé au-dessus du mur et, d'un geste leste, a balancé son corps de l'autre côté. Je l'ai suivi sans réfléchir, emporté par l'élan, soulevé par la peur. Je me suis hissé maladroitement et je me suis écorché sur l'arête du mur. Une herbe drue a amorti le bruit de ma chute. Iman s'était aplati au sol. Il a rampé dans l'herbe jusque derrière une grande jarre plantée de fleurs. Nous étions dans le jardin d'une des plus belles maisons que j'aie vues de ma vie. Le cœur battant, j'ai observé le garage, le bâtiment principal, puis l'allée couverte de cailloux qui traversait le gazon et menait au portail. Iman s'est hissé sur les avant-bras et a risqué un œil par-dessus la jarre. Je l'ai pris par l'épaule, la gorge sèche, le regard implorant. Il fallait qu'il m'explique. Mais il a gardé un silence cruel. Il s'est redressé, prêt à s'élancer vers le bâtiment principal, mais j'ai laissé échapper un petit cri :

– Et s'il y a quelqu'un ?

– Il est huit heures passées, ils ne sont pas là.

– Mais ces gens-là ont des chiens, des bergers allemands.

– Ils n'ont pas de chien.

Puis il est parti en courant. Je l'ai suivi parce que j'avais trop peur de me retrouver seul. Il a fait le tour du bâtiment principal.

– Dans la cour intérieure, il y a une piscine, a-t-il murmuré.

Sur le côté de la maison, il a trouvé une porte en bois. Il a tourné la poignée, mais la porte était verrouillée. Les jambes m'ont failli quand j'ai vu Iman sortir une clef de sa poche. Nous nous sommes engouffrés dans la maison, et il a refermé derrière lui. Un index sur les lèvres, il s'est concentré sur les bruits dans la pénombre. Rassuré, il a soupiré, puis a éclaté de rire.

– Iman, qu'est-ce qu'on fait ici ? Je n'ai pas envie de cambrioler cette maison !

– Je ne suis pas un voleur, Toumani.

– La clef, comment tu l'as eue ?

– Je l'ai volée un jour où ils étaient là et où la porte était ouverte.

Je n'ai pas relevé le fait qu'il venait à peine de déclarer qu'il n'était pas un voleur. J'étais horrifié à l'idée qu'Iman avait joué au même jeu auquel on venait de s'adonner alors que les habitants de la maison étaient présents. Mes yeux s'habituaient à l'obscurité. Nous étions dans une cuisine. Iman l'a traversée et a poussé des portes. Il connaissait bien la maison. Il venait souvent ici, c'était évident. Nous avons traversé un salon. Des meubles cirés se dressaient contre les murs, contenant plus de livres que je n'en avais vu de toute ma vie. Iman s'est faufilé entre les fauteuils en laissant glisser un doigt sur leur cuir, et s'est dirigé vers une baie vitrée au fond. Il l'a ouverte et on s'est retrouvés dans la cour intérieure, devant une piscine aux reflets d'un bleu surréel. Il me l'a désignée d'un geste de la main.

– Tu m'as amené jusqu'ici pour me montrer une piscine ?

Il ne semblait pas m'entendre. Il a dit d'une voix profonde :

– Tu vois, dans cette eau, à une autre époque, ma mère s'est donnée à mon père, et j'ai été conçu.

Ma bouche s'est asséchée. À ces mots, je me suis éloigné de lui à reculons. Je me suis adossé à un mur. Je l'ai regardé debout en face de la piscine, le bras tendu. Iman n'était pas fou, il était malade, il avait besoin d'aide.

– Je m'en vais, ai-je dit. Montre-moi comment on sort d'ici, je me sens mal.

Il ne m'écoutait pas. Je l'ai laissé au bord de la piscine, perdu dans ses pensées. J'ai traversé le salon, puis la cuisine et je me suis retrouvé dans le jardin. J'ai couru jusqu'au mur. Je m'y suis hissé, suffisamment pour épier le gardien dans la rue. Il dormait. J'ai attendu qu'un passant disparaisse au coin et j'ai roulé par-dessus la clôture. J'ai atterri dans le sable et, l'estomac retourné, j'ai couru pour ma vie !

– Iman est fou.

Alissa ne m'a pas répondu. Elle soupesait des oranges devant un étalage de fruits. Nous étions au grand marché, près de l'endroit où elle habitait. Elle ne m'avait répondu que par monosyllabes depuis que je l'y avais retrouvée. Elle voulait donner l'impression d'être concentrée sur ses achats. Mais je savais qu'au fond elle m'en voulait pour la veille.

– Tu l'as laissé seul là-bas ? Tu ne t'es pas dit que tu devais lui tenir compagnie ?

– Lui tenir compagnie ? Je ne suis pas son chien.

– Ce n'est pas l'impression que tu m'as donnée hier quand il est venu frapper à ta porte.

Je ne savais que répondre. J'ai tendu la main pour lui porter ses courses, mais Alissa m'a simplement tourné le dos et s'est éloignée.

– Écoute, Alissa, pour hier, je suis désolé.

– De quoi exactement ?

– De… je ne sais pas.

Je n'avais pas les mots pour m'expliquer. Je ne suis pas fort avec les mots. Ou peut-être que mon acte était inexplicable. Mais Alissa m'a lancé sans se retourner :

– Il n'y a absolument rien du tout dont tu devrais être désolé. Je ne t'en veux pas, au contraire, je tiens à te remercier. Iman m'a raccompagnée jusque chez moi et il s'est montré *très* gentil.

Quelque chose dans son intonation ne m'a pas plu.

– Ah oui ? Très gentil ?

– Il m'a dit que j'étais belle et qu'il aimerait me revoir.

– Et puis ?

– Et puis, je lui ai dit qu'il était beau aussi. C'est vrai, il l'est. Et il a bon cœur.

Mon esprit s'est vidé. J'ai cherché quoi dire, mais je n'ai trouvé que :

– Et puis ?

– Et puis ? Et puis ? Et puis ? Tu ne sais dire que ça ? Je ne sais pas ce que tu veux que je te raconte. Il est beau, un point c'est tout.

J'ai serré le poing. Alissa n'avait pas le droit de s'amuser ainsi avec moi. J'ai gardé le silence jusqu'à ce qu'on arrive en face de sa maison. Du doigt, elle m'a montré sa fenêtre, au premier étage. J'attendais qu'elle ouvre la porte.

– Bon, je ne peux pas te laisser entrer, ce n'est pas chez moi. Salut.

Elle mentait. Elle ne *voulait* pas me faire entrer. Son ton sec ne laissait transparaître aucun regret. Ne voulait-elle plus jamais me voir ? Je me suis retourné, et j'ai commencé à m'éloigner. J'ai entendu le souffle d'Alissa s'accélérer tandis que je m'en allais et le froissement de ses sacs de course. J'ai entendu ses sandales crisser sur le sol comme si elle venait de faire un pas. Puis j'ai soupiré quand elle m'a hélé :

– Toumani !

Je me suis arrêté.

– Reviens ce soir avec Iman, je vais vous emmener voir quelqu'un.

On marchait à quatre dans des rues sombres, sous des squelettes de lampadaires aux ampoules grillées. Sylvie nous accompagnait, Iman, Alissa et moi. Nous allions chez son oncle. Je gardais les yeux sur elle pour ne pas avoir à regarder Alissa et Iman. Ils étaient en retrait et se parlaient tout bas en ricanant. Leur bonne humeur me faisait courir des frissons dans l'échine. J'ai hâté le pas pour me rapprocher de Sylvie.

– Pourquoi est-ce qu'on va voir ton oncle ?

– Parce qu'Alissa est complètement folle.

Elle n'a pas fourni plus d'explications. Je me sentais tellement seul. Nous sommes arrivés devant le portail d'une maison qui ressemblait à celle d'Hadja. Une cour commune, un puits au centre, des appartements individuels autour. Sylvie s'est dirigée vers l'un des appartements et a frappé. Quelques secondes plus tard, un homme d'une quarantaine d'années a ouvert. Son visage s'est illuminé lorsqu'il a reconnu Sylvie :

– Ma nièce ! Tu ramènes tes amis pour voir ton tonton ? Une seconde, je reviens.

J'ai jeté un coup d'œil à l'intérieur avant qu'il ne referme la porte. Il s'agissait d'une pièce unique. Des enfants jouaient à l'intérieur. Une femme était assise devant une télévision en noir et blanc posée sur un tabouret. Quelques instants plus tard, l'homme est ressorti avec des tabourets qu'il a disposés dans la cour devant son entrée.

– Asseyez-vous, les enfants. Sylvie, comment va ta mère ?

Ce disant, il a posé une gamelle d'arachides au centre du cercle qu'il venait de former avec les sièges. Nous nous sommes jetés sur elles pendant que Sylvie et son oncle échangeaient des nouvelles. Je me demandais toujours pourquoi nous étions là. Du coin de l'œil, j'ai observé Alissa. Elle avait étalé des arachides sur le tissu de sa robe tendu entre ses jambes écartées. Iman s'y servait, en profitant pour lui frôler les cuisses des doigts. Je voulais partir. J'ai regardé des libellules voler vers l'ampoule au-dessus de la porte d'entrée de l'oncle de Sylvie. Je me suis laissé emporter par le bourdonnement de leurs ailes. Jusqu'à ce que j'entende la voix d'Alissa :

– Tonton, il paraît que tu étais en Europe ? Raconte-nous comment c'était.

Alors j'ai compris. Alissa était folle. Aussi folle qu'Iman. Ils me faisaient peur, tous les deux. L'oncle n'a pas répondu immédiatement. Il a levé les yeux vers la lune pendant un long moment, comme s'il avait dissimulé ses souvenirs dans un de ses cratères. Puis il a aspiré de l'air entre ses dents, émettant un bruit qui illustrait son amertume :

– Il n'y a rien là-bas, les enfants. Oubliez ça.

Mais la curiosité d'Iman était piquée. Il s'est penché en avant, décidé à ne pas abandonner le sujet :

– Vous avez vécu en Europe ? Mais pourquoi n'y êtes-vous pas resté, tonton ?

Toute son attention était captivée par les mots qu'il attendait. À côté de lui, Alissa gardait le dos rigide. Elle me regardait droit dans les yeux. Une lueur vacillait dans sa prunelle, mais je n'ai pas compris le message qu'elle tentait de me communiquer. Puis l'oncle s'est mis à parler d'une voix monocorde, une voix brisée, s'arrêtant régulièrement pour rassembler ses pensées :

– Ce furent les pires années de ma vie, mes enfants. C'était il y a une quinzaine d'années. Je suis parti en pensant rejoindre l'Eldorado. Je me disais que ça changerait ma vie, j'ignorais à quel point, malheureusement, j'avais raison.

« J'étais un peu plus vieux que vous aujourd'hui, mais j'étais plein d'illusions. Après le passage de rigueur chez le *bokonon* pour me faire confectionner des gris-gris porte-bonheur, je me suis embarqué sur un bateau de pêche. À l'époque, les règlements étaient beaucoup moins stricts entre les frontières. Notre but initial était d'aller pêcher des sardines au Maroc. Cependant, plus le paquebot s'éloignait vers le large, plus les côtes de notre pays rétrécissaient, plus mes rêves grandissaient. Au bout d'une quinzaine de jours en mer, j'en étais arrivé à la conclusion que je ne reviendrais pas, sinon très riche. J'avais dans l'idée que je devais faire ma vie au Maroc. Mais au fur et à mesure qu'on se rapprochait des pays arabes, je parlais à mes compagnons de voyage. L'un d'entre eux, Ousmane, le Sénégalais, m'a fait comprendre que le Maroc, ce n'était pas assez. L'Occident, m'a-t-il dit un jour, je te montrerai, c'est là que les fortunes se font. Peut-être était-ce à cause de la faim due à la malnutrition, ou à cause de l'affaiblissement causé par le scorbut, mais j'ai commencé à avoir de fréquentes hallucinations. Je me voyais sur une route pavée, entouré d'hommes à la peau blanche qui me reconnaissaient et me saluaient respectueusement.

« Le soir où nous avons jeté l'ancre sur les côtes de Tanger, alors que tout le monde dormait et que je peinais à trouver le sommeil, j'ai vu une ombre remuer dans notre cabine. Elle s'est approchée de moi et m'a secoué. J'ai reconnu aussitôt Ousmane. Il m'a dit : "C'est maintenant ou jamais, il y a un problème au port et les autorités sont distraites !" Il m'a pris par le bras, et nous nous sommes faufilés entre les corps étendus par terre, épuisés par la longue journée de pêche. Nous sommes montés sur le pont. Je n'avais que mes vêtements sur moi quand j'ai plongé dans l'eau froide. Nous avons nagé pendant longtemps, jusqu'à une crique déserte. Ensuite, nous avons marché toute la nuit. Il ne fallait pas qu'on nous trouve aux alentours du port, car on nous aurait identifiés comme étant des pêcheurs noirs et on nous aurait automatiquement raccompagnés au bateau. Lorsque le soleil s'est levé, nous nous sommes cachés dans les rues et nous avons dormi. Nous avons joué à ce jeu pendant de nombreux jours. Ousmane était musulman et parlait l'arabe. Le soir, il allait aux nouvelles et nouait des contacts. Nos compagnons n'avaient pas signalé notre disparition aux autorités, sans doute par peur d'en être tenus responsables et de perdre leurs avantages de pêche. Il fallait néanmoins éviter de nous faire remarquer pendant quelques semaines, jusqu'à ce que le bateau retourne en mer. Nous avons attendu, vivant la nuit, dormant le jour, disputant aux chats de gouttière les restes de repas dans les poubelles de restaurants. Au bout de quelques semaines, Ousmane est revenu avec un Marocain à l'allure hargneuse. Ils murmuraient, et je ne comprenais pas ce qui se disait. Ousmane a déclaré que l'individu voulait nous montrer quelque chose. Nous avons traversé la ville, la peur au ventre, obligés de faire confiance à cet inconnu. Il nous a emmenés loin, sur les collines qui surplombent Tanger. Puis il s'est retourné et, d'un geste, nous a intimé l'ordre de jeter un coup d'œil à nos pieds, au détroit de Gibraltar.

– Quatorze kilomètres, a-t-il dit. Trente minutes de traversée. De l'autre côté c'est Tarifa, l'Andalousie, l'Espagne.

« Je pense que le mot le plus beau que j'ai entendu dans ma vie est ce dernier, "Espagne", prononcé avec l'accent marocain. Il chante encore à mes oreilles. Nous avons regardé les lumières scintiller. J'avais l'impression qu'en tendant les mains je pourrais les capturer. Aujourd'hui encore elles brillent dans mon esprit.

– Mais vous allez devoir travailler pour payer le passage. Deux mille dirhams. Mille en avance, le reste de l'autre côté de la frontière.

« Nous avons dû trouver du travail. Ça nous a pris des mois pour obtenir la somme nécessaire. La première moitié a servi à nous procurer de faux passeports pour passer les postes frontaliers. Nous devions les rendre aux passeurs, à destination. Une fois la deuxième moitié rassemblée, nous étions prêts à partir. Nous avons recontacté le Marocain. Je n'ai jamais été aussi excité de ma vie. Ousmane était à court d'une dizaine de dirhams, mais nous étions impatients. Si nous rations ce départ, il faudrait attendre au moins un mois avant le prochain. On ne pouvait pas attendre. Le Marocain nous a réunis, une nuit, à un groupe d'hommes effrayés, et nous avons pris la route pour la forêt de Benyounès. De là, il devait nous faire passer dans l'enclave du camp espagnol de Ceuta. Je n'ai jamais autant prié que cette nuit-là. À chaque poste frontalier qu'on rencontrait, je m'attendais à ce que mon cœur explose dans ma poitrine ! Mais chaque fois, le douanier jetait un coup d'œil distrait à nos passeports et tendait une main paresseuse dans laquelle nous glissions quelques centaines de dirhams. Nous avons passé le premier poste. Puis le deuxième. Puis le troisième. Pendant le voyage, j'ai perdu la trace d'Ousmane. C'était chacun pour soi, chacun sa chance, nous nous retrouverions, si telle était la volonté de Dieu, de l'autre côté. Arrivé au quatrième et dernier poste, j'ai entendu des éclats de voix. C'était Ousmane qui criait ! Que se passait-il ? Un de mes compagnons m'a expliqué qu'il manquait quelques dirhams à mon ami. Il avait essayé de négocier, mais le douanier n'avait rien voulu entendre. Une dizaine de dirhams ! J'ai vu, horrifié, Ousmane se faire jeter au sol. Les douaniers criaient en brandissant son passeport. Ils disaient qu'on avait déclaré son vol ! J'ai songé à aller au secours de mon ami, mais on m'a retenu par le bras : "Chacun son sort, mon frère. Ainsi en a décidé Allah…" Le sort d'Ousmane l'amènerait, nous le savions tous, dans une cellule à Tétouan avec des centaines d'autres immigrés africains. Je ne le reverrais jamais. La plupart d'entre nous ne passent pas, mais moi, je suis passé.

« Je suis passé, et je me suis retrouvé sur une route andalouse, seul. C'est là que mes problèmes ont vraiment commencé. C'est à ce moment-là que j'ai véritablement commencé à souffrir… »

L'oncle s'est arrêté. Il a bâillé et s'est étiré. Il était fatigué. Il a balayé son auditoire du regard, prêt à se lever. Mais je ne sais pas ce qu'il a vu dans les yeux d'Iman qui l'a forcé à se rasseoir promptement. Il parlait à présent en fixant Iman :

— Je dois vous dire une chose. Si, en partant d'ici, j'ai quitté l'enfer, alors en arrivant là-bas, je suis arrivé dans l'enfer de l'enfer. Mes enfants, je ne vous souhaite pas d'avoir à mentir et à voler pour vous nourrir. Je ne vous souhaite pas d'avoir à appeler la mort pour vous délivrer du froid, les nuits d'hiver, dans des sous-sols d'immeubles désaffectés. Je ne vous souhaite pas de vous faire poignarder pour une gamelle dans un foyer de sans-abris.

Disant cela, il a soulevé son vêtement et nous a montré une large cicatrice sous ses côtes.

— Je pissais le sang lorsqu'on m'a emmené à l'hôpital où on m'a demandé mes papiers. Mais je remercie le ciel d'avoir eu cette blessure, car c'est elle qui a permis que les autorités me trouvent et me ramènent chez moi. Aujourd'hui, je regarde ma femme et mes enfants et je tremble à l'idée que j'ai failli passer à côté d'eux. Il y a une période de ma vie où je ne savais même plus ce que c'était que d'être un humain. Tout ça pour soixante kilomètres parcourus à l'intérieur des terres européennes. Sur ce, je vais vous laisser. Dieu fasse que demain soit nôtre.

Ensuite, il a craché entre ses jambes écartées, comme pour nettoyer sa bouche du goût amer de l'histoire qu'il venait de nous raconter. Il s'est levé et ses articulations ont craqué tandis qu'il retournait dans sa demeure. Nous sommes restés assis pendant un long moment, incapables de bouger. Puis Sylvie a remué.

– Allons-y, il faut que je rende les tabourets à mon oncle.

Nous sommes partis en silence. Iman et Alissa ne ricanaient plus, mais ils se tenaient par la main. J'ai marché en avant, incapable de dire si j'étais heureux ou extrêmement malheureux. J'ai compris le plan d'Alissa, mais lorsque j'ai surpris son expression sous l'éclairage passager d'un lampadaire, j'y ai vu une totale confusion. Elle était loin de paraître satisfaite. Au bout d'un moment, Iman s'est arrêté et s'est mis à trembler. De rage, de désespoir ? Je ne sais pas. Mais je me souviens de ses mots :

– Merci, Toumani. Merci, Alissa.

Il a commencé à s'éloigner à grandes enjambées. Je ne savais que faire, j'étais désemparé. Je venais de lui détruire son dernier rêve. J'étais paralysé, comme toujours. Mais Alissa s'est lancée à sa poursuite.

– Je suis désolée, Iman, a-t-elle dit en lui attrapant le poignet. C'est ma faute. Oh, Iman !

Oh, Iman ! Ces deux derniers mots se sont répercutés contre les parois de mon cerveau. Ils avaient été prononcés avec tant de passion ! *Oh, Iman !* Elle l'a alors attiré vers elle et l'a serré dans ses bras. Il s'est penché pour l'embrasser. Leurs lèvres se sont rapprochées. Mon cœur a tonné! Allais-je la perdre? Le regard d'Alissa a croisé le mien. Qu'y a-t-elle vu? Ma faiblesse? Mon impuissance? Une onde de tristesse a troublé ses prunelles.

Elle a baissé les yeux. Le baiser d'Iman s'est posé sur son front.

Comment faire? Ou plutôt, comment défaire? Comment défaire cette chose que j'avais tant insisté à créer? Comment me défaire de cette image? De cette voix: *Oh, Iman!* Oh, Seigneur! Oui, Seigneur, oh, je vous en prie, veuillez crever les yeux de mon esprit! Faites-moi oublier cette vision, ne serait-ce qu'un instant. Accordez-moi une minute de répit pendant laquelle je pourrai enfin dormir. Mais je ne cessais de ressasser cette scène: ce baiser qui m'avait été refusé, puis qui aurait été offert à Iman, si on n'avait pas eu pitié de moi. Couché sur le sol de ma case, j'ai passé la nuit recroquevillé en chien de fusil afin de maîtriser les spasmes qui me tiraillaient les entrailles. Ils allaient et venaient, à intervalles réguliers, au rythme du ressac des images qui me submergeaient. J'ai voulu hurler comme un loup meurtri, mais mon gosier était bouché, tendu. J'ai cherché des larmes à pleurer, mais mes yeux restaient secs. Alors j'ai souffert en silence, les muscles crispés, l'esprit vide de tout, excepté de cette pensée: «Iman est un vampire.» Cette idée semblait m'éblouir et je souffrais principalement parce que je m'en voulais de penser du mal de mon ami. J'ai passé la nuit ainsi, à tourner sur le sol. À l'aube, il s'est mis à pleuvoir. Je me suis levé. Bientôt, le sol serait inondé, je ne pouvais plus y rester, il était temps de commencer ma journée.

Je me suis lavé derrière le mur de ma case, à l'abri des regards. Les gouttes d'une pluie encore légère mélangées à la fraîcheur de l'eau stockée toute la nuit dans un seau m'ont ragaillardi. Peu à peu, la pénombre se dissipait. Au premier chant du coq, j'ai enfilé un short, mes sandales en caoutchouc, j'ai fiché un cure-dent entre mes lèvres et, une nappe en plastique autour des épaules, je suis parti sous la pluie. Alors que je me faufilais entre les cabanes du bidonville, je me suis rappelé la remarque d'Iman : « Il faut que tu partes d'ici », avait-il dit. À la suite de quoi il m'avait emmené dans la zone la plus huppée de la ville, l'air de dire : « Voici ce que je veux. » Et toi, Toumani, que veux-tu ?

J'ai levé les yeux vers le ciel, mais les reflets rougeâtres du soleil levant m'ont ébloui. Alors je les ai ramenés à mes pieds, à peine lavés, mais déjà sales, à cause de l'eau du dépotoir.

Je ne veux rien. Tout ce que j'aurais pu avoir, je l'ai déjà eu et, il me semble, déjà perdu. J'ai eu des parents, j'ai vécu dans une maison, j'ai eu des espoirs. Mais le temps qui passe me démunit. Aujourd'hui, je vis au fond d'un taudis. Demain, j'ignore comment je me nourrirai. Mon travail à la blanchisserie s'est terminé à la retraite de mon patron. Les temps changent. Son fils a pris la relève et a restructuré l'entreprise en ne gardant que le personnel nécessaire. Le handicapé illettré est passé à la trappe sans que nul s'en rende compte. Peut-on en vouloir à qui que ce soit ? Mon seul apport à la blanchisserie était que je permettais à l'ancien patron de rembourser une dette à Gildas. Autrement, je ne servais à rien. Le monde est ainsi fait, la valeur d'une personne est liée à son utilité. Je ne sais ni lire ni écrire et je tiens à peine debout. La véritable question n'est donc pas : « Que veux-tu ? », mais « Que peux-tu te permettre de vouloir ? » Beaucoup ne le savent pas, mais même l'ambition est un luxe. Je n'ai pas de monnaie d'échange. Plus le temps passe, plus ma pertinence diminue. Bientôt, je ne serai plus rien. Ma vie est une impasse dans laquelle j'évolue consciemment depuis ma naissance.

En dépit de cela, je ne tenais pas à laisser libre cours à ce sentiment qui gagnait du terrain en moi : l'aigreur à l'encontre des plus fortunés. Ce baiser était destiné à Iman. Tôt ou tard, je le savais, il l'obtiendrait. Je ne voulais pas que ce soit malgré moi. Je ne voulais surtout pas qu'ils se cachent de moi, pour m'épargner.

Toute la matinée, j'ai tournaillé en ville à la recherche d'une solution. Vers midi, la pluie s'est dissipée et quelques rayons de soleil sont venus crever les nuages épais qui avaient pris possession du ciel. Je me suis assis à un carrefour. J'observais la circulation à travers un nuage de pollution. La faim me talonnait. De l'autre côté de la rue, dans une station-service, un mécanicien avait la tête plongée sous le capot d'une Peugeot 504. J'ai reconnu Romaric, un ami. Je me suis donc dirigé vers lui. Mais plus je m'approchais, plus mon pas devenait hésitant. Son patron se trouvait derrière lui et, la tête penchée, surveillait le travail. Je n'ai pas osé les déranger. Je suis resté à distance. Un soleil paresseux se reflétait sur la carrosserie de la voiture et dessinait des arcs-en-ciel dans l'air. Néanmoins, et malgré la pluie, l'air était lourd et étouffant. Romaric était torse nu. Une sueur moite et luisante recouvrait ses épaules. Son patron, en débardeur, s'éventait à l'aide d'un chiffon taché d'huile. Je me suis intéressé au mouvement des mains de Romaric. Ses doigts experts couraient allégrement d'un côté à l'autre du moteur. Peut-être pourrais-je lui demander de m'apprendre à faire ça. Je me suis surpris à imaginer un avenir qui ne serait pas un cul-de-sac. Un avenir où j'aurais des compétences, comme Romaric. J'ai dégluti, envieux.

Du coin de l'œil, le patron de Romaric m'a aperçu et, aussitôt, a pointé vers moi un doigt accusateur pour me chasser :

– Tu ne vois pas qu'on travaille ici ? Fous le camp, va vagabonder ailleurs, petit voleur !

J'étais sur le point de rebrousser chemin quand Romaric est intervenu :

– Je le connais, monsieur, a-t-il fait sur un ton protecteur.

– Eh bien, à l'avenir, ne ramène pas tes petits amis voleurs dans mon atelier.

Le regard que Romaric m'a lancé était lourd de reproches. Pourquoi étais-je venu le déranger dans son travail ?

– Ce n'est pas un voleur ! a-t-il rétorqué pour sa propre défense.

– Qu'est-ce que tu en sais ? Dis-moi ce qu'il veut alors ?

– Eh bien, il…

– Oui ?

Si un regard pouvait tuer, Romaric m'aurait achevé sans pitié.

– Il nous aide à gagner un peu d'argent !

J'ai froncé les sourcils. Était-il devenu fou ? Son patron a posé les poings sur ses hanches et attendu la suite en scrutant, curieux, le visage d'un Romaric gagné par la panique.

– Eh bien, a finalement fait ce dernier, je lui prête cette racle de fenêtre et un seau d'eau et il nettoie les pare-brise au feu rouge. Il nous donne la moitié de sa recette à la fin de la journée, ajouta-t-il.

C'est ainsi que je me suis retrouvé, toujours affamé, à me frayer un chemin entre les voitures à chaque passage du feu au rouge. Tout comme moi, une horde d'adolescents porteurs de journaux, disques compacts ou autres articles de vente à la sauvette se disputaient l'attention des automobilistes. C'était un travail exténuant qui rapportait un minimum d'argent pour un maximum d'insultes. Des chauffeurs énervés nous huaient dès que nous approchions de leurs voitures. Je n'avais d'autre option que de les surprendre en donnant à l'improviste un coup d'éponge sale à leur pare-brise. Ils étaient alors bien obligés de me laisser racler l'eau qui en dégoulinait. J'aurais voulu abandonner, mais je n'avais pas le choix. Romaric avait prétendu que j'avais commencé mon travail en début de semaine. Ce à quoi son patron avait rétorqué qu'il n'avait pas remarqué de différence dans son chiffre d'affaires. Romaric avait alors juré qu'il avait prévu de lui donner la somme additionnelle le lendemain. Son patron avait ouvert la paume en disant : « Considère qu'on est demain. » Romaric avait fourré une main dans sa poche et lui avait tendu l'entièreté de son salaire précédent. La moitié de l'argent qui me reviendrait allait contribuer à le rembourser. En somme, je travaillais gratuitement. Mais ça me tenait occupé et m'évitait de penser constamment à Iman et à Alissa. Je n'y pensais plus que presque constamment.

D'autre part, travailler, courir entre les voitures, se battre contre les vendeurs, essuyer les insultes des conducteurs, tout ça m'a rappelé une chose. J'existais, j'étais un homme. Je devais être fier. Vis-à-vis de tous, y compris Iman et Alissa. Je ne voulais pas de leur pitié, je le savais. Il fallait que je le leur montre. Mais comment faire ? L'idée m'est venue en fin de journée, lorsque je versais son argent au patron de Romaric. Il a fait le compte et m'en a rendu la moitié, sans se douter qu'elle allait changer de main d'ici peu. Ce faisant, il a grommelé, désobligeant :

– Je devrais tout garder. Après tout, c'est avec mes outils que tu nettoies les voitures. Qu'est-ce que tu vas faire de tout cet argent, dis-moi ?

J'ai haussé les épaules.

– Oui, tu ne sais pas, n'est-ce pas ? Tu vas sans doute le dépenser à des fins futiles. Je sais, tu vas certainement aller vagabonder avec le reste de tes vauriens d'amis au concert de ces dévergondées de danseuses de mapouka demain soir. Vous, les jeunes d'aujourd'hui, vous n'avez aucune conscience de l'importance du sérieux. Vous êtes une génération de dépravés, la honte de la création.

Sur ce, sans prendre la peine de me congédier, il s'est tourné vers sa radio et l'a réglée sur une station de salsa pour bien montrer que sa musique à lui élevait l'esprit. Le mapouka était une danse très osée pratiquée uniquement par des femmes dont le déhanchement mimait de manière explicite des positions sexuelles. Sa diffusion avait été interdite dans les médias de plusieurs pays. Naturellement, cela avait contribué à la propager, avec la force d'un raz-de-marée, au sein de la population jeune de toute l'Afrique subsaharienne. J'ignorais qu'il se tenait encore des concerts de mapouka. Je ne faisais pas partie de ceux qui y assistaient habituellement. Mais ce soir-là, alors que je rendais son argent à Romaric, l'idée du concert me faisait trépigner d'impatience. Ma nuit serait longue.

J'ai quitté en courant la station-service.

Je me suis dirigé vers le quartier d'Alissa. Le soleil se couchait. Les vendeuses du marché rangeaient leurs étalages à la lumière de lampes à pétrole. À ce moment de la journée, il m'était plus difficile de m'orienter. Les indications vagues des passants fatigués m'étaient de peu d'utilité. Après une heure environ, légèrement dépaysé, je me suis retrouvé à la porte de la maison où Alissa avait disparu sans m'inviter la veille. C'était à peine vingt-quatre heures plus tôt, et pourtant ça paraissait si loin. Il y avait de la lumière à la fenêtre du premier étage. Une ombre chinoise s'y dessinait. J'ai reconnu la silhouette d'Alissa. Je l'aurais distinguée parmi un million de silhouettes de femmes. Je l'ai appelée à plusieurs reprises en élevant progressivement la voix. Enfin, la fenêtre s'est ouverte et Alissa s'est penchée vers moi. Un sourire a illuminé son visage :

– Toumani, monte ! La porte d'entrée est ouverte.

J'ai gravi les escaliers lentement. J'étais soudain très intimidé. Il fallait que notre conversation soit la plus brève possible. Il était devenu difficile pour moi de passer du temps avec Alissa. Cependant, j'étais agréablement surpris qu'elle m'invite à l'intérieur. Je lui en ai fait part au moment même où elle m'a ouvert la porte :

– Je suis content que tu me laisses entrer cette fois-ci, ça veut dire que tu n'es plus fâchée.

Elle s'est écartée pour me laisser pénétrer dans une antichambre étroite. À ma droite, une table, une chaise et une machine à coudre Singer ; à ma gauche et au sol, un matelas couvert d'un drap propre – le lit était impeccablement fait ; en face, une porte entrouverte qui donnait sur une chambre plus spacieuse. Alissa a poussé cette dernière afin de m'offrir une vue sur le reste de l'appartement.

– Kiki, a-t-elle fait pour tout commentaire.

Un seul mot, mais il portait une tendresse infinie. C'était étrange de voir Alissa dans son univers. Elle était tout sourire, semblait baigner dans le bonheur. Si je devais arracher Alissa à cet environnement, je doutais que la vie dans ma cabane fasse le poids. Mais peut-être essayais-je simplement de justifier à mes yeux ce que je m'apprêtais à faire. En guise d'introduction, j'ai dit :

– J'ai trouvé un boulot qui me plaît bien !

Alissa a applaudi en sautant de joie.

– J'aimerais célébrer ça demain !

– Comment ça ?

– J'ai appris qu'il y avait un grand concert, j'aimerais y aller. Je suis passé t'inviter

– C'est sans problème, ça me fait plaisir !

Son sourire s'est élargi encore plus. Elle paraissait si heureuse. Pourquoi? Hier seulement, elle me parlait à peine. Elle avait tant changé entre-temps? Il paraît que les femmes sont d'humeur très instable. Était-ce ce à quoi j'assistais? Le temps de ma réflexion, Alissa s'était dirigée vers la pièce adjacente. Depuis le coin de la cuisine, elle m'a lancé:

– J'ai oublié de te proposer. Tu veux boire quelque chose? On a un peu de temps avant que Kiki ne revienne avec un client…

Dans ma tête, sa voix s'est éteinte, subitement recouverte par un écho assourdissant. Il s'agissait de mon cœur. Je venais de trouver la réponse à ma question et cela m'avait fait l'effet d'un coup de massue dans la poitrine: Iman. C'était Iman qui la rendait si joyeuse, c'était indubitable! J'avais l'impression que j'allais me consumer de peine. Les savoir ensemble, je m'y préparais, mais je n'avais jusque-là jamais songé qu'ils auraient pu être *heureux* ensemble.

Je ne pouvais plus rester.

Je me suis retourné et j'ai fait jouer la poignée. Alissa s'est rapprochée, curieuse:

– Mais qu'est-ce que tu fais, Toumani, tu ne t'en vas pas, j'espère?

– Je ne peux pas rester, ai-je balbutié, le cœur battant. Je… Il faut que j'aille chez Iman.

– D'accord…

Sa phrase restait en suspens.

– Oui, il faut que je l'avertisse pour le concert. Ça ne te dérange pas qu'il vienne?

Une onde est passée sur son visage, comme une vague dans la mer. J'ai senti son trouble jusqu'au fond de mon propre estomac. Tout cela, rien qu'à la mention de la présence d'Iman.

— Je serais heureuse que ton ami vienne avec nous, a-t-elle fait.

Naturellement, ai-je pensé.

J'ai pris congé d'Alissa et j'ai descendu les escaliers quatre à quatre. Dans un brouillard de confusion, j'ai retraversé le marché. Il était désert.

Mon deuxième arrêt fut chez Iman. La marche avait dissipé mon trouble. J'ai croisé les doigts pour qu'il soit présent. En frappant à sa porte, j'ai eu une seconde d'hésitation. Et si j'allais seul avec Alissa au concert ? Mais alors Iman a ouvert. Il était à moitié endormi, en short, torse nu. Il paraissait surpris de me voir. Je me suis demandé si Iman m'aimait toujours autant qu'avant.

— Eh bien, entre.

Mais je suis resté sur le seuil.

— J'ai eu une longue journée, il faut que j'aille dormir.

— Tu peux dormir ici, Toumani.

— Merci, c'est gentil, mais je dois faire des choses chez moi.

— Eh bien, dans ce cas, qu'est-ce que tu veux ?

— Juste te passer un message.

Il a attendu.

— J'ai vu Alissa pendant la journée. Elle voulait aller à un concert demain. Je ne sais pas trop qui chante, tu sais, moi, les concerts…

Iman attendait toujours.

– Je me suis dit que peut-être toi, tu voudrais nous accompagner.

Iman s'est gratté la nuque. C'était la première fois que je le voyais hésiter au sujet d'une fille.

– Tu es sûr, Toumani ?

– Bien sûr. Comment les choses vont-elles se faire entre vous si vous ne vous voyez jamais ?

– Mais pourquoi désires-tu tellement que les choses se fassent entre nous ?

– Pourquoi dis-tu ça ? Tu as quelque chose contre elle ? Elle te fait peur ?

J'avais dit cela en plaisantant. Quelle n'a pas été ma surprise quand Iman m'a répondu :

– Oui. La vérité est qu'elle me fiche la trouille, Toumani.

Mon rire s'est tari dans ma gorge. J'ai observé attentivement le visage d'Iman pendant qu'il cherchait ses mots :

– Comment te dire ? Je me sens « minuscule » à ses côtés.

Iman a détourné les yeux. Son regard a plongé dans le ciel derrière moi. L'avant-bras appuyé au mur, il a poursuivi :

– Cette fille vit avec une prostituée dans un des quartiers les plus sordides de la ville. Avant cela, elle a été une domestique pendant la majeure partie de sa vie. De toute son existence, elle n'a connu qu'obligations et misère humaine. C'est son univers. C'est notre univers à tous.

Iman a inspiré profondément, comme s'il avait de la difficulté à poursuivre :

– Pourtant, vois-tu, ça ne l'empêche pas d'être heureuse. Et c'est ce qui me fait peur. J'ai l'impression qu'elle a des repères qui nous sont étrangers, qu'elle perçoit des choses auxquelles nous sommes aveugles. En sa présence, je me sens handicapé, je perds mes moyens.

Handicapé, avait-il dit ? J'ai cherché quoi répondre, mais tout ce qui m'est venu est :

– Ça l'a beaucoup troublée quand je lui ai dit que tu viendrais au concert. Tu devrais y songer.

– Bien sûr que je vais venir, tu le sais. Depuis que je l'ai rencontrée, elle m'intrigue. Je pense à elle tout le temps !

Ce genre de révélation était bien au-delà de ce que j'étais prêt à entendre. Je me suis retourné pour partir.

– Tu ne m'as pas dit pourquoi tu tenais tant à ce que les choses se fassent entre nous, a lancé Iman dans mon dos.

Mais j'étais déjà loin.

Dans mon esprit, les pensées tournoyaient. Les dernières paroles d'Iman me troublaient. Il avait soulevé un point intéressant. C'était vrai, je l'avais également remarqué, Alissa était heureuse ici. Et cela le désorientait parce qu'ainsi qu'il l'avait lui-même dit, toute la pensée d'Iman était fondée sur la notion que le bonheur se trouve ailleurs. Alissa mettait à l'épreuve les prémisses mêmes du raisonnement qui motivait son unique objectif dans la vie : partir. Quelle était la logique de fournir tant d'effort pour aller chercher le bonheur ailleurs si l'attitude d'Alissa suggérait qu'on pouvait le trouver ici même ?

Et peut-être était-ce cela, la réponse à la question d'Iman. Pourquoi tenais-je tant à ce que les choses se fassent entre eux ? Peut-être qu'Alissa pourrait présenter une autre option à Iman, qui le guérirait de ce mal de partir qui le rongeait depuis sa rencontre avec Anna. Ne serait-ce pas le plus beau cadeau que je pourrais offrir à celui qui m'avait sauvé la vie ? La réalisation d'un bonheur possible ici. Cela équivaudrait à lui donner un nouvel espoir, un nouveau souffle de vie.

Oui, Iman, une vie pour une vie, et, ainsi, on serait quittes.

Le lendemain a été une des journées les plus angoissantes de ma vie. Je suis retourné laver des pare-brise, en grande partie pour m'occuper l'esprit. J'ai passé toute la journée dans l'appréhension du soir. À l'heure de la fermeture de la station-service, j'ai écouté patiemment le sermon du patron. À peine le deuxième jour, et c'était déjà devenu une rengaine. Je me suis rendu compte qu'en fait, il n'était pas si méchant qu'il essayait de s'en donner l'air. Il proférait beaucoup de menaces qui se concrétisaient rarement. À l'opposé d'autres hommes qui parlaient peu, mais agissaient beaucoup. D'autres hommes tels que monsieur Bia.

Romaric m'a proposé de garder la moitié du salaire que je lui devais, mais j'ai insisté pour le payer. Je ne m'étais pas encore entièrement acquitté de ma dette. Je ne voulais plus rien devoir à personne. Ni à lui ni à Iman. J'ai gardé juste assez d'argent pour me payer un dîner. J'ai acheté un repas à une vieille dame sur le bord de la route : des galettes de maïs que j'ai mangées assis sur le trottoir. Ensuite, je lui ai demandé l'heure. Le concert devait avoir commencé depuis longtemps. J'ai pris le chemin de ma case.

Avec un pincement au cœur, j'ai repensé à mon plan. Iman devait déjà avoir retrouvé Alissa. Ils devaient à ce moment précis assister au spectacle excitant des danseuses langoureuses dans une atmosphère électrisante. Cette ambiance ne manquerait certainement pas de leur donner des idées romantiques. Mon absence encouragerait leurs gestes. Je me suis mordu la lèvre jusqu'au sang. Une douleur physique pour couvrir celle que mes propres pensées m'infligeaient. En silence, j'ai traversé le dépotoir plongé dans les ténèbres. Il était tard, les allées étaient désertes, la plupart des gens étaient rentrés dans leurs habitations de fortune. Un vent frais soufflait, soulevant des odeurs de feu de charbon. À l'approche de ma cabane, j'ai aperçu une lumière briller. Une lampe à pétrole était posée au sol face à ma porte. J'ai perçu du mouvement à l'intérieur et mon dos s'est raidi. Des voyous étaient-ils en train de vandaliser le peu que je possédais ? Cela arrivait parfois. Ils s'en prenaient à moi sans motif apparent, simplement parce que j'étais handicapé et faible, incapable de me défendre. Je me suis arrêté au milieu du chemin, le cœur battant. Je ne pouvais pas les empêcher d'agir. Si je criais, personne ne réagirait. Les habitants d'un bidonville sont très vite immunisés contre la détresse d'autrui. Je ne pouvais pas non plus intervenir personnellement. Un coup de poignard, et je ne serais qu'un cadavre de plus dont personne ne se soucierait. Je suis donc resté planté à quelques mètres de ma propre habitation, sans faire un pas, immobilisé par l'impuissance.

Un instant plus tard, la porte de la cabane s'est ouverte et Alissa est apparue, portant un seau d'eau. Elle en a versé le contenu par terre, puis est retournée immédiatement à l'intérieur. Je suis demeuré surpris, hébété. Elle a reparu à plusieurs reprises avec le seau plein; elle le vidait, puis rentrait. Elle vidait l'eau de pluie qui s'était accumulée dans ma cabane. Au moment où elle m'a aperçu, elle s'est figée, mi-courbée, puis a agité un bras au-dessus de la tête. Je me suis rapproché de son ombre qui vacillait à la lumière de la lampe à pétrole. Pourquoi n'était-elle pas au concert, que s'était-il passé? Le plan qui m'avait demandé tant de ressources n'avait donc pas fonctionné! Rien de ce que j'entreprenais n'aboutirait-il donc jamais?

– Mais qu'est-ce que tu fais ici? ai-je demandé d'un ton irrité.

Alissa a soulevé le seau, puis a tendu un bras vers l'intérieur de la pièce, prise de court par mon irascibilité.

– Tu vas tout brûler, lui ai-je reproché, faisant allusion à la lampe à pétrole.

Ma case était tellement trempée que rien, je le savais, ne pouvait y prendre feu, pourtant j'ai serré les dents et pointé un index accusateur vers la lampe. Alissa ne m'a pas répondu. Elle semblait désemparée, mal à l'aise en raison de mon agressivité. Après un long moment de silence inconfortable où nous étions face à face, j'ai posé la question qui me brûlait les lèvres:

– Mais, n'es-tu pas allée au concert?

– Mmm, a-t-elle marmonné en acquiesçant.

– Et Iman ?

Elle a haussé les épaules.

– Iman ?

– Mais réponds, voyons !

Elle a reculé d'un pas. Des larmes ont surgi dans ses yeux. Pourquoi pleurait-elle donc ?

– Oui, Iman, où est-il ? ai-je fait d'un ton dur.

– Je n'en sais rien, Iman ne pense qu'à une chose, c'est partir ! Il s'en va très bientôt, qu'il dit !

C'était donc pour cela qu'elle pleurait, parce qu'Iman ne voulait pas rester ? Rester avec elle, c'est-à-dire ! En une seconde, j'ai imaginé la scène qui s'était certainement déroulée. Alissa avait dû retrouver Iman au concert. Je l'ai imaginée telle qu'elle était le jour où nous avons rendu visite à l'oncle de Sylvie : gaie, surexcitée. Une fois mon absence constatée, et après avoir attendu un peu pour s'assurer que je ne viendrais pas, elle avait dû tenter de se rapprocher de lui. Elle avait certainement essayé de l'embrasser, cette fois-ci elle n'avait pas eu à croiser mon regard. *Oh, Iman !* avait-elle dû dire. Mais elle avait rencontré cet Iman qui m'avait parlé la veille. Celui qui avait peur, qui se sentait minuscule, mal à l'aise. Il l'avait sans doute repoussée, puis avait probablement prononcé cette phrase que je ne cessais d'entendre depuis des mois : « Je dois partir. » Et à présent, elle pleurait. J'étais dégoûté.

– Rentre chez toi, Alissa.

– Mais… a-t-elle protesté.

– Rentre chez toi, j'ai dit !

Ses yeux se sont agrandis, ses prunelles dilatées. Lentement, ses doigts se sont écartés et elle a laissé choir le seau d'eau. Il a rebondi sur le sol en provoquant un bruit métallique qui a semblé courir dans tout le bidonville. Alissa avait l'air effarouché du daim piégé par le guépard. Ses narines s'élargissaient et se rétrécissaient au rythme de sa respiration. La lumière dansante de la lampe à pétrole projetait des reflets sauvages sur son visage. Étrangement, cette vision a soulevé en moi la toute première vague de désir physique que j'ai ressentie dans ma vie. Alissa était tellement belle ainsi, fragile, effrayée, mais farouche. J'aurais voulu la posséder! Elle a fait volte-face et s'est éloignée dans le noir, abandonnant derrière elle la lampe à pétrole.

Alissa était heureuse ici, avait remarqué Iman. Je l'ai regardée s'éloigner. Elle ne l'était plus. Et tout cela par la faute d'Iman. Il avait cette aptitude à prendre aux gens ce qu'ils avaient de plus beau. Ainsi, je lui avais offert Alissa. Elle s'était donnée à lui et ne pouvait donc plus m'appartenir. Le plus grand sacrifice de ma vie. Cependant, il était resté sur sa décision de partir. Très bientôt. Quelle erreur monumentale j'avais commise! Je lui avais fait confiance et il m'avait trahi. Il s'était approprié ce qui m'était le plus précieux, en avait usé, puis l'avait jeté. À présent, il s'en allait sans dire merci, tandis qu'Alissa pleurait pour lui. Pourtant je l'avais averti: «Elle a beaucoup d'importance pour moi», mais Iman n'avait eu que faire de mes sentiments. Comment avais-je pu jamais aimer un tel ingrat?

INFINI

Alissa

Le froissement du vent dans les feuilles des arbres m'a accueillie à l'orée du bidonville. Un murmure lugubre. La lune projetait au sol les ombres des troncs d'arbres effilés, déformés, sinistres. On aurait dit des spectres soudainement pétrifiés au beau milieu d'un ballet macabre. Une silhouette en blanc, j'étais un fantôme dans la nuit. Des bourrasques glaciales me ballottaient, faisant claquer les pans de ma robe. Les battements se répercutaient à l'infini, tel un rire sardonique dont la clameur semblait prisonnière de mes oreilles.

Quelle humiliation !

Toute ma vie, j'ai servi, mais jamais je n'ai été servile. J'ai eu des maîtres, mais jamais je n'ai été esclave. Nul ne peut assujettir une illusion. Or, voilà ce que j'avais été. Je me suis soustraite à ma propre existence. Sous les draperies de ma robe, au sein du temple de mon corps, il n'y a eu que le néant, le vide. L'eau, le feu, la terre, projetés dans l'air, se soumettent à la nature et s'écrasent au sol. Mais le vent, lui, est libre et souffle à son gré. J'étais le vent. Et puis, j'ai été cupide. En effet, le vent est invisible et j'ai désiré être vue. J'ai désiré le regard de Toumani, avidement. Alors j'ai perdu ma liberté.

J'étais entière avant de rencontrer Toumani. J'étais entière alors que je ne ressentais rien, mais j'ai succombé à la vanité et, dès l'instant où la nature m'a saisie, je me suis brisée au sol. À présent, je m'en allais en resserrant mon châle autour de mes épaules, comme dans le but de rassembler mes fragments épars. Mais même ainsi, recollée, j'étais une femme lézardée, et les courants d'air s'engouffraient dans les failles entre mes morceaux. Pénétrant, ils me mordaient les os.

J'ai songé à rejoindre Iman. Iman que j'avais abandonné en plein concert. Il avait fallu que je parte. Il m'avait interrogée d'un regard implorant, qui réclamait une justification. Aurais-je dû le blesser ou lui mentir ? Je lui avais déclaré que je ne me sentais pas bien. C'était vrai, j'étais subitement prise du désir maladif de la présence de Toumani. Un désir intense. J'étais partie en courant, j'avais traversé la ville comme une flèche. Je ne pouvais plus prétendre à l'indifférence.

Toumani, dans la coupe de mes mains, je t'ai présenté mon amour, liquide, transparent, pur, afin que tu t'y abreuves. Mais tu t'es penché, et tu m'as craché dans la paume. Pourquoi me rejeter ? Tes raisons m'échappent. Ne suis-je rien pour toi ? Ou, pis encore, ne suis-je qu'un moyen de faire le bonheur d'Iman ? Cela me peine quand j'y pense, mais si telle est la manière dont tu me désires, alors ainsi serai-je.

Parce que je t'aime.

Le lendemain matin, j'ai poussé les battants de la fenêtre et laissé la lumière inonder la chambre. Kiki a remué dans son lit, tenté de protester, mais, trop fatiguée pour se disputer, elle s'est résolue à fourrer la tête sous son oreiller. Elle avait raccompagné son dernier client à peine deux heures auparavant et avait plus besoin de sommeil que de rouspéter. Quant à moi, j'avais besoin de lumière, de beaucoup de lumière. Malheureusement, le temps demeurait gris. Des nuages méchants croisaient leurs bras épais devant un soleil craintif. L'air sentait la pluie, la terre sentait la pluie, et moi, je n'en pouvais plus. Même le marché semblait lassé. Il se mouvait lentement, alourdi par les flaques d'eau qui s'étaient formées dans ses allées pendant la nuit. Ce matin marquait le début d'une nouvelle vie pour moi. Une vie sans objectif. Kiki dirait « une vie sans contraintes ». Cependant, l'absence totale de contrainte n'est pas la liberté totale. Bien au contraire. Il n'y a rien de pire que d'être prisonnière du vide, car sans un mur à éventrer, on n'a aucun espoir de s'évader. S'évader, ce mot m'a ramenée à Iman, à l'air perdu qu'il avait affiché la veille, alors que je l'abandonnais, les bras ballants, au sein de la foule. Un tremblement m'a traversée. J'avais l'impression dérangeante que depuis quelque temps, je prenais systématiquement la mauvaise décision à chaque bifurcation de ma vie. Comme à cet instant précis où je me suis dit qu'il fallait que je voie Iman. Que c'était absolument nécessaire ! J'ai refermé les battants de la fenêtre et replongé la pièce dans l'obscurité.

À peine quelques jours plus tôt, j'explorais le bidonville à la recherche de Toumani. Voilà qu'à présent je déambulais dans les rues du quartier d'Iman, suivant un chemin sur les briques posées dans les flaques d'eau, ou alors les contournant lorsque c'était possible. Bien que n'étant jamais allée chez lui, j'avais une idée plus ou moins précise de l'endroit où Iman habitait. Je m'orientais par rapport au bâtiment qui avait servi de cinéma à l'époque où les films hindous faisaient rage. Mais on aurait dit que, plus le temps passait, plus les gens ici se désintéressaient de tout. Maintenant, ce n'était plus qu'un vieux bâtiment abandonné devant lequel des vendeuses disposaient leurs produits. Je me suis approchée de l'une d'entre elles :

– Un grand métis ? a-t-elle répété en désignant une rue du doigt. La rue de Hadja, a-t-elle ajouté.

Je lui ai acheté quelques beignets d'arachide avec de l'igname frite qu'elle a enroulés dans des couches de papier déchiré d'un sac de ciment qui ont absorbé l'excès d'huile. Puis, avec la collation déposée dans un sac en plastique, qui se dandinait autour de mon poignet, je me suis dirigée vers la maison qu'elle m'avait indiquée. De jeunes garçons rassemblés sur un îlot de terrain sec ont interrompu leur partie de foot pour me regarder passer. Une fois au portail de la maison j'ai eu un moment d'hésitation. L'un des garçons s'est saisi de l'occasion, et s'est approché en courant. Il était pieds nus, torse nu avec un nombril protubérant :

– Dada, Dada, grande sœur, tu cherches qui ?

– Iman, ai-je fait.

– Attends, je vais aller te l'appeler, il doit dormir, il n'est pas encore sorti aujourd'hui.

Les enfants du quartier étaient généralement au courant de toutes les allées et venues des habitants. Ils étaient des sentinelles infaillibles qui rendaient inexistante la notion d'intimité dans les zones populaires de la ville. L'enfant a filé dans la cour pendant que ses camarades m'observaient. Quelques instants plus tard, je l'ai vu émerger d'une des chambres avec Iman. Celui-ci s'est approché de moi en plaisantant avec le garçon. Son attention ne s'est portée sur moi qu'une fois à ma hauteur. Il m'a présenté un visage fermé.

– Oui ?

Ce ton m'a rappelé celui de Toumani, la veille. À présent, je me rendais compte qu'en dépit de toutes leurs différences, Iman et Toumani avaient un lien commun très fort. Ils étaient frères.

– Je suis désolée pour hier, je ne me sentais vraiment pas bien.

J'ai attendu, la bouche sèche, prête à essuyer un nouveau rejet. Mais Iman n'est pas Toumani. Iman sera Iman, qu'il le veuille ou non.

– Toumani va bien ?

Il m'avait prise de court :

– Je... mais... pourquoi ? Comment sais-tu que je l'ai vu ?

– Je le sais, c'est tout.

J'ai songé à nier, pour ne pas le blesser, ne pas lui avouer que je lui avais préféré la compagnie d'un autre. Mais au fond de moi, quelque chose m'a dit qu'il méritait la franchise. J'ai opiné du chef. Étrangement, son visage s'est attendri. J'ai su à ce moment-là que ce qu'il y avait entre ces deux garçons, je ne le comprendrais jamais !

– Et toi, Iman, est-ce que tu vas bien ?

C'était à son tour d'être surpris. C'était à croire qu'il n'avait pas l'habitude d'entendre cette question. Il a réfléchi longuement, le visage grave, pour finalement lâcher un :

– Je ne sais pas. Je pourrais te le dire tout à l'heure.

– Pourquoi, que se passe-t-il tout à l'heure ?

Iman a fait un pas en arrière et m'a dévisagée de la tête aux pieds. Je savais à quoi il pensait. Il me jugeait. Il devait se demander s'il pouvait faire confiance à cette fille qui l'avait abandonné la veille seulement. J'avais également l'étrange pressentiment qu'il avait deviné que si j'étais à sa porte, c'était parce que je ne pouvais pas être avec Toumani.

– Accompagne-moi, a-t-il fait. Je t'expliquerai en chemin.

Au fur et à mesure que sa mobylette avançait, lentement, car il essayait d'éviter de me tacher avec des rejets de boue, Iman m'a dévoilé en quelques mots une histoire qui m'a emplie de la plus grande culpabilité. La veille, lorsque je l'avais abandonné au stade où se tenait le concert, Iman s'était joint au groupe de Gildas. Il s'agit d'un de ces groupes qui ont un nom parce que c'est un groupe de délinquants. Iman leur avait fait part de son désir de partir. Ils avaient discuté longtemps, assis sur les gradins. Gildas l'avait écouté patiemment, puis lui avait fait une proposition.

Une solution qui marcherait. Une pirogue, un bon passeur qui échouait rarement, un garde-côte de connivence : une occasion unique ! Mais il fallait agir vite, et 700 euros, ce n'était pas donné. Dix fois le salaire d'un instituteur ! Comment réunir cette somme ? « Viens nous voir demain à l'entrepôt abandonné, à côté du pont, avait fait Gildas. J'ai peut-être un truc pour toi. Et au fait, ramène tes couilles, ce n'est pas pour les femmelettes. » Ça ne présageait rien de bon, mais il y allait, la peur au ventre, parce qu'il n'avait pas d'autre option.

J'aurais pu être son option, hier.

Nous sommes arrivés aux abords d'une lagune un peu en dehors de la ville, au pied d'un pont. Auparavant, une communauté de pêcheurs, les tout premiers habitants de la région, occupaient l'endroit. Peu à peu cependant, le rouleau compresseur de l'industrialisation les avait obligés à vendre leurs terres et à tenter leur fortune ailleurs. Des entrepôts avaient été construits, puis un pont, pour faciliter l'acheminement des produits. Il avait servi un temps, jusqu'à ce que son délabrement force les gens à chercher d'autres voies. Ainsi, tel qu'il est naturel dans un milieu urbain pauvre et jeune, ce même délabrement avait mené une autre tranche de la population à trouver son chemin vers ces usines. Dans le désintérêt le plus total des autorités, des groupes d'adolescents venus d'ailleurs s'étaient entre-tués à la machette sur les berges de la lagune, jusqu'à ce qu'émerge une carte implicite avec des limites invisibles. Invisibles, mais souvent fatales. Iman roulait en suivant un chemin délimité par des bandanas orange attachés à des buissons. À l'apparition de l'entrepôt du gang des Djangos, j'ai resserré mon étreinte autour du torse d'Iman et j'ai senti que son cœur battait rapidement. À notre approche, une sentinelle placée devant l'usine a agité un bras d'une manière menaçante. Iman s'est garé à une vingtaine de mètres de lui et je suis descendue. Tandis qu'il ajustait la béquille de sa mobylette, la sentinelle s'est rapprochée en courant :

– Qu'est-ce que tu fous ici ? Dégage, gamin ! a fait le garçon.

Iman devait être son aîné de plusieurs années.

– Je cherche Gildas.

– Il n'y a pas de Gildas ici, fous le camp avant que je te blesse !

Iman lui a tenu tête.

– C'est Gildas qui m'a dit de venir.

Le garçon s'est calmé.

– Suis-moi alors.

Iman a commencé à s'éloigner. Je suis restée à côté de la mobylette, nerveuse, mais il est revenu me prendre par la main.

– Mais Iman, tu es sûr que je peux venir ? lui ai-je soufflé à l'oreille.

– Écoute, il m'a demandé de ramener mes couilles.

Le jeune garçon a poussé la porte de l'entrepôt d'un geste d'une violence exagérée. Ensuite, il s'est écarté et, la bouche entrouverte, m'a suivie des yeux pendant que j'entrais. Son regard, qui s'est attardé sur certaines parties de mon corps, m'a mise mal à l'aise. Puis il nous a emboîté le pas et a refermé la porte derrière nous. Dans cet entrepôt, qui n'était pas grand, on avait stocké du poisson. Je le devinais à l'odeur. Des groupuscules de garçons aux muscles secs étaient installés sur des caisses posées un peu au hasard. La plupart d'entre eux n'avaient l'air occupés à rien de précis. Ils jouaient aux cartes ou regardaient à travers la couche épaisse de poussière orange qui recouvrait les fenêtres. Tout au fond, il y avait une pièce indépendante, comme un bureau séparé. C'est vers elle que le garçon s'est dirigé. Il en est ressorti avec un individu trapu au corps tout en muscles, que j'ai naturellement pris pour Gildas. Mais c'est par un autre nom qu'Iman l'a appelé d'une voix choquée :

— Covi ! Tu es sorti de prison ?

Covi s'est approché de nous, et la lumière de la fenêtre a progressivement dessiné ses traits. Il souriait, mais ses yeux minuscules aux globes injectés de sang fichés dans un visage rude n'inspiraient aucune sympathie. Il a pris Iman dans ses bras, mais ce dernier est demeuré raide.

— Oui, je suis sorti ! J'ai repris la tête de la bande. Gildas n'aurait pas pu tenir tout ce monde beaucoup plus longtemps !

Il parlait à Iman, mais son regard restait rivé sur moi. C'était angoissant, cette impression qù'il voyait mon corps, mais qu'il ne me voyait pas, moi. J'ai baissé le regard. Iman l'a tiré par la manche :

— Et Gildas, il est là au fait ?

— Mmmm, non. Il n'est pas là, a-t-il répondu sans me quitter des yeux.

J'ai senti que cela aurait été beaucoup plus rassurant pour Iman si Gildas avait été présent. Covi a craché par terre :

– Mais il m'a parlé de ton petit problème. Bien sûr que je peux t'aider, tu sais que c'est mon domaine, je sors les gens du pays.

Iman a semblé se détendre, mais moi, je n'ai pas pu. Je ne savais pas s'il me regardait toujours, car je gardais le regard arrimé à la pointe de mes orteils. J'aurais voulu disparaître dans le sol. J'ai senti une zone de chaleur s'élargir dans ma nuque. Que faisais-je donc ici ?

– Je vais t'aider si tu veux m'aider, a fait Covi.

– C'est naturel, a répondu Iman. Que veux-tu que je fasse ? a-t-il ajouté d'un ton déterminé.

Ce à quoi Covi a répondu par un énorme éclat de rire, bientôt rejoint par celui de tout son gang. Au bout d'une longue minute pendant laquelle la pression dans mon ventre est montée au point où j'ai cru que ma vessie allait flancher, j'ai vu sa silhouette, un peu en dehors de mon champ de vision, faire un geste ; j'ai deviné que l'homme s'essuyait les yeux :

– Iman, Iman ! C'est ça que j'ai toujours admiré chez toi. Ton courage. Dommage que tu ne sois pas taillé pour ce métier, sinon tu aurais été un élément de choix. Alors, tu veux faire quelque chose pour moi, mon ami ?

– Oui, Gildas m'a mentionné un coup…

Covi s'est rapproché d'Iman et l'a pris par l'épaule. J'ai levé le regard. Covi, court, trapu, semblait plutôt se suspendre au cou d'Iman le géant. L'image aurait pu être comique si je n'avais pas été terrorisée.

– Gildas mentionne trop de choses, il bavarde trop. Mais bon, s'il t'en a déjà parlé, il a dû te préciser que tu pouvais y perdre la vie, et pourtant tu es là, ça ne te dérange pas de servir de chair à canon, alors je ne vois pas pourquoi on ne pourrait pas parler affaires. Mais tout à l'heure. Pour le moment, dis-moi plutôt pourquoi tu essaies de partir, j'ai l'impression que tu as de quoi faire ici, mon pote.

Son regard s'est reporté sur moi et le mien sur mes orteils. Je me suis demandé s'il pouvait entendre le sifflement de ma respiration.

– Écoute, Covi, ne fais pas attention à elle, dis-moi ce que tu veux.

– D'accord, viens, on va parler. Tu vas partir, Iman, tu vas y arriver parce que tu es intelligent…

Ils se sont éloignés vers le bureau. Ils ont laissé la porte ouverte. J'ai gardé la tête baissée. Je sentais les dizaines d'yeux de l'entrepôt posés sur moi. J'ai senti ma gorge se nouer, mes yeux brûler. Combien de temps cela allait-il durer ? Chaque seconde semblait s'étendre interminablement, chaque déclic se répercuter à l'infini. J'ai essayé de m'isoler mentalement, de créer une bulle autour de moi, comme un océan de protection qui pouvait noyer les sons, brouiller les images. J'y serais peut-être arrivée, si un hurlement n'avait pas alors déchiré l'air. Iman !

– Mais puisque je te dis que non ! criait-il.

J'ai levé les yeux juste à temps pour voir Iman bousculer Covi d'un coup d'épaule en pleine poitrine. Covi a titubé en reculant, a tenté de rétablir son équilibre, mais a trébuché et est tombé à la renverse.

La salle fit silence. Tous les visages se sont tournés vers la scène.

J'ai vu dans le regard d'Iman qu'il comprenait à peine la situation dans laquelle il venait de se plonger, de nous plonger. Covi à terre, plus embarrassé que meurtri, a crié à l'attention de ses hommes :

– Réglez-lui son compte à ce petit connard !

Une bande de jeunes oisifs a hurlé de joie, excitée par l'action. Une meute de loups a bondi par-dessus des caisses et s'est jetée, les dents aiguisées, sur le corps d'Iman. Il a tenté de s'extirper de l'étroit recoin du bureau, mais il n'était pas assez rapide. Un coup de poing l'a atteint à la mâchoire. Il a tournoyé dans le vide en hurlant :

– Alissa ! Fuis !

Je me suis retournée vivement, me suis précipitée sur la poignée et j'ai poussé la porte. Dès mon premier pas dehors j'ai glissé dans un bourbier. Je suis tombée à plat ventre, le visage dans la terre. J'ai perdu une chaussure, je me suis relevée. J'ai couru vers la moto d'Iman. J'ai bondi dessus, démarré, puis regardé derrière moi.

Personne ne me poursuivait !

Pourquoi ?

J'ai eu ma réponse : un hurlement rauque. Ils étaient en train de démolir Iman. Je ne pouvais pas fuir. Mais je ne pouvais pas y retourner ! Comment pouvais-je l'aider ? Tant pis. On verrait. Je suis redescendue de la moto et j'ai couru vers l'intérieur de l'entrepôt. Dès l'entrée, j'ai aperçu Iman. Par terre. Entre les jambes des voyous, j'ai vu son visage.

J'ai vu ses ecchymoses, son corps se contorsionner sous les coups de pied. Ils allaient le tuer ! Je me suis jetée dans la mêlée.

Un bras vigoureux. Un geste brusque, violent. Je me suis sentie propulsée en arrière. Je suis tombée à la renverse. L'homme qui m'avait repoussée d'un geste, comme si j'étais une mouche, ne semblait même pas avoir remarqué ma présence. Il était retourné sur le corps d'Iman. Je me suis relevée. J'ai senti un filet d'urine me couler entre les jambes. J'ai hurlé. J'ai mordu dans de la chair, comme un animal.

Cette fois-ci, un coup de coude. Juste sous l'œil gauche. Je me suis retrouvée une fois de plus au sol, sonnée. J'ai senti un martèlement dans ma tête, ma vision se brouillait, j'avais la nausée. Mais tant pis, je recommencerais tant qu'il le faudrait. J'ai tenté de me relever, mais je n'y parvenais pas. Je ne comprenais pas, je ne savais plus comment maîtriser mes bras, mes jambes. J'ai tenté de m'appuyer sur un membre, n'importe lequel. Sans comprendre comment, je me suis retrouvée le visage contre le sol, les fesses au-dessus de la tête, les jambes désarticulées.

– Elle m'a mordu, la salope !

Les bruits de coups s'étaient arrêtés. J'avais réussi !… Avais-je réussi ? Le groupe s'est approché de moi :

– On va te faire ta fête.

J'ai essayé de me rouler sur le sol. Rouler vers la sortie. Ramper, m'enfuir. Puis j'ai entendu une voix :

– Covi ! Laissez-la en dehors de ça.

C'était Iman. Il a ajouté :

– S'il te plaît !

J'ai fermé les yeux et murmuré une prière.

– Ça suffit, les gars !

La voix de Covi a tonné dans tout mon être, fait vibrer chacune de mes fibres.

– Iman, si tu n'étais pas l'ami de Gildas, je te jure que pour ce que tu as fait, je t'aurais saigné et j'aurais violé ta pute! Et pas nécessairement dans cet ordre, petit con. Tu te prends pour qui? Jetez-les dehors.

J'ai senti des bras me soulever, ouvrir la porte. On m'a portée sur une vingtaine de mètres, loin de l'entrepôt. Puis mon corps s'est écrasé dans la boue au bord de la lagune. Meurtrie, j'ai tâté mes bras, mes côtes. Quelques instants plus tard, un bruit mat. Iman a rebondi à quelques pas de moi. Puis ils ont jeté sa mobylette un peu plus loin dans la lagune. J'ai rampé vers lui et posé la tête sur sa poitrine. Il sanglotait de douleur. Je me suis blottie contre son torse, j'ai glissé mes jambes entre les siennes :

– Iman. Ne pleure pas. Je suis là.

Lorsque j'ai repris connaissance, Iman dormait. Je me suis écartée de son corps et me suis hissée sur mes avant-bras. Toute la partie gauche de ma tête tambourinait. J'ai regardé autour de moi. J'ai eu peur, je ne voyais plus que d'un œil. J'ai tâté mon visage. Ma pommette avait enflé à l'endroit où j'avais reçu un coup de coude, mais mon œil était sauf. Au loin, l'entrepôt n'était qu'un carré minuscule. Ils nous avaient portés sur une distance beaucoup plus grande que je ne l'avais cru. Je me suis levée péniblement. Le soleil se couchait. L'eau de la lagune émettait un chuintement en butant contre le métal de la mobylette qui était prisonnière. J'ai soulevé ma robe à mi-cuisses, et je suis entrée dans l'eau sale. En évitant les ordures qu'elle charriait, j'y ai fait mon chemin jusqu'à la moto qui avait commencé à s'embourber. J'ai saisi le guidon et, de toutes mes forces, en lâchant un cri de gorge, l'ai tiré hors de l'eau. Laborieusement, j'ai ramené la mobylette sur la berge. Puis je me suis assise, éreintée, et j'ai regardé le corps d'Iman. Sa poitrine se soulevait et s'abaissait à un rythme paisible. Mais son visage était méconnaissable, couvert de blessures. Ses lèvres fendues étaient desséchées. Je me suis rapprochée de lui. J'aurais voulu pouvoir trouver de l'eau pour le désaltérer. Je me suis penchée vers lui. Pourquoi, je ne sais pas, mais je l'ai embrassé pendant qu'il dormait. Vivement, les yeux fermés. Mon premier baiser. Il était si bon. Mais Iman ne le saurait jamais, car je me suis retirée rapidement et il dormait toujours. Mais il fallait qu'on parte.

– Iman.

Ses paupières ont remué. Il s'est assis lentement. J'ai dit :

– Ça va ?

Je me suis rendu compte du ridicule de ma question. Il a souri.

– Je ne sais pas.

– Tu n'as rien de cassé ?

– Je ne sais pas.

Il a tenté de se lever, mais l'effort lui a arraché un gémissement de douleur. Je me suis portée à son aide. Je me suis glissée sous son aisselle et l'ai aidé à se hisser sur ses pieds.

– Allez, viens ! On y va, Alissa, a-t-il fait en se dirigeant vers sa mobylette.

Il n'a pas essayé de la démarrer. Le moteur avait dû prendre trop d'eau ; il devait aussi douter d'être en état de la conduire. À deux, nous avons tenu la mobylette et sommes partis en marchant. Il a gardé les yeux sur les bandanas orange en ruminant, la mâchoire serrée. Au bout d'un moment, alors qu'on sortait du territoire des gangs, il a posé son prémier regard sur moi :

– Je suis désolé de t'avoir emmenée là-bas, Alissa. Ç'aurait pu très mal se terminer pour toi. Je n'ai pas réfléchi.

Je n'ai pas répondu. Il n'avait pas fini.

– Ou plutôt, si, honnêtement, j'ai réfléchi. Mais si tu n'avais pas été avec moi, je ne pense pas que j'aurais eu le courage d'y aller. C'est surtout pour ça que je suis désolé. Je t'ai utilisée.

Il a baissé la tête, honteux.

– Qu'est-ce qui s'est passé là-bas, Iman, pourquoi l'as-tu poussé ?

– Rien. Comme ça.

– S'il te plaît, dis-moi.

– Covi avait des doutes. Il disait que son opération impliquerait des armes à feu, et il craignait que je flanche.

Iman s'est tu, mais, je le savais, ce n'était pas tout. Je l'ai pressé :

– Et…

– Et il m'a proposé de t'échanger contre mon droit de passage. Je n'arrivais pas à l'en dissuader. J'étais pris au piège. Il fallait que je crée une diversion.

– Merci de m'avoir répondu.

– Mais une chose que je ne comprends pas, c'est pourquoi tu es revenue alors que tu aurais pu fuir. Ne fais plus jamais ça.

– D'accord. Mais il aurait pu te tuer, cet animal.

– Non, Alissa, il ne m'aurait pas tué. Et ce n'est pas un animal. Tu ne peux pas le comprendre. Covi… est différent. Il a eu une vie dure, très dure. Il se drogue, il vole, il viole, mais il ne m'aurait jamais tué. Pourquoi ? Parce qu'un jour nous étions amis, et il a beau être un chef de gang, cela, il ne l'oublie jamais.

Il avait raison, je ne pouvais pas comprendre. Était-ce de la sagesse ou de l'aveuglement ? Iman me faisait peur, parfois. Ses actes, ses raisonnements étaient imprévisibles, incompréhensibles, dangereux. Il fallait le garder à l'œil pour le protéger de lui-même.

– Iman, tu ne peux pas rentrer chez toi dans cet état-là, tu vas faire peur à tes parents. Viens chez moi pendant un temps. Je vais m'occuper de toi.

Il a fait oui de la tête. Il n'avait pas la force de refuser. Lorsque nous sommes arrivés au marché, il faisait nuit.

Le lendemain matin, en ouvrant les yeux, les premiers mots d'Iman ont été :

– Il faut que j'y retourne. S'il me revoit, il saura que je suis prêt à tout.

Accroupie devant le réchaud à gaz de Kiki, je réchauffais un repas. Je lui tournais le dos. Je n'étais pas surprise par ce qu'il disait. Iman avait passé la nuit à délirer, à parler dans son sommeil, pendant qu'à tour de rôle, Kiki et moi lui appliquions des compresses sur le front. Kiki n'avait pas travaillé hier soir. Mais elle avait besoin d'argent, alors elle était partie ce matin, à moitié endormie. Elle ne ramènerait pas les clients à la maison, avait-elle dit, elle se débrouillerait. J'ai continué à réchauffer les haricots sans faire de commentaire. Je n'étais pas plus que la flamme vacillante d'une bougie face au souffle de détermination qui transportait Iman. Je n'étais pas capable de le retenir. Mais je pouvais gagner du temps et chercher de l'aide.

– Kiki a demandé qu'on emporte ta mobylette à réparer. Le moteur est mort. Ça va prendre quelques jours.

– Mais je n'ai pas quelques jours ! J'ai besoin des papiers maintenant. J'ai la possibilité de quitter le pays d'ici peu, je ne peux pas la louper, elle risque de ne pas se représenter.

– Désolée, je ne savais pas. Mais comment aurais-tu fait sans ta mobylette ? Aucun taxi ne t'aurait emmené dans la zone des entrepôts, c'est trop dangereux. Attends deux jours, tu partiras après.

Ç'a a semblé le convaincre. De toute manière, il était bien trop faible pour bouger avant quelque temps. Je lui ai tendu l'assiette de haricots.

– Tu ne manges pas, toi ?

– J'ai des choses à faire. Je reviens tout de suite.

Je me suis levée aussi calmement que je le pouvais et me suis préparée à partir. Sur le pas de la porte, il m'a attrapée par le poignet. Nos regards se sont croisés, accrochés :

– Je sais ce que tu penses. Tu te dis que je suis fou. Tu te demandes pourquoi je suis prêt à risquer ma vie pour partir.

Je n'ai pas répondu.

– Risquer ma vie. Mais imagine que je reste. Que je reste parce que *toi*, tu me le demandes, puisque tu me dis que ma vie t'est si précieuse. Et alors, quoi ensuite ?

Ensuite ? J'étais figée devant l'intensité de son regard implorant. J'ai repensé au baiser de la veille. Ensuite, quoi ? Le visage de Toumani s'est interposé entre ce souvenir et moi. Je suis désolée, Iman, c'est à Toumani que je me suis donnée. Je n'ai pas répondu. Il m'a lâché la main.

Le cœur battant, j'ai refermé la porte derrière moi. Il fallait que je trouve de l'aide ! Iman allait se faire tuer s'il retournait là-bas. Mais comment le retenir ? Une seule solution : Toumani. De toutes mes forces, j'ai couru vers le bidonville.

Certainement, Toumani pourra-t-il aider son ami, son frère ! J'ai traversé les allées du bidonville en aveugle. Je n'avais plus peur ici. Les riverains s'étaient habitués à me voir régulièrement, ils ne faisaient plus attention à moi. Seuls les petits groupes de cochons qui s'éparpillaient à mon passage semblaient encore contrariés par ma présence. Ils me lançaient un concert de couinements énervés pour me signifier leur insatisfaction, puis retournaient à leur besogne. En arrivant en vue de sa cabane, j'ai eu une pensée fugace : « Et si Toumani refusait d'aider Iman ? » Ah, c'était ridicule. J'ai frappé trois coups. Personne n'a répondu, mais Toumani a surgi de l'arrière de la cabane. Il venait de se laver et se rendait sans doute à son nouvel emploi. Je me suis rendu compte que je n'avais jamais songé à lui demander ce dont il s'agissait. Mais le moment était mal choisi. Toute une journée s'était écoulée depuis notre dernière rencontre, pourtant j'avais l'impression que je m'étais à peine retournée et qu'il était là. L'expression de son visage n'avait pas changé. Son regard s'est arrêté à l'ecchymose sombre qui avait éclos sous mon œil gauche, mais il n'a émis aucun commentaire. Je savais ce qui se tramait dans son esprit. Comment prétendre s'en faire pour moi alors que deux jours plus tôt il m'avait chassée de chez lui en plein milieu de la nuit ? Mais je savais qu'il n'était pas indifférent. Je le voyais dans la gêne qu'il essayait de dissimuler, maladroitement, derrière un visage hostile qui menaçait de rendre la conversation improductive. Puis je me suis souvenue de l'attendrissement d'Iman lorsque la veille, à son portail, je lui avais annoncé que Toumani allait bien. Tout était excusable chez l'un si cela impliquait l'autre. J'ai opté pour la sympathie face à l'adversité :

— Bonjour, Toumani.

— Tu as vu Iman ?

J'ai souri en mon for intérieur.

— Oui. C'est pour ça que je suis là.

Il a fait mine de se retourner, pour partir quelque part. Mais il n'y avait derrière lui que de la broussaille et des serpents. La sortie du bidonville se trouvait derrière moi.

— Qu'est-ce qu'il veut ?

— Il veut partir.

— Iman veut partir depuis que je le connais, Alissa. Il veut partir depuis qu'il nous a regardés, puis s'est regardé et s'est rendu compte de la clarté de sa peau et, par conséquent, du fait qu'il méritait une meilleure vie.

L'amertume dans sa voix a tranché à vif dans ma chair. Ce n'était pas gagné, mais ce n'était pas perdu non plus. Peut-être Toumani faisait-il la même erreur que j'avais commise la première fois que je l'avais perdu. Il tenait pour acquis le fait qu'Iman serait là, indéfiniment, à planifier un départ qui demeurerait futur. Il suffisait de lui faire prendre conscience de l'imminence de cette action :

— Il a vu Covi. Ils vont le faire participer à une opération armée avec les Djangos pour payer son droit de passage !

Toumani est resté perplexe. Plusieurs expressions ont défilé dans son regard. J'ai prié pour que tout cela se termine, car j'étais à bout de forces. Lorsqu'il a repris la parole, j'ignorais ce qu'il allait dire, car il avait les yeux fermés :

— Il veut partir ? Iman a tout. Il est grand, beau, il a un toit sur la tête, il a une grand-mère. Mais il n'est pas satisfait. Il a tout, mais tout n'est pas suffisant. Pour lui, nous sommes petits, pauvres, insignifiants, et tout comme son arrogance, ses aspirations sont infinies. S'il veut partir, qu'il parte, il est adulte. Si tu cherches quelqu'un pour le couver, va voir sa mère.

Il a levé les yeux vers moi, accusateur :

— Ou alors fais-le toi-même.

Je ne savais que répondre. Je n'y croyais pas, était-ce terminé ? J'ai balbutié une succession de phrases incompréhensibles :

— Mais c'est ton ami… Il est adulte… Si Covi ne le tue pas… C'est une traversée dangereuse… Même s'il s'embarque, n'as-tu pas peur que ça se passe mal, et…

Toumani a craché par terre, méprisant :

– Qu'il crève !

Puis il m'a bousculée de l'épaule pour m'écarter du chemin, et s'est éloigné à grandes enjambées, en forçant sur sa canne.

À présent, je n'avais d'autre choix que de le reconnaître : j'avais échoué, c'était bel et bien la fin. À moins que...

– Va voir sa mère, avait-il dit.

C'était une idée folle, mais j'avais l'impression d'être entourée de fous. De plus, le choix était de retourner chez Kiki et de regarder Iman s'apprêter à aller supplier Covi. Le supplier de le laisser lui servir de *chair à canon*. Iman s'était interposé pour me protéger d'une horde de drogués. Je me devais de tenter le tout pour le tout. Peut-être que, s'il comprenait qu'il possédait un foyer, il renoncerait à son entreprise suicidaire. Peut-être même était-ce pour cela que Toumani m'avait fait cette suggestion. Je me refusais de croire à la haine qu'il affichait envers son ami. Je me suis demandé pourquoi. Était-ce parce qu'alors j'en aurais été la responsable ? Mais je n'avais pas le loisir de m'éterniser sur cette question. J'étais arrivée à destination. Bien que je n'y sois jamais allée, je savais que je me trouvais devant la maison de la mère d'Iman. Son salon de coiffure était vaguement connu dans la ville. Une grande vitrine offrait aux passants une vue sur l'activité à l'intérieur. Elle habitait une chambre dans l'arrière-cour du même bâtiment. Pendant que, la main en visière, j'épiais les coiffeuses, essayant de deviner laquelle avait les traits d'Iman, la porte du salon s'est ouverte, faisant retentir des clochettes. Une jeune fille à peu près de mon âge, visiblement une apprentie, m'a fait un signe de la main.

– Vous voulez vous faire coiffer, mademoiselle ? Entrez.

Je me suis approchée d'elle.

– Je cherche la patronne.

– On peut vous coiffer aussi.

– Je ne suis pas ici pour me faire coiffer.

Elle a froncé les sourcils, hésitante, se demandant dans quelle mesure je lui faisais perdre son temps.

– Dites-lui qu'il s'agit de son fils.

– Quelque chose est arrivé à Désiré ?

– Non. Son autre fils. Iman.

– Écoutez, vous vous trompez de salon, Madame n'a qu'un seul fils.

Elle était sur le point de refermer la porte quand une autre femme, un peu plus âgée, est apparue derrière elle.

– Mon enfant, tu as dit Iman ?

J'ai fait oui. L'apprentie a semblé déconcertée, mais la jeune femme qui venait de faire son apparition, probablement la gérante, l'a congédiée.

– Va t'occuper de la cliente qui est sous le casque, je pense qu'elle y est restée suffisamment longtemps.

Puis, elle a reporté son attention sur moi.

– Personne ici ne sait pour Iman. Ma'Désiré a renvoyé toutes les employées qui l'ont connu. Il ne reste que moi. Comment t'appelles-tu, qu'est-ce que tu veux ?

Elle avait dit tout cela nerveusement, d'un ton pressant. Un drame s'était déroulé ici auquel je n'avais pas accès. Par contre, une chose était claire, je dérangeais.

– Je m'appelle Alissa. Il faut que je parle à Ma'Désiré, ai-je dit, reprenant le nom par lequel elle l'avait désignée.

La coutume veut que les mères soient désignées par le nom de leur premier enfant. C'était comme si Iman n'était jamais né.

– Elle ne veut pas entendre parler de lui. Elle a renvoyé une des meilleures filles, juste parce qu'elle avait prononcé son nom.

J'ai retenu la porte, décidée.

– C'est important.

Elle a soupiré.

– Je ne garantis rien.

Elle m'a demandé d'attendre dehors, probablement pour éviter que je ne plombe l'atmosphère du salon pendant qu'elle avait le dos tourné, puis a ouvert une porte vers la cour intérieure de la maison et s'y est engouffrée. J'ai attendu en jouant de ma sandale dans le sable. Le soleil était à son zénith, mais les nuages étaient épais, et l'air frais. Les hommes dans la rue vaquaient à leurs occupations. Un peu plus loin, dans un entrepôt de mécanicien repérable à un empilement de carcasses d'autos, un garçon, la tête enfoncée sous un capot, tapait périodiquement avec une clef à molette. Le bruit métallique donnait un rythme régulier à la journée. Des enfants couraient, ne s'arrêtant que pour laisser passer les rares voitures qui empruntaient la rue comme un raccourci fiché perpendiculairement entre deux artères achalandées de la ville. Ici, tout était tranquille. Le train-train communiquait un sentiment paisible, rasserénant. Pendant ce temps, dans un autre quartier de la ville, Iman s'apprêtait à mourir.

Des clochettes ont retenti.

– Mon enfant, viens. Tu as de la chance.

J'ai traversé le salon sous le regard vaguement distrait des coiffeuses. La cour intérieure était bien entretenue. La mère d'Iman semblait aisée sans être riche. Elle avait une maison privée et une Toyota d'apparence décente. J'ai pénétré dans la partie habitable de la maison. Le couloir était propre. Les employées devaient sans doute balayer les planchers tous les matins avant de commencer leur journée. La femme que je suivais s'est arrêtée brusquement à l'entrée d'une pièce. J'ai failli buter dedans.

– Ma'Désiré t'attend.

Elle s'est écartée. J'ai fait quelques pas dans le salon. Il était petit, peint en vert, avec des fenêtres qui donnaient sur une autre partie de la cour intérieure. Sur les murs comme sur les meubles, aucune photo de famille. Au centre, un divan et trois fauteuils étaient disposés autour d'une table basse. Plus loin sur la gauche, une table à manger rectangulaire flanquée de six chaises. À l'une de ses extrémités, j'ai reconnu les traits d'Iman sur le visage d'une femme. Elle portait une robe blanche à bretelles qui dénudait des épaules arrondies. Sous la robe, ses seins étaient nus, elle n'était pas sortie de la matinée. Elle avait les bras croisés sur une nappe à motifs écossais et s'amusait distraitement avec une boîte de Nescafé posée entre une tasse encore vide et une bouteille Thermos. Elle a souri timidement :

– Alissa. Viens t'asseoir.

Elle m'a indiqué la place juste à côté d'elle. Je me suis exécutée. Elle me regardait dans les yeux. À présent que je l'avais en face de moi, je ne savais plus que dire. De près, elle avait l'air fatigué, ou plutôt, l'air d'un chien qui reprend ses sens à l'intérieur après avoir été surpris par la tempête. Son sourire m'indiquait qu'elle avait su séduire, à une époque. Une époque révolue. En effet, la femme qui se trouvait devant moi n'était plus qu'une ombre d'où, parfois, perçaient des rais de lumière.

– Tu es la copine d'Iman ?

J'ai hoché la tête. C'était plus simple. Ça donnait plus de sens à ma présence.

– Tu es vraiment très belle. Je suis contente que tu sois venue.

J'ai baissé la tête, gênée. J'avais prévu de lui annoncer brusquement que son fils allait mourir, pour la choquer afin qu'elle passe à l'action. Mais je n'en ai plus eu l'audace. J'ai observé son regard qui voguait de droite à gauche, tentant de s'accrocher à un élément du décor. Cette femme était déjà en état de choc.

– Tu veux du café ?

Ça ne pouvait continuer.

– Madame, ce que j'ai à vous dire est important.

Un instant, son regard s'est stabilisé. Ou peut-être pas, je ne sais pas. Elle semblait regarder à travers mon crâne. Je lui ai pris la main. Sa paume était moite, elle était nerveuse. J'ai compris l'utilité de la boîte de café qu'elle tâtait, triturait.

– J'ai besoin de vous.

Sa main a tremblé. Je le savais, elle avait deviné ce que j'allais lui demander, mais elle attendait, espérant encore se tromper.

– J'ai besoin que vous parliez à Iman.

Sa main a tenté de s'extirper de la mienne, mais j'ai tenu bon. Alors tout son corps a reculé, comme une tortue qui s'enfuit dans sa carapace. Elle m'a semblé se rabougrir. Il fallait que je sois franche.

– Iman veut partir. Il s'est mis dans la tête qu'il doit rejoindre le pays de son père, mais le chemin qu'il a choisi est trop dangereux. Il faut que quelqu'un le ramène à ses sens.

J'ai senti sa main se ramollir, cesser de se débattre, ses prunelles ont semblé se vider de quelque chose de vital.

– Personne ne peut convaincre Iman.

– Je sais, a-t-elle fait doucement. Ils sont pareils tous les deux, indomptables.

J'ai deviné qu'elle faisait allusion au père d'Iman. J'ai poursuivi :

– Il est perdu. Il a besoin de... de se sentir aimé.

– Mais, toi, tu l'aimes, non ? C'est pour ça que tu es là.

– Oui.

La réponse m'était venue si naturellement que mon cœur a tressauté. Ce n'était pas un mensonge. J'ai pensé à Toumani et j'ai été prise de vertige. Je leur en voulais à tous les deux.

– Je sais que ce que je demande est difficile...

– Je ne peux pas, m'a-t-elle interrompue.

– Vous êtes sa mère.

– Je n'en suis plus si sûre.

– Eh bien, moi, si !

Elle a tremblé, aussi surprise que moi par mon exclamation. Puis elle a baissé les yeux.

– J'aurais aimé être une femme comme toi dans la vie d'Iman.

– Il n'est jamais trop tard.

– Peut-être as-tu raison.

J'ai retenu mon souffle.

– Je vais venir avec toi, Alissa. Emmène-moi le voir.

Les mots ont résonné à mes oreilles, mais je n'ai pas bronché. Je n'y croyais pas. Je me suis rendu compte que j'en étais arrivée à agir tout en ayant la conviction que j'allais échouer. Je n'avais pas prévu de réaction pour le cas contraire. Je suis restée tétanisée.

– Vite, je vais m'habiller. Il faut qu'on parte avant que mon mari ne ramène Désiré du collège pour la pause de midi. Sinon, ce sera trop tard.

Quelques instants plus tard, nous étions sur la route, dans la voiture que j'avais vue garée près de la maison de la mère d'Iman. Elle tenait le volant et je tentais tant bien que mal de lui indiquer le chemin. Les rues paraissent vraiment différentes de l'intérieur d'une auto. En particulier pour une personne comme moi. De ma vie, le nombre de fois où j'avais été en voiture se comptait sur les doigts d'une main. Alors qu'on roulait, j'ai songé à la femme à mes côtés. Cette manière de prendre les choses en main dès l'instant où elle avait décidé de me suivre. Elle était courageuse, même si elle était toujours nerveuse.

– Ça fait longtemps que je n'ai pas conduit, avait-elle dit sur un ton d'excuse.

Son chauffeur avait effectivement bondi de la pierre sur laquelle il était assis lorsqu'il avait vu la voiture sortir dans la rue. Il avait tenté de s'en approcher, mais elle l'avait renvoyé d'un regard de fer. Le même regard qu'elle avait eu lorsqu'elle avait fait quérir la gérante du salon dans sa chambre pendant qu'elle s'habillait. Je l'ai imaginée lui expliquant les mots à dire lorsque le père de Désiré rentrerait et ne trouverait pas sa femme à la maison. Elle avait été forte autrefois, je le sentais dans la détermination qui transparaissait dans ses mouvements, alors qu'elle changeait de vitesse. Même si sous les pans de sa tenue, ses jambes tremblaient légèrement ; même si de temps à autre, elle tirait sur ses manches pour couvrir des traces de coup. Cependant, plus on avançait, plus elle ralentissait, moins elle était agressive, plus sa voiture semblait être dirigée non pas par elle, mais plutôt par le flot de la circulation. J'ai serré les poings et commencé à prier pour qu'on arrive avant qu'elle ne flanche. Je savais que ce que je lui demandais était difficile. Elle m'a dit quelques mots qui ont ouvert une brèche dans le tourment qu'elle ressentait.

– C'est ma faute s'il veut partir. Si je lui avais offert un foyer ici, il ne serait pas en train d'en chercher un ailleurs. Je lui ai arraché son passé. À présent, on me demande d'écraser ses espoirs futurs. Au nom de quoi nous permettons-nous de l'en empêcher ? Après tout, il a le droit de partir. Toute ma vie, je n'ai poursuivi que mon propre bonheur. Aux dépens d'Hadja, de Georges et, par-dessus tout, d'Iman. Je ne suis pas sûre de ce que je fais maintenant. Est-ce vraiment pour Iman ? Est-ce que je n'essaye pas simplement d'apaiser ma conscience, d'acheter ma rédemption et de m'en laver les mains avant de mourir ?

Je n'ai pas répondu. Elle était plongée dans un monologue intérieur, et j'avais peur que toute intervention l'effraie et lui fasse perdre la dernière once d'assurance qui l'animait. Nous n'arrivions pas assez vite ! Ses lambeaux de courage tiendraient-ils le temps qu'il fallait ? Je m'en voulais de ne pas reconnaître le chemin. Par deux fois, nous avons raté l'entrée de la rue qui menait au marché. C'était si facile à pied. En voiture, tout allait trop vite. On n'avait aucun contrôle, il fallait avancer, les voitures derrière nous klaxonnaient, on ne pouvait pas simplement rebrousser chemin, il fallait faire des détours. J'ai cru que j'allais perdre la raison. J'avais le souffle court quand nous sommes arrivés chez Kiki. Elle s'est garée, puis n'a plus bougé.

– C'est ici qu'habite Iman ?

J'ai senti un trémolo dans sa voix. Elle faisait un effort pour ne pas éclater d'un sanglot nerveux. Son malaise était communicatif. Il faisait chaud dans la voiture.

– Non, c'est ici que j'habite. Au premier étage.

Les deux mains appuyées sur le volant, elle s'est penchée en avant et a élevé le regard. Elle avait peur, elle transpirait.

– Allons-y, ai-je fait.

Elle est restée figée, le regard vide. Mon cœur a accéléré. C'était étrange, autant lorsqu'on était chez elle j'avais su me montrer ferme, autant à présent je craignais de monter la voix, ne serait-ce que d'un ton. En effet, de chez elle, elle n'aurait pu s'enfuir nulle part. Mais si je l'effrayais ici et qu'elle disparaissait ? Je suis sortie de la voiture, faisant mine de ne pas remarquer son trouble. J'ai fermé la portière. Elle a ouvert la sienne. Elle a posé un pied à l'extérieur. Je me suis dirigée vers l'entrée de l'immeuble sans oser regarder dans mon dos. Mais je n'entendais pas sa portière se refermer, ni ses pas se rapprocher. J'ai joué de la clé dans la serrure, en prenant mon temps, afin de lui donner le sien. Le cœur battant, j'ai attendu. La portière a claqué. Qu'entendrai-je, le moteur ou ses pas ? J'ai perçu le frou-frou de sa robe. Dans ma poitrine, un ballon a semblé se dégonfler. Je n'osais pas dire un mot. J'ai poussé la porte. Même le grincement métallique m'a inquiétée. Je n'ai pas allumé dans la cage d'escalier. Je voulais juste qu'elle me suive, qu'on arrive enfin à Iman. Une fois dans ma chambre, elle n'aurait pas d'autre choix que de lui parler. Je la laisserais entrer, et m'appuyerais à la porte pour lui bloquer la sortie. Je n'avais pas prévu la réaction d'Iman. Mais au fond de moi, je savais que s'il y avait une personne au monde à qui je pouvais faire confiance, c'était lui. On verrait. On était à mi-hauteur dans l'escalier. Elle me suivait, mais à une certaine distance. Elle semblait prendre le temps d'intégrer chaque élément de sa progression. J'ignorais si c'était une bonne chose, si c'était en ma faveur. Devais-je accélérer ou ralentir ? J'étais perdue. J'ai posé la main sur la poignée de ma porte en haut des escaliers du premier étage. J'ai senti qu'elle s'était immobilisée au même moment. J'ai attendu, elle n'a pas bronché. Si j'entrais, elle partirait, je le savais. J'ai attendu. Il fallait que je fasse quelque chose, seulement je ne savais pas quoi. La gorge tendue, je me suis retournée. Lentement. Dans le noir, j'ai vu ses yeux briller. Elle pleurait.

– Mon fils est de l'autre côté de cette porte ?

– Oui.

Elle s'est agrippée à la rambarde. Je suis redescendue d'une marche. Elle a reculé d'autant. Je me suis rapprochée plus rapidement, elle a levé une main, la paume vers moi. Stop, disait-elle. Mais je ne me suis pas arrêtée.

Peut-être ai-je commis une erreur. Peut-être n'aurais-je pas dû l'obliger à parler, lui donner la force de prononcer les mots qui allaient tout briser :

– Je ne peux pas. C'est trop facile.

Mes épaules se sont voûtées. Ici, dans cette cage d'escalier obscure je n'avais aucun pouvoir. J'étais éreintée.

– C'est ma faute s'il veut partir. Je l'ai abandonné. Mais tu sais, en fin de compte, Iman a de la chance de t'avoir dans sa vie. Tu t'occuperas mieux de lui que je ne l'ai jamais fait.

Je suis restée, les bras ballants, à attendre la suite. Je n'avais plus l'énergie de protester. J'avais perdu, je le savais. Je ne pouvais pas surmonter la peine de cette femme à sa place.

– Parfois, Alissa, tu vois, parfois il est trop tard.

Alors elle s'est retournée brusquement et s'est enfuie. Je me suis laissée choir sur les marches et j'ai attendu dans le noir que me parvienne le bruit du moteur. La voiture a démarré et s'est éloignée, creusant à nouveau la distance qui s'était établie entre Iman et sa mère. J'avais presque réussi. Mais « presque » ne compte pas. La tête entre les mains, j'ai laissé des larmes couler, car j'avais tout essayé et il ne restait qu'à pleurer. Oui, Iman, peut-être qu'en fin de compte tu as raison, peut-être es-tu réellement *seul*.

Je me suis relevée et j'ai lissé les pans de ma robe. Puis je me suis retournée et j'ai regravi les dernières marches, mais j'avais l'impression d'avoir quatre-vingts ans. En effet, ne venais-je pas d'absorber la peine de plusieurs générations ? J'ai tourné la poignée et poussé la porte.

À l'intérieur de l'antichambre, il n'y avait personne. J'ai poussé la deuxième porte, celle de la chambre de Kiki. Elle était assise sur son lit et regardait par la fenêtre. Lorsqu'elle m'a vue, elle m'a tendu une feuille de papier. Je la lui ai prise des mains. Une écriture nette, minuscule, dans un souci d'économie :

– Le coup est prévu pour ce soir. Il faut que j'y retourne.

Ainsi, de toute manière, ça n'aurait pas marché. J'avais tort et elle avait raison, parfois il est trop tard. Nul ne peut défier la fatalité. Comme l'avait déclaré Toumani, peut-être que j'avais été aussi arrogante qu'Iman. La feuille toujours entre les mains, je me suis assise par terre à l'endroit même où je me trouvais. Puis mon corps a fléchi et je me suis effondrée sur le sol, lentement, progressivement, accablée par une tristesse d'un poids infini.

INDIGO

Toumani

Je regrettais surtout deux mots. Grand et beau. Après cet aveu que j'avais fait à Alissa à propos d'Iman quelques minutes plus tôt, pouvait-elle encore me respecter ? Et ce n'était là que la pointe de l'iceberg. Iman était courageux. Courageux, l'étais-je ? Iman était déterminé, et moi, l'étais-je ? Les réponses à ces questions me flagellaient, lancinantes. Que me restait-il pour me défendre, hormis des plaies béantes dans ma fierté ? J'avais traité Iman de tous les noms. J'avais attiré l'attention d'Alissa sur son arrogance. Je lui avais dit maintes fois « Iman est fou ». Mais alors que je disais ces mots, m'entendait-elle seulement ? Cependant, au fond, je le savais, ces paroles étaient comme des bulles de savon. Elles avaient beau réfléchir toute la lumière de la réalité que j'essayais de projeter, elles avaient beau refléter, dans toutes les couleurs de l'arc-en-ciel, du rouge à l'indigo, cette image de lui, fou et arrogant, néanmoins au premier obstacle qu'elles rencontraient elles éclataient. À l'intérieur, elles étaient vides. Vides de tout sens. Mes motivations devaient être visibles à travers leurs surfaces transparentes. Alors, comment espérer convaincre Alissa ? Ou peut-être était-ce moi-même que j'essayais de convaincre? Mais, même cela, y parvenais-je? En effet, j'avais beau me raisonner, chercher des justifications, une manière de diminuer les qualités d'Iman, il n'en demeurait pas moins que, même dans sa folie, dans son arrogance, son obsession prenait un tour héroïque. Qu'il crève, j'avais dit. Mon Dieu, était-il possible que, secrètement, je désire réellement qu'il parte, qu'il embarque avec ces passeurs et qu'il disparaisse à jamais, englouti par les flots? J'avais peur. C'était une sensation étrange: avoir peur de soi-même, de ce que l'on peut penser, de son prochain acte. C'était comme si je n'avais pas la maîtrise de mon corps, une sorte de folie.

Je blâmais Iman pour tous les maux que je ressentais. Mais c'était une torture, car à chaque pas que je faisais, à chaque mouvement que j'exécutais, j'étais hanté par une image cruelle: celle d'un enfant handicapé dans un fauteuil roulant, et d'un autre qui le poussait dans les rues de cette même ville. Comment, après cela, osais-je dire du mal de lui? Était-il possible que je sois devenu un monstre d'ingratitude? Que me restait-il d'humain? Je me rappelais le jour où j'avais songé qu'Iman était une ouverture pour moi vers l'humanité. M'étais-je jamais demandé ce qu'il adviendrait de moi s'il disparaissait? Non, car au fond, je le savais, j'étais terrorisé par l'idée de son départ. J'avais peur qu'il parte, peur qu'il reste. Peur d'exister et de devoir participer à tout cela. Pour cette raison, j'évitais d'agir, de penser, et même de respirer. Alors, tandis que je suffoquais, mon corps prenait les décisions à ma place.

« Il faut que je reprenne le contrôle de la situation ! »

J'ai frappé du poing dans un lampadaire. Mais de quelle manière ? Que pouvais-je faire ? me suis-je demandé en hurlant pour ravaler la douleur qui irradiait dans mes jointures. Il n'y avait qu'un seul acte qui me rachèterait aux yeux de tous, y compris de moi-même. Je devais lui venir en aide. Il me fallait le dissuader, ou plutôt l'empêcher de prendre part à cette entreprise suicidaire. Ainsi seulement je pourrais éviter, à chaque surface réfléchissante que je croiserais, d'y scruter mon reflet à la recherche de ce que d'autres risquaient de voir sur mon visage. Ce qu'il fallait que je dissimule. C'est dur, vraiment dur, de vivre constamment courbé par le poids de sa propre lâcheté, le dos douloureux. Il fallait que je me redresse. Ma canne a retenti contre les pavés, me stoppant net dans ma progression. Je savais quelle devait être ma prochaine destination.

Iman n'était pas chez lui. Alors je suis passé chez Alissa, espérant y glaner des informations, mais elle était également absente. Ce qui finalement était une bonne chose. Je ne désirais pas l'intervention d'Alissa. Je voulais éviter de donner l'impression, autant à elle qu'à moi-même, que j'agissais dans le but d'obtenir son approbation. Ce que je faisais, je le faisais pour Iman. Mais à présent, je me sentais perdu, ne sachant plus où donner de la tête. De plus, je constatais qu'il était vain de chercher à rentrer en contact avec lui. Je n'avais pas la force de persuasion nécessaire pour lui faire entendre raison. Personne ne l'avait. Il me fallait trouver une autre manière d'intervenir. J'étais assis à un carrefour à regarder des voitures, la plupart à peine en état de rouler, avancer péniblement en dégageant d'épaisses volutes de fumée noire. Une grosse femme, mère de deux enfants, chargeait des marchandises entre les cuisses d'un conducteur de moto-taxi. Je les ai observés alors qu'ils discutaient de la meilleure manière d'installer les deux enfants entre elle et le conducteur. Le convoi s'est éloigné dans un équilibre instable. Il a disparu au loin et je n'avais toujours pas trouvé une solution. Je ne dispose pas de beaucoup de ressources, que ce soit sur le plan physique ou sur le plan intellectuel. Mais j'ai repensé à ce qu'Alissa avait dit. Iman allait s'engager avec les Djangos dans un coup armé. Je pouvais me renseigner sur le coup. Il n'était pas question d'aller voir Covi. Covi avait dû répondre à un dilemme particulier en prison. Battu, humilié, torturé, il avait dû choisir entre sa liberté et son équilibre mental. Il avait fait son choix et devait certainement se dire qu'il gagnait au change. C'était discutable, mais pas nécessairement faux. La liberté avait-elle un prix ? Aurait-il vendu ses commanditaires qu'il aurait passé le restant de sa vie à guetter par-dessus son épaule en espérant au moins, comme consolation, de voir le visage de celui qui lui assènerait le coup de couteau inévitable. Covi était un fou furieux qui arrachait des vies pour rien. Mais d'autre part, il procurait également à beaucoup de gens des documents et des voies pour fuir cet enfer, leur offrait une réponse à leurs prières pour une vie meilleure. L'équilibre parfait. Il était la personnification d'un nouveau messie.

Et comme tous les messies, il justifiait ses actes au nom de desseins qui dépassaient l'entendement humain. Comme beaucoup de prophètes avant lui, le cimeterre à la main, Covi assassinait tous ceux qui se trouvaient sur le chemin de sa conception de la liberté. Et si aujourd'hui on leur donnait raison, à ces prophètes, peut-être que demain, on trouverait en lui aussi une sainteté? Covi était un vendeur d'espoirs, et dans l'état actuel des choses, peut-être cela justifiait-il effectivement ses crimes. Quoi qu'il en soit, pour toutes ces raisons, je ne pouvais pas me mettre sur son chemin. J'ai décidé de rendre visite à Gildas, plutôt.

Un vent frais soufflait sous des nuages bas. J'ai poussé une porte de tôle ondulée et pénétré dans l'enceinte de la cour que Gildas partageait avec d'autres locataires. Des marches descendaient dans la cour au sable brun, presque gris. J'ai cherché du regard tout autour de la cour la chambre de Gildas. Ici, à la différence de chez Hadja, il y avait surtout des jeunes hommes. Les couples ou les familles ne voulaient pas s'exposer à cette graine particulière d'individus, qui buvaient la journée et vivaient le soir, dans l'ombre. Ils faisaient peur. Je me suis avancé vers chez Gildas et j'ai cogné à la porte. J'ai entendu du bruit de l'autre côté.

– C'est qui?
– Toumani.
– Qu'est-ce que tu veux?
– Parler.
– Désolé, je n'ai pas le temps.
– C'est important.

Un raclement de loquet plus tard, la porte s'est ouverte. Gildas a regardé derrière moi, puis m'a attiré à l'intérieur. Au fond, sur son lit, par-delà le désordre dans la pièce sombre, une fille était allongée, un batik négligemment posé sur son corps nu. Une cuisse en dépassait, noire, lascive. Était-ce la même fille qu'il avait rencontrée l'autre jour au bar ? Peu probable. Gildas m'accueillait en short, torse nu, nerveux. Quelque chose se tramait, je le sentais.

– Alors, qu'est-ce que tu veux ?

– Je cherche Iman.

– Mais qu'est-ce que tu penses qu'il serait en train de foutre ici ?

– Je sais que les Djangos préparent un truc. Iman va y participer, je dois le trouver avant.

L'œil de Gildas a scintillé dans le noir. D'un coup, son bras musculeux a fusé. L'impact de sa paume contre mon gosier m'a soulevé du sol et ma nuque a percuté le mur derrière moi. Sonné, j'ai senti le poids de son poing m'écraser la pomme d'Adam.

– Ah oui, et qu'est-ce que tu sais d'autre ?

Suffoquant, les yeux bouillants de larmes, j'ai toussé pour aspirer un filet d'air. À travers le brouillard qui s'épaississait devant mes yeux, j'ai balayé la chambre du regard, puis je l'ai reposé sur Gildas. Il avait peur. Je le sentais dans le désordre de la pièce, dans les rideaux tirés, la pénombre, dans la posture de la femme nue, couchée dans le lit, rompue.

– Je sais pour le coup armé. Mais je ne sais pas quand il aura lieu.

– Et tu es passé tranquillement en te disant que j'allais te renseigner ?

– Oui, ai-je répondu, un œil fermé.

Gildas a froncé les sourcils :

– Ma parole, mais tu es complètement fou ! Et pourquoi est-ce que je ferais une chose pareille ?

Mes bras s'étaient mis à battre malgré moi. Ma poitrine pesait des tonnes. Dans ma tête, un feu d'artifice éblouissant a éclaté. Ma canne a rebondi sur le sol en ciment.

– Parce qu'Iman est ton ami…

J'ai senti son étreinte se desserrer juste un peu. Le côté gauche de sa bouche s'est affaissé pour former une grimace d'incompréhension.

– Hein ?

– … et que tu ne veux pas qu'il meure, ai-je terminé, le souffle court.

À ces mots, il a brusquement relâché mon cou.

– C'est vrai, a-t-il dit alors que je m'effondrais sur mes genoux et toussais et crachais. Covi va l'envoyer se faire tuer, a-t-il ajouté. C'est ma faute.

Je me suis assis sur le sol et me suis adossé à la porte pour reprendre mes sens. J'ai levé le regard vers lui et l'ai écouté continuer :

– Iman a besoin d'un passeur. Ils se sont vus hier, puis à nouveau ce matin. Covi lui a promis de payer son passage s'il prenait part à son opération. Iman pourrait partir dès l'aube demain, Toumani ! Seulement voilà, il a été affecté à une tâche qu'aucun autre Django n'a trouvé le courage – ou la folie – d'accepter.

Les larmes aux yeux, Gildas a frappé du poing dans le mur :

– Covi lui a proposé ce marché parce qu'il sait qu'Iman ne s'en sortira pas !

Dans le lit, la femme a remué dans son sommeil épuisé. Une fesse charnue a émergé du batik. Dans mon esprit, à l'image de ce corps s'est substituée l'image du corps d'Alissa.

– Mais qu'est-ce qu'Iman doit faire ? ai-je demandé d'une voix étranglée en me massant la gorge

– Tu te souviens de Ludovic et sa bande de voyous ? Nous sommes allés faire un coup ensemble chez eux il y a quelques années.

Comment pourrais-je jamais oublier chaque instant de ce jour-là ?

– Oui, je pense, je m'en souviens… vaguement.

– Il a formé le gang des balafrés. Chaque nouveau membre avant de s'y intégrer doit s'ouvrir un côté du visage avec une lame de rasoir et se faire une balafre comme celle de Ludovic. Bref, ce n'est pas le plus important. Il est le principal rival des Djangos. Mais il a été arrêté pour un coup mineur et va être transféré d'un commissariat à une prison ce soir. Voilà.

– Voilà quoi ?

– Eh bien, Covi a décidé de l'assassiner alors qu'il sera sous la garde des soldats.

J'ai tremblé. Ainsi Iman s'était engagé à prendre part à un meurtre. Il était prêt à payer son passage au prix du sang. N'importe quoi, tant que ça lui permettrait de *partir*. Seigneur, je ne m'étais pas rendu compte de la profondeur de son malaise. Gildas poursuivait :

– Après l'assassinat, les militaires vont nous poursuivre. Ils ont trop bien organisé leur coup, nous ne pourrons jamais leur échapper. Alors c'est Iman qui va faire diversion. En gros, c'est après lui qu'ils vont courir pendant que nous nous enfuirons discrètement par ailleurs. Mais ces militaires sont des bêtes sauvages, ils ne vont pas se contenter de le poursuivre et de l'arrêter, ils vont le fusiller, c'est clair.

Par la grâce de Dieu !

Gildas a tendu les bras et s'est appuyé contre le mur, les paupières plissées :

– J'ai essayé de l'en dissuader, a-t-il maugréé, mais Iman est comme drogué. Il aurait même accepté sans hésitation de prendre l'arme et d'abattre Ludovic de ses propres mains.

Oui, Iman était drogué. Il était drogué par l'obsession de la fuite. Vers un autre monde ou même vers l'Autre Monde, mais partir, pour toujours. La chambre obscure dans laquelle nous nous trouvions a semblé se réduire progressivement en tournoyant. Il me fallait de l'air. J'ai tâté des mains autour de moi à la recherche de la poignée de la porte. Gildas me regardait sans bouger.

– Maintenant que tu sais tout, que comptes-tu faire ?

Je ne savais pas. Je suffoquais. J'ai trouvé la poignée, je l'ai tournée puis poussée. Une vague de lumière s'est engouffrée dans la pièce et m'a brûlé les yeux comme de l'acide. J'ai rampé en aveugle vers l'extérieur, agrippant le sable de mes doigts. Dehors, des gens se sont levés, curieux, prêts à réagir en cas de grabuge. Gildas a dû leur faire un signe, car ils se sont rassis. Il est venu s'accroupir à côté de moi. Il a commencé à dire quelque chose, sans doute pour s'excuser de m'avoir étranglé, puis il a dû se rendre compte de la futilité de toute parole et a préféré se taire. Nous sommes restés ainsi pendant un certain temps, au bout duquel il a dit:

– Je sais ce qu'on va faire.

À plat ventre dans l'herbe d'une plaine, dissimulé derrière un arbre, j'ai repensé aux paroles de Gildas: Iman pourrait partir dès l'aube. Au-dessus de ma tête, un croissant de lune miroitait. Ainsi donc, ceci pourrait être notre dernière nuit avant son départ. Ou sa mort si les choses suivaient un cours auquel je me refusais de penser. Tout au fond de la plaine se trouvait un bois dans lequel Gildas devait être caché avec le reste de sa bande à attendre les militaires. J'avais passé la journée avec lui, à me préparer mentalement, manger, boire, fumer pour la première fois. Il m'avait proposé du cannabis, mais j'avais refusé. Mon corps était trop faible, je ne l'aurais pas supporté. J'ai gardé les joints dans mes poches, pour plus tard, quand on aurait réussi. Puis Gildas était parti. Nous avions pris des chemins séparés. Il fallait qu'il se rende à l'entrepôt des Djangos. Avant de partir, il m'avait expliqué son plan, encore une fois, pour la énième fois. Mais le plan tenait en deux lignes, et comme tous les plans de deux lignes, il n'avait aucun sens. Cependant, je l'avais écouté posément, religieusement, parce que je n'avais pas d'autre choix que d'y croire. Y croire aveuglément comme le fidèle se dévoue à l'idée que des génuflexions le sauveront de la misère humaine. Mais à présent, étendu dans cette herbe, grelottant dans un air froid qui sentait de plus en plus l'orage, je n'étais plus aussi convaincu. Et Gildas non plus, j'en étais sûr. Mais il fallait s'accrocher à quelque chose, nous le savions par ici. Ainsi qu'Iman s'accrochait à l'idée de son départ. Ainsi que Gildas, Alissa et moi, nous nous accrochions à Iman. En effet, pourquoi ne voulions-nous pas qu'il parte ? J'ai tiré sur une brindille d'herbe humide. Je n'avais pas de réponse à cette question. Par sympathie ? La sympathie ne consisterait-elle pas plutôt à lui apporter de l'aide dans son entreprise ? Non, il y avait autre chose derrière ce désir de le voir rester. Quelque chose qui trahissait notre faiblesse. Je souffrais énormément ici, mais je n'avais jamais osé faire le pas pour partir. Je n'y avais même jamais songé. Retenir Iman me permettait de ne pas avoir à justifier mon manque de réaction face à ma propre misère. À partir du moment où certains commenceraient à partir, les autres devraient se poser des questions sur eux-mêmes. Toute ma vie, j'ai eu peur des réponses. Alissa se justifiait en disant qu'Iman risquait de mourir. Mais ne meurt que celui qui est en vie. Pouvait-on réellement affirmer qu'Iman était en vie ici ? Iman a toujours été une sorte de coquille vide. Ou plutôt comme ces éponges que la mer rejette et que l'on peut ramasser, desséchées sur le bord des plages. Toute sa vie, il a attendu que quelqu'un vienne le remplir d'eau afin de pouvoir prendre forme. C'était cela, ce besoin de s'emplir, que j'avais à l'origine confondu avec de la générosité lorsque les premiers jours, chez Hadja, il me nourrissait à la cuillère, ou plus tard, quand il me poussait dans le fauteuil roulant, le long des rues de la ville. Mais je soupçonnais que je me méprenais, car, dès le départ, j'ai senti que le cœur n'y était pas. Du fait de cette constante apathie associée à tous ses gestes. La générosité est un don du cœur, de l'âme. L'âme d'Iman était distante, imperceptible. Iman se nourrissait des gens, se donnait une raison de vivre, parfois en offrant sa charité sans borne. Ainsi il s'était nourri de moi. Puis il avait rencontré Anna, et s'était nourri d'elle. Comment ? En offrant un support à la naïveté de cette Européenne qui pensait que, par le simple fait de son amour, elle pouvait changer la condition humaine. Iman avait grandi parmi nous, il avait plus de sens que ça. À présent, il y avait Alissa. Alissa lui faisait peur parce qu'elle était différente. Il n'avait pas d'emprise sur elle. Alissa, qui m'avait fait comprendre que, toute sa vie, à chacun de ses souffles, elle avait continué par devoir envers sa famille. Elle n'avait pas de vie, pas de rêves, pas de désir, alors Iman n'avait pu trouver aucune faille par laquelle se répandre en elle. Jusqu'au soir du concert. Cette nuit-là, elle était revenue transformée. Je l'avais sentie hésiter pour la première fois. Parce qu'enfin, elle prenait une décision, faisait un choix. Je ne savais pas quel était son dilemme. Était-ce le choix entre Iman et moi ? Comme d'habitude, la réponse à cette question m'avait effrayé. J'avais paniqué et j'avais commis le pire acte qui soit. J'avais rejeté Alissa par faiblesse. Mais j'avais décidé de ne plus être faible, et pour cela, d'embrasser Iman dans sa décision de partir. Peut-être que si je m'y mettais à l'instant, je deviendrais suffisamment fort, plus fort qu'Iman, et j'aurais la confiance nécessaire pour lui arracher l'objet de mon désir, conquérir Alissa.

Une détonation a retenti.

Dans mon esprit, une porte a claqué sur mes pensées et je suis revenu immédiatement à la réalité, à la prairie, à l'action et à la peur! J'ai entendu des cris provenant du bois. Un échange de coups de feu. J'ai cru voir des éclairs de lumière, mais ça devait être mon imagination. Puis le calme plat. J'imaginais les Djangos disparaissant dans les bois. Les militaires confus, certains blessés. Ludovic mort. Bientôt, très bientôt, ce serait le moment. Les militaires reprendraient leurs sens, et talonneraient les gangsters. Les Djangos avaient passé toute la semaine à construire des abris où se dissimuler au milieu du bois. Ils n'avaient pas prévu de s'en éloigner. Tapis dans leurs cachettes, ils laisseraient les militaires les poursuivre sur *l'unique* voie de sortie du bois. Les militaires passeraient devant eux sans se rendre compte qu'ils laissaient leurs proies derrière, qu'ils couraient après des fantômes. Peut-être qu'ils hésiteraient un instant ne percevant aucun bruit devant eux. Mais à ce moment-là...

Un coup de feu claqua dans la nuit. Puis un hurlement. Iman venait de tirer pour les remettre dans la bonne direction, sur sa trace à lui. Lui, le fantôme. Bientôt, ils émergeraient du bois. Gildas m'avait demandé de me poster sur le bord de la route à quelques centaines de mètres de la sortie du bois. Iman devrait alors foncer à toute allure vers moi. Mais non! je me suis dit. Je me suis levé et j'ai commencé moi aussi à courir vers le bois, aussi vite que je le pouvais avec ma canne. En effet, à la sortie du bois, Iman avait le choix entre deux chemins. Gildas s'était dit qu'il prendrait vers le nord, vers les lumières de la ville, le choix le plus raisonnable. Cependant, tout à coup je n'en étais plus aussi sûr. Peut-être qu'Iman savait qu'il ne s'en tirerait pas, peut-être même qu'il ne comptait pas s'en tirer ! Il prendrait alors vers le sud, appelé par les vagues de la mer. J'ai couru vers le sud, le long de la voie, afin de gagner du terrain avant qu'il ne débouche du bois. C'était un pari étrange, fondé uniquement sur la confiance que j'avais de bien connaître Iman. C'était un test, d'une certaine manière, de l'intensité du lien qui nous unissait. Et si je me trompais ? J'ai continué à courir sur le côté de la route, penché en avant, le visage fouetté par les hautes herbes qui y poussaient. J'ai poussé mon corps jusqu'au bout, en haletant ! Bientôt, le chemin ferait un brusque coude. Au moment où j'y parvenais, j'ai entendu du bruit derrière moi, à l'orée du bois. Dès le passage du coude je me suis jeté à terre. J'ai rampé jusqu'au bord de la route et j'ai tendu l'oreille. À cause du virage que je venais de prendre, les herbes me masquaient la vue du bois. Je ne pouvais que deviner l'approche d'Iman. L'oreille pressée contre le sol, j'ai écouté la terre trembler. Ils arrivaient, je le sentais. Plus que quelques secondes, et il serait là. Je l'ai imaginé, dévalant la piste, sa chemise ouverte sur son torse, enflée par le vent qui s'y engouffrait. J'ai imaginé son visage, l'expression qui s'y trouvait, l'air hagard, la bouche tordue par l'effort de la course, l'esprit vide, l'oreille tendue à l'écoute du coup de feu qui lui brûlerait le dos et briserait sa course, lui signalant que c'était fini. J'ai entendu des pas précipités se rapprocher. Bientôt, ce serait à moi ! Je me suis redressé, à mes marques comme un sprinter prêt à bondir. Je pouvais entendre le souffle d'Iman tout près, amplifié par la nuit. C'était comme s'il me respirait à l'oreille. Il serait bientôt au virage. Tout allait se jouer en une fraction de seconde.

Maintenant !

J'ai bondi à l'aveuglette ! Je me suis senti décoller du sol, flotter dans le vide, sans poids, l'instant d'une seconde. Et puis la collision ! Nos corps se sont heurtés comme deux bolides, avec fracas ! Je me suis senti valser en l'air, secoué. Un instant plus tard, je me recevais sur le sol, désarticulé, redoutant de me rompre le cou. J'étais par terre, brisé, et j'ai songé à y rester. J'ai dû faire un effort extraordinaire pour que ma conscience ne s'éteigne pas. Puisant la volonté tout au fond de mes tripes, je me suis redressé en expirant fortement. Je me suis dirigé en chancelant vers le corps d'Iman. Il fallait faire vite, avant que les militaires n'arrivent. Je l'ai tiré par les jambes hors du chemin, rapidement, et j'ai fait rouler son corps dans les hautes herbes sur le bord de la route ! Des bruits de pas se rapprochaient. J'ai ramassé ma canne, complètement sonné.

Un groupe d'hommes en uniforme s'est matérialisé devant moi, risquant de me piétiner dans leur avance. Ils se sont arrêtés en m'apercevant. L'un d'entre eux m'a attrapé par l'aisselle. J'ai senti leur nervosité, leur fièvre.

– Tu es fait !

Ils pensaient que j'étais Iman. Celui qui me tenait m'a secoué, prêt à me plaquer au sol. Puis l'un d'entre eux m'a observé. Il a remarqué ma canne, ma jambe en bois.

– Ce n'est pas lui ! Celui-là n'est qu'un petit handicapé !

Les regards se sont reportés vers la route. Ils étaient surpris, déconcertés. Où était Iman ? devaient-ils se dire. Comment avait-il pu se volatiliser ainsi ? Quelqu'un m'a giflé ! J'ai senti le canon d'une arme se ficher dans mon cou.

– Il est où ?

– Je… je…

– Réponds ou je t'abats ! Il est où ?

J'ai pointé le doigt vers le chemin plus bas, beaucoup plus loin.

– J'ai vu quelqu'un courir par là pendant que j'arrivais.

Ils ont suivi mon doigt. C'était impossible. Iman n'avait pas pu être aussi rapide !

– Il est sorti de la route, il est rentré dans les herbes.

J'indiquais le côté de la rue opposé à celui où j'avais fait rouler le corps d'Iman à peine à deux mètres de l'endroit où nous nous tenions.

– Tu es sûr ? Tu viens d'où comme ça ? Tu vas où ?

– Je suis pêcheur. Je viens de la mer. Je vais en ville chez moi.

Ils m'ont toisé, de la tête aux pieds, suspicieux.

– Eh bien, ce soir tu ne vas pas chez toi, tu viens avec nous ! Et si tu tentes une entourloupe, je t'abats, parole du Commandant Yekibi !

Je n'avais pas prévu ça. Mes dents ont grincé. Évitant de regarder en arrière, je les ai suivis. Nous nous sommes éloignés, abandonnant Iman.

Mon explication tenait debout. Ils m'ont bousculé, secoué, menacé, mais ce n'était qu'une piètre consolation en regard de l'ampleur des dégâts qu'ils venaient de subir. Ludovic était mort, certains des soldats étaient blessés et leurs agresseurs s'étaient volatilisés dans la nature, comme des esprits. Ils sont retournés à leur camion et je les ai regardés s'éloigner en jurant qu'ils mettraient la ville à feu et à sang, qu'ils feraient un carnage au sein de tous les gangs de voyous, jusqu'à ce que l'un d'entre eux dénonce les responsables du coup. Et, ont-ils ajouté, ils n'oublieraient pas mon visage. Si jamais ils le reconnaissaient au cours d'une de leurs razzias, je regretterais ce jour-là où mes misérables parents avaient eu la triste idée de me concevoir. Puis ils sont partis, en emportant le cadavre de Ludovic dans leur camion. Je me suis extirpé du bois prestement, en scrutant anxieusement chacun des troncs d'arbres que je croisais, me demandant si les Djangos étaient encore tapis derrière. J'ai repris la route bordée d'herbes vers le sud. Les rayons de la lune faisaient scintiller les gravats que je piétinais. J'avais l'impression d'évoluer sur un tapis de diamants. Je me suis souri à moi-même, d'abord timidement, mais de plus en plus largement au fur et à mesure que j'avançais. Jamais je n'avais été aussi heureux de ma vie. J'avais réussi. Arrivé au coude où j'avais abandonné le corps d'Iman, j'ai fait une pause, le temps de m'assurer que les soldats n'étaient pas dans un coin en train de me tendre un piège. Je savais que c'était ridicule, mais je ne pouvais pas m'empêcher de prendre ces précautions. Il aurait été vraiment dommage de tout gâcher maintenant. En inspectant les lieux, je me suis demandé, surpris, comment les militaires avaient pu faillir à découvrir ma supercherie. Ma besogne, effectuée dans la précipitation, avait été plutôt bâclée. L'herbe était battue et piétinée à l'endroit où j'avais fait rouler le corps d'Iman. Je m'y suis enfoncé et j'ai écarté les longues brindilles à l'aide de ma canne. Lorsque je me suis penché vers le sol, personne ne s'y trouvait. Mais je pouvais lire dans les traces que le fantôme y avait laissées que je ne me trompais pas d'endroit. Iman avait donc trouvé la force de se relever et de partir. Il s'était enfui. J'ai levé le nez vers la lune. Je savais exactement où je pouvais le trouver.

« Je ne t'abandonnerai jamais », avait-il dit. J'ai imaginé Iman, affaibli, courir comme un animal traqué, conscient qu'il n'avait plus aucun recours. Les idées se bousculaient dans ma tête. Comme ce jour où il m'avait parlé de la conversation qu'il avait eue avec son frère Désiré au sujet de la vie de leur mère. Il ne m'en avait pas rapporté les détails, mais juste l'ambiance, et surtout le lieu. C'était ainsi que je savais que, lorsqu'il n'avait plus rien, plus personne, qu'il se sentait écorché par cette vie cruelle, Iman retournait dans cette même crique où, des années auparavant, il m'avait serré dans ses bras et m'avait fait une promesse que j'étais en train de l'aider à rompre. J'avançais le long de la plage, sous le clair de la lune. De fines gouttes de pluie tombaient du ciel. Iman m'avait expliqué une fois que c'était la lune qui faisait monter et descendre la marée. C'était un de ces mystères qu'on vous explique à l'école. Iman m'avait avoué regretter l'école. Il n'y était pas retourné depuis son départ de chez sa mère. Et moi qui n'y avais jamais mis les pieds alors ? Parfois, nous allions à la sortie des classes épier Désiré depuis un abri derrière une voiture ou un coin de mur. Iman n'avait jamais tenté de rétablir le lien avec son frère. Je ne savais pas pourquoi. Je ne le lui avais jamais demandé. Il est des choses dans le cœur d'un homme qu'il est préférable d'y laisser. J'ai continué à longer la plage jusqu'à l'endroit où il fallait bifurquer et remonter les dunes. Je n'étais pas revenu à cet endroit depuis plusieurs années. Souvent Iman avait disparu, me laissant mort d'envie de retrouver sa compagnie. Je l'imaginais alors grimper ces dunes, se hisser vers le chemin entre les arbres, descendre ensuite vers la petite clairière et se pencher pour pénétrer dans la grotte que formait l'espace libre entre les racines du grand arbre. Mais jamais je n'étais venu l'y rejoindre. Je considérais cela comme un sacrilège. Cependant, aujourd'hui, c'était différent. Pour deux raisons. Je me suis retourné un instant pour regarder la mer sur laquelle les gouttes de pluie tombaient en scintillant. Tout d'abord, Iman partirait à l'aube avec le passeur et je ne le reverrais plus jamais. C'était la première raison.

La deuxième raison était qu'il m'attendait, je le savais.

Je ne sais pas ce qui m'a guidé. L'instinct, l'odeur, ou tout simplement mon cœur. Quoi qu'il en soit, sans me perdre une seule fois, je me suis retrouvé devant l'arbre aux énormes racines sous lesquelles se creusait la grotte. Il paraissait beaucoup moins impressionnant que dans mes souvenirs. Je me suis penché et me suis enfoncé dans la caverne. Tout au fond, j'ai vu une lumière vaciller. Iman était assis contre la paroi du fond de la grotte, les jambes de part et d'autre d'une lampe à pétrole. La lumière de la lampe projetait des ombres tremblotantes sur son visage épuisé. Je ne l'avais jamais vu aussi affaibli. Il semblait amaigri. Sa chemise blanche et son pantalon en lin flottaient sur son corps. Il n'a pas levé les yeux à mon approche. Je me suis installé à côté de lui, précautionneusement. Nous avons attendu un moment ainsi. J'ai fini par rompre le silence.

– Combien de temps faut-il pour traverser la mer ?
– Je n'en ai aucune idée.

J'ai compris qu'Iman n'avait jamais vraiment songé à son départ. Il ne s'était renseigné sur aucun des détails du voyage. Il paraissait aussi choqué que moi par l'éventualité de l'événement dans quelques heures à peine.

– Tu reviendras ?

Il m'a regardé droit dans les yeux. Il n'a pas répondu. Revenir à quoi exactement ? Je me suis senti blessé, mais je n'ai pas réagi. J'avais décidé de faire de ces derniers moments avec lui les meilleurs de notre vie. J'ai essayé de m'engager sur un terrain qui lui serait agréable :

– Peut-être que tu vas retrouver Anna.

Il n'a pas réagi. Pas même un sourire moqueur pour me signifier le ridicule d'une telle prédiction. Je n'avais aucune idée de ce que pouvait ressentir Iman à cet instant. Je n'avais jamais été dans cette situation. Cela me frustrait. J'en voulais également un peu à Iman de ne pas se confier plus à moi. Ne comprenait-il pas que nous ne nous reverrions peut-être jamais ? Ou alors, ça ne voulait rien dire pour lui. À présent qu'il partait, nous ne comptions peut-être plus pour lui. J'ai chassé ces pensées de mon esprit. J'ai décidé de changer d'approche. Peut-être qu'en ces derniers moments, il fallait être plus franc :

– Tu as peur ?

– Oui.

Il répondait ! J'ai poursuivi, enhardi par sa réaction :

– Peur de quoi, que ça ne marche pas ? Dieu te guidera, tu parviendras à destination…

– J'ai peur d'arriver là-bas.

Je ne comprenais pas.

– C'est à cause de l'oncle de Sylvie ? Ne t'en fais pas, tu es plus malin que lui, tu t'en sortiras.

– Il ne s'agit pas de ça. Je préfère mourir là-bas que continuer à ne pas vivre ici.

– De quoi alors ?

– J'ai peur d'arriver là-bas et que ce soit pareil qu'ici.

Eh bien, dans ce cas, il reviendrait. Mais je n'ai pas osé le lui dire. J'ai préféré murmurer :

– Quoi, ce n'est pas si mal ici…

Il a émis un petit ricanement sarcastique.

– Mais qu'est-ce qui ne te plaît pas ici, Iman ?

– Rien.

Rien ? Et moi, et Alissa ? Et même Gildas ? Les mots se sont mis à sortir de ma bouche sans que j'y puisse quoi que ce soit :

– Tu exagères, tout de même, Iman. Tu as plus que n'importe lequel d'entre nous ici. Tu es le seul à avoir une famille, des amis…

– Une famille, des amis…

– Précisément! Et tu sais quoi? T'as raison d'avoir peur. En arrivant là-bas, tu te rendras compte effectivement que c'est pareil qu'ici. J'en suis sûr!

– Ah oui? a-t-il fait calmement

– Parfaitement. Et tu veux savoir pourquoi? ai-je rugi, encore plus énervé par son calme.

– Et pourquoi donc?

– Parce que le problème, Iman, c'est et ça a toujours été toi!

Une seconde est passée, pendant laquelle j'ai presque regretté mes mots. Allait-il se jeter sur moi? Pleurer?

– Je vois. Et pourquoi donc suis-je le problème?

– Va te faire foutre, sale égoïste.

Je me suis levé, prêt à partir. J'ai attendu qu'il me retienne. Pourtant, je connaissais Iman. Mais, après toutes ces années, je gardais encore cet espoir ridicule de le voir changer. Il n'a même pas dit « Au revoir ». En haletant, je lui ai lancé par-dessus mon épaule:

– Peut-être que c'est mieux que tu te casses finalement. Toi, ton père, vous vous sentez si supérieurs à nous, n'est-ce pas? Eh bien, va donc le rejoindre, si la mer ne t'avale pas.

Il n'a pas dit un mot. Mon cœur s'est serré, j'allais vraiment partir. J'ai tenté de combattre les larmes qui se formaient dans mes yeux.

– Je m'en vais. Je vais rejoindre les gens qui en valent la peine. Tous ces gens qui te donnent une importance que tu ne mérites pas, pendant que tu leur craches dessus!

– Tu parles de qui là ? Covi, Gildas, Alissa ?

J'ai senti une sorte d'inflexion dans le fond de sa gorge. Une émotion que je n'ai pas comprise. J'ai haussé les épaules et j'ai avancé d'un pas. J'ai senti l'ombre d'Iman remuer derrière :

– Toumani, merci de m'avoir aidé avec les militaires.

Il était trop tard pour tout ça. S'il pensait qu'il suffisait de dire ça pour que je revienne m'asseoir à ses côtés et me faire insulter ! J'ai craché un :

– Ne t'en fais pas, ce n'était pas mon idée. Je n'aurais même pas su qu'il se préparait un coup, ce n'était pas moi qui voulais te sauver !

Un silence. Il a fait :

– Qui alors ? Alissa ?

De nouveau, il a eu dans sa voix cette inflexion que je n'ai pas appréciée. Comme un soupçon d'espoir, chaque fois qu'il mentionnait Alissa. J'ai fait volte-face et levé ma canne vers lui.

– Écoute, tu arrêtes de prononcer son nom à tort et à travers !

J'ai vu le regard d'Iman s'assombrir.

– Toumani, tu aurais dû me le dire.

– Te dire quoi exactement ?

– Que tu l'aimais.

J'étais pris de court. J'ai bafouillé :

– Mais qu'est-ce que tu racontes, et d'ailleurs en quoi ça te concerne ?

Il s'est levé avec beaucoup d'effort. Iman était faible. Je me suis demandé à quand remontait son dernier repas.

– Oui, a-t-il fait. Tu aurais dû me le dire !

Pourquoi haussait-il le ton? Pourquoi s'approchait-il avec un air menaçant?

– Et pourquoi donc?

– Tu aurais dû me le dire, a-t-il répété, avant que ce ne soit trop tard!

Mais qu'est-ce qui était trop tard? L'avait-il touchée? Avait-il osé? Tout ce que j'avais fait pour Iman, je l'avais fait en imaginant pouvoir ainsi conquérir Alissa. Mais si Iman l'avait touchée, alors à quel point avais-je été ridicule? J'ai revu le corps nu dans la chambre de Gildas. Les fesses noires, charnues. J'ai imaginé le corps d'Alissa. Puis celui d'Iman, nu. J'ai imaginé leur sueur, leur plaisir! Même si Iman partait et qu'Alissa se donnait à moi, pourrais-je jamais lui faire ressentir un plaisir égal à celui qu'Iman lui avait donné?

– Non! Qu'est-ce que tu as fait, espèce de salopard? ai-je hurlé en brandissant ma canne.

Iman s'est arrêté dans son élan. Tout à coup, je l'ai vu sur son visage, il se rendait compte qu'il avait trop parlé, qu'il s'était laissé emporter, qu'il aurait dû se taire. À présent, il essaierait de rattraper le coup. Il allait tenter de me mentir en me regardant droit dans les yeux, le jour de son départ!

– Non, en fait, Toumani...

Oui, c'était évident, il allait me mentir! Il cherchait à me montrer qu'il me surpassait en intelligence.

– En fait, ça ne sert à rien que tu t'énerves...

Il gagnait du temps.

– Parce qu'il ne s'est rien passé...

Quoi?

– ... de grave.

De grave?

– De grave ? Alors si ce n'était pas grave, qu'est-ce qui s'est donc passé ? ai-je hurlé.

– Elle m'a embrassé.

Mon cœur a cogné dans ma poitrine. Je ne comprenais pas la tournure qu'il avait donnée à la phrase. Il était innocent ? Était-ce ça qu'il essayait de dire ? Il s'était contenté d'être Iman, et Alissa, comme toutes les salopes qui n'avaient pas pu résister à son charme, s'était donnée à lui ? Comment osait-il la dénigrer ainsi ? Comment osait-il mentir ? Car ce devait être faux !

– Elle ne sait pas que je le sais.

Iman se moquait de moi. Il insultait Alissa. Il se croyait au-dessus de tout le monde ! Il s'est avancé en tendant le bras.

– Tu vois, c'était après chez Covi, elle pensait que je dormais, et elle m'a embrassé…

Ma canne a retenti sur le côté du crâne d'Iman. J'ai entendu un craquement net.

– Dégage !

Le mot a fusé. Le mot préféré de monsieur Bia. Iman est tombé à terre comme une masse. Non, je ne pouvais pas en entendre davantage. Il fallait qu'il se taise. Qu'il se taise ! J'ai roué son corps de coups de canne ! Qu'il se taise. J'ai frappé fort, à l'aveuglette, en haletant. Lorsque je me suis arrêté, il ne bougeait plus. Et j'ai eu peur. Mon Dieu ! Qu'avais-je fait ? Il y avait du sang sur ma canne.

Je suis parti en courant.

L'orage tonnait. Un déluge se déversait dans les rues de la ville. C'était à croire que toute l'eau de la mer m'avait suivi et venait s'abattre sur moi. J'étais trempé,

mais je courais. C'était sa faute! Pourquoi mentir?
Pourquoi me forcer ainsi à perdre toute maîtrise de
moi? Je me suis répété: «Pourquoi mentir?» Mais
plus je courais, plus je me rendais compte d'une chose.
Iman ne m'avait jamais menti! Qui plus est, il n'avait
jamais non plus menti à personne en ma présence. Il
ne parlait pas, ou alors il était honnête. Je me suis
arrêté sous un auvent pour réfléchir. Mes pensées défi-
laient à cent à l'heure. J'ai fourré les mains dans mes
poches et en ai sorti un des joints de Gildas pour me
calmer. Gildas m'avait aussi donné un briquet. J'ai
allumé le joint et tiré dessus en réfléchissant à tout
cela.

Non, c'était impossible! Alissa, l'embrasser?
Mais j'ai tiré une autre bouffée et analysé la situation
posément. Elle voulait qu'il reste, elle avait peur qu'il
meure. Pourquoi tant de compassion? De quel sentiment naissait-elle? Le soir du concert, lorsque je lui
avais demandé de s'en aller, Alissa, fière, n'avait pas
hésité une seconde à me tourner le dos, à me laisser
disparaître de sa vie. Mais elle était revenue le lendemain, suppliante. Toute sa fierté avait disparu, et elle
avait rampé comme une larve devant moi pour que je
l'aide à garder Iman. Moi, je pouvais disparaître, mais
Iman devait rester. Oh mon Dieu, Iman avait raison!
Peut-être s'était-il même passé beaucoup plus de
choses qu'il n'avait daigné m'en dire, une fois qu'il
avait repris ses sens! Il fallait que je sache tout! Oui,
absolument, il fallait que j'en aie le cœur net! Je ne
pouvais pas perpétuellement être celui qu'on mène à
sa guise, celui qu'on manipule. Celui dont on se
moque!

Lorsque j'ai frappé à la porte d'Alissa, j'étais trempé jusqu'aux os. Mais, le joint aidant, j'étais assez calme. Je voulais juste des explications, pas la bagarre. J'ai frappé un peu plus fort. La lumière à sa fenêtre était éteinte, mais je sentais qu'elle était là. J'ai entendu du bruit dans les escaliers. La porte s'est ouverte. Elle portait un batik autour des hanches et un t-shirt. J'ai deviné le dessin de ses tétons. Au mouvement libre de ses seins, j'ai su qu'ils étaient nus sous son t-shirt. J'ai reporté mon attention à son visage. Elle paraissait surprise de me voir. Elle a regardé autour de moi. Que cherchait-elle donc, Iman ? Désolé, il n'était pas là.

– Mais qu'est-ce que tu fais là, Toumani ? Il est tard, il pleut, tu es trempé, rentre ! a-t-elle crié par-dessus les grondements de l'orage.

Je l'ai suivie dans les escaliers. J'ai observé son déhanchement. Iman en avait-il vu plus que ça ? Bientôt, je le saurais. Mais il fallait que je sois rusé ! Je suis plus malin qu'eux tous, c'est juste qu'ils l'ignorent. Elle m'a laissé entrer dans son antichambre et a refermé derrière moi. Elle s'est appuyée à la porte de Kiki, la prostituée, et a paru hésiter. Puis finalement, elle l'a poussée :

– Kiki n'est pas là. Viens, rentre, il faut que tu te sèches, tu vas attraper froid, je vais te prêter des vêtements.

J'ai pénétré dans la pièce où se trouvait le lit sur lequel la prostituée s'adonnait à son vice. J'ai vu Alissa fouiller dans une armoire. Elle en a ressorti un t-shirt et un pantalon qu'elle m'a tendus. Je n'étais pas venu pour ça, mais je grelottais de froid. Très bien, j'allais jouer le jeu. Je lui ai pris les affaires des mains. Elle s'est éloignée dans l'antichambre. Je me suis déshabillé derrière l'armoire. Un instant, je me suis surpris à me demander si elle émergerait devant moi et m'enlacerait, pour me prouver que c'était moi qu'elle désirait. J'ai changé de pantalon. Une fois torse nu, je me suis présenté à la vue d'Alissa. Elle m'a regardé, dans les yeux, sans s'attarder une seconde sur mon corps. Je ne lui faisais donc aucun effet ? Pas après avoir apprécié les muscles d'Iman ? J'étais blessé. J'ai décidé de me venger :

– J'ai vu Iman.

J'ai remarqué le battement de ses paupières. Elle attendait que je lui en dise plus. Très bien.

– Il part ce soir !

Elle a froncé les sourcils.

– Mais ? Tu n'as pas réussi à l'en empêcher ?

Bien entendu, il s'agissait de moi. Que devais-je comprendre ? Que c'était ma faute ? Que j'avais essuyé un autre échec ? Je comprenais à présent de quelle manière Alissa me percevait. J'étais un moins que rien, un perdant !

– Où est-il ?

J'ai songé à lui parler de la crique. Mais je me suis ressaisi.

– Je… nous nous sommes séparés sur le bord de la route à côté du bois où il devait faire son coup. Il était poursuivi par les militaires.

– Où est-ce qu'il va embarquer ?

J'ai constaté le ton sur lequel Alissa s'adressait à moi. Il était sec, cassant. C'était à croire qu'elle me grondait, que j'étais un enfant ! Mais je lui ai donné sa réponse. Gildas m'avait fait part de cette information :

– Il va embarquer avec un passeur près du vieux phare à côté du port.

– Il faut que tu l'en empêches.

Alors je lui ai donné le coup de grâce.

– Très bien, je vais le faire.

Comme je l'avais prévu, il y a eu un moment de silence. Elle réfléchissait, essayait d'anticiper le coup bas que présageait mon sourire.

– En partant d'ici, je vais aller voir les militaires. Je leur dirai que j'ai recroisé l'individu qu'ils cherchaient près du bois. Je leur dirai que je l'ai suivi et je leur indiquerai l'endroit où ils pourraient le trouver.

Un coup d'œil a suffi à Alissa pour qu'elle se rende compte de ma sincérité.

– Ainsi il ne partira pas, ai-je fait. Puisque tel est ton désir.

J'ai omis de lui dire que ma dénonciation me fournirait également un alibi pour le meurtre d'Iman. Ça faisait du bien d'être calme, dominateur. C'était ce pouvoir que devait ressentir Iman tout à l'heure. Juste avant que je lui défonce le crâne.

– Tu es devenu complètement fou ! Je vais aller le prévenir !

– Et pourquoi t'en fais-tu autant pour lui ? ai-je fait en m'avançant d'un pas.

Elle a cligné des yeux à plusieurs reprises. J'ai assisté une nouvelle fois à l'emprise de la panique sur elle. Sa poitrine se soulevait avec beaucoup de difficulté. Elle a reculé d'un pas. Son dos s'est heurté à l'arête de la porte qui séparait l'antichambre de la chambre de Kiki, au centre de laquelle je me trouvais.

– Comment ça, pourquoi ? Mais qu'est-ce que tu racontes, je…

Elle bafouillait, cherchait ses mots. Comme Iman tout à l'heure, elle cherchait à gagner du temps, regardait autour d'elle en quête d'une ruse pour m'avoir. J'allais l'aider.

– Ne te casse pas la tête. Il m'a tout dit, Alissa.

– Mais de quoi est-ce que tu parles ?

– Il m'a raconté tout ce qui s'est passé après que vous êtes revenus de chez Covi !

Elle est restée bouche bée.

– Mais c'est impossible… fut tout ce qu'elle a réussi à marmonner.

Pourquoi, impossible ? Étaient-ils convenus de garder le secret ? Pour me tromper ? Pourquoi tant de secrets s'il s'agissait d'un simple baiser ?

– Je suis très déçu, Alissa.

– Mais tu es complètement malade, Toumani !

– Très bien, j'y vais.

– Non !

Tout à coup, Alissa a bondi. J'ai vu une séquence d'images défiler en accéléré. Elle s'est saisie d'un lourd objet sur sa table et l'a projeté en direction de mon visage. Je l'ai évité de justesse, par réflexe. Je l'ai entendu se briser sur le mur derrière moi. Dehors, le tonnerre a retenti. Alissa est restée une seconde paralysée, son coup raté, prenant conscience de la catastrophe. Mais c'était trop tard. J'étais juste venu discuter et elle tentait de me tenir tête. Iman avait déjà essayé ça, et il le regrettait à présent ! Ils voulaient me faire du mal alors que je n'avais jamais voulu que leur bien. Alissa a virevolté et essayé de filer vers la porte. J'ai aperçu sa nuque. J'ai frappé de ma canne. Sa tête a heurté un mur, elle est tombée à terre. Mais je n'avais pas frappé très fort, ça avait plus été un réflexe qu'un véritable coup. Elle a tenté de se traîner vers la porte de sortie. Je l'ai saisie par la cheville et je l'ai tirée à moi. Je me suis jeté sur elle, et j'ai rampé le long de son corps, sur son dos, pour la bâillonner de la paume avant qu'elle ait l'idée de crier. Elle m'a mordu, mais j'ai tenu. Elle s'est immobilisée. Elle devait réfléchir à une manière de se débarrasser de mon poids.

– Qu'est-ce qui se passe, tu n'aimes pas sentir mon corps sur toi ? Tu préfères celui d'Iman, n'est-ce pas ? Tu ne te plaignais pas ainsi quand lui t'est monté dessus ! Tu t'es donnée à Iman. C'est mon frère, ce qui lui appartient m'appartient ! À présent, c'est mon tour !

Une onde a traversé son corps. Elle a rué et m'a secoué comme un cheval de rodéo bouscule un cow-boy dans les westerns. Elle a failli me faire culbuter, mais je me suis campé sur mes genoux. J'ai senti ses fesses rouler entre mes cuisses :

– C'est moi qui t'ai trouvée ! Tu es venue dans ma cabane, tu étais à moi ! Tu n'avais pas le droit de me trahir comme ça, avec mon meilleur ami, mon frère. C'est ta faute.

Oui, c'était leur faute ! Iman et moi étions tout l'un pour l'autre. Puis elles étaient arrivées, Anna et Alissa, et à présent Iman était mort. J'étais presque dégoûté. J'ai revu Iman. J'ai revu son corps fin et sec. Je l'ai imaginé nu étendu sur Alissa. J'ai senti une vague de plaisir me submerger à l'évocation du corps d'Iman. J'ai tiré sur le pagne d'Alissa. Je l'ai senti se déchirer avec un craquement. J'ai plaqué sa tête contre le sol. J'ai revu les fesses noires et charnues dans la chambre de Gildas.

Alissa a hurlé de douleur, mais je lui ai enfoncé les dents dans le plancher.

Ses lèvres heurtaient le sol à intervalles réguliers pendant que je pantelais en soufflant :

– Iman… Iman… Iman… Iman…

Lorsque j'ai repris mes esprits, j'étais allongé sur le corps inerte d'Alissa. Elle respirait, mais elle ne bougeait pas. Je me suis levé précipitamment et j'ai ramassé mes affaires mouillées sur le sol. J'ai bondi par-dessus son corps et essayé de fermer la porte, mais son torse bloquait le passage. Mon dieu, qu'est-ce que j'avais fait ? Il fallait que je déguerpisse en vitesse. Et si elle allait à la police ? Je dirais que ce n'était pas moi. Personne ne m'avait vu rentrer. Et puis on ne la croirait pas. Elle vivait avec une prostituée. On croirait que c'était un client mécontent, ou autre chose, je ne sais pas. Tout ce que je savais, c'était qu'il fallait que je file. J'ai jeté un dernier coup d'œil derrière moi. À l'appartement, au corps par terre étendu sur le ventre. Alissa que j'avais trouvée si belle. Elle me paraissait à présent simplement vulgaire, avec son pagne éventré qui dénudait ses fesses noires, ses jambes écartées. Entre ses jambes coulait un liquide épais. C'est la dernière image que j'ai vue. Ce sang qui a imprégné mon imagination. Contre ses cuisses noires, il paraissait si sombre, bleuâtre, presque indigo.

ILLUSION

Toumani, Alissa

Un alibi. Et peut-être aussi, je me suis surpris à le penser, un espoir. Celui qu'avec un peu de chance, je n'avais pas frappé aussi fort que je le craignais, et qu'Iman était à terre, le crâne fendu, baignant dans son sang, mais bien vivant ! Alors j'ai pressé le pas. Si je pouvais le sauver, alors on m'accorderait sans doute une chance de revenir sur les faits, d'effacer le passé. J'étais prêt à tout donner pour que les choses redeviennent comme avant. Comme il y avait si longtemps. Avant Alissa, et avant Anna. Le drame qui venait de se dérouler chez Alissa m'avait fait l'effet d'une douche froide. J'en tremblais encore sous la pluie. J'étais un criminel de la pire espèce, une bête, un animal, et jamais je ne pourrais me racheter. J'ai essayé d'éviter d'y penser, mais c'était impossible. L'image de ses jambes écartées dans une posture vulgaire me semblait imprimée à l'intérieur de ma tête. J'ai tenté de m'en débarrasser en me frappant le front contre des murs au passage, mais rien n'y faisait. J'étais coupable, et quelle pire condamnation que le châtiment de la conscience ! À peine un pas dehors, et je souffrais déjà. J'avais détruit les deux personnes les plus importantes de ma vie. Il fallait que je recolle les derniers morceaux, que je les rafistole. Je ne pouvais plus rien faire pour Alissa, j'étais allé trop loin en ce qui la concernait. Il ne me restait donc qu'Iman. Il fallait que je sauve Iman !

La lune était dissimulée derrière des nuages épais comme du velours. Le monde était comme une pièce dont ils couvraient la seule fenêtre. Ainsi, à l'abri des regards indiscrets, les pires drames venaient d'être commis. Tandis que ma sandale clapotait dans l'eau qui ruisselait sur les pavés, j'ai imaginé le lendemain. Lorsque le soleil réapparaîtrait, et ramènerait la lumière sur le visage meurtri d'Alissa, quelle serait ma réaction ? Je ne pourrais plus jamais lui faire face. Je prenais progressivement conscience que ces actes seraient mes derniers. Ensuite, que ferais-je ? Je fuirais, c'était la seule solution. Je ne pouvais vivre avec le poids de mes responsabilités. C'était à croire qu'un fou s'était saisi de moi la nuit dernière et avait causé toutes sortes de dévastations. Puis ce même fou s'était volatilisé, me dérobant de sa force, et me laissant seul pour affronter les conséquences de ses actes. Mon dieu, j'en prenais conscience seulement à présent : j'avais frappé Alissa !

Cela m'a fait l'effet d'un coup de massue. Je me suis arrêté tout d'un coup. J'avais l'impression d'émerger d'un long sommeil. J'étais désorienté. Je me trouvais encore sous la pluie. Soudain, je ne savais plus quel avait été le but de ma course. Fuir ? Non. J'ai regardé autour de moi. Je me trouvais face à une grande bâtisse. D'un coin de l'œil, j'ai vu un homme vêtu d'un imperméable aux couleurs de treillis s'approcher de moi au pas.

– Eh, petit! tu te crois où? Tu n'as rien à faire ici!

Je l'ai toisé de la tête aux pieds. Il devait avoir le même âge que moi. Cependant, c'était un militaire et il avait un fusil muni d'une lourde crosse en bois verni. Ça me revenait à présent, j'étais venu les prévenir pour Iman. Il m'a attrapé par le bras, prêt à me brutaliser. Mais j'ai hurlé:

– J'ai une information!

Ç'a eu l'effet de le ralentir.

– Quel genre d'information?

– Sur les Djangos! Je sais où ils sont! Votre commandant m'a demandé de le prévenir si j'avais une information.

Je parlais beaucoup et mes mots n'avaient pas de sens. Mais tant que je parlerais, il ne me frapperait pas avec la crosse de son fusil. Il ne me croyait pas, je le sentais. Il a levé son arme, prêt à m'en assener un coup au visage si je ne déguerpissais pas. Mais j'ai songé à Iman, dans son sang, dans la grotte. Je pouvais bien prendre quelques coups pour lui. J'ai levé les avant-bras pour me protéger le visage. Le coup de crosse a été maladroit, et asséné sans méchanceté. Je suis tombé à genoux sur le sol pavé. Le soldat a tenté de me faire dégager d'un coup de botte.

– Je t'ai prévenu de te casser! Tu es devant un camp ici. On ne rigole pas!

– S'il vous plaît, ai-je supplié, écoutez-moi!

J'ai eu de la chance. Le tohu-bohu a attiré l'attention d'un autre homme qui est arrivé précipitamment en projetant de grosses flaques autour de lui. Il était plus âgé, plus responsable, moins nerveux.

– Mais qu'est-ce qui se passe ici ?

Le jeune militaire a semblé penaud :

– Je lui ai dit de partir, et il n'a pas voulu obtempérer.

– Mais qu'est-ce que tu veux, petit ? Tu as envie de mourir ?

– Votre chef m'a demandé de lui apporter des informations.

– Quel chef ?

Ça m'est revenu comme un flash : *Et si tu tentes une entourloupe, je t'abats, parole du Commandant...*

– Yekibi !

– Tu n'aurais pas pu le dire plus tôt ? Allez, lève-toi et suis-moi !

J'ai dit que j'étais désolé et je me suis levé en saisissant ma canne. Je suis rentré dans l'enceinte du camp en évitant du regard le jeune militaire qui venait de me maltraiter.

J'ai suivi le soldat à travers la cour du camp, puis le long de quelques marches qui menaient dans un bâtiment au sol couvert de carreaux de faïence luisante. Ses bottes laissaient des traces de boue. C'était étrange, il n'y avait aucune autre trace de pas. Personne n'était entré ici depuis le début de la pluie. Il m'a fait attendre dans un couloir, puis a pénétré dans un bureau. Quelques instants plus tard, il m'a fait signe d'approcher. La porte s'est ouverte sur un homme ventru, une fesse sur le bord d'un bureau. Il était occupé à bourrer une pipe tandis qu'il tenait le combiné d'un téléphone coincé entre sa joue et son épaule. Je n'aurais pas pu dire s'il s'agissait du même homme que j'avais rencontré quelques heures plus tôt sur le sentier de la plage. Mais à la surprise qui s'est peinte sur son visage, j'ai compris que lui m'avait reconnu. Il a raccroché.

– Mais c'est le petit pêcheur ! Comment t'appelles-tu déjà ?

– Toum... Apollinaire, chef.

Ainsi, ce ne serait pas vraiment moi, Toumani. Sans doute me suis-je également dit, si je devais trahir les Djangos, alors il serait préférable de leur rendre la tâche de mon identification difficile.

– Donc tu dis que tu as une information à propos des Djangos ? Tu sais que c'est eux qui ont préparé le coup contre Ludovic ?

– Oui, chef.

– Et pourquoi devrait-on te croire ?

– J'ai une preuve. Je sais où se trouve l'un d'entre eux. Celui que vous poursuiviez tout à l'heure. Juste après votre départ, je l'ai vu sortir des buissons et courir vers la plage. Je l'ai tout de suite reconnu comme un des membres de ce gang. Je l'ai suivi jusqu'à sa cachette...

Plus j'en révélais, plus je me demandais si mon action servait réellement Iman. Alissa n'avait-elle pas raison ? Plutôt que de le réanimer s'ils le trouvaient à moitié mort, n'allaient-ils pas simplement l'achever ? Mon idée initiale avait été qu'ils auraient besoin d'Iman pour leur vendre le reste de la bande. Mais pour cela, je m'en rendais compte, ils n'avaient besoin de lui qu'à moitié conscient. Ils avaient des moyens de persuasion beaucoup plus cruels. Connaissant Iman, il ne cracherait jamais le morceau, et je savais alors comment ça se terminerait.

Le sourire qui s'est dessiné aux lèvres de Yekibi a scellé ma pensée du sceau d'une réalité impitoyable. Deux incisives parfaites sont apparues sous sa moustache.

– Eh bien, emmène-nous donc le voir ! a-t-il fait en fichant sa pipe au coin de sa bouche.

Il était trop tard pour reculer.

Nous avons parcouru la ville à bord d'une camionnette bâchée. À chaque cahot, mon cœur était ballotté dans ma poitrine. Encore une fois, en désirant bien faire, j'avais failli. À présent, j'espérais ardemment qu'Iman serait mort. C'était un sentiment des plus déchirants, souhaiter que son meilleur ami soit mort. Mais l'était-il ? Ma seule réponse était l'écho de la pluie qui rouait de coups la bâche tendue au-dessus de nos têtes. J'étais entouré de six soldats. Il y en avait deux de plus, dont Yekibi, dans la cabine du chauffeur. Pourquoi tant d'hommes pour aller en arrêter un seul ? Sans doute par mesure de prudence au cas où je les conduirais dans un guet-apens. En arrivant aux abords de la plage, la voiture a ralenti. Il fallait continuer à pied à cause du sable. Nous sommes descendus. J'ai songé à partir en courant, mais je ne serais pas allé très loin. Et si je prétextais ne plus reconnaître le chemin, à cause de la pluie ? Ils ne m'auraient pas cru. Un pêcheur ne se perd pas sur la plage. Je n'avais pas le choix. Il fallait que je croie en un miracle. Je me suis surpris à penser : Iman est le petit-fils de Younous, mort à La Mecque, et de Hadja, dont la dernière parole a été adressée au Seigneur. Il est le fils de Zainab, qui a tant souffert aux mains de l'Homme. Certainement, reste-t-il un peu de candeur de la part du Seigneur pour la descendance d'une lignée d'une telle pureté! Je n'avais jamais eu beaucoup la foi. Croire en l'existence de Dieu revenait à admettre que lui aussi nous avait abandonnés. De plus, les conséquences ravageuses qu'avait eues la foi sur Hadja avaient eu un effet dissuasif sur tous ses enfants, à compter de Zainab. Mais à présent, j'avais des regrets. Si j'avais cru en lui, Dieu m'aurait probablement guidé autrement dans mes décisions. J'aurais commis moins d'erreurs. De plus, maintenant, j'aurais eu une parole, une formule, n'importe quoi auquel m'accrocher pendant que je menais ses ennemis vers l'unique endroit au monde où jusqu'à ce jour Iman avait pu trouver refuge. Je ne connaissais aucune prière, mais plus j'avançais, plus une supplication née d'elle-même se répétait à mes lèvres. Au début, je n'étais pas conscient que je murmurais tout bas, mais alors que je me suis approché de la grotte, elle est devenue distincte:

– Dieu, faites qu'il soit mort.

– C'est ici? a murmuré Yekibi en postant ses hommes de part et d'autre de l'entrée de la grotte.

J'ai acquiescé.

– Eh bien, qu'est-ce que tu attends, petit, passe en avant!

Je me suis courbé et je suis entré sous les racines de l'arbre, suivi de Yekibi et de deux hommes, arme au poing. J'avançais nonchalamment, sans crainte. J'étais allé si loin que plus rien ne me faisait peur. Je désirais simplement en finir. Tout au fond, j'ai perçu la lumière de la lampe à pétrole. À ce moment précis,

Yekibi ou un de ses hommes m'a bousculé et ils sont partis en courant pour surprendre l'individu présent dans la grotte. J'ai attendu, le flanc pressé contre le roc, l'issue de leur intervention. Quelques secondes plus tard, j'ai entendu :

– Apollinaire ! Qu'est-ce que c'est que ça ? Qu'est-ce que ça veut dire ?

Alors j'ai marché vers les soldats, vers la lumière de la lampe à pétrole, prêt à voir le corps d'Iman. Lorsque je suis arrivé à la hauteur des militaires et qu'ils se sont écartés, j'ai pris mon courage à deux mains et j'ai regardé au sol à côté de la lampe à pétrole.

Il n'y avait rien.

Le corps d'Iman s'était volatilisé.

Yekibi s'est tourné vers moi.

– Ainsi, tu t'es payé nos têtes. Mon petit, tu ne sais pas dans quel pétrin tu viens de te fourrer. Tu penses avoir souffert le jour où tu as perdu ta première jambe ? Tu n'as encore rien vu.

*

– Est-ce qu'il faut absolument que ça soit ce soir ?

– Oui, Alissa, il le faut. Je ne peux pas revenir en arrière.

Avec le poids d'Iman sur mes épaules, j'avais de la peine à marcher, mais je voyais le bâtiment du vieux phare se dessiner en bas de la pente. J'ai serré Iman à la ceinture. On pouvait y arriver ! Alors j'ai campé la jambe dans le sol et j'ai poussé avec toute la puissance de ma volonté, même si je n'avais plus de forces et que la douleur irradiait dans chaque parcelle de mon corps violé. Nous arriverons à l'heure pour le passage. Iman m'a jeté du coin de l'œil un regard interrogateur. Pourquoi avoir changé d'avis ? Parce que, Iman, comme l'a dit la femme qui t'a mis au monde, après tout, tu as le *droit* de partir. C'était moi qui, par égoïsme, avais envoyé Toumani à tes trousses. Voilà pourquoi je n'avais pas pu rester à terre alors même que mon corps ravagé saignait. J'ai détourné le regard vers la mer dans l'espoir qu'elle laverait de mes yeux cette scène qui me hantait.

Toumani est resté couché sur mon dos un long moment. J'avais fini par me rendre compte qu'il s'était endormi. Les seins écrasés contre le plancher, j'ai senti mon cœur cogner contre le sol, et les battements se répercuter sur mes joues. Je me suis imaginé m'extirper de sous son corps, de son haleine qui empestait le cannabis, me diriger vers la cuisine, en sortir un couteau et revenir l'égorger. Ô Seigneur, je l'aurais fait, je l'aurais saigné comme un bœuf à l'abattoir, si je n'avais pas eu peur que le moindre mouvement ne le réveille. Et qu'il ne recommence. Alors je suis restée étendue et j'ai attendu. J'ai attendu en écoutant la douleur sourde qui explosait depuis mon bassin dans tout le bas de mon corps. Cette chose couchée sur mon corps était l'incarnation du diable. Comment ne l'avais-je pas compris plus tôt ? Son souffle était froid, son corps informe. Au-delà de son handicap, il s'agissait d'autre chose, une absence d'humanité dans sa silhouette. J'ai frémi. Ça l'a réveillé. J'ai retenu mon souffle. Je l'ai senti se détacher de mon corps. Je ne savais pas ce qu'il faisait, j'avais le visage aplati contre le plancher, la mâchoire serrée, le corps tendu, l'esprit focalisé sur la lame luisante du couteau dans le tiroir de la cuisine.

Puis il est sorti et mon corps entier a été secoué de sanglots.

Je suis restée couchée, les lèvres boursouflées encore enfoncées dans les échardes du plancher, à l'endroit où mes dents avaient raclé le sol, et je l'ai maudit. Puis je me suis maudite. Puis j'ai maudit Iman.

Mon corps, c'était tout ce que j'avais.

Et ils me l'ont pris.

À présent, je n'étais plus qu'une souillure.

Je me suis levée péniblement. Les os de mon corps ont craqué. Et cette brûlure entre mes fesses. J'ai senti mon sang me couler entre les jambes. Je me suis rendue au coin cuisine et j'ai ouvert le tiroir. Le couteau y était. Je l'ai pris dans une main et je me suis dirigée vers le miroir de la petite salle de bains.

De quelle pression notre main a-t-elle besoin pour enfoncer quinze centimètres de tranchant dans notre ventre ? Je l'aurais fait. Ô Seigneur, je l'aurais fait. Tout ce que j'avais, c'était mon corps et je les ai laissés me le prendre, alors je l'aurais fait. Mais mon regard s'est posé sur un morceau de chiffon dans la bassine à côté du robinet d'eau. On s'en était servi comme compresse pour soigner Iman. Cette vision a eu pour effet de me ramener brutalement à la réalité. J'ai senti mes boyaux secoués par des spasmes, et j'ai vomi contre le miroir de la salle de bains et sur mes mains qui tenaient encore le couteau. Puis je l'ai laissé me glisser entre les doigts et me suis penchée en avant pour m'appuyer au mur. Il a rebondi sur le sol avec un bruit métallique dont l'écho a semblé ne jamais vouloir s'éteindre. J'ai attendu que les derniers spasmes tordent mon estomac. Ensuite, dans le silence le plus complet, j'ai ouvert le robinet et je me suis rincé la bouche et les mains. J'ai rincé le sol pour que Kiki ne s'aperçoive de rien. J'ai rincé le sang qui avait séché le long de mes cuisses.

Iman a trébuché. Nous avons chuté tous les deux. Je me suis relevée en époussetant les écorchures à mes genoux et à mes avant-bras. On était presque parvenus au phare. J'entendais sans les voir les canots flotter sur l'eau. Encore quelques pas, et on y serait. Et ensuite ? Je n'ai pas osé y songer. Iman aurait-il la force d'effectuer la traversée ? C'était la question que je me posais quand trois hommes ont surgi de part et d'autre du chemin qu'on empruntait vers le bas de la pente, vers l'eau et les canots. L'un d'entre eux portait une arme ! Serait-ce un militaire, aurions-nous échoué par la faute de Toumani ? Il s'est approché de moi. Il portait un chapeau de paille. Le deuxième homme, je l'ai reconnu à sa silhouette : petit, trapu, il s'agissait de Covi.

– Qui va là ?

J'ai senti Iman se ragaillardir. Il s'est séparé de mon corps et s'est tenu debout par lui-même.

– C'est moi, c'est Iman.

– Ma parole, tu t'en es sorti ?

Covi a fait signe à l'homme armé d'abaisser son canon.

– Oui, je m'en suis sorti. J'ai rempli ma part du marché, à présent, à toi de remplir la tienne. Je veux partir ce soir !

Covi a souri. Ses dents ont brillé dans le noir. Il ne pleuvait plus que quelques gouttes, et la lune avait émergé d'entre les nuages. Il a pris l'homme armé par l'épaule et lui a murmuré quelques mots à l'oreille. Il s'en est suivi une petite discussion. J'ai compris que Covi n'avait jamais songé qu'Iman réussirait. Il n'avait jamais parlé de lui au passeur. L'homme armé a dévalé la côte vers les canots et est allé s'entretenir avec les ombres que j'entendais depuis quelque temps. Leurs silhouettes s'agitaient dans le noir.

– Il y a un petit problème d'effectif, mais ne t'en fais pas, on va te faire passer. Je vais même te donner un peu d'argent pour les postes de contrôle. Mais, Iman, tu n'as pas de bagages, de couverture, de sac de couchage, rien ?

Iman a haussé le ton :

– Écoute, tout ça me concerne. Je pensais que tu étais un homme de parole !

– N'aie crainte. On va s'occuper de toi, tu nous as bien servis aujourd'hui.

Puis il s'est rapproché de nous.

– Mais tu es blessé ?

– J'ai pris un coup sur la tête, mais ça va, je n'ai rien de cassé. Il suffit que je me repose un peu et ça va aller.

– Il perd beaucoup de sang, suis-je intervenue. J'ai fait ce que j'ai pu, mais je ne sais pas si ça suffira, ai-je ajouté.

Oui, j'avais fait ce que j'avais pu.

Après ma toilette, j'ai nettoyé le plancher de Kiki. Puis j'ai enlevé mes vêtements, que j'ai fourrés au fond de la poubelle. Je me suis changée, je me suis drapé les épaules d'un imperméable, et je suis sortie sous la pluie. Toumani avait parlé du port et du vieux phare. C'est là que je me suis dirigée. Pourquoi aider Iman ? Pour plusieurs raisons, mais l'une d'entre elles, j'étais forcée de me l'avouer, était que je désirais que Toumani échoue ! Il était devenu la raison contre laquelle je vivais. J'étais aveuglée par une haine froide pour lui. Quel qu'ait été son objectif, j'aurais fait de l'entreprise de ma vie une opposition à ses desseins. Si j'avais pu de mes propres mains le saisir à la gorge et l'étouffer, je l'aurais fait avec la plus grande joie. Si j'avais pu le faire souffrir, j'en aurais joui de plaisir. De la même manière qu'il avait joui de me briser le corps. Alors que je marchais sous l'orage, je ne sentais même pas les gouttes de pluie. J'étais en nage, je transpirais de rage. Mais Toumani, je le sais, tu n'iras pas loin. Tes crimes te rattraperont. Je le sais, car j'ai constaté que les cieux ne sont pas avec toi. En effet, Toumani, tu m'avais menti. Iman ne se trouvait pas à l'endroit que tu m'avais indiqué. Mais Iman a une bonne étoile. Je suis tombée sur lui au moment même où il se hissait hors des herbes de la plage sur le chemin que j'empruntais vers le port. Serais-je partie dix minutes plus tôt qu'il serait apparu dans mon dos, et que nous nous serions manqués à jamais. Mais j'ai vu ce corps à quelques mètres en face de moi surgir des herbes au sommet des dunes. Personne n'empruntait ces chemins-ci. C'était pour cela que les passeurs les favorisaient. Je me suis arrêtée et j'ai regardé le corps ramper, puis tourner le regard dans ma direction :

— Iman !

Je me suis penchée vers lui. J'ai tenté de le relever, mais il était trop faible, et moi aussi. Alors je me suis assise sur le chemin, sous la pluie, sa tête posée sur mes cuisses, le visage tourné vers le ciel. Lorsqu'il a pu parler, Iman a dit :

– Toumani.

Il a indiqué la blessure à sa tête. Mais je l'avais deviné. Je lui ai intimé l'ordre de se taire. J'ai déchiré un pan de ma robe que j'ai enroulé autour de son front. Il avait perdu beaucoup de sang, ses lèvres bleues tremblaient sous l'orage. Il a ouvert la bouche, assoiffé, et a bu gloutonnement les gouttes de pluie.

– Iman, il faut que je te ramène chez moi. Tu vas mourir ici.

Il a fait non de la tête. Il a regardé autour de lui. La pluie diminuait.

– Emmène-moi au phare, au port, ou alors laisse-moi mourir ici, sur la plage.

Alors j'ai pris ma décision.

– Oui, tu as fait ce que tu as pu, m'avait confirmé Covi.

– Écris-moi ! ai-je crié à Iman tandis que les canots quittaient la berge.

Mais je n'avais pas d'adresse.

Je me suis effondrée à l'endroit même où je me trouvais, sur les dunes. J'étais épuisée à présent. J'ai regardé le vieux phare qui trônait dans le port. Pour la première fois, j'ai remarqué sa forme, sa longue colonne, et au sommet, son ampoule brisée depuis des années. Comme un « i » minuscule abandonné sur le bord de la plage. Le « i » d'Iman. À partir de ce moment-là, je ne manquerais jamais de penser à cela, chaque fois que je passerais aux abords du vieux port. Je penserais au ronronnement des canots alors qu'ils s'éloignaient, entre pluie et mer, sous la lumière de la lune, pour disparaître rapidement, et laisser le soleil se lever sur un horizon innocent. Chaque jour qui souffle et qui s'en va comme les feuilles d'un livre tournent, je repasserais ici, en espérant que le lendemain je recevrais une lettre, ou un signe. Une indication qui me confirmerait, avant que le temps n'efface tout, qu'Iman était arrivé, ou même parti, ou tout simplement qu'il avait réellement existé, et que tout ceci n'était pas qu'un rêve, qu'une illusion.

Fin

TABLE DES MATIÈRES

Certains passages correspondent à des citations dont voici les références :

Page 97 – « On ne peut remplir que ce qui est vide... » Jean-Marie Adiaffi.

Page 172 – « Une chose réussit toujours au détriment d'une autre... » Massa Makan Diabaté.

Page 224 – « L'arme la plus puissante entre les mains de l'oppresseur est l'esprit de l'opprimé... » Steve Biko.

Cet ouvrage composé en Sabon corps 10 a été achevé d'imprimer au Québec
sur les presses de Marquis Imprimeur le vingt-sept mai deux mille quatorze
pour le compte des Éditions Typo.